i

imaginist

想象另一种可能

理
想
国
imaginist

Time Capsule

鲤·时间胶囊

张悦然 主编

Issue 23

九 州 出 版 社

卷首

张悦然

　　有谁还在关心文学的未来吗？像关心人类的未来一样，关心文学的未来？这条壮阔的长河接下来将会遇到什么样的冲击，下一个拐弯在什么地方，什么时候分流，又将在什么时候汇集？对于很多文学从业者来说，把握眼前的现实，已经足够耗神了，要时刻警惕被时代涡轮的离心力甩出去。文学的变化顺从于文化的潮流，文化的潮流又被科技、信息的潮流所挟持，作家所面对的"过时"危险，比过去任何时代都要巨大，如何在日新月异的现实里，延长自己的文学生命才是首要问题。世界迅疾的发展也在废止着我们的想象，作家不断压低眉毛，缩短眺望的距离，未来是很近的未来，三年、五年或者十年……十年已经够久了。一百年以后的文学和我们有什么关系呢？但是我们不能忘记，文学作为理想主义的一种产物，理想是其不可或缺的燃料，而理想必将把目光投向坐标轴的最远端。抹去那个消失在未来的点，我们如何还能安坐于现在呢？

　　当然，任何对未来的展望都必须基于现在。新世纪转眼要过去二十年了。相比群星闪耀的20世纪初，人们不免觉得这二十年有些暗淡。是文学在倒退或是停滞不前，还是只因为我们身在其中呢？在这本《鲤·时间胶囊》中，我们试图梳理新世纪的文学成就和动向。詹姆斯·伍德所提出的"歇斯底里现实主义"（又被称为"极繁现实主义"）引起了很多人的兴趣，我们不妨探讨一下"极繁现实主义"的文学潮流及代表作家。一阵短篇小说的阅读热潮正在袭来，我

Editorial

们也将放眼世界，观察短篇小说这种文体在全球的发展现状。除此之外，我们还将谈论几位新千年重要的作家，当然也有从 20 世纪邀请来的大师，因为他对当下文学的影响仍旧巨大。同时，我们还邀请了二十多位作家、文化人对未来的文学进行预言。我们要求作家们写下自己深信不疑的预言，但是他们当中不少人卓越的虚构才华，还是使预言险些沦为一场脑洞竞赛。一个有趣的发现是，科技对文学的影响，在这些预言中有大面积的体现，或者说，我们很难摒弃科技发展来孤立地看待文学的未来了。用基因技术续写未完成的名著、伟大作品的互相嫁接，抑或大师直接从坟墓里跳出来，似乎都变得可以期待。我们计划把这本预言之书陈列在国家图书馆，供未来的人们查阅。他们可能会觉得痴人说梦，也有可能觉得这些预言未免太悲观谨慎了。不管怎么样，这些预言都给文学带来一丝活力，提醒着我们，还有一个更远更广阔的未来。我们热忱地祝福着那些未来，当然对未来的人来说，这只是古人的一厢情愿罢了。

目 录

Contents

Predictions About Future Literature

未来文学预言

阿乙
作家

……年，出现人工智能文学。今日头条旗下"摸你卵"公司，对单个读者阅读倾向（体裁、字数）进行精确的统计与分析，生产出适合该读者的专属文学作品。

……，出现经典重估的学术活动。拟定标准，将古今中外的经典作品重新核定。

……些滥竽充数的作品被逐出主流阵地。……品的重估引发旷日持久的论战，有人自杀。

……027 年，天空的云朵出现付费投影，……一位老人作的七绝诗：《老年生活》……年生活真从容，眼不花来耳不聋。……朋唤友齐锻炼，最美不过夕阳红。

班宇
作家

……80 后东北作家群体将成为我国文学批评界的……对象，相关学者教授层出不穷，成绩斐然。……沈阳被联合国教科文组织命名为文学之都，东北振兴，从文学开始。

……，文学将进入智能定制模式，足不出户，……学作品，以供阅读。可对语言、流派、字数、……名、故事模型等多种项目进行勾选和填写。……为：×× 外卖，写啥都快。生命科学技……步，博尔赫斯于同年复活，醒来的第一句话……不是图书馆的模样，地狱才是，感谢你们……来。次月，他觉得仍身处地狱，不曾脱离。

……，文学的全部概念均被瓦解，已不存在，……只有一少部分人进行秘密结社，坚持从事……老活动，被视为正统社会的异端，生存空间……他们试图与写作机器对抗，但屡屡挫败。……地下室，东北作家群体遭逢博尔赫斯，……并将其击倒在地。原因不明。

张悦然
作家

[1] 2088 年，年轻人对性几乎失去了兴趣，生育率再创新低。政府调整文艺方针路线，取消了对黄色小说的禁止，主张尽可能使用情色话语，并设立"金瓶梅小说奖"。一批暮年作家纷纷拿出积压几十年的情色小说出版，并获表彰。在门可罗雀的结婚登记处，登记员向本月仅有的一对结婚夫妇赠送了"金瓶梅小说奖"获奖系列作品。

[2] 2098 年，占星学取得突破性的进步，掀起一波灵性热潮。"来世论"小说打败了雄霸市场二十年的"永生论"小说。

[3] 2108 年，以动物为主人公，将背景设置在草原、沙漠和海洋的小说开始流行，掀起一波研究鲤鱼、海星、猫、狗、熊、瞪羚、斑马等动物的热潮。小说不再围绕"人"展开。年轻的作家们认为，人工智能机器人的写作，已经将人性的复杂展现到了极致，再难逾越。"但我们总可以写一点别的。"他们乐观地表示。

荞麦
作家

[1] 2025 年，一个不明来路的 nobody 忽然在社交媒体连载中英文夹杂的小说，这作品既来自当下，又超越现实，是前所未有的表达形式，内容更是融合了各类题材，获得大量转发和赞叹，但经过一段时间天马行空的更新后，此人弃号消失。

[2] 2030 年，游戏成为最好的文学形式之一，评价一部作品是否成功的标准是它能否成为一个游戏，能否让玩家沉浸其中，甚至能否影响玩家的生存信念。

[3] 2050 年，因为难以预料的原因，忽然网络断了一年，人类陷入有史以来最大的无聊，这才想起了世界上还有小说，纷纷涌入仅有的纸质图书馆，寻找远古时代的小说阅读，却发现已经无法理解那些语句和情节。

葛亮
作家

[1] 2048 年，可视化创作。相关程序可直接将影像（如照片与视频）根据情节预设转化为文字。

[2] 2088 年，出现一种新的语言，整合拼音文字和象形文字的语法，进而改变文学的书写形态。

[3] 2118 年，提取长眠于先贤祠、拉雪兹公墓的巴尔扎克等文学大师的基因，构造生物化文学衍生体，完成 19 世纪一系列未完成的经典作品。

史航
编剧

[1] 2048 年，各大学中文系兴起了"不许再写文学史"的风潮，立意将文学史终结于这一年。同时出现多起直播自杀事件，当事者均企图成为进入文学史的最后一人。

[2] 2068 年，有学者考证出四大名著均出自五十年前而非更早的封建社会晚期，在网上受到爱国文学青年的追捧。

[3] 3018 年，汉字彻底被表情包取代，全国翻译家及海外汉学家集体失业，外国友人称赞我国为"世界上最直率易懂的国度"。

蒋方舟
作家

[1] 2020 年，著名作家们争相与 TFBOYS 合著作品，横扫几年间的畅销榜。

[2] 2025 年，大学不再设中文系，中文系和戏文系合并，小说直接作为影视作品的蓝本。偶有新人出版文学作品，大多是每篇十行以内的短诗集。

[3] 2030 年，谷歌发明"人工写作器"，是一款深度学习之后的人工智能技术，你输入你每天的心情或是偶然想到的一句话，自动输出为一千五百字到三千字不等的短篇小说。如果你连一句话也想不出来，它可以直接探测你的梦境，生成一万字到五万字左右的中短篇小说。

止庵
作家、学者

[1] 2068 年，有个长期住院的精神病人将自己活活掐死了（也可以改为，在一场联合国组织的多国围歼行动中，最后一个通缉的敌人被消灭了），报道说，被称为"作家"的物种就此灭绝。

[2] 2093 年，当有人用一些大小一样的纸包装东西时，另外有人指出，上面的花纹当初被称为"字"。

[3] 2118 年，考古学有一个新内容：当年有些人花费一辈子干的叫作"文学"的，到底是怎样一件事情。

梁文道
作家

[1] 2023 年内诺贝尔文学奖将会被取消。

[2] 2023 年左右，无论诺尔贝尔文学奖是否仍然存在，中国都会出好几个奖金要比诺贝尔文学奖多，而且夸称自己要取代诺贝尔文学奖，并体现中国话语权的文学奖。

[3] 获得这些奖项的，绝大多数都属于一种在当前中国文坛而言的崭新文学类型，可能叫作"主流文学"。

杨庆祥
作家、评论家

[1] 2048 年，跨界写作成为最重要的写作潮流。小说、诗歌、戏剧等文类的概念越来越模糊。

[2] 2068 年，作家作为一种职业消失。任何人都可以自称为表达者，表达即写作。

[3] 2118 年，写作主要由机器人完成，人类已经开始陆续移民火星，一种新的"火星"文学会诞生。地球文学被封档保存，只有少数的学者对之进行阅读和研究。

路内
作家

[1] 2023 年，严肃文学将会有长篇小说连载的自媒体出现；五年后，会有一批新的、目前不为人所知的 80 后作家登上文坛。

[2] 2038 年，创意写作班毕业的作家将成为文学界主流。

[3] 村上春树会获得诺贝尔文学奖。

七堇年
作家

[1] 2100 年，机器翻译彻底代替了人工翻译，人类沟通更加顺畅，但对文学来说，所有不可译的作品都被译了，且随时可译；但语言作品的独特性和优美性进一步流失。光是想想"阿拉伯语版的《姜夔词选》，了解一下？"也够让人郁闷的。

[2] 2584 年，乔治·奥威尔在《1984》当中忧虑的"新话"危机以另一种极端地出现了。具体说：奥威尔害怕的是语言的限制意味着思维的限制（新话意味着极端简化，比如再也没有 better / best / nice / great，只保留 good 就够了；甚至取缔了 bad，因为 bad 只用 ungood 就可以）；但到了 2584 年，每种语言都衍生出了极端复杂版的"新话"。不仅中文，所有语言都在大量层出不穷的外来语（尤其英语以及英语变种、网络流行语）的不断蚀食和迭代下，《新（话）词典》诞生了，词汇更多，组合更奇，意义更复杂，以数据形式在线更新。举个例子，类似现在的"吃鸡""skr""#metoo"，一天没有上网就跟不上周围在说啥。"新话"写作变成一种彻底类型化，圈子化的游戏。

[3] 2994 年，人类大脑神经系统接收信息的编码被解密，所有信息数据能以脑机接口的形式通过电信号直接输入，阅读也不例外。比如《追忆似水年华》可以在 2.78 秒之内直接变成一组电信号输入你的大脑，加以持续的抗遗忘刺激，就算是被"阅读"过了，但据学生反映（因为该技术主要应用于学校灌输），效果类似可以熟背《判断力批判》整本书每个字却不知道这本书说的是什么。该技术彻底导致了阅读行为的消亡。

骆以军
作家

¹ 2068 年，那些我们死去的亲人，透过某种波的传递，漫长的飞行，像蒲公英种子迎风洒开的影像倒带，他们终于到达那颗开普勒 452b 星。第二颗地球，也许说错了，是地球是第二颗开普勒 452b 星。我们死去的亲人，并不如科幻小说所写，变成一张薄纸，或一根很细很细的钓鱼线，他们愈压缩档，将这么远距辽阔的黑暗对折了，然后就像海洋第一只硬骨鱼首次登上陆地。

² 2068 年，我们的科技终于找到突破口，发觉我们根本只是一台大电脑中运算的二维资讯大数据。

³ 我不认为 AI 会写小说，不过它会把不同小说混成杂种，譬如《红楼梦》与《哈利·波特》，《三国演义》和《冰与火之歌》，诸如此类。

大头马
作家

¹ 世界经济政治格局趋向保守，第三次世界大战一触即发，局部战争局势不断，美国、中国、欧盟三足鼎立。科技武器将取代传统军事武器成为战争中的主要筹码，世界文明随时可能毁于一旦。文学格局也随之变化。中国文学从世界文学中的边缘位置走出，站上主流舞台，伴随"强国"的意识形态拥有一个从东方主义中脱身的位置。

² 对文学边界的探索不再重要，只有极少数人仍在从事这样一种微乎其微的技艺创新。两种文学思潮占据主流，一是为国家所用的意识形态宣传机器，二是反对前一种文学价值的"大文学"流派，主张反战、反集体主义、回归人类天性、寻找自我价值。

³ 以赫尔曼·黑塞为核心文学祖先的"大文学"流派开始承担拯救人类命运的历史价值，但同时，邪恶轴心国建立文学工厂，收编了数位诺贝尔文学奖得主，制造一批又一批以娱乐为主的麻痹型产品，压制"大文学"流派对平民和士兵的唤醒行动。诺贝尔奖委员会内部分裂，奸细辈出。2054 年，诺贝尔文学奖颁奖前一夜，主席遭暗杀，战争正式开始。

索马里
编辑

¹ 2025 年，四十五岁以上的女性面孔会逐渐成为很多小说的封面。

² 2025 年，可能出现一部不包含（涉及）任何性别信息的小说。

³ 2028 年，随着失业率的增加，人们会重新回到公共图书馆，获得温暖和体面阅读的唯一可能。

双雪涛
作家

¹ 2028 年，诺贝尔奖因为资金短缺，引入商业赞助，连续三年都是中国企业中标，中国作家大受鼓舞，认为自己必中，结果前两年得奖者空缺，第三年评委会顶住压力，把奖项颁给了一位日本作家，该年赞助此奖项的中国企业遭到一位大 V 的猛烈攻击，怒火迅速点燃了民众，该企业股票停盘，办公大楼被烧，董事长遭到审查，财务总监离奇坠楼。一年之后，诺贝尔奖收到一位匿名富豪的大量捐款，恢复百年来的评奖体制，这一年得奖的是一位中国女作家。

² 2028 年，00 后作家群浮出水面，原因是"新观念"作文大赛的启动，一等奖三名，每人奖金一千万元人民币，二等奖十名，每人五百万元人民币，三等奖一百名，每人一百万元人民币。高额奖金导致大量高中生不再参加高考，不少大学生退学回家写作，许多老外涌入中国学习汉语参赛，各种"新观念"补习班层出不穷，其中以"疯狂写作"最为著名，提倡号叫着拿着手机写作。几年之后，热潮退去，留下一堆没人看的图书和古怪汉语组成的文章，如同山野上炼钢的窝棚。这几年一共产生了九名一等奖获得者，其中三位把奖金投入电子游戏的开发，成为 IT 精英，四位投身电影，或有成败，一位得奖当天就疯了，奖金被亲属瓜分，还有一位，把奖金捐给了诺贝尔评委会，自己移民去了瑞典。

³ 2028 年，《平凡的世界》销量锐减，琼瑶基本没人看，很多人不知道庆山是谁，郭敬明自己爆出一些自己的丑闻，但是当事人都不承认。

但汉松
学者

¹ 2068 年，诺贝尔文学奖宣布永久停发，取而代之的是市场划分更细的类型文学奖。文学小说的销量已经跌入谷底，甚至诺贝尔获奖者的作品也乏人问津，印数通常不过几百册，售价极贵，仅供少数保守派大学的图书馆收藏。人工智能从社交网络抓取最能打动读者的故事类型和素材，算法生成情节大纲和叙事矩阵后，提交创意写作工程师进行审核和润色。

² 2118 年，纸书，只藏于博物馆，或散见于民间收藏家手中。小说家？那只是一些程序员古老的别名。文字作为神秘的原始符号，偶尔点缀在浸入式电脑游戏的某些场景细节的暗部。绝大多数读者，早已放弃了"读"这门技艺，微型穿戴设备随时帮助他们进入比现实更真实的幻境。世界上只有极少一批人（食古不化的诗人或圣徒），还懂得使用象征修辞。

³ 2618 年，一个克隆人问："什么是诗？"
另一个克隆人说："据说是一种会让大脑宕机的恶意代码。"

飞氘
作家

¹ 2048 年，中国首批"长生人才"计划启动。有人大代表提议诺贝尔文学奖获得者应具备长生资格，遭到网友炮轰，近百名知名学者联名抗议，其中包括十余名茅盾文学奖、鲁迅文学奖得主。

² 2068 年，由中科院与社科院联合开发的汉语写作 AI"曹雪芹 2068"正式加入中国作协，成为首位获得作协会员资格的人工智能。当天，研发团队宣布启动"石头漫记"项目。按照计划，"曹雪芹 2068"将以每日三千字的更新速度连载一部无结尾的小说，第一期故事计划连载一百五十年。

³ 2168 年，地球上最后一人确认授权"曹雪芹 2068"进入人类文献集合库后合上双眼。他相信，在两百年的沉寂后，完成数据处理的"曹雪芹 2068"将写出史上最伟大的作品，未来的访客将在其中感到不可言喻的欢喜忧愁，所有的亡灵都在其中复活。怀着如此的信念，他在临终前梦见一片茫茫白雪。

笛安
作家

¹ 2035 年，华语世界里会出现一个世界级的作家，翻译成数十种语言，全球销量在几千万甚至上亿的那种。而这位作家是类型文学作者，最有可能的是科幻作家。

² 华语世界会出现一个类似日本直木奖的奖项，这个奖的得主经过层层淬炼，大都能成为拥有极强叙事技巧，思考能力也强大的顶级畅销书作家。这个奖项大概 2025 年左右出现，但是 2050 年的时候真正成气候。

³ 第三条不是预测，而是我的梦想。我希望到 2050 年，我们的读者群体能真正进步。纯文学的读者不再要求作家必须拥有反抗的姿态，能够懂得优秀的文学作品拥有的是一种复杂性而不是所谓的正确的价值观；畅销书的读者们能更加严格地甄别故事的逻辑漏洞，能辨别复杂的人物，能真正督促作家不要自我重复。好的文学生态里必须拥有好的读者，这是我的梦想。

张莉
评论家

¹ 2038 年，由机器人写成的文学史将成为课堂上唯一通用的文学史，人物关系被重新阐释，通俗易懂，道德观黑白分明，深得公众喜爱。

² 2048 年，女性写作者将成倍增长，"女性写作"不再成为特殊的文学现象；学文学的男生越来越少，估计"男性写作"慢慢会成为一种文学现象，男性作家将成为稀缺人才。

³ 2069 年，新文学诞生一百五十周年，纸质长篇小说读者越来越少，甚至，读者连短篇小说也不愿意读了。对文学经典的阅读能力直线下降，意味着鲁迅为代表的白话文学进入博物馆，需要教师反复"翻译"才可以被理解。漫画、影像开始成为人们的生活常态。
当然，文学也可能以另一种方式卷土重来。

郑执
作家

¹ 2038 年，连鸡汤书也卖不动了，因为伪文学的价值可以完全被直播或短视频取代，去思考化。

² 2048 年，真文学重生，但会越来越贵，变成奢侈品，像爱马仕限量，很多人声称是拥趸，但不具备能力买真货。买文学书成为最潮流的炫富方式。

³ 2058 年，文学从窄门而来，经历过出版和网络的风暴，最终还会被人捞起，再向窄门去。也许那时就该出真正的大师，而不是被评论家吹捧或商业包装的牺牲品。

小白
作家

¹ 2048 年，世界上只有极少数人才会选择作家这个职业，因为它成本极其昂贵。比如那时使用中文的作家不到五十位，他们要花上亿元人民币购买可直接与大脑神经连接的"外脑"（因为使用者寥寥，这套设备的价格千倍于其他行业使用的同类设备）。此外，他们每年都要支付上千万元来升级设备、使用数据库。这套"外脑"——也就是人工智能装备——能让作家瞬间调用因特网所有节点中无限量数据资料，预测全球读者即时偏好，使用算法确定作品风格和结构，向作家大脑中预存动态词句库，在写作过程中，外脑会随时预读文稿，模拟各种年龄、性别、身份的读者来预检作品能不能受到读者欢迎。这些作家每小时能写出不少于一千万字的作品，不用担心打字速度，因为他们可以将脑中所想（甚至包括未加辨别的潜意识）直接输入电脑。

² 不要以为装备了那么厉害的工具，他们的工作就会变得十分容易。他们面对的读者者比三十年前挑剔一万倍。因为读者的大脑也可以直连因特网，每部文学作品都必须有全新面目，读者要求无论故事、人物、语言风格都是他们以前从未见过的。大部分读者都不需要工作，他们的"外脑"是由政府福利部门出资提供。作家们也会为电影、电视、游戏和"实境公园"创作故事脚本，在这种时候，往往由多名作家携带各自外脑，组成团队，以对抗性合作方式进行创作。

³ 到这时候，写作体裁已不分诗歌小说散文，连哲学历史学写作也都融合在一起。渐渐形成三种分类，分别是用过去时态、现在时态和将来时态写出的作品。过去时态的作品更接近于三十年前的传统文学，主要用于给读者娱乐消闲。现在时态和将来时态作品则不仅用于消遣性用途，它们也被政府规划部门用于预制未来，当然这类作品对公众保密。

石一枫
作家

¹ 2023 年，写得好的会越来越好，写得坏的会越来越烂。这是个人能力决定的。

² 2023 年，写得好的越来越不会被埋没，以次充好的能耐也会越来越大。这是市场决定的。

³ 2023 年，会有一些作家能够表达对时代更独立更新鲜的认知，这是文变染乎世情而定的。但这些表达是否足够真诚而勇敢，希望，别说我看不起别人，我连自己也不行。

钱佳楠
作家、书评人

¹ 2030s：出版业继续萎缩，已经到到要为如何活下书成了两件，有钱人自费出的书做得豪华，回去铺成客厅的电视墙；出版社自己的书刊[...]化日用品，这也是未来书里卖的东西：《金[...]惠特曼诗歌扑克牌，唐宋八大家可更换墙布，大家都想获得有文化嘛——很快，诗歌又[...]因为那是唯一可以读定的东西。

² 2040s：实用主义甚嚣尘上，大学文科已经[...]仍有摆摆花腔的文学课。因为讲师的收入和选[...]相关，所以为了吸引更多人，他们挖空心思让[...]起来。"张爱玲与两性心理""鲁迅与骂人的艺[...]最热门的两门课分别是"畅销书作家与市场营销[...]如何拿到诺贝尔奖"。上了这两门课的学生开[...]高粱地和魔法学校，梦想着一夜暴富，这就是他们的老师整天在做的事。看着老师[...]他们开始抵制这些毫无用处的课程。

³ 2050s：大家下班后最大的爱好不是看电视[...]现实。就像以前的人烫头发那样把脑袋伸进[...]容器，完全进入想象的时空。想当作家的人[...]所以每个人都可以过一把作家瘾，自己设定起[...]大致情节。由于多数人的写作逻辑很差，这[...]世界里，很多人不是迷了路，就是被无缘无[...]永远困在一个死胡同里，没有吃的。虚拟现实[...]所以如果没人拔插头，他们还会待在最后的[...]未来社会是个单身时代，所以还真没有人[...]

Feature

视 野

歇斯底里简史

文｜黄昱宁

在文学意义上，2000 年是"歇斯底里"元年。

那一年，詹姆斯·伍德发明了一个文学新词：歇斯底里现实主义（hysterical realism）。这个词从未成为严谨的文学分类术语，却成为伍德本人批评史上最重要的标签之一。

1

在文学意义上，2000 年是"歇斯底里"元年。

那一年，詹姆斯·伍德发明了一个文学新词:歇斯底里现实主义（hysterical realism）。这个词从未成为严谨的文学分类术语，却成为伍德本人批评史上最重要的标签之一。因其形象、耸动而意义含混，这块标签经常被好事者随手贴在相干或不相干的作品上——贴得越便利，意义便越含混。

让我们回到文本。这个词首先出现在美国的《新共和》杂志上，伍德应约撰文评论扎迪·史密斯的第一部小说《白牙》。《白牙》是那一年英语文坛的现象级作品，作者的年轻与其显露的才华似乎构成具有审美意义的反差，在销量与奖项上的成功都在意料之中。伍德的批评是当头一棒，因为他不只是在枝节问题上商榷，而是直接将《白牙》作为典型案（病）例，定义小说史演进到世纪交替时罹患的系统性综合征。对于一部处女作而言，突然背上这样大的命题，难免有过载之感。

但伍德显然对这个问题深思熟虑。他将《白牙》与鲁西迪的《她脚下的土地》(*The Ground Beneath Her Feet*)、托马斯·品钦的《梅森与迪克逊》(*Mason & Dixon*)、唐·德里罗的《地下世界》、大卫·福斯特·华莱士的《无尽的玩笑》合并同类项，总结出以下几点共同属性。其一，这些小说都像是不愿静止、羞于沉默的永动机，故事套故事，不惜一切代价追求活力——而且是将嘈杂的生活的活力误认为戏剧的活力。其二，它们讲述的故事太丰富，太具有关联性，不同的故事、不同的人物互相纠缠，成倍数地自我繁殖。其三，这类小说不是"魔幻现实主义"，它们并不是违背物理法则的故事，指责它并不是因为它缺乏现实，而是因为它在借用现实主义的同时似乎在逃避现实。其四，逃避的，或者说试图掩盖的究竟是什么呢？伍德祭出他在本文中最有杀伤力的指控——掩盖的是在人物塑造方面的乏力。伍德说:"这些小说充满了非人的故事……人物不是真正的活人，不是完整意义的人。"

伍德的文字有清晰的逻辑。前两点论证"歇斯底里"，第三点界定"现实主义"，最后来一个全垒打，用一个漂亮的弧线直接把"这类小说"击出一流小说的赛场。

这个故事在 2001 年 10 月迎来续集。当时,"九一一"的阴霾真真切切地悬浮在空气中,连伍德也要收起戏谑的口吻,严肃地在《卫报》上的一篇题为《把你的感受告诉我》的文章中探讨劫难后的当代小说该往何处去。这回被拉出来当作解剖样本的依然是扎迪·史密斯,她在一次访谈中的言论成为伍德瞄准的靶心:"作家的任务不是告诉我们某人对某事的感受,而是告诉我们世界是怎样运转的。"伍德认为,史密斯的这种说法不过是司汤达那句名言的变体。司汤达说,小说可以是摆在马路当中的一面镜子,精确地反射现实。但是,伍德说,如今,当你走在曼哈顿附近,司汤达的镜子,连同镜中万千映像,都会被炸弹击中,灰飞烟灭。

在伍德看来,"九一一"必然也必须是一道分水岭,它让鲁西迪的新书《怒火》中罗列的时事八卦迅速过时,让当时刚刚出版的弗兰岑的《纠正》中那个关于"大规模灾难似乎再也不会降临美国"的句子显得荒诞可笑,让德里罗曾经的论调——"如今的恐怖分子干的是小说家曾经干过的事,即改变文化的内在活力"显得轻浮愚蠢。伍德点这几位的名当然不是随性而至,因为他随即把自己去年对歇斯底里现实主义的定义又重申了一遍,而这一回讨伐的立场甚至更为鲜明。他斥责德里罗的小说观遗毒深远,这种观念把小说家视为"某种法兰克福学派的表演者、文化理论家、以'辩证法妖术'与文化开战"。对于那些喜欢在小说中炫耀知识的作家(理查德·鲍尔斯,汤姆·沃尔夫),伍德已经不想在字里行间掩饰他的反感了。他连用了三个感叹号,讽刺他们居然知道如何在斐济做咖喱鱼,知道基尔伯恩的恐怖分子邪教组织,知道什么是新物理学。

饶有意味的是,伍德这一段批判的另一个靶子——德里罗,早在 1997 年就在《地下世界》里把世贸双子塔作为东西方对称式分裂的象征,他对于"九一一"惊人的预见性却被伍德在某种程度上视为冷漠、虚无的表现,这也许是伍德的个人批评史上为数不多的因为义愤填膺而导致"动作严重变形"的时刻。

"九一一"之后,痛心、惶惑乃至感情用事的气氛在美国知识界弥漫良久。不过,即便滤掉这层杂质,我们还是能从这篇文章里看到伍德对于"歇斯底里现实主义"的批判是系统性的——从技术层面直抵精神内核。伍德的反感,不仅仅是因为这些作家"知道"得太多或者对此太过沾沾自喜，他的谴责隐约指向小说文本中态度、立场以及道德感的缺失。仿佛在"九一一"这个特殊的时间点上，那些充斥于后现代文学中的反讽、虚无和颠覆终于让伍德忍无可忍。于是，在这篇檄文的末尾，他发出了这样的召唤：

> 如今，无论是用歇斯底里现实主义错误的小丑做派蹦蹦跳跳，还是沿着简单地忠于社会现实主义的道路蹒跚前行，都会越来越艰难。这两类作品似乎都有些断裂。这样一来，也许反倒留出了空间，给审美，给沉思，也给那些不告诉我们"世界如何运转"却叙述"某人对某事的感受"的小说——准确地说，是各色人等对于各种事件的感受（我们通常称之为"关乎人类"的小说）。我们希望能有空间供这样的小说立足：它能向我们表明，人类意识是最真实的司汤达式镜子，无助地反射着近来愈显黯黑的时代之光。

一周之后，扎迪·史密斯在《卫报》上以更长的篇幅回应伍德，文章标题是《这就是我的感受》。虽然标题针锋相对，但史密斯行文明显采取守势，笔下流露着被权威评论和政治正确围攻的错愕与委屈。在"歇斯底里谱系"中，她辈分最小，却要在匆忙间代表高傲的品钦和鲁西迪们做自我辩护，其诚惶诚恐可想而知。她说文学是一座宽阔的教堂，她不相信伍德本人会认定这座教堂里理应缺席《午夜之子》和《白噪音》这样伟大的作品，此其一；其二，谁都不可能成为所有时代的所有作家，作家不是写自己想写的，而是写自己能写的，史密斯曾经试图模仿卡夫卡，也曾大量阅读卡佛和卡波蒂，但一下笔，她却只能成为自己——一个在伍德眼里"歇斯底里"的自己。

这篇文章的主体部分，是史密斯在以上两点的基础上，对伍德的质疑提出质疑。比如说，那些她和伍德都认同的小说——梅尔维尔的《巴特尔比》、纳博科夫的《普宁》——真的在精神气质上站在伍德所谓的"辩证法妖术"的对立面吗？

这些作品同样充满巧妙的机关，它们的人道精神来自对语言的敬畏、下笔的精准、智力以及最为重要的幽默感。另外，在史密斯看来，伍德的指责其实暗示着一个"陈旧的观念"，即认为"灵魂就是灵魂"，一种类似图腾、信仰式的存在，不可能凭借技术设计、制造出来，不可能从不可思议的情节中杀出一条血路，也不可能被一个事件、一个套路招之即来挥之即去。一旦将"灵魂"与技术强行剥离，对"灵魂"的呼唤就显得似是而非。史密斯困惑地问伍德他到底在反对什么："讲笑话是非人的？加注解是非人的？抑或那些长长的词语？术语？知识分子气的含沙射影？如果我在文本里安排一个孩子，会不会显得更有人性一点？"

不过，看得出来，在后"九一一"的语境中，所谓的"缺失人性"的指控还是对史密斯造成了困扰。一方面，她呼吁像她这样的小说家不要被近来针对"智力写作"的攻击所挟持，不要被"反讽已死、心灵回归"之类的口号所蛊惑，继续在小说中保持头脑与心灵的平衡（"在这些作家中，明明也有大量的'心灵'和'人性'。"史密斯的愤愤不平溢于言表）；另一方面，在本文结尾，她也诚恳地表达对卡夫卡、博尔赫斯和科塔萨尔那种"留白"式写作的倾慕，小心翼翼地追问，他们那种对文字的敬畏和关注、对自我的压抑是否就是伍德对小说家的期许。那时的史密斯刚满二十五岁，就像早慧的高材生突然被老师抓住小辫子，只好半真半假地表决心："也许我永远都成不了那种真正的作家，那种我喜欢读的作家——不过，还是那句话，也许我会试试。我拿不准这一点有多重要。不过我们走着瞧吧。"

文学样式不是集中营，并不是把符合条件或曰"具备嫌疑"的作家圈进去，就算完成了历史使命。回过头来看，伍德发明的标签之所以值得再探讨，就是因为在时过境迁、消解了褒贬之后，它仍然提供了有趣的阅读和诠释的思路。正是在此意义上，追溯被划进"歇斯底里圈"的作家群在这个文学事件发生后的轨迹，才有其必要。

2

大卫·福斯特·华莱士在 1996 年出版被伍德判定为"歇斯底里"代表作的《无尽的玩笑》之后，几乎在文坛销声匿迹。直到他在 2008 年自杀身亡之后，又过了几年，未完成遗作《苍白的国王》（*The Pale King*）才出版，得到普利策小说奖提名，但没有得奖。总的来说，《苍白的国王》具备"歇斯底里现实主义"的典型特征：篇幅长，滔滔不绝的对话，对国税局雇员的烦琐事务的描述仿佛永无穷尽，还有大段大段华莱士标志性的让普通读者难以忍受的注解。

千禧年之后的鲁西迪，仍然保持着稳定的产量，一共出版了五部中等规模的长篇小说。题材没有革命性的拓展，篇幅略有收敛。他的"故事永动机"依然运转得乐此不疲——如果比较一下前期的《摩尔人的最后叹息》和后期的《佛罗伦萨的神女》，你会发现叙事的难度有所下降，阅读亲和力则相应地上升，但《午夜之子》那样的现象级作品似乎很难再出现。同样地，德里罗在近作《大都会》《坠落的人》和《欧米伽点》，品钦在近作《性本恶》和《放血尖端》（*Bleeding Edge*）里都显示了相似的迹象："百科全书"的框架还在，但不再有一千多页的厚度；反讽的惯性还在，但隐秘的怀旧情愫也绵延于字里行间。自然规律难以抗衡——"歇斯底里"尤其需要的旺盛体力，正在几位老作家身上日渐衰减。

但品钦毕竟是品钦——他的文本规模虽然缩小，但对于现实仍然保持着高度敏感性。在《放血尖端》中，他直面"九一一"（那几乎是这段时间里美国作家的同题作文），却坚决避开抒情，不把伍德提倡的"关乎人类"大写加粗地置顶于文本表层，而是立足于互联网视角，研究在恐怖主义语境中"世界是如何运转的"——没错，这一点又是伍德坚决反对的。但汉松在《恐怖之"网"》一文中对这部迄今尚无中译本的小说的论述，抓到了文本的实质："品钦显然是熟悉《地下世界》的。某种程度上说，他在'深网'和纽约'垃圾场'之间建立的换喻关系，是对德里罗的'双子塔'和'互联网'这套隐喻体系的进一步拓展与批判，让读者看见在互联网中同样存在着'地上世界'和'地下世界'的断裂。"

总之，德里罗也好，品钦也好，处理现实的手段确实对习惯于悲天悯人的19 世纪叙事和不断向内测量人类心理深度的 20 世纪叙事的读者构成挑战，甚至是冒犯。问题在于，世界早已不再是 19 世纪的模样，离 20 世纪也渐行渐远。当虚拟空间与现实空间互相嵌套、互为表里时，我们的叙事方式和节奏，我们遵循的叙事伦理，我们在文本中把握的"头脑与心灵"之间的平衡，是不是理应有全新的面貌？对于这个问题，"歇斯底里现实主义"作家的答案，只是比其他作家更为坚决而已。

然而，伍德的态度同样坚决。继《白牙》之后，扎迪·史密斯的第二部长篇《签名收藏家》在情节的复杂性、人物的数量上明显做了减法，却还是收到了伍德的"打卡式"差评。伍德这篇题为《归根结底的非犹（太）性》的书评，与之前的论调一脉相承，没有展开赘述的必要。在他看来，史密斯的这部看上去围着犹太人和犹太性打转的作品，徒劳使用了一堆刻板的"卡通式"形象，到头来仍然像她的处女作一样，捕捉不到犹太人的灵魂。

伍德与史密斯之间的恩怨似乎在这本书以后告一段落。我们当然无法确定，这场辩论在史密斯此后的写作生涯中是否转化为动力或者投下阴影，但她的近作《西北》和《摇摆时光》都不以压倒式的信息量取胜，而且显然缩短了句子的平均长度，把人物的情感表达变得更为直接，略显刻意地减少学院气。甚至，在仅仅一万多字的短篇小说《使馆楼》中，并不常写短篇小说的史密斯向我们示范了典型的《纽约客》式写作，简洁有力，留白宽阔，视角拉低，文本中隐约闪现着倔强的高材生仿佛在不经意间流露的骄傲——要心灵有心灵，要人性有人性，甚至还特别节制——伍德的高级配方，史密斯也是可以信手拈来的。

但我始终最喜欢史密斯 2005 年的长篇小说《美》。这部在气质上最接近《白牙》的小说，是那种你一边读一边可以想象作者在敲打键盘时如何大笑、冷笑或者含着眼泪微笑的作品。《美》赖以建立的核心，恰恰就是伍德最为反感的——"一切人和事都以某种方式与偏执和主题搭上关系……这些小说都迷恋人物之间的关系，就像互联网中的信息"。

《美》中的两个学术家庭的结构，几乎是完全对称的：新自由主义者贝尔西是个来自英国的白人，娶了一位在婚后迅速发胖的黑人太太，并且依靠她富庶的家庭在美国扎根；而新保守主义者基普斯一家子都是高大的黑人，先是住在伦敦，隔着大西洋与贝尔西在打笔仗，再是搬到新英格兰地区的某所不是藤校、但努力与藤校攀比的高等学府，与其共事。贝尔西和基普斯的研究领域高度重合，学术及政治观点针锋相对——可想而知，这样刻意的设定，人物甚至不用开口，就已经有天然的反讽效果了。

不过史密斯当然要让她的人物开口说话，而且个个妙语如珠，随便翻开一页都能找到足够编进情景喜剧的台词，比如形容一首诗，会说它"似乎将性高潮的所有不同要素都拆卸开来，就像机械师拆卸一台机器一样"。从伍德的眼光看，这样随时抖机灵的写法虽然"非常漂亮"，却也"让人沮丧"，因为她"甘心让作品中的段落堕落成卡通形式和一种贪婪而动荡的极端主义"。

被伍德有意无意忽视的至少有三点：首先，"贪婪而动荡的极端主义"，恰恰在某种程度上精准地反映了时代特征。对于当代社会人际交往的速度之快、活动范围之大、蝴蝶效应之微妙复杂，史密斯以一种夸张的卡通化的形式密集呈现，常常反倒是恰如其分的；其次，当代读者，至少是一部分读者，对于叙事速度和文本信息量的要求，超过伍德的想象，他们是"歇斯底里"的潜在受众；最后，史密斯的喜剧以悲剧衬底，只是被喧嚣的前景遮蔽，识别它需要某种更暧昧、更现代的审美力。在小说的后半部，随着闹剧如陀螺般越转越快，小说主人公的"卡通性"减弱，他感觉到自己不仅在渐渐失控，而且孤立无援，但他不知道能用什么方式挽回。于是我们看到，他"想象着他的家人像是希腊戏剧中的合唱团，为他颓丧，为他愤怒，却在他登台的瞬间从舞台上迅速撤走了"。

事实上，"合唱团"也是评论家在形容史密斯作品时，特别喜欢拿来打比方的词儿。史密斯是那种天生就能从大城市的喧嚣芜杂中听出交响合唱每个细微声部的作家。很少有人能像史密斯那样，在高度浓缩戏剧化情节的框架里，仍然能保持着文字的弹性和光泽，让你觉得她的"刻意"和"繁复"反而是她自然流露的天赋，那些曲折奥妙的长句才是她能焕发出最多光彩的舒适区。她对这个世界最深切的体察和最充分的善意，蕴含在汩汩不绝的嘲讽中。

3

以"歇斯底里现实主义"为关键词，你能在网上找到好事者列出的各种"歇斯底里"书单。除了上文中提到的作品，有人甚至把《尤利西斯》《大师和玛格丽特》和《二十二条军规》都纳入其中，选书标准既宽泛又混乱。如果按照伍德的最初定义，至少需要厘清以下的典型误解：1. 写得长不等于歇斯底里，写得短不等于不歇斯底里。大信息量、近乎亢奋的节奏、人物与情节线的网状结构，都要比篇幅长短更重要。2. 不是写得越天马行空就越歇斯底里，文本指涉事件大体上不离开"现实主义"的框架是基本要求，你不能写着写着就让人物毫无道理地飞起来。3. 不是写得越难懂越高深就越歇斯底里——恰恰相反，如果你将这些小说分割开，往往会收获一大堆可读性很强的故事。不过，这类作品的难点之一，是文本涉及的面向大大拓宽了以往读者对于"文学"的认知。对于各种新技术新现象新知识，对于文学与其他学科的交叉，这一类作家往往有更为敏锐的触觉。

所有的书单都将 2003 年普利策小说奖得主，杰弗里·尤金尼德斯的《中性》推到了显要的位置——它的各项技术指标太符合"歇斯底里现实主义"了。然而，詹姆斯·伍德本人在关于《中性》的书评中，态度却有点微妙。一方面，他确实提到了"歇斯底里"，并且指出，乍一看，《中性》似乎又是一个企图囊括 20 世纪所有新闻事件的"记者式野心"的牺牲品。另一方面，在读完全书后，他也不得不承认，"这当然是小说而非报纸，它时常让人觉得这是一部动人的、好笑的，同时又深具人性的作品"。

在这个问题上，伍德大抵不错。在我的阅读经验里，《中性》的迷人程度鲜有匹敌，它代表着"歇斯底里现实主义"在作者立场与读者立场之间所能找到的最佳位置——那个经过精确计算的平衡点。尤金尼德斯多半对于对称和均衡有深深的执念，因为像《美》那样的对称结构，在《中性》里不是一个，而是一打。

在小说将近正中心处第一次出现完整的书名。那一章的题目就叫Middlesex，直译过来是"米德尔塞克斯"，那是美国底特律的一条街，小说里叙述的那个美国籍希腊裔家族，正是从这一页开始迁居此地的。鉴于本书主人公的双性人身份，谁都看得出这个地名语带双关。无论在结构还是在内涵上，这里都是《中性》的中点。在此之前，"我"的双性基因，通过一系列历史的偶然，终于合成完毕。这些偶然包括 20 世纪 20 年代土耳其对希腊的入侵，主人公的祖父母从希腊逃亡美国的既艰难又浪漫的旅程（正因为去国离家，伦理才能被遗忘，姐弟才能变成夫妻），还包括第二次世界大战、经济危机、禁酒运动、底特律种族骚乱——所有这些历史事件里都包含了赋予那个特殊基因"生存权"的因子，因子与因子互相勾连，构成了"我"得以降生的条件。而在中点之后，"我"的成长正式展开，自然悄悄退场，文化取而代之，时而推动着、时而阻滞着"我"对自身性别的认同。以本章为中轴，站在米德尔塞克斯街上，瞻前则可见浩浩荡荡的社会变迁、家族传奇，顾后则重在窥探个人心理之演进。

其他大大小小的对称还包括：从希腊到美国的迁徙促成最古老的文明与最现代的产业碰撞；科学之面无表情对照人文之曲折暧昧（"如果说荷马是这个故事的老祖先，达尔文就是另一个。"——《纽约时报书评》）；史诗的宏大叙事（那些仿荷马的华丽排比甚至被用来整段整段地歌咏底特律的汽车流水线）对照隐伏于个人体内的微观视角（显微镜下男精子与女精子的诙谐对话）；主人公最后的落脚点选在柏林，因为那也是一个"一分为二的城市"；甚至，在"我"将要面对医生裁决（决定"我"必须按照哪种性别生活下去）的那天早晨，"我"的父亲特意戴上了一副"吉祥"的袖扣，一个代表悲剧，另一个代表喜剧，显然秉承了希腊的悲喜剧传统。评论界据此又找到了一把分析文本的钥匙："《中性》有两个层面，一面是喜剧，一面是悲剧，小说把卡尔的成长故事演变成一部喧闹的史诗，把性别错置和家族秘密处理得既有趣又凄婉。"

不过，《中性》的悲喜剧特质，最集中地反映在其中的情爱描写上。这些在世俗意义上被冠之以"乱伦、不伦、畸恋"——乃至根本找不到现成词语形容——的感情，既要"异质"得震撼感官，又要掌握好冒犯的分寸，换句话说，它们必须写得匪夷所思，但仍然符合现实的基本法则和人类对"爱"的认定。

于是，我们看到了晚霞中的甲板，看到"我爷爷奶奶"假装初次相逢，以至于"渐渐地，他们真的相信起来了，他们编造记忆，他们临时安排命运……当他们头一次在甲板上转悠的时候，他们还是姐弟，第二次，他们就是新郎和新娘了，到了第三次，他们就成为夫妻了"。我们还看到，"我"的身为表兄妹的父母亲，男人以一支单簧管对着女人的皮肤吹，"让她的体内充满音乐，她感到单簧管的震颤渗入肌肉，一阵阵直往里涌，最后她的骨头发出嘎拉嘎拉的响声……"

翻开书之前，最担心的莫过于作者如何处理主人公的爱情——须知，"我"的所谓兼具两性特征，是要确确凿凿地落实到生理状况上的。如何处理得既"真实"又"优美"——读者期待的、文学化的优美，是个棘手的问题。然而，这一笔又是主人公最终确定自身性别取向的关键步骤，非但省略不得，连淡化都不足取。当小说在"中性街"（Middlesex）上跨过中点之后，"我"的视野里果然出现了以"那朦胧的人儿"为代号的恋爱对象。她是"我"的女同学，在外人看起来，她们只不过是一对要好的小女孩。顺理成章地，"我"走进了女伴的家，被女伴的哥哥一眼相中。"我"在情感上依恋妹妹，理智上却要用与哥哥的虚与委蛇来平衡内心的负罪感。与此同时，"那朦胧的人儿"自己也有了一个男性追求者。

行文至此，尤金尼德斯已经搭好了他用来解决难题的框架。又是他驾轻就熟的对称关系。他安排四个情窦初开、各怀心事的少年到树林里野营，荷尔蒙的浓度在夜间升至顶点。小木屋里空间逼仄，大麻又创造了那么点恰到好处的幻觉，于是，"那人儿"和她的新男友，"我"和"那人儿"的哥哥，就几乎是在面对面的情况下肌肤相亲。说实话，哪怕仅仅因为以下的神来之笔，尤金尼德斯也没有辜负普利策的表彰：

> 我觉得自己正在融化，正在变成水汽，我的灵魂有如教堂里的香烟，正朝着我的脑盖顶上飘浮。经过那些波旁威士忌酒瓶，我开始在另一张帆布床上空盘旋，朝下看着那人儿。接着，我突然明白了自己所有的神通，便悄悄地钻进雷克斯·里斯的身体。我像一个神灵那样进入

了他的躯壳，因此亲吻她的是我，而不是雷克斯。

通过雷克斯的身体，"我"与那人儿耳鬓厮磨，同时，"我"也清楚地意识到，她哥哥的身体正在向"我"进攻……意识进入"她"，而身体被"他"进入。在男性与女性这两面镜子的夹攻下，"我"的"中性"被置于灼灼强光中，成了一个不折不扣的"怪物"。其间，生理上的撕裂（千真万确，作者既没有绕过这个尴尬的问题，却也没有伤害自始至终萦绕在小木屋里的诗意）与心理上的觉醒彼此交缠，这般独一无二的阅读感受一旦化作文学评论，也不过是兑换一些诸如"魔幻、戏剧感、复调"之类的词儿吧。那是浓酒之于白水的落差，不说也罢。无论如何，尤金尼德斯有一种神奇的能力，似乎他只需稍稍调整几个参数就能打造一个无形的声场——在那里，歇斯底里的尖叫听起来就像歌剧咏叹调。

4 在"歇斯底里"的狭窄光谱中，新作并不多见，最近能写进文学史的是2015年布克奖得主，马龙·詹姆斯的《七杀简史》。六十多万字的篇幅，七十多个角色的轮番叙述，五段体唱片结构，各个阶层与族裔在有限空间里的高频率碰撞，以及数量、类型（方言、俚语、花样翻新的粗话）和强度都远远超过平均水准的对白，这一切都让文本的外观呈现显著的，甚至是夸张的"歇斯底里"基因。它的理想读者最好对于现代音乐，尤其是牙买加雷鬼乐有感性认识，听鲍勃·马利唱歌会忍不住摇晃，或者习惯于盖·里奇那种既粗粝又精巧的黑帮喜剧叙事，喜欢看卡通化的人物依靠戏剧性的弹簧一个接一个从故事的魔术箱里蹦出来。

年轻的马龙·詹姆斯不像扎迪·史密斯那样瞻前顾后，不再害怕暴露"歇斯底里"的自觉意识，乐于随时大张旗鼓地从细节观照整个世界。在很多片段，这部小说让我想起《奥斯卡·瓦奥的短暂而奇妙的一生》（朱诺·迪亚兹）——它就像是《奥斯卡》的膨胀升级版，好像同时有很多个奥斯卡在放声歌唱。所以我们在《七杀简史》里常常能看到黑帮小混混在吐出一大串脏话之后突然冒出一句直奔主题的史诗，比如：

> 我想去录音室录歌，我想唱热门金曲，乘着那节奏逃出贫民窟，
> 但哥本哈根城和八条巷都太大了，每次你走到边界，边界就会像影子
> 似的跑到你前面去，直到整个世界变成贫民窟，而你只能等着。

其实在那一年（2015年）的布克奖短名单上，十万字的小长篇《撒丁岛》
也具备"歇斯底里"的体征，只是表现形式更为高冷。英国人汤姆·麦卡锡属于
那种几乎被读者忽视，而整个评论界都不知道该拿他怎么办的作家。他的早期作
品《记忆残留》被导演诺兰确认"启迪"了他的编剧思路，此后麦卡锡一直维持
低产量、高难度的模式。《C》和《撒丁岛》两度进入布克奖短名单，最后都输给
那些更像小说的小说。人们提起麦卡锡，常常拿不准应该把他当成小说家，还是
一个现代装置及行为艺术家。他在艺术界最出名的事迹是创立了一个半虚构组织，
宣扬"假"与"复制"，比如在《泰晤士报》买下版面发表宣言："死亡是一种空
间，我们要勾勒它，进入它，殖民它，最终在其中定居。"麦卡锡自己，恐怕也
没把小说家这个头衔太当回事，因为，在回复某年上海国际文学周邀请他出席的
邮件里，他说："如果上海有哪个现代艺术展有兴趣让我来，我倒是十分乐意。"

麦卡锡的确把《撒丁岛》写成了一个庞大而古怪的装置。主人公U在一家"如
同玄奥之城、能吸纳多重世界的炼金之所"的大公司的地下室里上班，职位是"一
家咨询机构派往企业内部的人种志研究者"，为公司的神秘工程提供人类学方面
的咨询，他的终极目标是撰写一份"大报告"，用包罗万象的数据把我们这个时
代吞吐其中。这种关系有点像卡夫卡笔下的土地测量员K之于城堡，你读完全
书都无法说清这是怎样的公司，怎样的职位，怎样的任务。然而，U那种每天
都好像干了惊天大事但又好像什么都没干的感觉，那种荒诞的、好像掌握着所
有的信息却又对真相一无所知的感觉，那种明明置身于人群、四周却把你隔离
成一座孤岛的感觉，每一天都在我们居住的城市的角角落落里浮现。

与阅读其他小说最大的区别是，你必须先跨过麦卡锡设置的知识门槛，不被列维 - 斯特劳斯或者德勒兹的名字吓退，你还得先摒弃伍德式的对"知识炫富"的偏见。在这样的基础上，再看《撒丁岛》，你会觉得，麦卡锡这种不顾一切搭建新装置的企图，至少能帮助你在看待那些司空见惯的事物时，获得一个崭新的、才华横溢的视角。比如，我从来没看过有人能把一次堵车事件，写得如此神奇、异质而又紧贴现实：

　　好几串巴士的链条，每串都有大概七八辆，像几条明黄色的河流，正拼命朝对它们来说实在过窄的渠道中挤进去，而旁边独立的色块则想从侧面打断它们，塞入链条。当这些色块得逞之后，颜色交替的色带又在行进中逐渐成形，如同那种染色体的螺旋图。最疯狂的地方，丹尼尔说，是在这么些卡车和巴士之间，都是人。从这个高度你看不到，但他们的确就在那里。他们不会被压扁吗？我问（车辆之间完全没有空隙）。照理肯定被压扁了，丹尼尔说——但他们就能从车子中间、底下钻来钻去，就像蠹虫一样。而且他们还说，这些人还在拆卸这些汽车——一边拆，一边组装，所以整个拥堵就成了无数个旧车市场或者赛道旁的加油维修点。你看到公路旁边那些小弧，他说着指向几排分支，像是蕨类植物的叶子，那是公路的出口，但车子根本开不出去，因为这条干道本来是设计给另外一个城市的，那个城市的车辆靠左行驶，而不是靠右——这套设计方案被拒之后，尼日利亚交通部就低价买入，居然没有将左右反转过来；所以你就看到在这些无用的出口坡道上，摆满了拆下来的汽车零部件，而且是按颜色排列的。我顺着他的手指看到，在这些通往虚无的小弧线上，有一片片的色彩彼此相连，红色转入黄色，黄色转入棕色，棕色转入黑色。就像挑选颜料的色盘，像不像？他问。这整个城市就像一幅画，在你眼前一笔笔地画着自己。我点头；他说得没错。我们沉默地坐了好久，看着投影。

5

在为这份所谓的"简史"做总结陈词之前，让我们倒拨时钟，回到"前歇斯底里"时代。

文学场域从来不缺名词。"歇斯底里"出现之前，这类小说通常被归入"极繁"（maximalism）门下。从字面上看，所有容量巨大、细节繁复、富含衍生文本的小说都可以算进极繁的范畴，所以如果你把《尤利西斯》《百年孤独》和《大师和玛格丽特》纳入其中，也说得过去。直到伍德从这个大篮子里挑出几个样本，将其与魔幻现实主义严加区隔，赋予其更强烈的时代特征，并且贴上"歇斯底里"标签之后，还是有很多人会将"极繁"与"歇现"混为一谈。实际上，"极繁"的概念要比"歇现"更大更笼统，它的触角遍及文学、艺术和生活方式。即便单单在小说界，两者也有微妙不同。打个比方，说波拉尼奥的《2666》属于"极繁"似乎顺理成章，但它是否属于"歇现"，则尚有商榷的空间。我很难说清区别在哪里——也许仅仅因为，当我阅读《中性》和《七杀简史》那样凶猛而迅疾的文字时，心跳速度会比阅读优雅淡定的《2666》更快一点。

说得再深入一点：两者的概念确有大面积交叉，但毕竟各有侧重。歇斯底里现实主义重在其看待、处理现实的态度与手段，与其形成对照关系的是"社会现实主义"；"极繁"则强调其文本容量，与之相生相克的概念是"极简"（minimalism）——如果失去与"极简"的对照，"极繁"也就失去了存在的意义。

作为在20世纪60年代形成高潮的文化运动，极简主义虽然早已降温，但其影响力实际上渗透至今。无论是《纽约客》《格兰塔》这样的高眉杂志的选稿标准，还是美式创意写作班的引导方向，都有助于"极简"的复制与继承。相对而言，"极简"似乎更容易适应版面，更容易被模仿（哪怕只是貌合神离的模仿），更适合作为短期内提高写作的样板，"少即是多"的口号也更能提供高级文本的幻象。在它的反面，接受和模仿"极繁"的门槛都更高一点，而其中的分支——歇斯底里现实主义——则几乎完全有赖个体的偶然。品钦远比卡佛难复制，尤金尼德斯九年才写一部《中性》，而麦卡锡，只能在文学和装置艺术之间的灰色地带游荡。

1986 年，美国作家约翰·巴斯发表了一篇重要的文论《说说极简主义》。有趣的是，此文不仅对极简主义做了系统梳理，也提到了它的反面——极繁主义。他引用罗马天主教教义中所宣称的两种走向上帝恩典的方式：一种如僧侣或隐士般隐忍苦修，走所谓的"否定神学"（否定世俗，甚至否定语言）之路，另一种不惧红尘，沉浸入世，走"肯定神学"道路。巴斯认为，以此来比喻极简主义与极繁主义的本质差别，是可以成立的。

如是，文学的繁简之争其实古已有之，巴斯在文中随手就举出了希罗多德 vs 伊索，以及乔伊斯 vs 贝克特的例子。再回到本文的主题，我们会发现，某种程度上，"伍德单挑歇斯底里"也只是这种分歧的变体。不过，在当下的语境中，我们也许还得考虑今年（2018 年）刚刚去世的菲利普·罗斯的警告。他说，不出几十年，必将摧毁小说的是大大小小的"屏幕"——"这些屏幕让获得信息和故事变得那么容易，那么支离破碎，以至于将来我们会再也找不到那样一个群体，能在一长段时间集中精力投入阅读。"

也就是说，在"歇斯底里史"行进到第十八个年头时，小说家们其实早已经被逼进了同一条战壕，都必须主动或被动地投入与其他传播方式争夺注意力的战争。小说写作是阅历、人性理解深度、知识模型建构和幻想能力的集合，但我们与其指望小说家个个都是全优生，不如相信其中任何一点都能因其发挥极致而弥补其余的不足。在这个让小说家越来越力不从心的时代，极简主义者怀着谦卑之心，将叙事空间让渡于无边无际的"脑补"，他们不失明智；极繁主义者则始终昂着骄傲的头，一边自嘲一边扮演已死的上帝，以歇斯底里的姿态俯瞰故事里的芸芸众生，他们几近悲壮。

魔法还没变完: 村上春树《刺杀骑士团长》

文 | 但汉松

魔
NEWRITING

时间胶囊

032

村上春树在小说中秘密嵌入了一部探寻再现艺术的精神自传，
所以《刺杀骑士团长》也格外像是日文版《"老年"艺术家的肖像》，仿佛是这个小说家在四十年写
作生涯即将结束时向乔伊斯的致敬之书。

1

"村上春树已经失掉了他的魔法。"在日本历史最悠久的英文报纸《日本时报》上，书评人丹尼尔·莫拉莱斯（Daniel Morales）如是正告那些尚在苦等《刺杀骑士团长》英译本的西方读者们。不过，这个批评倒不是说小说家无法运用虚构的方术从"无"造出"有"来，而是失望于村上现在的"魔法"过于老套。比如，主人公依旧是一个游走于日本社会边缘的孤独男人，带着《挪威的森林》中招牌式的都市"丧"味，被妻子莫名其妙地抛弃后陷入存在主义的危机中，而某种超自然的神秘力量又照例闯入主人公的日常生活，于是令人目眩的狗血情节自此展开。比如，村上依旧不厌其烦地念叨着笔下人物听的是普契尼、瓦格纳、德彪西和理查德·施特劳斯（包括作品编号、唱片版本、演奏乐团与指挥家的名字，以及播放这些密纹唱片的唱机和功放的品牌），开的是有着 V8 发动机特殊轰鸣声的银色捷豹跑车或自带暗黑气质的斯巴鲁森林人 SUV。比如,《奇鸟行状录》中井一样的"洞穴"再次成为通往另类世界的入口，那里连通着黑暗的军国主义历史、死亡和潜意识，主人公要在其中完成穿越之旅并在"未来"和"过去"之间做出艰难抉择……

如此彰显的似曾相识，的确会让资深的村上迷欢喜而又失落。之所以欢喜，大概是因为他还是那个让人熟悉的村上春树——已近古稀之年的他，依然是步伐坚定的马拉松跑者，永远按照自己的节奏和方式写作，并不理会每年十月那些诺贝尔文学奖竞猜者的打趣。之所以失落，则恐怕是忧虑他文学配方的自我重复，觉得这如果不是江郎才尽的症状，也是村上春树的风格自恋症使然。然而，读者的纠结或许并不能影响这位带着几分斯多葛派气质的日本作家。自从 1979 年发表处女作《且听风吟》以来，村上春树就一直保持着对于日本文学及评论界的巨大疏离感。虽然凭借《挪威的森林》这样千万册销量的小说，他无可争议地成为了全世界最畅销的日语写作者，但村上春树实属日本文学传统中的异数，也颇不受日本文学评论界待见。大江健三郎曾批评村上春树的走红代表了日本文学的衰败，认为《世界尽头与冷酷仙境》中对商品物件和西方文化的迷恋不过是为了迎合日本都市青年一代的时尚饥渴；柄谷行人则将他小说中泛滥的消费主义符号视为一种"诈术"，认为这是日本社会在晚期资本主义中的一种征候。事实上，村上春树对自己膨胀的文学声名和来自知识界的尖锐批评都不受用，他觉得自己和日本的文化土壤格格不入，于是选择在 80 年代中期避走欧美，几乎以自我放逐的隐士姿态在国外待了十年。

人们喜欢和憎恨村上春树的缘由，多多少少都与读者对"纯文学"和"大众文学"的错位想象有关。在日语语境下，纯文学（junbungaku）深植于该民族的审美传统之中，又勾连着日本近现代的历史脉动。从明治时代后期以降，纯文学无论是作为唯美主义的表达，还是介入社会现实的工具，在夏目漱石、芥川龙之介、谷崎润一郎、太宰治、川端康成、三岛由纪夫、大江健三郎等人所构建的日本文脉下，都对大众文学（taishūbungaku）所追求的娱乐感和程式化怀有强烈的分野意识。围绕纯文学是否需要"情节"的问题，日本现代文学中发生过著名的论战。在《文艺的，太文艺了》一文中，芥川曾激进地指出："如果反复强调的话，我认为这个没有'情节'的小说是最高妙的。若从'纯粹'，即不带通俗趣味这一点上来看，此乃最纯粹的小说。"在芥川看来，情节如同艺术上的透视法，是属于贯串性的文学装置，艺术价值不如"私小说"中片段化的叙述。而在偏重耽美风格的谷崎那里，情节可以是一种建筑之美，它是让长篇小说延绵发展的"肉体性力量"。

村上春树早年作品曾两次入围"芥川奖候补"，然而他的文学创作几乎完全跳脱了日本传统，也不在芥川和谷崎所辩争的理路中打转。事实上，属于战后婴儿潮一代的村上虽然从小就阅读日本古典文学，但对本国文化一直兴趣寥寥。中学时代的他开始将兴趣转向西方文学，如饥似渴地阅读了司汤达、托尔斯泰和陀思妥耶夫斯基。十五岁时，他淘到了驻日美军卖给神户二手书店的平装本英文小说，自此一发不可收拾地爱上了美国文学，并从那些心仪的美国作家身上寻获了自己的"村上"风格。《且听风吟》（*Hear the Wind Sing*）这个书名来自杜鲁门·卡波特的短篇《关上最后一道门》的结尾，《寻羊冒险记》的语言和结构偷学了雷蒙德·钱德勒的《漫长的告别》和卡佛的《山雀派》，而《世界尽头与冷酷仙境》中的浪漫主义爱情则是致敬了他无比崇拜的《了不起的盖茨比》。

对这种来自美国文学的影响，村上春树有着匠人学艺般的自觉和省思。他喜爱约翰·欧文小说中无比瑰奇的想象力，于是努力模仿《盖普眼中的世界》

那种万花筒般的情节。在叙述风格上他偏爱卡佛的极简之美，就学着以极富人文主义情调的荒凉笔触书写经济腾飞后日本都市生活的怅惘和空虚。他非常希望能写出钱德勒黑色侦探小说中那种粗粝的硬汉调性，但又深感母语表达力的局限，就用英文写自己的小说初稿，感觉对了之后再回译成日语。村上小说中这种浓浓的"西洋味"是不加掩饰的跨国主义文学实验——他的人物（哪怕是洗衣店老板）都好似精神上的曼哈顿人，永远在听西方古典音乐或爵士乐，穿的衬衣也是牛津纺面料，喷的是法国香水，口哨吹的是好莱坞电影的主题音乐，甚至连挂历上都是"阿尔卑斯风光，上面翠绿的峡谷，牛群悠悠然啃着青草，远处马特霍恩山或勃朗峰上飘浮着明快的白云"。村上颇喜欢将一些美语中的惯用语直译成日文，然后安插到那些本应该说着一口地道日语的人物嘴中。难怪日本读者会感到读他的小说就仿佛是在读英文小说的译本，而这种"翻译腔"一旦译回到英语世界，常会让那里的读者感到不可思议的亲切和自然。

显然，村上在文学修行上信奉的是世界主义，他更愿意在"文学世界共和国"的无疆之域里随意迁徙和自我生长，而不是接受民族身份或民族文学的内在限定。这或许就是他与石黑一雄惺惺相惜的重要原因，因为他欣赏后者那种穿越任何单一文化的能力。同时，他善于像菲兹杰拉德那样堆叠名词，展现资本主义商品文化中具体而微的欲望对象，也喜欢像品钦那样将流行文化的各种指涉"撒豆成兵"，用以营造他小说的虚拟现实。村上的小说看似过度加载了现实世界物性的符号，但这并不是为了追求一种现实主义的摹仿，那些满溢的符号也并不指向小说家所追求的真实；在这个无处可逃的消费社会中，那些符号是我们唯一可以用来把握经验世界的途径。在近四十年的写作生涯中，他总是执拗地将主人公放入这样的后现代情境，然后用超现实的闯入性事件让主人公变成苦求精神超越的个体。简言之，村上春树从不刻意回避他小说中的程式化要素，在美国后现代文学中，通俗文学与纯文学的二元对立早已被解构。他并不惧怕形式上的重复，真正的要害问题是：作为文学手段的重复，会带领他的文本去往新的何处？

2

《刺杀骑士团长》要去往何处？在回答这个问题前，不妨重温伊恩·布鲁玛发表在 1996 年《纽约客》的村上春树访谈。在这篇题为《成为日本人》(*Becoming Japanese*) 的访谈中，村上表露了自己在写作中对祖国从疏离到介入的重大转变。20 世纪 90 年代初，他如世界公民一般在西方国家隐居游历，对故土的一切并没有任何思乡情结（甚至寿司、秋刀鱼也难以唤起他舌尖上的乡愁），然而在美国大学担任访问学者的经历，却促使他在异国他乡去重新审视自己的民族。一次偶然的机会，他在普林斯顿图书馆里翻到了"诺门坎事件"的史料，这不仅促使他着手创作《奇鸟行状录》——第一本真正浸淫了"日本性"的村上小说——也让他意识到在看似自由的虚构中其实内嵌着无法回避的历史责任。为了完成《奇鸟行状录》的第三部，村上春树在 1994 年专程去往中蒙边境的诺门坎战役遗址实地考察。那些在草原上生锈的日军坦克和炮弹残骸让他深受震骇，仿佛这个历史记忆场在向他诉说日本历史中最致命、最黑暗，但又最重大的秘密。

"诺门坎"由此成为了村上春树的历史之"井"，那个逼仄的时空入口不仅通往 20 世纪日本军国主义对本国造成的巨大灾难，也通往日据伪满洲国的暴力史和 1937 年的南京大屠杀。在村上春树看来，第 23 师团师团长小松原带领关东军以愚蠢的冒进主义挑衅苏联的做法"太日本式、太日本人式"了，这个军事灾难背后深藏着日本民族现代化进程中的武士道狂热，之后这个国家所酿造的巨大灾祸其实都是"诺门坎"的必然演绎。然而，《奇鸟行状录》不仅仅只是一部批判右翼军国主义二战历史的书，村上的历史降魂术总是指向对日本当代社会的拷问。如果说在中蒙边境的荒草中掩埋着日本民族曾经被荒唐滥用的男性气质，那么这种暴力嗜血的基因是否还存在于当代的日本社会中？如果说之前的村上小说深刻地展现了消费社会中都市人群的异化与孤独，那么八九十年代日本的经济繁荣是否阉割掉了这个民族的革命与战斗激情？在六七十年代"安保斗争"和"全共斗"(Zenkyoto Movement, 即"新左翼学生组织运动"的统称) 一代人早已退场的今天，生活在小资生活牢笼中的日本年轻一代该如何突破后现代拟像的遮蔽，去寻找失落的生活意义？1995 年 3 月 20 日发生的东京地铁沙林毒气袭击，让村上春树确定了留在日本生活的决心。奥姆真理教的恐怖袭击是一个从"诺门坎"

井道中飘出的幽灵，它提醒小说家那个极端暴力的历史并未从日本社会远去，文学有无法替代的伦理责任去不断地让国民激活那些被政治刻意压制的记忆。

当然，村上春树决心"成为日本人"的动机，并不止于一个国际知名畅销书作家的社会责任感。在布鲁玛的这次采访中，这个从来不喜欢对大众倾吐心声的受访者却说出了一些让妻子都感到惊讶的私密。村上告诉布鲁玛，他的父亲曾是前途光明的京都大学的学生，后来被日本陆军强征入伍派往中国战场，虽然幸运地以完整之身返回家乡，但却毕生无法摆脱那些狰狞的战场记忆。父亲曾向童年时的村上断断续续讲过他在侵华战争时的经历，但所有的细节都从村上日后的记忆中消失了。这与其说是村上春树故意去淡忘家族父辈的战争罪行，还不如说他在参与见证这段黑暗历史时受到难以名状的创伤。村上认为这就是他后来和父亲疏远的真正原因：作为侵华战争参与者的直系后代，他的血液里流淌着历史的原罪，他不情愿但又不得不接过父亲的战争记忆。这里，"创伤"绝不只是某种文艺的说法，村上十分清楚这个病症对他的生活带来的持久耻感——他抗拒吃任何中国的食物，甚至在途经中国去诺门坎战场的漫长火车旅途中，也只吃自己带的罐头食品；他组建家庭后与妻子爱情美满，却一直拒绝生育后代，因为他不确定是否应该将这种侵略者的基因传给下一代，让孩子重复自己的痛苦。

在《奇鸟行状录》中，他终于决定将自己的"后记忆"（post-memory）付诸文字化的再现。按美国批评家多米尼克·拉卡普拉（Dominick LaCapra）的说法，所谓"后记忆"是一种间接体验的记忆方式，它源自事件当事人的讲述或见证，借助他者的代际传递而成为后人的获得性记忆，并由此保留一种缺席的在场。村上春树曾强迫自己遗忘的父辈记忆，最终还是在文学想象和历史档案中借尸还魂，并以极其扭曲狰狞的细节侵入当代读者的神经。在《奇鸟行状录》中，关东军在投降前疯狂处死长春动物园的豹子、狼和熊，却发现一通扫射之后那些笼中野兽依然在垂死挣扎；与屠杀动物的辛苦不同，日军士兵在处死伪满洲国军官学校的中国学生时则处心积虑展现恐怖，他们将刺刀在对方躯体里上下搅动，然后将内脏挑出来，或者用棒球棍将中国人后脑壳敲破。所有这些极端暴力的文学再现，都是村上春树试图打开日本的钥匙，也是他与自己继承的创伤记忆进行战斗的武器。

　　某种程度上，《刺杀骑士团长》是这种战斗的延续。小说中画家雨田具彦的弟弟很像是村上春树父亲的一个投射，这位东京音乐学校的高材生被抓到以粗野凶蛮闻名的第六师团服役，并成为了南京大屠杀暴行的执行者。他被迫用原本为弹奏肖邦和德彪西而生的双手去砍人头，而且被上级军官勒令"为了练习，要一直砍到习惯为止"。而日军在国民政府的首都屠杀了多少人呢？在自杀前留给家人的遗书中，他讲了一个真伪不详却足以让我们毛骨悚然的传闻：因为大量尸体被抛入长江，所以那里的鲇鱼可以饱餐人肉，甚至"因此有肥得像小马驹般大的鲇鱼"。《刺杀骑士团长》出版后，日本极右人士猛烈抨击村上春树，说他不应将饱受争议的南京大屠杀死亡人数暗示为四十万之多，但正如小说家自己所言，他在虚构文学中无意代替历史学家去考据战争史实（事实上，在日军有组织地掩埋罪证之后，南京大屠杀的确切统计数字已很难得到确认），真正对他重要的是"被创伤所堵塞的记忆将会如何影响想象"。既然惨绝人寰的屠杀确实发生过，而且这种暴力的血腥程度已经大到让一个天才钢琴家割腕自杀，那么"四十万人和十万人的差别到底在哪里"？所以，当雨田具彦从纳粹铁蹄下的奥地利返回日本，他实际上成为了这个家族（乃至整个日本民族）战争创伤的记忆代理人。当他垂垂老矣地躺在医院等待死亡的到来，雨田具彦的死亡并非是肉体意象上的，而是老年痴呆症对记忆的蚕食。于是，那幅藏在阁楼的神秘画作《刺杀骑士团长》成了历史记忆的加密存储器，当它以村上小说特有的怪诞方式辗转传到"我"手中时，这个叙事者（一位普通的中年画家，一位典型的人生潦倒的村上主人公）就构成了创伤遗产的下一位继承者。

　　如此说来，《刺杀骑士团长》似乎依然是在重复村上春树的文学招数——无论是人物的际遇设置，欲望的投射轨迹，二元时空的并用，或是反思日本历史的主题，它们的确对于挑剔的村上迷来说都不新鲜。难怪有评论者认为，村上在小说中因循

3

了成年版"成长小说"的路数，那个树林里的圆形洞穴不过是戏仿《爱丽丝漫游仙境》中神奇的"兔子洞"，体现了村上春树爱做梦、不愿长大的"彼得·潘"性格。然而，这部作品真的没有新鲜魔法了吗？答案或许就藏在"我"所面对的画板和调色盘上。

从小说家到计算士，从律师到健身教练，村上春树的主人公从事过形形色色的职业，但"画家"的人设却依然显得格外狡黠。首先，雨田具彦这个人物虽没有确切的历史原型，但与日本著名旅法绘画大师藤田嗣治（Tsuguharu Foujita，1886—1968）颇有几分相似。藤田和雨田一样，都是将东西方绘画美学熔为一炉的奇才，也都在二战期间因为时局被迫从欧洲返回了日本，是德国纳粹主义和日本军国主义的亲历者。而"我"不过是一个才华可疑的画家，专门接受像主委托从事肖像画（portraiture）的绘制，或者用"我"的话说，"仿佛绘画界的高级娼妓"。村上春树借主人公之口对肖像画的这番贬损其实事出有因，因为肖像画和作为艺术的绘画，正如同类型化的"大众文学"和追求独创性的"纯文学"之间的分野。

在东西方绘画史上肖像画之所以长期受到冷落，个中原因其实非常复杂。这里面既有欧洲 3 世纪新柏拉图学派普罗提诺（Plotinus）的缘故，也和早期基督教教会对于肖像画与圣像崇拜的态度有关。中国古代美术史上虽然不乏禅师和帝王的肖像，但是按文以诚（Richard Vinograd）的说法，肖像画作为一种重要艺术类型的地位直到晚明才得以确立，这或许是因为肖像画的价值主要取决于像主的名望，从而阻碍了它们在民间的收藏与流通。当代西方艺术中，除了查克·克洛斯（Chuck Close）、卢西安·弗洛伊德和大卫·霍克尼之外，真正凭借肖像画确立自己地位的画家极少。值得注意的是，"我"在小说开篇的苦闷其实是双重的："表"是妻子的婚外情让他陷入中年危机，而"里"则是"我"对于肖像画这个职业的悲观——生存的压力使得画家被迫接受政商名流的订金去从事肖像画的营生，但他又深刻地意识到此类绘画只是廉价的文化商品，是对自己"画魂"的玷污。"我"的这种职业困境在商业社会具有典型性，它映射了村上春树对于小说家行业同样的反思性焦虑：到底是继续迎合图书市场的商业口味来写畅销书，还是固执己见地创作那些阳春白雪的纯文学作品？正是在这个意义上，我更愿意将叙事者辨识为村上春树的"分身"，将《刺杀骑士团长》视为一部在艺术论的层面反思"再现"的元小说（而不是一篇关于婚姻危机、爱欲无能，或幽闭恐惧症的中年成长寓言）。换言之，这正是村上春树要尝试的新戏法，也是极富艺术本体论自觉的他所试图探索的一种晚期风格。

然而，村上春树并不简单地认为所谓的商业性或大众市场就是严肃文学发展的死敌。事实上，虽然"我"一开始对于肖像画的艺术性心怀芥蒂，但随着情节的推进，"我"却在接受神秘富豪免色的丰厚定金之后，开始了超越商业肖像画既定类型的艺术探寻。《刺杀骑士团长》不止是提供给了读者一个关于莫扎特歌剧《唐璜》的隐喻线索，也给"我"带来了绘画理念的冲击——雨田具彦这幅不为人知的画作结合了西方与日本的文化范型和再现技巧，它代表了冈仓天心等人开创的"日本画"的一个发展巅峰。第一部的第9章中，"我"和免色关于"日本画"的长篇大论值得读者深入领会，它们和书中其他大段谈论美术史和绘画创作的内容一样，并不是"探洞奇遇记"之外的旁枝末节，而应该被视为核心情节本身。起初，明治政府发展"日本画"的初衷是要体现日本文化的独立性，以和欧美文化去分庭抗礼，但实际上它所追求的是一种欧日互通的兼收并蓄。表面上村上春树是安排他的人物在散漫地谈画论艺，但其实巧妙地折射出了作家自己的文学创作理念——村上春树的毕生创作又何尝不是游走于东西方之间，以小说虚构的形式来追求一种"日本画"的效果？

"我"探寻洞穴秘密和免色窥望女儿的两条情节线索，是村上为了满足类型文学读者的期待而设置的彩头。它们环环相扣、充满悬念，但毕竟从某种意义上只是对《奇鸟行状录》历史主题和"盖茨比"式美国浪漫故事的另类演绎。对另一类型读者而言，他们可能会更关注"我"作为画家的顿悟——其实"我"创作四幅画的过程，即《免色》《杂木林中的洞》《白色斯巴鲁男子》和《秋川真理惠的肖像》，就是以雨田具彦门徒的姿态，与《刺杀骑士团长》在创作上的受教和对话。原本只是"我"备感厌倦的商业肖像画契约，但渐渐变成了"我"对念兹在兹的绘画艺术一次伟大的修炼之旅。叙事者开始意识到，他之所以被免色和"骑士团长"冥冥中挑选，其实是因为他"具有肖像画的特殊才能——一种径直踏入对象的核心捕捉其中存在物的直觉性才能"。"我"不再认为肖像画是艺术的绝缘体；相反，它是一个将"像主"（subject）变为画布上的"主体"（subject）

的再现过程。如罗杰·弗莱（Roger Fry）所言，肖像画模特不过是建造"有意味的形式"的脚手架，画家要寻找并准确捕捉的是像主音容笑貌背后的那个本质个性，从而让画布上线条与颜色所构成的"物"跃升为具有生命潜能的再现对象。这就是肖像画的艺术悖论："它宣称是关乎外表的，但其意义却以几乎是公认的方式隐藏于外观之下。"事实上，当代艺术中之所以罕有肖像画的佳作，其实就是因为现代性的进程让自我（ego）在当代社会变得更加难以理解和捕捉，这种多变的、含混的主体性因而更难被肖像画家呈现出来。以文字为中介的叙事艺术同样关注人物塑造（characterization），如何让文字构建的文学肖像从"形似"抵达"神似"，不正是小说家孜孜以求的吗？

4

村上春树在小说中秘密嵌入了一部探寻再现艺术的精神自传，所以《刺杀骑士团长》也格外像是日文版《"老年"艺术家的肖像》，仿佛是这个小说家在四十年写作生涯即将结束时向乔伊斯的致敬之书。村上苦心孤诣要去挖掘的，是作为视觉艺术的肖像画与作为文字艺术的小说进行对话的可能——毕竟这两项事业的核心秘密都是要以可见的形式，去揭示关于人的不可见真相。然而，此书真正令我动容的还不止是村上对于文学再现理论的反思意识，而是他勇敢地站在了文学和肖像画共同的阈限边界，再往前一步或许就是无底的黑色深渊。换言之，"我"所获得的艺术顿悟并不是如何将肖像画画得日臻完美，从而可以像雨田具彦那样在艺术圣殿里登堂入室；相反，村上春树让主人公凝结的重要艺术发现，其实是作为"心灵捕手"的肖像画的永不完结性（当然，它也指向了文学再现本身的限度）。通过将"我"与"人像"的遭遇展演为扑朔迷离的连续意外，《刺杀骑士团长》告诫我们：不要将肖像画视为静止之物，在它变为物件之后，理念的鬼魂以"骑士团长"的形态出没于观看者的生活情境中，甚至在刺杀了这个鬼魂后，其作为事件（event）的意义也并未终止。

村上春树正是在这里，展现了他和王尔德的貌合神离之处。在《道连·格雷的画像》中，格雷用杀死画家巴希尔的尖刀刺向了自己的肖像，但最后换来的是自己衰老肉身的死亡，而代表唯美主义理想的俊美少年永远留在了画框里。村上认为不存在绝对完美的肖像，不相信画家能够在画布上完成终极的再现，他也反对那种将艺术视为高度自治之域的理论。在"我"的画笔下，艺术的功能是帮助我们更进一步地认识生命与历史，在审美的过程中艺术促使我们召唤记忆、组合隐喻，并最终反思当下的存在。因此，与其说村上相信的是"为了艺术而艺术"（art for art's sake），毋宁说他在呼吁"为了生活而艺术"（art for life's sake）。在个人的主体性日益萎靡甚至消亡的后现代社会，我们与当代艺术去遭遇的意义，恰恰是为了谋求生命力（乃至生殖力）的再度觉醒——结婚时无法与柚生育后代的"我"，却在小说结尾用"情念"让她隔空怀孕！这个善意玩笑般的大团圆结尾，或许正是村上春树心怀的"艺术影响生活"的美好愿景吧。

当代艺术家葆有"精魂"固然重要，然而再现理论所面临的绝境并未因此而得到改变。问题依然是：我们真的可以凭借直觉或后印象派式"主观化了的客观"抵达再现对象的真实？正如哲学家阿多诺在"否定的辩证法"中所揭示的那样，基于传统现实主义的摹仿（或是小说主人公谈论的"再现画"）受限于追求同一性（identity）的本体论，而我们对于认识对象（譬如像主）并不真正存在稳定的、确切的共识，也不存在一个可以追溯的原始还原主义的"真"。当艺术家试图去用画笔或文字来再现历史的极限情境时，就会不可避免地陷入"无法再现性"（unrepresentability）的陷阱——在上部"显形理念篇"的结尾，村上意味深长地引用了塞缪尔·威伦伯格的《特雷布林卡集中营》，里面提到了一位因于集中营的华沙画家曾希望给德国刽子手画肖像。然而，这个将死的囚徒真的能画出纳粹种族灭绝的极端之恶吗？跳出这个陷阱的办法或许只有一个，那就是打破对于概念的迷思，去用艺术来勇敢地表达充满异质和差异的"非同一性"（non-identity），这才是村上春树们的使命。有趣的是，在雨田具彦的《刺杀骑士团长》中，这种"非同一性"是通过画面左下角那个目击决斗的长脸男子来体现的——他从地下钻出，不属于莫扎特歌剧中的人物，又不像是地狱中的恶鬼；他容貌奇特，头发蓬乱，长着异常细长的脸，却有着惊人的敏锐目光；更重要的是，他这种隐匿而突兀的存在"强行打破了整幅画的构图平衡"。

传统的东西方肖像画曾试图从"面相学"或"颅相学"来寻找脸部构型和精

神特质的关联，夏尔·勒布伦（Charles Le Brun）这样的 17 世纪宫廷画师则希望从笛卡尔《论灵魂的激情》中找到描摹面部细节以传达灵魂的秘诀。为免色绘制肖像画时，"我"第一次感受到了那种摆脱肖像画传统去创作人像的奇妙。当叙事者在画室静静观察画架上尚未完工的免色肖像时，结果发现随着自己观察位置的改变，画中的那个免色"看上去有不可思议的差异，甚至显得两种截然不同的人格同时存在于他的身上"。主人公认为自己的任务正是寻找像主"不在的共通性"并赋予其形象，而恰好从那一刻开始，"骑士团长"的幻音闯入"我"的意识，并指导"我"完成了最后的关键几笔。这幅肖像画中有免色，他在画中不仅有呼吸，还携带着自身的谜团，但却已经完全背离了追求形似的肖像画，而变成了"为我画的画"。在《白色斯巴鲁男子》这幅画中，"我"曾试图捕捉黑暗中与暴力记忆有关的无脸人像，却在真理惠的建议下止步于草图阶段。尽管未被施以血肉和颜色，但那个用木炭画的寥寥几笔却已经让那个鬼魅之影跃然纸上……

亲爱的读者们，难道身为作家的村上春树只是班门弄斧地谈论绘画吗？当《刺杀骑士团长》下部的关键词从"理念"变为"隐喻"时，尤其是当叙述者为了拯救真理惠而杀死了作为理念的"骑士团长"并迈进"隐喻通道"的黑暗时，"我"在那个地下世界的探险成为了全书最浓墨重彩的几章。这不是小说家又一次荣格式的精神分析之旅，或对希腊神话的互文性指涉，亦不是村上主人公逃离现实世界的故伎重演。主人公曾认为画家的追求是让永恒的理念在画布上显出形状，但是绘画的意象构建其实是一个充满偶然性的隐喻过程。正如文学系统所依赖的象征修辞，艺术家也必须要从隐喻之河泅渡，用关联性的意象或譬喻，让事物中隐含的可能性浮现出来。伟大的画家必须成为伟大的诗人，伟大的诗人也必须是伟大的画家，因为最好的隐喻既是一种绘画，同时也是诗本身。由于隐喻与本体并非一一对应的关系，为了照亮那些神秘的理念，我们甚至还需要借助双重隐喻——"我"可能既是那个白色斯巴鲁男子，也可能是杂木林中的一口枯洞。再现之所以如此暧昧和斑驳，既是基于周遭世界的复杂维度本身，也是因为历史中的人性有着复杂的多面性。

这，就是村上春树要变的新戏法。

这，就是他要告诉我们的关于伟大艺术的秘密。

《三体》：大荒山寓言

文｜黄德海

如果开始读《三体》时有不适感，甚至有点眩晕，不要急着放弃，这非常可能是进入虚构新世界时没被辨认出来的惊喜感；如果对第二部发现的道德难题和冷酷图景心有余悸，不妨暂停一下，因为这一切将在第三部变本加厉；如果觉得前两部已足够震撼，不用担心，可以肯定三部曲是一个越来越出色的书写过程，迎面而来的时空尺度将更为恢宏……

1900 年的一天下午，四十二岁的马克斯·普朗克和他不满十岁的儿子一起在树林里散步。据传说，当时普朗克心事重重，神色忧伤。儿子禁不住好奇心的驱使，小心地问他怎么了，普朗克低声说道："如果没弄错的话，我完成了一项发现，其重要性可以跟牛顿的发现媲美。"是什么了不起的发现，让一贯冷静谦逊的普朗克几乎口不择言？

　　在研究物体热辐射的规律时，普朗克发现，只有当假定在辐射过程中，能量是以已知的不可分份额非连续——也即一份一份地——释放或吸收时，计算结果才能与实验结果相符。这一非连续释放或吸收的一份一份，后来就被称为"量子"（quantum），来源是拉丁文的 quantus，意为"有多少"，代表"相当数量的某物质"。没错，这个发现的意思是，我们在宏观世界感受到的连续能量，不过是无数一份一份释放或吸收的量子的集合，也就是说，在进入微观层面之后，世界连续性的幻象破碎，科学的巨大革命时代即将到来："革命之前科学家世界中的鸭子，在革命之后就变成了兔子……在一些熟悉的情况中，他必须学习去看一种新的格式塔（Gestalt）。在这样做了之后，他研究的世界在各处看将与他以前居住的世界彼此不可通约（incommensurable）。"

　　不知道经过现代物理学一百多年的发展和普及，人们是不是早已对普朗克的这一发现见怪不怪，我得老实承认，此前只接触过古典物理学连续世界观的我，在初次看到这个结论的时候，豁然明白普朗克当时为什么会心事重重，神色忧伤。意识到普朗克带来的巨大变化之后，我陷入了震惊带来的酥麻之中，觉得脚下的土地无声地向远处开裂，一个跟此前头脑中完全不同的世界在眼前展现——虽然世界古老依然，但它跟人的相互关系却自此是全新的。类似的感觉，只有后来了解到广义相对论中的时空连续区时才出现过——我已经把话题扯得太远，因为上面的离题话只是个不恰当的比喻或起兴，用来说明我读到《三体》时略微有点相似的心情。

1

该怎么形容《三体》的语言呢？像一个刚学会用语言表达自己复杂感受，陷入爱情的小伙子写给姑娘的情书；像一个偶然瞥见了不为人知的罕见秘密，却找不到合适语言传递回世间者的试探；或者像一个研究者发现了可以改变以往所有结论的档案，试着小心翼翼把档案携带的信息放进此前研究构筑的庞然大厦……不流利，不雅致，不俏皮，略嫌生涩，时露粗糙，如同猛兽奔跑之后，带着满身的疲累喘着粗气，而生机还没有完全停歇下来，其息咻咻然，偶尔有涎水滴落，在地面上洇开大大的一片。

没法简单说是幸运还是不幸（较大的可能，应该算是不幸），我的阅读不是从精巧雅致开始的，如果不说是源自粗糙简陋的话——并非图书馆里经过时间淘洗的高坟典册，而是路边摊上沾满汗污的各种出租读物。这类读物因为要抓住人的好奇心，因而叙事多直奔主题，人物的心思直接而显白，行动即是内心的反映，不曲折，不缴绕，即便对应着浅薄平庸的世界也浑然不觉。如此阅读启蒙带来的重大问题是，对繁复细腻的语言没有天生的亲近感，有时甚至会失去阅读精微作品的耐心，对众多巧妙的书写没有近乎本能的热爱（Eros），很多时候只能跟心思细密的作品擦肩而过。

未经指引的阅读摸索大概只带来一个意想不到的收获，就是培育了我绕过复杂的心智游戏，对小说构造的世界更为敏感，透过泥沙俱下的文字去看作者虚构中最初的世界构型，猜测它最终要长成的样子。或许我该说，幸亏我的阅读不是从细密精致开始的，因此对《三体》质直素朴的语言早有准备，开始不久，我就发觉，这本书诸多灰扑扑的、不起眼的角落，都蕴藏着某种指向阔大世界的力量，仿佛所有的细节都经过了轻微变动，而这些轻微的变动必将引起整个系统的雪崩，最终改变世界（宇宙）的模样。没错，那个世界起于大荒山无稽崖，起于东胜神洲傲来国，你不知道它将显现为什么形状，只觉得这所有的言辞，都是一个全无来由的庞大起兴。

《长阿含经》记载，须弥山周围有四大部洲，分别是东胜身洲、南赡部洲、西牛贺洲和北俱卢洲。其中的东胜身洲，就是前面的东胜神洲，而北俱卢洲，意译为胜处（美好的地方），"其土正方，犹如池沼，纵广一万由旬（计量单位，一由旬相当于一只公牛走一天的距离）。人面亦像地形，人身长三十二肘。人寿一千岁，命无中夭"。对身高不足五肘，寿命不过百岁，居住环境恶劣的人类来说，这真的是一个难得的胜处，几乎可以在其中一往无前地安心修行了不是吗？很可惜，这个地方，属于佛教所谓的"八难之地"——"谓见佛闻法有障难八处，又名八无暇，谓修道业无闲暇也"：一地狱；二饿鬼；三畜生；四郁单越；五长寿天；六聋盲喑哑；七世智辨聪；八佛前佛后。

　　一、二、三、六、八不难理解，因为处境艰难或时机错失而无法精进，甚至五是外道修行所抵之处，七因为聪明小巧而不能接受大法，都好理解，但四郁单越，也就是北俱卢洲，就有点难以思维了对吧？为什么"以乐报殊胜，而总无苦"也属于难呢？没有苦难的地方，怎么反而是修行的障碍呢？胜处而为障难，一定有极其特殊的原因，古德的解说是："为着乐故，不受教化，是以圣人不出其中，不得见佛闻法。"正因为环境太好了，优越到没有想起去接触，更不用说是钻研修证佛法——人类如果一直生活在伊甸园里，物质生活丰足，精神上极其愉悦，大概不会想着去发展什么科学技术吧？

　　现在，来想象两个互不相干的世界，各自因应自己的环境发展着，有费尽心机的进步，也有迫不得已的中断，并各自经历着自己的幸运和不幸。终于，其中一个世界的不幸大大超出了部分人能够承受的范围，"人穷则反本，故劳苦倦极，未尝不呼天也"，于是向宇宙发出了呼求的信号。两个不相干的世界经过光年级别的传递，终于有了联系，而这个联系，非常可能是某种致命危险的开端。即便提前获得了警告，呼求者也没有停止自己的步伐，甚至更为变本加厉。只是，我们似乎无法去责怪那个发出信号的人，因为悲惨的遭遇已经让她确信，"我的文明已无力解决自己的问题，需要你们的力量来介入"。即便经过怎样遥远的传递，原因亘古未变，就像在莎士比亚的《亨利四世》里，叛乱的约克主教给出的理由——

　　　　我并不愿做一个和平的敌人；我的意思不过是暂时借可怖的战争为

手段，强迫被无度的纵乐所糜烂的身心得到一些合理的节制，对那开始扼止我们生命活力的障碍作一番彻底的扫除。再听我说得明白一些：我曾经仔细衡量过我们的武力所能造成的损害和我们自己所身受的损害，发现我们的怨愤比我们的过失更严重。我们看见时势的潮流奔赴着哪一个方向，在环境的强力的挟持之下，我们不得不适应大势，离开我们平静安谧的本位。……当我们受到侮辱损害，准备申诉我们的怨苦的时候，我们总不能得到面谒国王的机会，而那些阻止我们看见他的人，也正就是给我们最大的侮辱与损害的人。新近过去的危机——它的用血写成的记忆还留着鲜明的印象——以及当前每一分钟所呈现的险象，使我们穿起了这些不合身的武装；我们不是要破坏和平，而是要确立一个名实相符的真正和平。

习惯了被侮辱与被损害，不表明对任何侮辱和损害都无动于衷，到了某个极限，人们会不断地问自己——我还剩下多少耐心，是不是有必要穿起那些并不合身的衣装来？或者，当我无力自己穿起那身衣装，是否有必要向未知的、可能极其危险的力量呼告？

如果因为语言问题，或者和平的渴望导致的灾难性变故出人意料，《三体》引起的感觉还只是某种不适，那么《三体Ⅱ：黑暗森林》可能会引起极为明显的强烈反应，因为在这一部，人类早就信以为真的诸多道德底线或人性不可逾越的部分，我们对世界有可能拥有的美好理想，将不得不然地破碎在一个更大、更黑、更无垠的世界里。在这样的情境下，刘慈欣的文字越具象，越有表现力，带来的后果就可能越严重，听惯摇篮曲和童话故事、习惯日常温煦时光的人，会出现非常典型的发呆、愤怒、眩晕等症状，感受力更为敏锐的，甚至会有明显的恶心呕吐感，就像多年前刘慈欣做的思想实验引起的感觉一样。下面节引的话，差不多足以说明刘慈欣让人惊惧到至于厌恶的逻辑推理——

可以简化世界图景，做个思想实验。假如人类世界只剩你我她了，我们三个携带着人类文明的一切。而咱俩必须吃了她才能生存下去，你吃吗？

宇宙的全部文明都集中在咱俩手上，莎士比亚、爱因斯坦、歌德……不吃的话，这些文明就要随着你这个不负责任的举动完全湮灭了。要知道宇宙是很冷酷的，如果我们都消失了，一片黑暗，这当中没有人性不人性。现在选择不人性，而在将来，人性才有可能得到机会重新萌发。

这是很有力的一个思想实验。被毁灭是铁一般的事实，就像一堵墙那样横在面前。我表现出一种冷酷的但又是冷静的理性，而这种理性是合理的。你选择的是人性，而我选择的是生存。套用康德的一句话：敬畏头顶的星空，但对心中的道德不以为然。

尽管我非常确信，如果真的出现这种极端状况，已经在思想中演练过这个实验的刘慈欣肯定不会第一个做出如此极端的选择，甚至也不会是最后一个——在团体性高强度的竞争性运动中，你是相信坚持高强度训练的人会做出更有利于群体的选择，还是会相信一个对体能作用于思维的力量一无所知的人？答案不言而喻，可是，因为这个思想实验，我已经很难再向善良的朋友解释刘慈欣并非恶魔，反而可能是直面这个世界最危险部分的那个人——没错，就像这本《黑暗森林》里的罗辑，对这个世界的真相知道得越清楚，想要告知人们越多，就会发现世界愿意理解你的就越少，甚至会把你当成敌人，最终，你将在所有人们累积起来的隔离式孤独里过完自己的一生，即使你满怀着对世界的善意，即使你已经承担着拯救世界的责任。

想起来都有些让人沮丧，即便这个世界上真有所谓先知，即便这先知已经洞察了宇宙的真相，这真相却无法告知更广泛的人群，所以先知其实一直是不受欢迎的。或者也可以用柏拉图的洞穴比喻来说，有人因为偶然的机会看到了洞穴外的世界，意识到了洞穴的局限，企图把看到的秘密告知洞穴内的囚徒，希望把他们带到地面之上，"他不会遭到笑话吗？人家不会说他到上面去走了一趟，回来眼睛就坏了，不会说甚至连起一个往上去的念头都是不值得的吗？要是把那个打算释放他们并把他们带到上面去的人逮住杀掉是可以的话，他们不会杀掉他？"对，《黑暗森林》描述的人群关系跟洞穴比喻一样，没有什么美好的幻象，只有冰冷的事实，如列奥·施特劳斯所说："少数智者的体力太弱，无法强制多数不智者，而且他们也无法彻底说服多数不智者。智慧必须经过同意（consent）的限制，必须被同意稀释，即被不智者的同意稀释。"

在《黑暗森林》中，招人讨厌的先知或少数智者洞悉的秘密被称为宇宙社会学公理："第一，生存是文明的第一需要；第二，文明不断增长和扩张，但宇宙中的物质总量保持不变。"这两条看起来无甚高论的公理，再加上两个重要概念，"猜疑链"和"技术爆炸"，善于高度抽象思维的人已经能看见宇宙的暗黑景观了。现在，刘慈欣把那个抽象思维中出现的冰冷宇宙图景用文字表达出来，那慑人的寒光击破了书中人和不少读者脆弱的精神防线，即便接下来是宇宙级的洪水滔天，我想不少人也愿意暂时摆脱这可怕的想象，起码希望一切灾难出现于自己身后。只是，我们大概用不着苛责刘慈欣为什么要写如此冷酷的东西，或者用不着对刘慈欣的想象力过于迷信，因为在数个世纪之前，人们早就该从霍布斯的《利维坦》中辨认出这个宇宙社会学公理的雏形——

最糟糕的是，（在自然状态下）人们不断处于暴力死亡的恐惧和危险中，人的生活孤独、贫困、卑污、残忍而短寿。自然会如此解体，使人适于相互侵犯，并相互毁灭，这在一个没有好好考虑这些事情的人看来是很奇怪。因此，他也许并不相信从激情出发进行的推论，也许希望凭经验来印证结论是否如此。那么我们不妨让他考虑一下自己的情形——当他外出旅行时，他会武装自己，并设法结伴而行；就寝时，他会要把门闩上；即使在他自己的家里，他也把箱子锁上。他做这一切时，分明知道有法律和武装的公共官员来惩办一切他所遭到的损害——

那么，他带上武器出行时对自己的国人是什么看法？把门闩上时对自己的同胞们是什么看法？把箱子锁上时对自己的孩子和仆人是什么看法？

　　只要领略过《黑暗森林》毁灭性的华丽，你就会知道，上面这些干巴巴的文字里，究竟蕴含着怎样的杀伤力，会爆发出怎样摄人心魄的能量。我不徒劳地解释《黑暗森林》的崇高之美了，只试着把上面的逻辑往下推——如果把残酷的自然状态推向整个地球世界，再进一步推向在第一部中因为呼求而出现的两个星球间的关系，再进一步推向几艘航行在茫茫太空中的星舰，会是一幅怎样的景象呢？人类凭靠思维和科学技艺搭建的遮风避雨之所，那些看起来理所当然的伦理和道德选项，在这样的时空尺度上还能成立吗？如果不成立，人会在何种程度上完成自己的剧烈演化，变成此前地球伦理无法辨识的人类或者别的什么物种呢？维持人类底线的某些特殊的天赋和善意，会在这样的背景下如"水滴"击溃联合舰队一样荡然无存，还是如星海中的一叶扁舟，载着这点乘除不尽的余数不绝如缕地行走在太空之中呢？

3

　　从《三体》到《黑暗森林》，再到《三体Ⅲ：死神永生》，虽然里面的人物和情节都有似断似连的关系，但等到第三部结束的时候，你肯定觉得已经跨过了无限漫长的时间，在第一部中感受到的洪荒气息，经过第二部森林中的残酷的展开，最终等到了第三部的无比辉煌。看完第三部，我才确信无疑，这次临盆的是大山，产下的是整个宇宙，就仿佛那块大荒山无稽崖青埂峰上的顽石，那东胜神洲傲来国花果山上的仙石，在光阴中经历了尘世的一切，等再回到各自的所在，就又堪补苍天，足孕灵胎。阅读《死神永生》是一次认识天地不仁的痛苦煎熬，也是一次见识春来草自青的欢喜享受，那感受太过复杂，原谅我无法用单一的、不互相矛盾的词语来形容。

　　《三体》三部曲起码可以让我们意识到，人世间的道德和伦理设定，建立在将太阳系作为稳固存在的基础之上，一旦这个巨大系统的稳固性出现问题，所有看起来天经地义的人伦设定，都不免会显得漏洞百出。在这种情况下，人是该坚守自己的道德和伦理底线，还是该根据情境的变化产生新的伦理道德？如果人类数千年累积起来的对更高存在（比如神）的信任不过是谎言，人该如何应对这极端无助的状态？刘慈欣合理想象了这种极端状态下不同人的反应，在思想实验意义上重新检验了人群的道德和伦理设定，并探讨了人类总体的生存和灭亡可能，扩展了人对此类问题的探索边界。与此同时，刘慈欣也暗中给自己埋下了被质疑的种子——在更高级的存在层面，会不会有不同于人类级别的善恶或判断标准？如果有，那个跟更高级的存在相适应的道德和伦理标准，会像人类这样设想宇宙的状态吗？如果不是，那个标准会是什么样子，又将如何影响在人类看起来是黑暗森林状态的宇宙呢？

为了避免损害阅读的乐趣，我就不对作品的细节展开讨论了，这也是文章始终在远兜远转的原因。只有几个问题需要提示：如果开始读《三体》时有不适感，甚至有点眩晕，不要急着放弃，这非常可能是进入虚构新世界时没被辨认出来的惊喜感；如果对第二部发现的道德难题和冷酷图景心有余悸，不妨暂停一下，因为这一切将在第三部变本加厉；如果觉得前两部已足够震撼，不用担心，可以肯定三部曲是一个越来越出色的书写过程，迎面而来的时空尺度将更为恢宏……让我换个方式再把这意思表达一遍，如果《三体》第一部是地球人自身的离经叛道，那第二部就是对离经叛道的宇宙公理的认识和利用，而到第三部，我们将会发现，公理本身已经发展成为离经叛道的原因——在这里，我们要准备放下所有可能的成见，宇宙的冰冷气息以及这冰冷气息中透出的人的顽韧，会冻结我们的幻梦、点燃我们的想象。

我很想选一段作为《死神永生》辉煌叙事的抽样，可挑来挑去，虽然任何剧透都不会有损小说整体的雄伟，但我怕被聪敏的阅读者猜到小说的构思，不小心会流失掉一点点阅读的乐趣，就还是决定引那个辉煌而又苍茫的起头部分，因为从这里开始，此后的所有都只是必然的展开——

　　歌者把目光投向弹星者，看到那是一颗很普通的星星，至少还有十亿时间颗粒的寿命。它有八颗行星，其中四颗液态巨行星，四颗固态行星。据歌者的经验，进行原始膜广播的低熵体就在固态行星上。

　　……

　　二向箔悬浮在歌者面前，是封装状态，晶莹剔透。虽然只是很普通的东西，但歌者很喜欢它。他并不喜欢那些昂贵的工具，太暴烈，他喜欢二向箔所体现出来的这种最硬的柔软，这种能把死亡唱成一首歌的唯美。

　　……

　　歌声中，歌者用力场触角拿起二向箔，漫不经心地把它掷向弹星者。

　　这段引文里出现的"歌者""弹星者""二向箔"，以及《三体》三部曲中的另外很多词语"黑暗森林""智子""水滴""面壁者""破壁人""执剑人"……将以文学形象的方式，成为当代汉语的常用词，参与一个民族语言的形成，像"阿Q""祥林嫂""华威先生""围城""白毛女""东邪西毒""小李飞刀"……进入汉语的状况那样，只要提到这些词，我们心中就会有一个鲜明的形象出现。如果这个说法可能成立，或许关于《三体》的语言猜疑可以就此告一段落——创造了鲜明形象的语言真的是粗糙浅陋、破败不堪的吗？换个方式，是不是可以说，书中的鸿蒙气息和浩淼之感，让《三体》的语言朴素到了庄重的地步？

　　庄子《寓言》的开头，我看用来说《三体》再恰当不过了："寓言十九，重言十七，卮言日出，和以天倪。"——借助已知的科学重言，以寓言的方式讲述现代人眼中的世界，从而让作品成为眼前的卮言，和以当下的天倪，读之可以大其心志，高其见界，触摸人类想象力的边缘地带，让我们有机会心事重重，神色忧伤。那座在思维中存在的大荒山，从不同时代的寓言中变形过来，经过无数岁月的磨砺，以横无际涯的苍翠之姿，坐落在现代的门槛上，显现出郁郁勃勃的无限生机。

纳博科夫：他的快乐是种挑战

文 | 陈以侃

我现在越来越愿意被一种信念说服，那就是纳博科夫的"不好读"，
不管是局部还是整体上的难度，都是他在提示你，这是一个创造在艺术中的更高的现实；就像人在
生活中必须刻意捕捉细节和背后的呼应一样，宇宙隐含的美并不是唾手可得的。

1

《泰晤士报文学增刊》(*TLS*) 有个线上栏目，叫"二十个问题"。开头十个都像是正经采访：你觉得最被高估的作家是谁，最被低估的是谁，最难写的主题是什么，度假的话带什么书；后十个，神色一变，逼你快问快答：T. S. or George（你喜欢 T. S. 艾略特，还是乔治·艾略特），萨特 or 加缪，普鲁斯特 or 乔伊斯，克瑙斯高 or 费兰特。后面这些选择题会为来宾微调，但背后的逻辑优雅、简明、通彻到像个一流的数学公式：你就是你的好恶。为偏心而奋斗终生。

每次采访对象只要名字见过，我都自动把链接打开。在一个时时刻刻排山倒海而来的文学世界里，这种简化了的景致让人安心，像是一条林荫道，左右左右排出去的二元对立，通向一个文人的灵魂。就我个人而言，好像有生之年大半的用功都是为了能多回答几道这样的选择题，或者是我隐约认为，只要有底气回答得了足够多这样的问题，就算懂文学了。

从 TLS 的那套问卷里也看得出，有些 or 是大过另一些 or 的，类似你碰到一个球迷，或早或晚总得知道他觉得是梅西好还是 C 罗好，如果意见相左，那半夜还是不要约出去看球了。不管是纸上还是纸下，我的文学相亲里，看能否和对方共度余生，也有个终极问题——已经不算是选择题了，因为你很难给他找一个相称的对手——"你喜不喜欢纳博科夫？"

80 年代刚开头，金斯利·艾米斯给最要好的朋友写信，菲利普·拉金，基本上就是在问这个问题："你怎么看纳博科夫？好啦，去他娘的！一半美国文学问题就出在他身上……这一边也有不少笨蛋被他整昏了头，还有——或许你也想说，是包括——我的小马丁。"马丁·艾米斯从来不讳言，自己的书父亲一直读不完，他最好的一本《金钱》，艾米斯爸爸读到一半把小说甩到书房另一头。

虽然没有类似的父子情分要顾念，但很多作者我还是会周期性地重新检讨自己对他们的厌恶。有些名家，就是越嚼越咽不下去，没有办法。比如奈保尔。想起去年看到亚历克斯·比姆（Alex Beam）出了本书，叫《宿怨》(*The Feud*)，讲纳博科夫译《奥涅金》，恩人、挚友艾德蒙·威尔逊说他乱翻，纳翁要面子，反目成仇。里面突然奈保尔插话，叫嚣："纳博科夫那算什么风格？都是假的，把注意力都吸引在语言上。美国人就爱这样。那么些个好看的句子。有什么用？”

事态已经很明朗了。金斯利不喜欢儿子写的东西，恨的是马丁趣味里的那个纳博科夫；而我无福消受奈保尔，一定是他文学里的那份“反纳博科夫”倒了我的胃口。所以接下去的这些话，倒的确可以看成回应奈爵士如此不开窍的质询，但这也是我一直想做的事情，就是搭一套审美的脚手架，让我对纳博科夫的牵念能在里面建成个可以居住的房子。中文的纳博科夫短篇集年初问世，当然是个不坏的借口；但我本身也有内在需求，就想弄清真正读懂纳博科夫时那种手足无措的狂喜是怎么回事，同时这些道理也得解释，多年来为何有那么多个下午，指证我在半梦半醒中间懊丧地合上了纳博科夫。

这个集子里有一篇，不说别的，只看它变迁就很有意思。1936 年在柏林，纳博科夫家穷到谷底；当时一大收入是朗诵会，布鲁塞尔有人找他去，说想听他的“法语新作”。纳博科夫法语虽然够用，其实一辈子都没怎么拿它写东西，而且他的创作向来腹稿和终稿都费工夫，但因为穷，这回只用两三天就写出一篇追忆自己法语家庭女教师的文字。后来纳博科夫把它重写成一个英语短篇在美国杂志发表，又用作第一版自传《确凿证据》(*Conclusive Evidence*) 的一个章节。虽然自传大部分是在 40 年代后期完成的，但纳博科夫说 1936 年写那个故事就落下“基石”，其他所有章节也都想清楚了（纳翁谈自己的创作不可尽信）。后来这个自传又重写成俄语，叫《彼岸》(*Other Shore*)，又写回英文——《说吧，记忆》，是很多人最珍爱的一本纳博科夫。

至于这个关于法语教师的故事，《O 小姐》，每次出来见人都会改，但开头几段动情思索写作动机，倒始终和 1936 年布鲁塞尔书友听到的没什么变化。叙述者说，每次他把自己过往的什么东西“借”给小说中的某个人物，那样东西就会在虚构的世界里“憔悴”，渐渐冷却，越来越给那个小说人物占去，不像是自己的了。“屋宇在我记忆里无声崩塌，如同久远的默片，曾借给我笔下一个小男孩的法语教师，飞快地暗淡着，淹没在一团与我无关的童年的描述中。”所以他要反抗那个作为小说家的自己，要孤注一掷地把剩余的 O 小姐救回来。

接下来当然不出所料，是纳博科夫的大师手笔，刻画出一个胖墩墩的法语女教师来，从她走下俄国的火车，一直写到纳博科夫最后去瑞士探望她。但这时候，事情让人毫无防备地变得极其"纳博科夫"。第一版，法语结尾，是一个加速的急转弯："原以为聊起她会带给我慰藉，但现在聊完了，我有种奇异的感触，像是她每个细节都是我凭空造出来的，就跟穿过我其他小说的所有人物一样，全然是想象。她真的活在这世上吗？没有，现在仔细去想——她从来没有活过。但从此刻起，她是真的了，因为我创造了她，如果她真的存在过，那么我给她的这段生命就是一个真诚的标志，指向我的感激。"

奇怪的是，这个结尾在俄语版的自传里略去了，塌陷成几个哀挽的单词，暂且不去管它。后来回到英文版的《说吧，记忆》，结尾不但比最初充实了不少，而且还加了更激进的一层颠覆感。叙述者说虽然他把我们送回了他的童年，领到了 O 小姐的跟前，所有声光效果都纤毫不失，但他却漏掉了 O 小姐生命的本质，就是她的痛苦。和她见的那最后一面，纳博科夫意识到自己的愚钝那么伤人，但已经来不及了。"简而言之，这就是在童年的安逸中我最钟爱的那些人和事，却只有等他们化作灰烬，或一弹穿心，我才认出他们来。"

之前说要造那个容纳我和纳博科夫的大房子，钥匙就在这里了。就是他永远要靠艺术奋力抢救那些生命中正被不可抗力剥夺的东西，当然这件事可以说是徒劳的，因为文字留存的只能是一个虚构的版本，但在那种执意要重塑的姿态里，全是人类和艺术荣光的痕迹。

把话说回来一点点，如果这房子真是"纳博科夫式"的，读者应该不需要什么钥匙，大门口会有仆人来接，告诉你里面十步一景，廊腰缦回，随便逛，奇珍异宝喜欢什么拿什么。但如果纳博科夫本人曾经突然意识到这把钥匙从无到有——跟很多属于纳博科夫的情节一样，流露出一种少年气——那应该是他母亲的两个俄语词替他召唤来的。

纳博科夫童年有个贵族庄园，叫"维拉"，是他心中丢失的天堂。《说吧，记忆》里他写母亲在维拉传给他的礼物：

用整个灵魂去爱，剩余的交给命运，她一直遵循这条简单的准则。"Vot zapomni"（现在你要记住），她会这样让我留意维拉中那些我们热爱的东西，语气像在密谋着什么——寡淡春日里凝乳和乳清交融的天空中那只飞升的云雀，夏日暮色中无声的闪电给远远一片窄林留下的快照，枫叶在棕色的沙土上围成的调色盘，新雪上小鸟踩出的楔形文字。就如同已感知自己可触碰的那部分世界会在几年内消亡，母亲对散在我们乡间住处的种种标注时节的记号培养出一种异乎寻常的敏锐。她珍视自己的过往，我现在也用同样的炽热回想她，回想我自己的过往。于是，我可以说继承了一个精美的假象——那种美是无形宅邸、虚幻庄园之美——后来也证明，这是让我承受未来失落的曼妙的训练。

去爱，就是去记住；去记住，就是训练自己用一种怀旧的温情拥抱每个稍纵即逝的细节：这些对今后的纳博科夫，以及我们接下去要聊的事情，都无比重要。

3

二十世纪二三十年代，纳博科夫和妻子大部分时间都在柏林过流亡生活。没有钱，一直在搬家。纳博科夫每天七点起来去家教，科目包括英文、法文、网球和拳击。一天之中，为了赶去好几户人家，公交车跳上跳下，在柏林城里穿梭。居留欧洲期间，纳博科夫累计收了八十多个长期学生。一开始，衣食无忧，还能时不时寄些钱到布拉格的母亲那里；不过，好几个房东怕他们逃房租，还是觉得有必要在可疑的时刻把薇拉或纳博科夫的外套藏起来当"衣质"。入夜，如果当时住的是一室户，薇拉哄睡小儿子德米特里，失眠的纳博科夫就会横一个旅行箱在浴盆上，通宵写作，抽很多烟。后来纳博科夫成了同辈流亡作家中的领军人物，就牺牲了大部分家教收入，专心写作，家庭经济状况"灾难深重"；比利时一家读书会请他去讲演，他说自己"连条像样的裤子都没有"。

给他写传记的布赖恩·博伊德所谓纳博科夫"有让自己快乐的天才"，这时候就显露出来了。薇拉打了不少的工，虽然他们勉强请了个阿姨做饭，但再要找个保姆想都不敢想，于是纳博科夫就把好不容易省下的时间用来带孩子，形容这件事"苦役和极乐交织"。他会给客人演示自己绞干尿布的技艺，说你要"如网球场上反手抽击一般优雅地扭动手腕"——这只是一个单薄的例子，看纳博科夫如何实践母亲当年的教诲：从日常中抽离每个时刻，把它摩挲成颤动的欣喜。

短篇集中有个故事叫《一封永远没有寄达俄国的信》，它曾是一部小说的片段，稿纸上的标题就叫《快乐》，最后没有写成，可能后来演化成了纳博科夫的第一部长篇小说《玛丽》。短篇小说的叙述者给自己八年前的恋人写信，她留在了彼得格勒。除了难以自控地追念了几笔往昔，大部分笔墨是在赞颂柏林的流亡生活；赞颂手法就是捕捉日常细节。博伊德在那两大本辉煌的传记里选了两张"动图"：雨夜里的汽车，纳博科夫说它是在"两根湿润的光柱上滚过"；一条年迈的大丹犬意兴阑珊地领着一个姑娘出来散步，街上空了，经过一盏garnet（生僻字，此处可理解为深红色的宝石）街灯，雨伞上独独一块紧绷的黑色damply（潮湿地）红了。我自己也很喜欢他写暗夜中只听见有人到家，你猜不到会是哪扇门突然"活过来"，用一种grinding condescension（带着摩擦、吱吱嘎嘎的恩赐），接受钥匙。还有他说自己看到夜里有空的电车哐哐驶过，总有种"哀伤的幸福"，喜欢看里面寂寥的售票员朝电车行驶的相反方向移动。

舍不得抹去原文当然一是因为我翻不出，二是活生生地给你看他的风格是如何"过剩"，这"过剩"是一种"喜不自胜"（我知道了，纳博科夫的风格叫"喜不自胜"，奈保尔老师是不是很难想象？）。短篇最后，纳博科夫示范这种喜不自胜到了让人脸红的地步："我告诉你：我现在有种无尚的快乐。我的快乐是种挑战。……一个一个世纪会滚滚而逝，学校里的男孩会对着我们这些沧桑巨变直打哈欠；一切都会过去的，但我的快乐，亲爱的，我的快乐会留存，留在街灯潮湿的倒影中，留在小心拐进运河黑水的石阶上，留在起舞的恋人的笑意中，留在上帝用来慷慨围绕人类寂寞的一切之中。"

当时纳博科夫的写作据说对苏联的宣传机器都是一种冲击，他们自然最见不得背弃布尔什维克事业的人居然能高兴。纳博科夫还写过一个短章叫《柏林向导》，想象 2020 年会有一个思路刁钻的写作者要描绘百年前的柏林生活，去参观一个电车博物馆，那些此时再不足道的细节，比如售票员挎包的颜色，电车行进时独特的声响，在他看来也会变得无比高贵。短篇最后说，这似乎就是文学的意义，把日常物件照在未来那面更和蔼的镜子里，在这些琐细之物周围发现那些本来只能由遥远的后代体会的馥郁和温柔。

柏林之前，纳博科夫一定把自己看作诗人，形式意想不到地保守，少年诗作伤春悲秋，多写一些强说的情愁，后来还添了几分僵硬的宗教感；《柏林向导》和其他这些由流亡日常触发的短篇就写在他的第一部小说前后，突然他就摆脱了自己早期的某种怪力乱神倾向，落实了自己的笔调，好比推醒了身体里的小说大师。纳博科夫笔下有鬼气，那是因为他手中把玩的东西都已消逝，强行把自己送到未来怀念此刻，所以这种鬼气一点也不阴郁。《文学讲稿》最后收录了一篇独立的讲座，题目是《文学艺术与常识》，还是留给纳博科夫自己把话说满："这种为琐细之事而惊叹的能力——不管危险如何紧迫——这些灵性突然的离题之语，这种生命之书里的脚注，是人类意识的最高形式，正是在这种如孩童般的揣测中……我们知道这世界是好的。"

话已至此，是不是我要呈现的纳博科夫就是一架格外敏锐、死命高兴的照相机？但文章显然只过了一半。要我说，这前一半的意思已足够正确了，只是在纳博科夫的作品中几乎隐形的那"后一半"，意味着他本该是最没有理由高兴和敏锐的人。

纳博科夫成年之前，生活在俄国最有钱的人家之一；他爸爸的衬衫都是要送到伦敦去洗的。餐桌上说法语，儿童房说英语，其他地方说俄语。马丁·艾米斯说这家人的才华是如此横溢，任何一个纳博科夫，不管他决定要做什么，只要达不到全国知名都是家门不幸。弗拉基米尔十几岁的时候，叔叔留给了他一百万卢布，他就自费出版诗集，在圣彼得堡俊逸地做着少年诗人。呼卢百万终不惜，风光去处满笙歌。当时圣彼得堡和长安一样，国际化大都市，而且文艺之绚烂，在那个国家彪炳的历史上，都可算是最高峰了。一战。十月革命。父亲把几个孩子送往克里米亚。1919年，红军势如破竹，白军败退。塞瓦斯托波尔港是唯一的出口。控制港口的法国人谈条件，不让走，纳博科夫一家转移到装干果的"肮脏不堪"的希腊轮船上，叫"希望号"。三天不放行，他们就轮流在木凳上睡觉。红军占领制高点，轰炸开始，岸上有机枪扫来。夜里十一点船开动了，纳博科夫和父亲在甲板上下棋；他看了此生最后一眼俄罗斯。

他们先到了马赛，在伦敦停歇，纳博科夫兄弟去剑桥念了几年书，后来在柏林定居。十几年后，希特勒上台，薇拉和德米特里是犹太人，他们就逃往巴黎。1940年，5月，纳粹势如破竹，逼近巴黎。美国的一个营救组织顾念老纳博科夫的旧恩，给他们弄到了三张跨越大西洋的船票。就是把纳博科夫一家送到美利坚的那艘船，下一次出海就被击沉了；纳博科夫在巴黎的住址，三周之后被德国炸弹夷为平地。纳博科夫是唯一一个先后逃离斯大林和希特勒的文学大师；在他的脚后跟上，两大文明世界土崩瓦解。而在这样的背景前，还有个人的悲剧在舞台中心上演。1922年，纳博科夫父亲的同事在柏林讲演，有疯狂的保皇党举枪刺杀演讲者，老纳博科夫无比英勇地把那个人摁倒在地，却被第二个杀手当场毙命。1937年，母亲孤独而穷困地在布拉格离世。三年之后，纳博科夫携妻儿仓皇逃出巴黎时，他的弟弟正好出门，谢尔盖最后死在集中营里。那个帮纳博科夫收管文档和蝴蝶标本的巴黎朋友，也死在集中营。或许我们可以试着说，相比于在战争和革命中丢掉父亲、家园、童年、母语的纳博科夫，没有哪个现代大艺术家的前半生是这样被苦难覆盖的。

这样去讲纳博科夫的故事，我很幼稚地想仿造一个迷你的"纳博科夫式"的阅读体验，就是结尾会让之前发生的所有事变换色彩。当然我没有信心要求任何人读两遍我的文字，所以我就把前文的几个关键字喊过来作为提醒：去记住，去看清，去争取那种"最高形式的意识"，也就是为最庸常的细节而沉醉，现在看来并不是那样无忧无虑的。它是如此的违逆直觉，一定会伴随着某种代价。而这一点，纳博科夫最清楚不过。

纳博科夫写作生涯的后半程，主题中涌现出越来越多的疯狂和变态，而且大多无可否认是某种敏锐被生存的不可承受之重压得变了形。纳博科夫第一部可以评选小说大家的参赛作品，大概是《防守》，写一个象棋的少年天才，受不了童年父母的温情和后来妻子的蜜意，认定自己分辨出时光中的某种对应和趋势，疯狂又开始侵蚀自己，唯一的防守策略就是自杀。他最有名的短篇大概是《符号与象征》，写一对老夫妇去精神病院探访儿子未果，回家惧怕收到他自杀的消息。儿子的病叫 "Referential Mania"（指涉妄想），会觉得周遭的一切——云的轨迹、太阳光斑的图案——都藏着给他发送的秘密讯息。晚上，母亲醒着，想到她一直都懂：活着，就是接受喜悦一个接一个离去。她想象某些"隐形的巨人用某种无法想象的方式正伤害着她的孩子"；"这世间无法估量的温情……这温情的命运，要么被摧毁，要么被浪费，要么变成了疯狂"。

我最喜欢的一本纳博科夫应该是《普宁》，写一个笨拙、糊涂的俄罗斯教授在美国大学里格格不入的故事。普宁和纳博科夫一样，不太聊自己过去生命中的灾祸，一般就随手把它收在视线边缘的括号里。比如上课老讲些深埋在俄语里的哏，只有自己笑，他"把记忆转向自己炽热和敏感的青少年（那个明亮的宇宙似乎因为被历史一击即灭而更显得清新了）……"这个括号的文字掌控力实在骇人。这本书虽然核心哀伤，但行文友善、轻巧，迷人极了，只在临近尾声时，纳博科夫突然给了一段直白到可怕的话；那是普宁在某次晚宴之后的闲聊中，听到他少年恋人的名字被提起：

> 为了能理智地活着，普宁在过去十年教会了自己再不去想起米拉·贝洛赫金……因为，如果足够坦诚的话，没有一颗良心，从而也没有一种意识，能存在于一个会让米拉那样死去的世界。我们必须遗忘——因为谁也无法带着那样的记忆活着：这样一个优雅、脆弱、温柔的姑娘，拥有那样的眼睛，那样的笑容，背景是那样的花园和雪景，被一辆牲口车拖进了灭绝集中营，死于注入心脏的那一管苯酚。

引了纳博科夫之后每每无话可说，或许可以提醒，除了纳博科夫常把故土和女子的形象重叠之外，当年他最早的长篇就是发现写初恋可以通往自己梦中的俄国，突然让自己的文学抖擞起来。

5 纳博科夫那样尖锐的为艺术而艺术的姿态，假装历史和时间都不存在，如果只是简单指认它和集中营、古拉格有直接联系，把它视作某种"回避"，就总觉得自己好像太没文化了。但摆脱政治是种连纳博科夫都负担不起的奢侈，更不用说我们。好几年前，微博上流传过一个关于《洛丽塔》的讲座，美国教授尼克·芒特（Nick Mount）把重点放在纳博科夫的风格上。就是那种"喜不自胜"和忍不住的卖弄，"就像足球场上的倒钩，或网球选手从两腿间回球一样。……他们水平太高了，心思自然而然就会转到要怎么帅"。大致上，芒特教授最想让我们下课后记得：赋予《洛丽塔》任何预设的社会性的企图，都是错的。

他举了 2003 年的一本大畅销书，叫《在德黑兰读〈洛丽塔〉》，作者阿扎尔·纳菲西写自己当时在德黑兰办了一个秘密的读书会，和几个女学生一起读英语文学经典：纳博科夫、亨利·詹姆斯、菲茨杰拉德、简·奥斯丁，等等。这是宗教革命之后的伊朗，恐怕是现代社会你最不希望自己女儿生活的地方。除了各种女性权益被随性剥夺，只要露出面孔和双手之外的身体部位，就有可能承受鞭刑和牢狱，而且，女孩可以被送去嫁人的年纪降到了九岁。谁又能想到那个读书会的女学生们最喜欢的书是《洛丽塔》。当然，她们认得很清楚，纳博科夫这个小说很大一部分主题是一个拥有强权的男子想要没收一个十二岁女孩的生命，尼克·芒特老师表示，这种时政式的、投射自身式的解读对于纳博科夫来说就太过狭窄了。

后来我就把那本书找来读了，发现芒特对它的概括狭窄、残缺到离谱，纳菲西老师明明写在那里，她们跟纳博科夫的纽带不一定就是他的主题，而是那种极权社会的质感，像是生活在用虚假承诺编织的世界里。她说不管是在纳博科夫的人生中，还是在他笔下，有一样东西是她们这群人下意识都能领会和感受的："当所有选项都被拿走的时候，你依然有无限自由的可能。"

这书里有一段，我总觉得在我溃散的记忆力中，一定可以留到我交代后事，不仅仅是因为它荒唐，也因为它的现实主义敲打在离心脏太近的地方。里面纳菲西接受邀请，去听演唱会——说是"演唱会"，就是一个供大家自娱自乐的场馆——说是"自娱自乐"，其实审查极严，所以从来没什么高质量的演出，但每场爆满。今天又是四个业余的小青年在那里弹奏西方靡靡之音。虽然乐曲欢快，但他们一脸肃穆：唱歌和流露感情都是禁止的。一旦看客之中有人竟不自禁随着节奏拍手或摆动身体，舞台边会出来两个穿着西服的人，靠一阵凶恶的手势制止你。一个像伊朗那样的极权社会运转方式都是一样的：总是先要照他们的理想定制你的梦和渴望，在过程中让个人的复杂性作废，最后认出他们最强大的敌对势力：真实的人类反应。

"好奇是不服从最纯粹的一种形式。"纳菲西喜欢引纳博科夫这句话。这一层意思，我真想说，是"纳博科夫说到底……"句式中的那个"底"——就是他知道，任何艺术，只要它是正宗的艺术，自动就包含了所有你能要求的造福人类的价值。他顽皮，喜欢说后来人会抱怨《洛丽塔》是本讲道德讲到死板的书，很像当年《道连·格雷的画像》如耳语般的丑闻般席卷文坛时，王尔德也表达过类似担忧。艾德蒙·威尔逊逗纳博科夫，说你的三观还是19世纪末唯美派那套东西，一点进步都没有；我们暂且不跟艾德蒙纠缠（心里念叨着别人问沃尔特·佩特："为什么要当好人？"，他说："因为那是美的。"），至少可以这样说：在残忍的世界里找寻美，执意去自由，去拒绝任何对想象力的制约，在认清"意识"的种种风险同时，称颂它是人类所能拥有的最好的东西——至少，如果你像芒特老师自己承认的那样说不清道不明地就是爱读纳博科夫，那这些副作用也不算很糟糕吧？

我最初成为读者，好像是突然着迷各朝中国人写的散文，书店里发现陌生的文集，我都先试那篇写阅读的文章；如果你写不好阅读，那我就把你写的其他暂且放一放。后来念了英文，我也一直在力所能及地尽量多见识英文里的评论家，如果他写过纳博科夫，这就是很好的石蕊测试了。因为纳博科夫的艺术立场太极端，如果你聊他都讲不出几句有意思的话，那就暴露了你还是把文学评论先当兼职来干比较好。当然，我说的是我自己。直到目前为止，我不认为我道出了什么关于纳翁的新鲜见解，前面那八千字基本都是我们这些"亲纳派"的共识。没有办法，只能用耸人听闻来冒充了——

6

这部短篇集其实我研究生时就开始读了，读到一半停了纳博科夫是我觉得他的英文不好；是偏重于"有害"那层意义的不好。至少是对我不好。那时候迷信福勒式（第一版 1926 年问世的《福勒英文惯用法》或许至今仍是最有号召力的风格权威）的不动声色的干净英文，纳博科夫那种"你真的够了"级别的华彩和俏皮真的让我很快就认定，那是一种他自己发明的语言，只是英文读者能懂而已。《塞巴斯蒂安·奈特的真实生活》终于投向美国大众时，《纽约时报》很扫兴，来了一句："所有这些在俄语里可能读上去真的是不错的。"1942 年，纳博科夫巡回演讲，他上讲台应该是每句话都事先写好，讲完之后某美国大娘上来热情地夸赞他，说："我最爱的就是你那种不合规矩的英文。"所以，也不只是我那些闭门生造的二手语感才觉察面前是一头品种新奇的怪兽。纳博科夫不是自己也说吗，"康拉德拿手的是那种现成的英文，"也就是那种本地人用的英文，"而我拿手的，是另外一种"。好吧，别客气，我不想要另外一种，我想要那种比较英的英文，谢谢。另外，那种无处不在的喷薄诗意可能也更属于俄国文学的传统，让那时的我觉得有些生分。

　　当然，自从毕业后摆脱了一种"英文学者"极为荒谬的自我定位，现在我很容易就认同了安东尼·伯吉斯那句："他选择使用并改造我们的语言，是我们所有人的光荣。"倒确实要致谢芒特老师，或多或少有那个讲座的功劳，让我重新读起了纳博科夫。《普宁》之后，那种文字间的狂喜只要尝到了一滴，就再也回不了头了。但还是得承认，纳博科夫的大部分句子入眼时还是要雾蒙蒙地重新聚焦，而且还是总让人担心那种精妙把控的浮夸感会不小心过了头。这次再读短篇集，有些是初遇，有些是重逢（除了极度怀疑自己读过，也跟第一次读差不多），我给自己一个贯串始终的任务，就是找例子证明当年我对纳博科夫英文不地道的猜忌是正当的。每次觉得发现了什么，盘算着该如何训斥它，但出入上下文，只要瞪着它足够久，那种艰涩或不适感就消散了，或只是化作了某种精心制造的优雅的嬉闹。

　　比如，在那个讲法语老师的短篇里，提到家里常来一个比纳博科夫父亲还激进的自由派，说用人和讲法语都是封建残余，很不待见。饭桌上 O 小姐用悦耳的法语请他递一块面包。"我可以听见、看到伦斯基'frenchlessly'、毫不妥协地只管喝着自己的汤。"那个 frenchlessly，既是他绝不肯听懂法语、讲法语，也包含了他对法式优雅的鄙夷；换了俗手，二三十页来这么一次都觉得尴尬，纳博科夫感觉每页都有二三十个这样的无拘无束。

还有一个短篇叫《循环》，回忆童年的那条河以及他"riparian 消遣"中永远的伙伴，铁匠之子瓦西里……那个 riparian 是"与河岸有关的"，一方面要承认他在炫耀词汇量，另一方面是越想越觉得，那是一种中年人在回想童年活动时，一种大而化之的概括感。故事叙述者又回想道："在那不温不火的微雨中游泳是何等美妙的滋味，我们在两种自然元素交融的横线上，它们同质而不同态——河水粗重而 celestial 之水又如此纤细。"celestial，天上的、天庭的，有神圣感，又常借来表达如天堂般超凡脱俗。这样写个小孩玩水实在是太疯癫了；但如果你觉得这种写法只是自渎，那就回到了开头我的主旨：我们对阅读愉悦的理解很不一样。

反正，我现在越来越愿意被一种信念说服，那就是纳博科夫的"不好读"，不管是局部还是整体上的难度，都是他在提示你，这是一个创造在艺术中的更高的现实；就像人在生活中必须刻意捕捉细节和背后的呼应一样，宇宙隐含的美并不是唾手可得的。纳博科夫对读者的期待和要求都很高。《说吧，记忆》最初有几章在《纽约客》发表，编辑执着地改他文字，纳博科夫坚强地不许，他说，我自有属于我的"蜿蜒"，它们只是初看笨拙或晦涩而已，让读者多读两遍不行吗？害不了他们。

多年来我有一句珍藏的文学评论，是厄普代克的名句："纳博科夫的文风实在是情爱的一种……他渴望把那种朦胧的精准牢牢抱紧在自己满是毛发的臂膀中。"那个"朦胧的精准"（diaphanous exactitude）当然很神，但我觉得厄普代克懂纳博科夫也懂在那个"满是毛发"（hairy）里。它一方面当然指向纳博科夫笔下那些以亨伯特·亨伯特为首的中年男子的体貌特征，但 hairy 也本身隐约带有粗鲁、无礼、令人不快的意思，所以还是我的"代价论"：这世界的稍纵即逝的脆弱的美，就像纳博科夫痴迷的蝴蝶一样，抓住它，就意味着让它的尸体停在玻璃杯中浸满碳的药棉上，或者"直接捏碎它的胸腔"；所以那一抱，终究是要伴随伤害的。

毕竟是"意识"的最高形态，我也离题插句玩笑话。第一次真正懂纳博科夫，很像第一次去日本。纳博科夫的文本太细密考究了，他似乎想要控制读者在每一个字词上的反应，时时刻刻取悦你，很像到日本发现生活所有细节都已经被打点妥当，有一种被变态大叔疼爱的感觉——没有一个正常人能体贴到这种程度。

多年来我还有薄薄一小册珍藏的文学评论，叫《U & I》，跟厄普代克和痴迷有关，是尼克尔森·贝克（Nicholson Baker）用了整整一本书从各个角度玩味自己对厄普代克的崇拜。他自己也说，报选题的时候，经纪人回复，会不会太像个变态了。贝克说，后来认真写起来，发现确实变态。

其实普鲁斯特—纳博科夫—厄普代克，再尝试性添上尼克尔森·贝克，算是一个流派的；厄普代克和纳博科夫在有限的互动中也大致表示了彼此欣赏。但《U & I》里面有一大段，讲厄普代克给《荣耀》写书评，兴高采烈之后突然控诉这本书"始终没有醒悟它自己是本小说，有制造悬念的义务"；这让贝克很难接受。我夹叙夹译简略呈现一下他连绵好几页的思考。他说区分是不是伟大作家有个决定性的特质：他存在于一根淡淡的品红色的认可线之上，不管做什么你都不可能觉得不对。他引用亨利·詹姆斯："我记得读左拉《崩溃》的时候，在我对其钦佩的光芒中，没有任何质疑是我不愿马上收回的。"他说，厄普代克无法让自己忽略纳博科夫的弱点，特别是他以一个职业书评人必须在倒数第二段挑刺的习惯，故意不明白这些弱点都对纳博科夫那个"注定的自我"是如此重要，必须立马解释清楚：纳博科夫的那些了不起是由复杂的特质造就的，这些所谓"弱点"是其中不可或缺的成分——"这正是我最难原谅的厄普代克的弱点"。

所以我确实不记恨纳博科夫把我哄睡的那么多明媚的下午，以及，至今，我要读出他的好还得每句话读两遍。还有那些读了两遍依然觉得他聪明过头、得意过头的段落。这是某种快乐和清醒的代价。如果纳博科夫不是这样的，我们就没有纳博科夫了。

短篇小说：是压缩与切割，还是扩展与充实

鲤 NEWRITING

文｜张芸

互联网当道，信息碎片化，注意力分散，
这些时代特征仿佛预示了短小精悍的故事将更适合当前的阅读趋势。
但果真如此吗？

今年春天，企鹅兰登书屋出版了威廉·特雷弗身后的一本短篇小说集，标题为《最后的故事》（*Last Stories*）。不言而喻，这是这位爱尔兰文学大师留下的最后的作品，它让我想起一则有关特雷弗的轶事。在《露西·高特的故事》中译本的序里，华裔作家李翊云曾提到，有位老太太生前酷爱读小说，在她弥留之际，她的丈夫念给她听的正是特雷弗的短篇小说。这段"他的故事助老妇人安息"的插曲平凡而动人。低调、深居简出的特雷弗，一生创作了近二十部长篇小说，出版的短篇集的数量也相当，被《华盛顿邮报》誉为"在短篇和长篇两类创作中兼具大师风范……是当之无愧的大师"。

纵观英语文坛，像特雷弗这样"长篇短篇双管齐下"的小说家如今已不多见，这与目前的出版环境有一定关联。"出版商不爱出版短篇集"，每个从事短篇创作的英语作者都会发出这样无奈的感慨。据深受特雷弗影响的李翊云自己讲，为坚持不放弃短篇，她与出版商之间达成了写一本长篇、搭一本短篇的交替协定。美国作家迈克尔·夏邦在谈创作与为人父的矛盾时直言，当了父亲后的他不再写短篇，原因不是孩子占去了他的时间，而是"养小孩很贵，而短篇小说带来的收入不高"。今非昔比，一个世纪前，美国文豪司各特·菲茨杰拉德靠给杂志写短篇赚钱，以"能够写体面的小说"。当时，菲茨杰拉德一年在短篇小说上的进账多达上万（相当于今天的十几万）美元，这些发表在《星期六晚邮报》等刊物上的故事虽然无助于提高他的文学声望，但委实一次又一次地救急了奢侈挥霍的菲茨杰拉德，让他的严肃文学创作得以为继。今天的情况正相反，短篇小说作者必得通过别的方式贴补生活。

若问短篇小说为何遭冷落，这似乎是个迷思。从出版社的角度讲，理由很简单，短篇小说卖不出去。有人指出，销量欠佳和读者消费群的缩减有关。今天，除了小众的文学期刊以外，《纽约客》大概是仅剩的定期刊登短篇小说的大众杂志，这无疑影响着人们的阅读习惯，导致短篇小说被边缘化。无论是图书畅销榜还是岁末的年度好书盘点，长篇小说几乎独占小说类的天下，甚至，英语小说界每年最轰动的布克奖明确规定，只有长篇可以参选。另一方面，读者中恐怕也存在一种观点——虽然是常被小说作者反驳的观点——篇幅长，意味着结构更复杂、创作难度更高，所以长篇是比短篇更进阶的小说形式，两者无形中有了高下之分。

无可否认，短篇是不少小说家起步的台阶。前些时候，文学网站 Literary Hub 搜集罗列了二十位知名作家发表的第一篇故事，他们有已故的文豪威廉·福克纳、杰克·伦敦、J. D. 塞林格，也有当今文坛声名大噪的乔治·桑德斯、杰丝米妮·瓦德。现在，很多经由创意写作班而走上文学路的创作者，似乎更是严格遵循"从短篇写起"的守则，出版的首部作品多是短篇集（里面部分可能是就读期间的习作），但之后出版商便会游说他们创作长篇。李翊云批评这种现象，认为市面上的有些长篇其实只是短篇故事，却被稀释成了长篇。

近年来，为短篇小说鸣不平的声音此起彼伏。凭《所有我们看不见的光》获得普利策小说奖的美国作家安东尼·多尔在谈到自己上一本短篇集《记忆墙》（*Memory Wall*）时表示，他希望通过《记忆墙》向更多读者展示"短篇故事集并非无足轻重，在许多方面，它可以比长篇小说更包罗万象、更广泛丰富，并更具爆炸性"。

那本集子里的六个故事，取材背景从种族隔离制度下的南非，到南北韩边境的驻军，从美国中部小镇到中国三峡地区即将被淹没的村庄，从独立后的立陶宛到二战时的德国，铺开的是一幅横跨四大洲的壮阔画卷。此外，多尔也用这几个故事展现了短篇小说在形式和篇幅上的自由。在带有科幻色彩的标题故事《记忆墙》里，一面是丈夫过世、罹患老年痴呆症而记忆衰退的老妇守着转录了人脑记忆的磁带度日，一面是服侍老妇多年的黑人仆人，与儿子在贫民窟相依为命，由于老妇病情恶化，要被送去安养院，他即将失去工作和收入；与此同时，一群不法之徒为寻找一块价值连城的化石，潜入老妇的家，试图从满屋的记忆磁带中找出有关化石下落的那一盘。多条线索交织，多重叙事视角转换，使得这篇不足百页的故事具备了类似长篇小说的雄厚气韵。书中另一篇《来世》

（*Afterworld*）在篇幅上也超出一般短篇，采用时空交错的手法，讲述了主人公从逃离集中营到一生带着"为什么获救的是她？"的疑问与内疚终老至死的故事。

多尔说："我喜欢的短篇小说，不是去压缩和切割生活（像很多当代短篇那样），而要扩展和充实它。"为此他特别提到艾丽丝·门罗，"她让我获得解放——我觉得自己既可以写一个五十页的长故事，也可以试着运用多视角多主角的叙事方式，而不用对自己说：你一定要写一个长篇。"不过同样在这本集子里，短短十页的《非武装军事区》（*The Demilitarized Zone*）透过祖孙两代间一个微小的日常细节——一名驻扎在南北韩接壤处非武装军事区的年轻的美国士兵，寄家书给参加过韩战的爷爷，描述他在驻地周围观察到的飞鸟，遗憾自己叫不出这些亚洲鸟类的名字，"我想爷爷一定知道。"但爷爷已不可能再有机会追述那段往事，因为他患了阿尔茨海默症——折射出历史风云的变迁，藏多于显，高度凝练的结构蔓生出无限深广的意境，令人唏嘘之余，唤起无数联想与遐思。

和《记忆墙》在格局上有着异曲同工之处的是另一位美国获奖作家亚当·约翰逊（Adam Johnson）的短篇集《幸运微笑》（*Fortune Smiles*）。约翰逊的故事一反传统短篇小说讲求的戏剧性，以人物为中心，用日常细节代替紧凑的情节，缺乏鲜明的冲突，也无奇巧的意外结局，而是截取一个个人生片段来串起主人公的命运，譬如用第一人称走入身患乳癌的中年妇人或留着童年创伤记忆的恋童癖的内心。前东德秘密警察监狱的主管，逃到韩国的朝鲜人，和多尔一样，约翰逊笔下的故事背景与人物身份亦迥然不同，他将虚构的触角伸向个人经历以外的时空，显示出宽广的雄心。

除了创作者不断在实践中探索短篇小说的新可能以外，近年来，致力于激发阅读兴趣、为文学类书籍造势的各大文学奖似乎也在推动着短篇小说的复兴。2013年，写了一辈子短篇的加拿大小说家艾丽丝·门罗获诺贝尔文学奖，同年，有"微小说家"之称的美国作家莉迪亚·戴维斯获曼布克国际奖。2014年和2015年，美国国家图书奖连续把最佳小说颁给了两本短篇集，分别是伊战退伍军人菲尔·克莱的战争题材短篇集《重新派遣》和上面提到的约翰逊的《幸福微笑》。

此外，英语文坛也出现了专为短篇小说设立的奖，如以爱尔兰短篇小说家弗兰克·奥康纳命名的国际短篇小说奖，历届获奖者中有村上春树［《盲柳，睡女》(*Blind Willow, Sleeping Woman*)］、艾德娜·奥布莱恩（《圣徒与罪人》）这样知名的大作家，有初试啼声即获肯定的新人，像李翊云［《千年敬祈》(*A Thousand Years of Good Prayers*)、科林·巴雷特［Colin Barrett，《年轻的皮囊》(*Young Skin*)］，也有笔耕多年、不弃短篇的罗恩·拉什（《炽焰燃烧》）、大卫·康斯坦丁［David Constantine，《米德兰的下午茶》(*Tea at the Midland and Other Stories*)］。

2004 年美国设立的短篇奖（The Story Prize），十五年来让不少原本湮没无闻的出色短篇集引起瞩目，如 2012 年入围的伊迪丝·珀尔曼的《望远镜里的视野》。年逾八十的珀尔曼迄今已发表了二百五十多个短篇故事，三度获得欧·亨利奖，可惜她的短篇集均是由大学或学术性的出版社出版，没有任何商业宣传，连圈内作家安·帕奇特也是直到 2006 年在编辑《最佳美国短篇小说集》时才第一次听闻这个名字。《望远镜里的视野》是一本旧作精选加新作集，珀尔曼的故事延续短篇小说传统经典的结构，小巧精致，既饱含张力，又暗藏玄机，宛如深邃奥妙的谜团，等待读者的剥丝抽茧。作者本人曾周游世界各地，在计算机公司和食物赈济处工作过，丰富的阅历体现在她的作品中，从战火动荡的中美洲到美国中产阶级居住的郊区，从耶路撒冷到沙皇统治下的俄国，从曼哈顿到二战时的欧洲，多样的题材加上淬炼的文笔，在在传达出短篇小说的精髓。李翊云形容珀尔曼："她在喧哗之外，沿着契诃夫、弗兰克·奥康纳与其他短篇大师的道路创作。"

相较上述两个针对短篇集的小说奖，由英国国家科技艺术基金会创办的 BBC 全国短篇小说奖（BBC National Short Story Award）和由 EFG 私人银行赞助的星期日泰晤士报短篇小说奖（Sunday Times EFG Private Bank Short Story Award），奖励的是单篇故事，奖金丰厚，分别为一万五千英镑和三万英镑，对短篇作者是另一种支持和鼓励。

互联网当道，信息碎片化，注意力分散，这些时代特征仿佛预示了短小精悍的故事将更适合当前的阅读趋势。但果真如此吗？文学大师菲利普·罗斯说过："一本小说，假如阅读的时间超过两个星期，那其实等于没读。"这话不假，一部长篇读得太久，好比断了线的风筝，再拿起时恐怕很难找回原来的线索。可阅读短篇呢？以诙谐机智著称、作品《美国鸟人》被译成中文、收入"短经典丛书"的美国作家洛丽·摩尔在比较长篇与短篇创作的不同时说明，照她的经验，忙碌无序的生活更适合用来写长篇，每天固定工作几小时，日积月累，而短篇不行，必须通宵达旦、一气呵成，即使篇幅再长亦然。她风趣地把写短篇比作分娩，而写长篇则如同抚养一个孩子成人。这样的区别是否也存在于小说阅读中？阅读所要求的用心和专注，使小说在更轻松直观的消遣方式——电影、电视、电玩——面前处于先天的劣势位置。与网络时代的微阅读、浅阅读，甚至视觉阅读比起来，花一个小时专心阅读一则短篇，或许也不是那么容易办到。要扭转短篇小说乏人问津的局面，除了创作者的坚持、文学奖的推助外，离不开的还有读者。毕竟，一部作品经过阅读才算最终真正完成。

召唤巨人：来自波拉尼奥的启示

文｜张悦然

　　20 世纪之后，信息的大爆炸炸开了虚构世界的天穹，小说家一步步交出叙事特权，退回自己目之所及的方寸天地。上帝视角逐渐没落，巨人成为远去的传说。……身处"地狱阅览室"，波拉尼奥召唤回远去的巨人，邀请他进入自己的写作，用复活的上帝视角夺回了叙述的霸权。

1

2018 年 1 月，一次去往南极的旅行中，我曾在圣地亚哥短暂停留。当地的朋友开车载着我穿越大半个城市，在近郊的街区曲曲折折绕了很久，终于找到一座勉强算是波拉尼奥故居的房子。能找到这座房子已是不错，说到底智利只是波拉尼奥勉强的祖国。虽然他的那次惊心动魄的被捕事件发生在这里，但从内心亲近程度上来说，这里远不及墨西哥。计划这次旅行的时候，我请朋友帮忙在智利寻找认识波拉尼奥的人，比如儿时伙伴、中学老师，想跟他们聊聊作家的早年生活，最终找到一位和波拉尼奥相熟的诗人，但他没有回复邮件。热心人倒是提供了一些别的线索：一个朋友发来波拉尼奥的传记短片，让我留心镜头扫过的童年居住的房子，去鲁文大街找一找。另一个朋友推荐我去坐波拉尼奥青年时代时常搭乘的黄色巴士，据说波拉尼奥有收集票根的习惯。还有一个学术组织辗转发来邀请，说很欢迎我作为中国代表参加他们举办的波拉尼奥国际研讨会，那种口吻好像他们只差一个中国人了。我立刻想到《2666》里第一章中意大利人、法国人、西班牙人和英国人一起开阿琴波尔迪的学术研讨会的情景。

说回这座勉强的故居，它的主人正是那位没有回复邮件的诗人海梅·克萨达 (Jaime Quezada)。1973 年波拉尼奥被捕获释之后，曾在这幢房子里住了几个月，随后离开了智利。现在住在这里的是诗人的侄子，据说是位流浪艺人，在地铁卖唱的那种，虽说有固定的居所，也是一位流浪艺人，流浪在这里一如在波拉尼奥的小说里，是种内心境界。不出意外的话，他应该也是个诗人。诗人在这个国家，一如在波拉尼奥的小说里，不是一种职业，而是一种人的属性。诗人不在家。我们只能隔着铁门遥望二楼左边那个波拉尼奥住过的房间，掩藏在树木中的半扇窗户狡黠地冲我们眨眼。一只不大机灵的猫坐在院子当中，宁可交替舔着左边和右边的爪子，也不愿意往前走几步，到铁门前会会访客。这幢房子虽然难掩历经岁月的破败感，但被粉刷成灰绿色的外墙，有着里希特《蜡烛》系列的尊贵色调，而挂在门边充满孩子气的亮色油画，透露着一种打败时间的乐观意志。门外的树上结了很多红色的小李子，我和朋友摘了一些坐在围墙边吃了起来。马路对面是一个简陋的车站，鉴于这个街区已经荒废许久，状貌与几十年前相差无几，我们大可以想象多年前一个这样晴朗的黄昏，青年波拉尼奥从车站下车，慢吞吞走向寓所的情景。那时候他脑袋里在想什么，政变之后国家未卜的命运，还是写给酒吧女招待的一行诗？

天完全黑了，我们还是没等到主人回来，驱车离开了那个几乎没有路灯的街区。虽然一无所获，也倒不觉得太遗憾，一位始终没有露面的主人，可能正符合波拉尼奥小说的设定。寻找波拉尼奥之旅，就如同从《2666》中繁衍出的一个故事，天然携带着谜的因子。

《2666》里有很多谜。有些谜就算作者本人仍旧健在，也未必能做出令人满意的解答。虽然波拉尼奥颇为迷恋"侦探"这一身份，但要是读者把他的小说当作侦探小说去读，要么迷失在岔路上，要么挂在半截梯子上下不来。这也正是波拉尼奥式人物的处境，他们煞有介事地上路去寻找一个人，在旅途中迷路，遇到很多人，经历了很多事，始终没有抵达目的地。某种意义上说，他们决定寻找的那一刻开始，就把自己作为一颗卫星发射了出去，逐渐偏离轨道，而后他们的运行轨迹和他们所寻找的人一样变得难以预料。一个流浪的侦探，或许能比较好地描述波拉尼奥小说里的人物，他们在流浪，但始终没忘记自己是个侦探；他们是侦探，但因为不可能接近真相，寻找之旅变成了漫游，在不同的驿站停靠，和无数陌生人交换故事然后挥手作别。那些故事千奇百怪，从金字塔神庙到科幻小说，但又无一例外地带有波拉尼奥的风格烙印，源源不断地输出着他对于历史、政治、文学、爱情和性的看法，有时显得语重心长、耳提面命，有时又显得玩世不恭，像即兴的演奏或信口的承诺，不能当真。波拉尼奥式的故事总是在某种临界点，介乎于玩笑与箴言之间，介乎于杂耍和正剧之间，一不小心就从一边滑向另一边。但是不管怎么说，流浪作为一种体例，确保了故事的不断繁殖，从这个角度来说，《2666》如同故事的永动机，可以无休无止地写下去。

我们得承认，存在一种从卡夫卡之后所建立的审美：小说如同一个精心设计的装置，人物像弹子小球般被放入其中，作者所完成的是一份小球如何在其中运动的观察报告。小球或摩擦损耗（《变形记》），或循环往复（《城堡》），前者以小球被耗尽而终结，后者则可以永续，因为没有必然的结尾，可以在任何地方停止。

波拉尼奥偏爱一种"卫星失联"的观察报告，设置一个观测点，最终以观察对象的消失、从视野中淡出来关闭永续装置。《2666》是由几个装置拼插起来的，整体形成了一种闭合的结构，但每个装置本身都可以延长小球运行的轨迹，加载更多的故事。在生命的最后时间里，波拉尼奥出于子女未来生活的考虑，与出版社约定把小说的五个部分拆分开来独立出版，如果那样的话，也就失去了闭合结构对每部分的制约，如同五台各自运转的机器，到底该在什么时候拔掉电源，停止它们的工作，那个终结时间点的权威性将受到质疑。他去世后，原定的出版计划被推翻，五个章节合并成一本书，在这一点上，负责处理波拉尼奥文学遗产的伊格纳西奥·埃切维里亚像卡夫卡的朋友马克斯·勃罗德一样功不可没，他不仅捍卫了《2666》的壮丽结构，也使波拉尼奥兑现了自己的文学野心：写出激流般不完美的巨著。这里的不完美甚至带有骄傲的意味，因为激流若要勇猛，必有失控。在一匣宝藏耀眼的光芒面前，没有人在意每颗珍珠是不是都是圆的。

3

《2666》里最大的谜，可能是阿琴波尔迪的巨人形象。这个普鲁士人的命运像他的身高一样无法选择。小说向我们表明，他并非志在成为巨人，而是被动地接纳了上帝对他的拣选。顺应是这位巨人最大的美德，战争找到了他，他接纳了战争，爱人找到他，他接纳了爱人，文学找到他，他接纳了文学，最终妹妹找到他，他接纳了前往圣特莱莎营救外甥的使命。小说第五章以他名字命名的传记部分，借鉴了英雄历险和少年成长的经典模型。第一段欧洲城堡里贵族男女的故事，令人想到萨克雷的《巴里·林登的遭遇》，随后关于二战的部分是标准的战争历险故事，而阿琴波尔迪从墙壁里找到鲍里斯·安斯基的日记，从中读到伊万诺夫的小说和遭遇，从此开始写作，酷似武侠小说中籍籍无名的小辈失足跌入深谷，得到了失传已久的武功秘籍。无名小辈并没有远大的抱负，习练秘籍也只是因为被困住了，聊以打发时间而已。阿琴波尔迪所得的武功秘籍，精要之处不在招式，而在于一颗蓬勃的文学之心。被战争、集权扼住喉咙，依然在胸腔里跳动的文学之心，如同一面破碎的镜子，令阿琴波尔迪从中瞥见了自己。这个决定时刻藏匿于历险之旅的深处，像一颗神秘的按钮，让从前的经验如同沉睡的游乐园一样启动起来。巨人生来很高，但身无长物，一切都从历险中而来，无论是素材还是写作的决心。虽然波拉尼奥从不掩饰对博尔赫斯的崇拜，但文学主张与后者相去甚远，他认为最宝贵的是身体力行，体验不能从长期与图书打交道中获得，体验远远超过图书之上。他反对纸上谈兵的知识分子（还记得小说第一章那几个兴冲冲跑去暴力之都圣特莱莎，回来之后陷入虚无的学者吗？），诗人和小说家都应该去流浪，人生才是唯一的大学。

收获秘籍之后，阿琴波尔迪并没有立刻开始写作。这之间还隔着一件事——他杀了个人。在战俘营，一个叫萨穆尔的人不停跟他讲自己杀害大批犹太人的故事，最终他把萨穆尔杀死，离开了战俘营。值得注意的是，在漫长的战争中，阿琴波尔迪没有杀过一个人。战争结束了，当一切开始回归平静的时候，他却杀了人，而这几乎是他人生第一次主动的选择。借助这样的方式，他得以和德国以及他所投身的战争决裂。也可以说，他在为那些死去的幽灵报仇，并因此赎回自己的自由，抛弃了士兵汉斯·赖特尔的姓名，化身一个影子作家，汇入茫茫幽灵之中。杀人事件是阿琴波尔迪最重要的命运拐点，但它却被做成故事中的镂空，没有任何正面书写。我们只知道萨穆尔死了，然后在十几页之后在阿琴波尔迪和女友的对话中，我们知道是他杀了这个人，并且谈不上后悔。但是如果我们回想临死之前的情景，更多的意义会在留白的边缘逸出。当时萨穆尔感觉到阿琴波尔迪眼中的杀气，安慰他说美国警察不久就会审判自己。但阿琴波尔迪并不相信，代替美国警察处决了这个人。战俘营里的仲裁如同一场末日审判，阿琴波尔迪是现身的神。在这里，我们感觉到了巨人的特权。发现并行使这种特权的那一刻，阿琴波尔迪才成为一个巨人，开始用耸入云端的眼睛俯瞰众生。这样一双高处的眼睛，拥有至高无上的叙事权威性，也拥有无边无际的写作自由。通篇上帝视角写成的《2666》，向我们展示着这种权威和自由，也让我们无时无刻不感觉到波拉尼奥那双"高处的眼睛"。

在生前的一次采访中，波拉尼奥曾说自己是托尔斯泰的追随者。这话容易引起疑惑，因为两个人在风格上相去很远。有人认为，相比托尔斯泰，波拉尼奥和陀思妥耶夫斯基更接近一些："我们必须拿出对付《群魔》和《卡拉马佐夫兄弟》的心力来对付《2666》那顽强的多重声道：长篇独白、旁支斜出的历史学岔口、罪案陈述和对于月之暗面般的人物回忆的不顾一切的深入——这些回忆好像不是书中人物的无意识，而是这本书本身的无意识。"[1] 但我们如果考虑波拉尼奥对"巨人"一词的着迷，或许不难理解他所说的追随。一种尊贵的书写特权，是他从托尔斯泰手里拿过的接力棒。毕竟巨人这个称谓，属于任何一位文学大师，却特别属于托尔斯泰。"每当他进入一个房间，每当他采用一种形式，他传递给人的印象是：一位巨人弯腰进去了一道为常人建造的房门。"[2] 20 世纪之后，信息的大爆炸炸开了虚构世界的天穹，小说家一步步交出叙事特权，退回自己目之所及的方寸天地。上帝视角逐渐没落，巨人成为远去的传说。及至拉美，在马尔克斯、科塔萨尔一代人造就的文学繁荣之后，波拉尼奥与他的同代人背负着沉重的文学遗产，荫蔽于大师的光环之下。身处"地狱阅览室"[3]，波拉尼奥召唤回远去的巨人，邀请他进入自己的写作，用复活的上帝视角夺回了叙述的霸权。阿琴波尔迪像是从 19 世纪风尘仆仆赶来的文学巨人，以托尔斯泰的终点为他的起点：抛弃姓名，四处流浪。这是属于 20 世纪文学巨人的道路，因为祠堂已经没有人去朝拜，巨人必须身染尘埃，冒着重重危险传播话语。但无论他在刷盘子还是当皮条客，都仍旧承担着人类的命运，所以小说最后他前往圣特莱莎，绝不仅仅是血缘的牵系，而是一种更大的使命感。在警察无用的时候，我们唯有期盼巨人的降临。

虽然《2666》具备能想到的最炫目的形式，拥有历经存在主义洗礼的虚无和荒诞，但是从某个意义上来说，波拉尼奥仍旧是一个古典主义者。他相信文学巨人所拥有的特权，并且想要夺回这种特权，把那些退席的观众重新叫到身前。当然，波拉尼奥也早就为他的怀疑者准备好了辩词：按照阿琴波尔迪的女友英格博格的说法，我们所看到的漫天星光早在几万年前死了，我们只是被宇宙的往事所包围。谁能保证我们所看到的阿琴波尔迪不是从过去世代照进现在的一道光呢？但是仅仅因为渴望和无望，我们还是会对着它许愿。

1 王炜，《最后一个历史天使》，《上海文化·新批评》（2018 年 5 月号）
2 乔治·斯坦纳，《托尔斯泰和陀思妥耶夫斯基》
3 罗贝托·波拉尼奥，《浪漫的狗》

Interview

访 谈

2018 年的温柔也在你心里：
听金宇澄随便聊聊天

文 | 周嘉宁

金宇澄，1952 年生于上海，小说家，《上海文学》执行主编。
"中国好书""鲁迅文化奖""施耐庵文学奖""华语文学小说家奖""茅盾文学奖"得主。
代表作有《迷夜》《洗牌年代》《碗》《繁花》《回望》等。

盛夏之前和金宇澄老师约在《上海文学》的办公室见面，这房间的照片近年来频繁地出现在各种媒体上，很多记者大概也都在作协食堂吃过午饭。之前几个月《NYTimes Travel Magazine 新视线》创刊号带着陈冲来到作协大院，和金宇澄一起打伞走了一圈，用上海话闲聊。我问陈冲美吧，他说美的。再问那么你开心吧，他笑眯眯说，有点尴尬。

周末，整幢作协小楼都是空的，金宇澄老师买了咖啡和啤酒，事先在三楼露台摆了烟灰缸和椅子。我走在路上想着要带点吃的过去，问他要吃些什么，他回我一条消息：吃香烟。

之前每次见面，金宇澄老师都关照我三件事情。别译小说了。到网上换个名字写写，忘记自己的身份。像在家偷偷做一个炸弹那样拿出来，别人也许吓一跳。这回我们还是聊了这三件事，以及很多其他的，其中有半个多小时闲扯八卦的录音最后在我手机里消失了，尽管如此，我们还是讲到傍晚五点多，门卫打电话过来问人还在不在。我后来想，很久没讲那么多上海话了，真的很开心。

金宇澄（以下简称"金"）：还是不要翻译了，你有这时间写写小说，画画图，吃吃饭，不要替别人劳动了。

周嘉宁（以下简称"周"）：还好还好，翻译有翻译的好处，以前你不也要坐办公室吗，看看别人的稿子也挺好的。

金：是的，以前我看别人写的是都觉得好，写完《繁花》有点不对，有些挑剔了，挑别人也挑自己。可能是那一段时间过分密集地写，精力过于集中，每天不间断，晚上不睡觉，朋友来电话讲什么都听不进去，结束以后明显觉得，自己发生了变化，看别人稿子很容易失去耐心，觉得不少小说的语言有问题，看一个开头很容易不称心，这是《繁花》对我的损伤太大。读者也说看了这小说，然后再看什么都用这腔调去读，很难。以前我没这么个人化，什么样的语言都看得进去，现在过于敏感。

我是讲你。做了那么多翻译，自己会不会有问题？翻译就是两种背景并在一起的思维和表达，不影响自己？我不懂外语，但顾彬讲中国作家要写好小说一定要学德语，是老头子来中国"淘糨糊"，他不对德国人讲小说要写得好，必须学中文，中国太好混嘛，一直是崇洋的，过去现在一直是"冒险家乐园"。其实我很喜欢外国小说啊，不过我更知道，这都是别人家的东西，就算你下了功夫换成外国脑子来想来写，比如等于一个中国女人，日日夜夜看外国美女片子过日脚，一招一式想她们所想写她们所写，最后最多也是"洋泾浜"的，尴尬的，一旦这样了，不阴不阳就比较讨厌。90 年代我有个十三点朋友，常常半夜三更来电话，主要聊外国小说，讲各种各样外国作家外国情节跟你搞脑子，谁排第一或排第五名，比方用《水浒》一百单八将、扑克大小王来排座次，谁是黑桃老 K 谁红桃 A，长时间讨论，换来换去，先讲两个作家，要我猜这两人之间的作家是谁。很怪吧，他觉得正常，兴趣十足，没完没了。这情况到现在还是一种真实，看看出版社铺天盖地的外国小说，我心里知道，现在还这样，全世界也只有中国这副卖相。

外国作家的位置太主要了，中国作者就有究竟落脚在哪里的问题，所谓的世界性写作也不会踏实，西方样子烂熟于心，也容易找不到真正的自己。我觉得很多作者已被西方小说占据，比如现在你一讲上海话，立刻就回到母语思维了，不少年轻作者一到写作状态，仿佛就进入另一种语言方法里了，这种状态肯定是不自然不踏实的。

周：我讲上海话真的太少了，所以反反复复看你的语言会唤起我的一种理应不存在的虚构的乡愁。90 年代我还是小少年，时代特色不过稍稍瞥见一点而已。我想起中学里面一个普通话讲不好只会讲上海话的代数课老师，自行车把上挂着塑料袋和保温杯，清清爽爽。现在有什么东西仿佛在消亡的过程中。还在和我讲上海话的大概是那些称得上"人生中的小学同学"的人，都认识在成年之前，他们会用上海话直呼我全名，挺开心的。

金：看起来你也思考这问题了，那你也像我这样写。

周：我平时不这样讲话。

金：可以试试，今天回家就写一个小说，编一个简单故事，去颠覆一种习惯，或者在心里就用上海话把这个故事慢慢讲出来？我们年轻作者都念过大学，习惯讲普通话，是不是这样因此都没定位？以前你说的，觉得上海和北京差不多，城市都差不多，很难定位自己是身在上海，今天可以试试看，不用洋泾浜语言思维能产生什么。我其实知道 90 年代后，年轻作者是不再注意语言的，北方语系的老作家是坚持的，也因为普通话属于北方语系，容易被各地读者认同。既然你生活在上海，从母语出发，口子开得更小去做一个实验，会有意思的，你哪怕就用"塑料上海话"（指普通话口音的沪语）加普通话，加你们同龄的语态来试试看？小说内容另谈，把语言摆在最重要位置试试看。我比较看重语言的排他性，小说作者用雷同的方式写小说，音乐家美术家是不敢的，你可以牢牢坐在这块地方上写。

周：你的小说语言有一种特别的 90 年代温柔，现在这种温柔很少见了，像是没有存活下来。

金：有的，存活的，就在你心里。你心里要用上海话写，2018 年的温柔就有了，相信吗？ 90 年代其实是延续到现在的，现在也是 90 年代，和平社会，不搞运动，大家正常地生活了，会有一定的稳定性和延续性。另外是过一百年来看，读者会区分你是什么年代的人物？ 90 年代也好，2018 年也好，是我们现在这样细分，因为我们活着，清清楚楚晓得人和人的不同。但在小说里是不是能表现这种以十为单位的不同？我怀疑。《繁花》里是有上一代人背影的，也比较模糊，现在这样谈，有背影和没背影是不一样的，讲不定有背影就产生意义了，倒也不是说专门写父辈，是写你自己，身后有你父母长辈和乡下亲戚，清晰还是模糊的问题。

周：看《繁花》的时候常常想起我爸爸的。90 年代也是我爸爸和世界关系最紧密的时候，家里常有各种人走动，知青朋友，单位里的工人和司机，中学同学。想到他可能也过着小说里的生活，有那样的人际形态，情感模式，是一个我所无法探寻的秘密精神世界，我就有种复杂感受。

金：你们这代人不太关心父母在想什么，想着自己比较多。

周：也不是这样。我回想起来二十岁出头的时候，世界对于我来说，仿佛刚刚展现它精彩和复杂的面貌，不管是在其中对抗或者游荡都消耗了太多好奇心和精力，而那段时间，我的父母还没有退休，他们也依然以他们的方式与世界保持着紧密的联系，甚至仍然热切地参与其中。我们应该说是都维护着自己与世界相处的方式，保持着彼此的独立性，或者说彼此不信任能将负面的情绪以及疑惑坦白给对方。但是这几年里我的父母从某种意义上来说渐渐淡出参与世界的主要进程，我们之间的关系仿佛也因此而发生变化，彼此都因为关系的倾斜反而变得更加平衡。你和父母的相处方式与你和孩子的相处方式也会随时间发生变化吗？

金：这些部分有意思，如果写得生动就是划时代的"代沟"小说，作者常这样提出，但都是简单写了就过去了。我这代人不太一样的地方是，父母年轻时的背景非常动荡，和环境的关系是很不稳固的，孩子可以清晰感觉到父母的不安，小孩日常会认真揣摩父母的对话，从细节里判断他们的情绪以及外部环境的变化。我们和父母之间的交流，是双方都知道目前情况对这家庭的影响如何对应？心知肚明，是以这样的默契方式进行的，包括比如过年了，大家就要各自去排队获取紧俏食品等等，这都是毋庸多言的全家共识。到了你们这一代，是单边倾斜，你们被父母要求两耳不闻窗外事，不需要关心家里到底是什么情况，关门自己好好写作业就行。

周：那即便现在和父母之间关系的平衡已经打破和重组，突然之间去探寻彼此曾经关闭的世界总是很奇怪的，是很不自然的情感表达方式。

金：你觉得不自然了，他们也就不自然，就像谈到这里我忽然觉得，我是你父母辈了，不自然还是性格的原因吧。

周：但我看你的小说也好，散文也好，不会去想代际问题的，我此刻坐在这里和你讲话也不会觉得有什么界线。

金：你一说不自然，我就觉得了呀，让我想到我和我父亲也不容易交流，去年写他的书，他已经离开了，有些细节上经常后悔为什么不仔细问问他，还是性格问题吧。

周：能够谈得深入这种情况是蛮好的，可以抹除身份情况的交流。

金：那你爸爸喜欢《繁花》吗？

周：喜欢的。他要来作协给你送酒被我拦住了。

金：你爸爸这代人包括我，这一代的交往更三教九流一些。我十六岁下乡时候，小毛这个原型就在火车上，和我面对面，直到 90 年代，他在上钢一厂食堂里做，一直来看我，关系就这样紧密，比如带了食堂里的中秋月饼和八宝饭送我，说别看不起他，又说是给我侄子吃的。1995年我编一大本 1966 大串联的书，让他一定写一篇当年的回忆，帮他改了多次，直到出版，真是值得高兴的事。90 年代末我家装修房子，他一定帮我来做清洁，那天后来我就找不到他了，结果是他钻在楼梯下的橱里在打扫……他一直没结婚，我总是八卦他最近在干吗，和什么女人好，他都会告诉我的。从十六岁认识小毛，到他去世，他的事情我都知道，很多人觉得小毛写得最好，他是真实存在。对我来说最精彩的部分，不是刚刚说的那些，是当年我们回上海探亲，他叫我去大自鸣钟的家里玩。这地方周围的女孩们，楼上楼下的关系非常特别。那代人的认识范围，是环境决定的，其实我只熟悉一小块地方，因为环境，让你接触到闸北、大自鸣钟等等复杂的地域，写作是在收集记忆，慢慢观察。

大学里培养作家，破除的就是那种单一环境才行。90 年代上海的饭局特别多，各种面目模糊的人坐在一起吃饭。印象最深的一次，在金陵东路和日本回来的三姐妹吃饭，才知道城市里有各种不同生活背景的人，不是把她们的来历翻个底朝天，吃顿饭而已，是感受到市民不同的环境和价值观。据说你们现在年轻人都不太吃"圆台面"，经常是拼桌。很好奇，拼桌的话，不认识的人坐在一起会想认识对方吗？

周：不会想认识。你们都怎么互相认识的？

金：很容易就认识啊，就这样慢慢蔓延，范围也就扩大了，是因为我们这一代曾经离开过，所以（对城市）特别好奇？

周：那你写的饭局是 90 年代标准形态的饭局吗？你们成天饭局啊。

金：饭店没饭局不就关门了？城市就是天天饭局啊，现在还这样，90 年代吃到现在没结束。我记得从那时起上海人就不去别人家客厅吃了，都在外面吃，饭局就是乱七八糟的各种组合。你爸爸这年龄的人也许就是组织饭局的，来吃的人嘛有政府机构的，做生意的，各种人，吃到现在还没吃完对不对。90 年代比如大年初五"迎财神"，黄河路整条路上都堆着烟花爆竹的残骸，最大的烟花推出来有单人床那么大，吓人吧，整条路通宵达旦，和《金瓶梅》里明代风景一模一样，中国人的平民时代、和平时代应该就是这样，社会安定了不需要整天学习喊口号，很多人也需要展露财富，尤其那种开端的年代，黄河路乍浦路两边，那时明晃晃的都是饭店和按摩店。

周：那你们开心吗，你描述这种狂欢的气氛我听听也很开心的。

金：批判地说就是人欲横流，深刻难忘。如果拍电影要找当年残留的辉煌模样，现在也只有去黄河路"苔圣园"或者乍浦路"金八仙"，里面完全的土豪金装饰，镏金吊灯，不会想到这就是当年的光芒，半夜三四点吃饭还像是晚上六点的样子，也不知怎么有那么多第二天不上班的人。一般时间表就是吃晚饭然后歌厅或者打牌，半夜两三点再来这里夜宵，天蒙蒙亮散伙。半夜一点端上来的小菜，基本是领班点的，清清爽爽上海菜，晓得客人喝过酒了，冷盆居多，上海人说"卖相好"，饭店员工同样精神抖擞。半夜两点在这角度重新看待整座城市，像看海明威写巴黎逛酒吧，一个接一个，上海这批人是 K 房夜宵，代表经济发展到一定程度的需求。我同事当时开了个上海著名的 DSC 舞厅，就在黄河路旁，最辉煌时可遇到一线文艺圈的各色人等，喝酒听歌，看人跳舞，一部分上海人，如今还这样过日子，你应该知道。

看陈巨来回忆的上海也这样，旧社会的半夜一两点也是夜宵，听戏散场，男女无穷无尽的八卦画面。普鲁斯特同样喜欢写饭局，都是场面上一些小小细节，饭桌上的对话动作，一不留意就过去了，但这些都被他写下来，已经足够，人的聚会，飘过来的话，人的关系始终是一个面，一个谜。所以不能老在家里译书，出来多吃吃饭，看看各种怪人，保持开放的心情。不过你水瓶座应该怪怪的，吃不准的。我这种射手座，很容易好奇很容易主动搭话。

周：那你说一桩《繁花》出版以后的奇怪事情听听？

金：有个读者要请饭，81年的，和你差不多大。上海音乐学院科班出身，长号演奏员，上海爱乐乐团待了几年，觉得不想再这样生活就辞职了。做各种生意，曾经做欧洲古典家具，也收贵重钟表，甚至纳粹标志的钟表，喜欢董桥，收藏毛边书。种种爱好听起来像个老头子，结果是青年。他请我吃饭的地方在虹口一幢大楼的顶楼，做了屋顶花园，内部像欧洲古典客厅，我们吃饭时有个女孩一旁边弹琴，后来他问我，知道女孩一直在弹什么？都是《繁花》蓓蒂弹的练习曲。你说感动吧。他可惜不写作，不然他的世界肯定是小说家看不见的风景城市，肯定好看。这种风景，天天待在家里的打字人怎么想得到。

还有一个读者也是请我去家里吃饭，就法租界的一幢洋房，等于一个缩小的上海作家协会面貌，院子里也有喷水池，雕像啊，大树啊等等。打开门，主人只四十岁，北方人，上海最冷的天他穿着短袖短裤，房间里地暖十足，热得来客很是狼狈。满堂珠光宝气，三个老妈子加厨师，他带我和朋友上下参观，参观地下酒窖。违规挖的，施工期间房子外面盖了护板不被别人看见，其实是把这幢老洋楼完全拆光完工以后再恢复外貌。哎呀，就想到那时刚刚看到新闻里面说北京上个月有私自在别墅里挖地窖，结果把主人压死的报道。

城市生活的了不起，因为有各种奇景，每个窗口里发生了什么，在挖什么，你根本不会知道。在村子里应该一目了然，作者不能自以为城市生活就是乡村生活，把城市简单化，仿佛也就是一般概念中的底层或者上层，概念中各个人群，大段大段地解读，现在的读者也都比作者懂得太多，读者已经很熟悉的事，你还解读什么？读者不知道的事，作者根本也不了解。作家如果把一座大城市或一个当代上海人看那么透，没这样的可能性，城市的截面包括人心的截面，作家是不可能全面知道的，比如我活过六十也没有真正了解一个朋友的内心，如果用上帝视角写成小说，仿佛书中人人都很知道，就是误导读者了。以前我一直觉得文学家窥视的人群关系是极准确深刻的，现在知道不少就是误读了，有关一个活人的私密深邃的内容，根本写不进小说。《繁花》只写了三分之一，不能再写。一个别人怎么能被你深度了解和深度表达？我是身陷盆地，对于上海，对于他人，不能知道那么多，不方便尽情表达。

眼前的社会不是越来越单调，是越来越复杂。举例说如果写一部悲剧，根据某地发生的惨案为原型，可以肯定地说一般是写不过原型，原型肯定比虚构生动百倍，很多生动复杂的人物关系，也只有诺曼·梅勒这样的非虚构作者来完成了，层层剥离和深度挖掘，读者需要的正是这样的文学，《刽子手之歌》那么厚厚的报告样本。前年（2015 年）的诺奖颁给了非虚构，是有划时代意义的，是因为虚构越来越无力，越来越弱，作者的想象创造的虚弱无力，跟不上现实震撼的表达。我们的作者和读者也和 18 世纪信息闭塞的情况有天壤之别了，面对当事人，作者怎样来表述他们的差异，不做深度发掘，读者怎会知道情况，事情的原委？包括庭审法官，包括所有相关的社会人物，一路调查爬梳下来，也应该都是文学家闭门造车之外的内容，所谓的虚构很容易把深度弄得很单调。

周：你写日记吗，还是记忆力特别好？即便你口述时的细节也很清晰，成为文字又克制而动人。《洗牌年代》写坐在去东北农场的轮船上遇见陌生的女孩又止步不前。哎，读的时候会感觉自己也坐在那条船上，感受到混乱荒唐残酷的时代和青春温柔。

金：我不写的。有时靠记忆，靠资料。主要是追自己最熟悉的内容，最深的印象，这是属于自己的范围，我不能什么都知道，无限制扩展，点到就止。一辈子都不会忘的印象比如《繁花》开头的抓奸，是听别人只说了一句话，我一辈子都记得那种内容。喜欢这样讲故事，不讲理论，故事代替理论。

比如当年农场里总有青年死去，听说以后都会猜疑，是真正发生的不测还是当事人自杀？那时的气氛就这样。我问过迟子建怎么把东北写那么美丽，在我心里，东北这块地方永远是灰黑色的，我再不想回去。她并不知道嫩江有这样的地方、年纪比我小一轮，住在更北的山里，而我所在的是原劳改农场，这个灰黑色的地方给我上了这样一课，她是在相对安静的大山里。

周：有一段，写一个青年握着大镰刀走向麦田，不慎割下了自己的头。你写了很多死法。

金：你怕吧？

周：不怕。不是恐惧，反而有一种青年所特有的无畏，像因为没把生命特别当回事，反而显得特别青春。你处理出来的感觉也是这样。年轻时见识过这些死亡，对人生看法会有影响吗？

金：那种环境里，死不算什么，现在我变得一惊一乍，杀鸡也不敢看，以前是手起刀落的。总的来说死是人生值得讨论的事，一般却闭口不言。昨晚我还想到了我送父亲从医院太平间到火葬场一路的场景，经历这些以后轮到我自己将来会怎么想，因为知道整个过程了，历历在目，因此我到底是知道好还是不知道好，这是一个无法解开的问题，将来我会怎么想，因为显然不是我一个人会这么想，有意思的问题。

记得女作家陆星儿去世前，我和一个信佛的编辑看望她，我们都像平常人一样寒暄，那个信佛同事突然说了很意外的话，她说，星儿，你的事我都已经和菩萨说过了，你放心好了，不要紧的，你身后要走的路我都帮你打点好了。我吓了一跳，起码这是一种尴尬，意识到了我们都没宗教准备。宗教会起到一种特殊的作用，从死亡角度来说，人有宗教信仰是适宜的，会使得人时时安定，无时不刻不会迷失。

我父亲是唯物主义者，一直非常豁达，但他老人家最后几个月里非常沉默，没有遗嘱，我一直觉得他应该会有遗嘱，他经历了很多，视死如归。而人越到老越是复杂，避免谈论身后事意味着什么，是一个谜。我不能用小说作者的虚构来解读，一写就错。个人面临死亡，任何言语举动都可理解。人的变化非常多，非常复杂。所以还是我刚刚说的，我们没法小说化一个人，看透一个人，不要总想找几句话去涵盖一切，盖住人生无数种的可能，比如说过去划成分，你资产阶级，他无产阶级，说不定资产阶级内心是无产阶级，于此类推吧，尤其中国文化是拖延的，不谈论的，口头禅是"以后再说"。

周：有时觉得，你的画也是对记忆的补充，和小说思维似乎在一个体系里的，会画一些细节比如房子的结构，工具步骤是什么形状，小青年裤管和领口里露出来的那一截颜色是怎么回事。一旦画出来就非常清晰，一些很具象的细部。

金：是挑我熟悉的内容展开，我有画的兴趣。比如喜欢建筑，瑞金路口有幢邬达克设计的爱司公寓我很喜欢，但是单纯画下来我就没这欲望。直到想起加上了一个从天而降的手，就来劲了。一定要在具象背景上想出变化才兴奋，否则就有困难。不想简单再现，我为小说集《方岛》画过一个麦地里的桌子，之后忍不住加上了桌子下出现的海水……就是这样，最近真是在想画画的事，有很多疑问，也非常有意思，很安静很享受，特别是夜晚万籁无声，感到一种精神上的按摩。写小说则是相反的，即便已经都想好了，仍然时时刻刻在焦虑在纠缠。你也画画，你怎么想？

周：我的文字思维相对你来说比较抽象，试图清晰地描写模糊。但是画画的时候就无论如何也做不到了，我的绘画能力不足以表达抽象。之前想自己画新小说集的封面，就画了一个划船的少年，画完以后我的编辑说，这个划船的人太用力了，但是你小说里没有逆流而上的情绪，你就是碰到河就随便玩玩的那种人啊。

金：你当时蛮好打电话给我，我就告诉你，让那个划船的人放下船桨，躺在船上就好了。

周：那他就不能随便玩玩了。我其实就是画不出来恰当的情绪。容易用力过猛，目的性太强，我希望能够表达恰到好处，又差那么一点点的美。但因为汉字也是具有视觉审美的语言系统，哪怕是字面表达有时候也带有美术的因素。我现在还记得你写有一天小毛下班回家，对着苏州河吃隔夜饭，然后寥寥写了几笔他在吃什么，水笋烧肉之类的几个普通名词并排在一起，立刻有种新鸳鸯蝴蝶梦似的温柔，又很美，又很好吃。

金：这就是市井呀。

周：不是的。这就是温柔本身。

金：那我问问看你，你有理想读者吗？

周：我有一个虚构的理想读者，存在我的意识里。你的呢？

金：比如我始终是对着我比较喜欢的人在写，比如说我是要对小宝和沈宏非去写，最好给他们看了以后他们觉得好玩的东西，大概这就算理想的读者。心里想着要让他们觉得有趣，那么一些普通平常的人生，就不会去写了，也不会写一般的废话。就是要写给那些不怎么务正业的，又懂得社会百态的朋友看，我认为那些特别聪明智慧的人。你如果试着把理想读者再具体化一点呢，对着你最最喜欢的人写，招惹他们，让他们又开心又难过。

另外总是想把发现的独特东西写下来，比如别人不写衣服质料，却恰恰是当年上海人最感兴趣的内容。你爸爸这代人都是逛店看衣料的，上海当年专门有几家店，南京西路富丽，南京东路老介福，年轻男女一定去逛的首先就是这些店。那时候没有成衣，所有衣服都要买料子去做。青年人对料子的关注是现在的一千倍，过去看羊毛比例，现在看衣服牌子。很多时代城市细节唤起共同记忆，也是一种特质。你们也要注意时代的种种物和精神，留意只有你们这代人知道的时代密码。现在你或许还稀里糊涂睡大觉，没被唤醒，会在某一刻想到自己这一代人密码的，这是真正属于你的熟悉范围。

一代代的人，都有值得保存的内容。可以保存在玻璃罩子里的究竟是什么？采访里我说过多次，最初我的写作动力是经过陕西路延安路，看到一个老女人在摆摊，我认出了她以前是静安寺大美女，类似西西里美女那种级别的，以及我们刚刚说到的年老和死亡，你也许就知道了，从我们的谈话开始一直唠叨到结束，像天色变化的过程一样，好景都是不长的。

Column

新文人

迷人，*Meaning*

从安福路 275 号弄堂口沿着有蔓生植物夹道欢迎的蜿蜒小道路过常年宣告着"不给犯罪分子有可乘之机"的手写黑板报和零星几间咖啡小铺寻到弄堂尽头的画廊就像循着一根吸管找到水源。就算这不是隐喻，至少从地图上看是这样：长长的、吸管似的小路通向由漂亮花园和老洋房组成的形似饮料纸杯的胶囊画廊（Capsule Shanghai）。

在按响画廊门铃、等待黑色铁门"自动"打开之前，或许应该先检视一下我们的感知系统。形状激发联想，弄堂／画廊与一杯插着吸管的饮料间才会形成意外关联。而老房子斑驳的墙面、以统一的斜率齐刷刷淋在草地或万物身上的炫目光线与花园里青草和花的气味呢？它们调动了我的感知经验库里对另一间如今已消失的画廊的记忆：胶囊画廊的确与数年前在岳阳路弄堂深处曾经存在的 James Cohan 画廊非常相似——正是气味、色彩、形状、光线构成的联觉激活了我记忆里的那颗时间胶囊。

以上这些，或许也是来自湖北的青年艺术家王智一始终关注的话题。他在胶囊画廊的个展"意义"（*Meaning*），通过近五年来创作的架上绘画、雕塑与装置作品探索人类感知系统运作的隐晦方式，在对现实经验的拆解、抽象与重建的过程中思考身体、环境与情感之间的复杂关系。

在胶囊画廊铁门打开的瞬间，第一件作品《暂存景观》已经出现了：一根约一米高、崭新的红白相间的路障柱出现在通向花园及画廊主空间的小路上；而在左手边的围墙略高处更隐蔽的位置，横着另一根黄黑相间的路障。我们几乎过分轻易地绕过这根孤零零的路障柱时，等于在做第一道关于身体敏感性的测试题：日常生活中司空见惯的障碍物被当作现成品挪至展览空间后，我们还能意

"你说的话为什么总像谜一样呢？"
"我说的正是谜底呢。"

——安托万·德·圣埃克絮佩里，《小王子》

识到这程度仅限于意思意思的阻隔（或毋宁说，一种阻隔的仪式）的存在吗？

往前便是花园。视野倏然开阔，一根空心不锈钢《达摩克利斯》之剑仿佛从花园篱笆外的公寓楼高处射过来，即将插入花园中央的泥土中——无论这威胁是暗指城市中心街区难以阻挡的士绅化（gentrification）进程还是更宽泛的人对自然的包围，其中悬而未决的紧张感是确凿无疑的。容易忽略的是剑的尖端不远处地面上的另一件作品《阿喀琉斯》：细长而尖锐的蚀刻金属铝仿佛植物般破土而出，刺向隐形的阿喀琉斯之踵，如同土地本身的保护机制，或教堂地面上通常用来阻挡恶魔的迷宫图样。

在挪用与引用的三部曲之后，我们来到胶囊画廊的主空间，由四个彼此独立的小房间贯通而成的白盒子。如同折纸般的《立体A》就像踮着脚一样立于门口的第一个展厅：形态的轻盈与材料的沉重（不锈钢）间的反差清晰可感。与之对应的，是贯穿于整个主空间的众多抽象油画作品中的另一种反差：约瑟夫·阿尔伯斯式浸淫着包豪斯趣味的准确乃至精确的大色块抽象图形与其暧昧乃至不可言说的"意义"之间的反差。但这恰恰也是整个展览最有趣的地方：观众可以暂且搁置解读出一个"标准答案"的冲动，打开自身的感知系统，整体性感受一幅画、一个空间乃至整个展览。

于是我们不会把《指向Ⅰ》（或《指向Ⅱ》）描述为"由两个长方形（黄色、绿色）、两个平行四边形（橙色、浅绿）和四个三角形（米黄色、灰绿色）组成的一幅构图对称的布面丙烯油画"，因为这不是色彩测试、几何课程或在向警察描述凶手特征——在此，客观的认定全无意义。相反地，你可以直观地（甚至主观地）、整体性地（或"格式塔"式地）

《立体 A》

《向量 V》

《完形Ⅲ》

《奇迹 CTM》

从这些色块的组合与交互作用中看见一个指向明显的箭头，以及两幅画中的箭头指向彼此；假如你更仔细地看，还可以感觉到画作离窗口更近的部分运用了更明亮的色彩（黄色和红色），离窗口最远的部分则是较暗的绿色和蓝色。就好像艺术家首先将对于光线的感知翻译并抽象成了色彩，而此刻这种翻译又反过来在同样的语境（环境）里得到强化。

展览与环境（展览空间）的关系，在一系列被改建得更为狭窄的门洞中得到充分体现。用想象中的触须在脑海中测量之后，我决定侧身通过门洞，让鼓起的啤酒肚与一侧墙壁若即若离。这是艺术家在提醒观众，身体的在场对于这个展览的重要性。当把身体置于门洞连成的中轴线一端，另一头《向量 V》中如同红色颜料溢出画布般的瀑布式线条便成了从侧面观看《立体 A》的背景（请注意 V 和 A 再一次构成彼此对立的指向，像展览的一个"韵脚"）：就这样，作品间的互文如同园林布局里常见的"借景"——在移步换景之间，意义从空间激发的关系里显现。

当观者从左侧第一展厅沿展览动线深入，抽象画作的切割与分形便愈来愈繁复。如同作品标题的暗示，这是从"指向""隐匿""征兆"到"奇迹"乃至"完形"的过程。在《奇迹 CTM》里，两面安装得略有公差的对立镜子无限复制着油画上的几何图形，形成一种令人晕眩的"离心旋转时刻"（centrifugal turning moment）。仿佛呼应，《完形 III》同样在一种绝对理性的分形中创造出奇异的旋转感，而色彩的微妙差异使平面的画布仿佛平添出新的维度，暗合了王智一将画框平放、面对三维作画的工作方式。

不妨将《光跃 A》视为整个展览俏皮而又巧妙的脚注：在面向花园的窗户上平贴的三角形彩色透光膜令人联想起教堂的彩色玻璃，它造出了一个午后阳光玩"跳房子"的游乐场。而当夜幕降临，一切反转·画廊内部的灯光透出来，成为迷人夜色的一部分。如同上海话里"迷人"的发音，此刻迷人便等同于 meaning。

仿佛美成为了意义本身。

王智一，《意义》
2018 年 5 月 12 日至 6 月 11 日
胶囊上海

* 本文图片由胶囊画廊（Capsule Shanghai）提供

止渴

猫生病的时候天也刚好热起来，我每天夜里照料猫，天不一会儿就亮了。天刚刚亮时最困，天大亮猫睡去后，我却怎么也睡不着了。因为难以规律地休息，刚开始那种难以接受现实产生的强大压力慢慢渗进体内，变成精力透支后的抑郁。每天只要睡得着就会睡一会儿，渐渐也就分不清楚哪一次是真正的睡觉，哪一次醒来是新的一天的开始。

梦就是在这个时候变得可爱起来的。偶尔还是会做噩梦，但其他时候，梦里都会有跌宕的情节和好玩的陌生人。在这些可爱的梦里头，有时会出现面目亲切的人，即便醒来也会记得梦里的欢喜。有时甚至会希望能继续做梦，不要醒来。在比较没有意志力的日子，我就会在猫睡觉时也接连地睡，现实的劳苦能忘记一分钟是一分钟。

欢喜可爱的梦像二三流的电影，有时醒来会循着梦的轨迹继续编排剧情，编着编着继续睡。要么就在清醒的时候去找替代品。有一天的梦里，遇到一个很像西岛秀俊的男子。我是某个老板的秘书，梦里我不是我，是个能穿高跟鞋的女子，西岛秀俊是个重要客户代表，由我接待。醒来前刚刚见到男子，人物间有张力，好像不只是接见客户那么简单。

醒来以后我回味了很久，有点春心萌动的感觉，但更多的好像是被梦境的这段情节里的张力给吸引住了。到底之后会发生什么，真是好奇啊！

之后我试图继续睡，一边幻想梦中的我和西岛秀俊亲热，结果还没亲热上就睡着了。醒来觉得光亲热没意思，于是开始编剧情，给老板和客户都加了设定，而梦中我将是能够换上超强义肢的战士，戏份吃重。

但是光靠脑补无法补全人物的实感，于是那几天我找出西岛秀俊练出肌肉变成大叔后的日剧轮着看。看剧的时候好开心啊，可以暂时忘记现实，欣赏英俊的男星，像在吃甜点。不过西岛秀俊的演技有限，对雄性荷尔蒙的饥渴很快就让位于理智，我开始嫌弃《MOZU》的情节太中二，《Double Face》里他的一言一行都比不过梁朝伟，只有《毛毯猫》比较松弛，还能多看两眼。

过了几天，我又开始萌高良健吾。高良健吾演技好，声音也好听，于是我翻看他主演的电影和电视剧，把苦哈哈的《追忆潜然》看完了，连《白夜行》都要翻出来看一遍。啊，高良健吾的声音真好听！

边谈异地恋边吸明星对我来说算是新的体验。以前的恋爱都没超过一年，不谈恋爱的时候我就专心过自己的日子，会有很久的空窗期。在空窗期吸偶像吸明星我比较熟练。

我每天还是会和阿准打电话发消息，两个人会一如既往地给彼此加油打气，但是，不在身边确实有不在身边的坏处。比如猫生病，内心的天要塌下来，男友却还活在昨天。

照料猫时偶尔会崩溃一下，比如只是走开上个厕所，猫就把两个头套全脱掉，已经把肚子上的溃破表皮全啃了一遍，地上身上都是血。啊，真是难过啊，我连这点事情都阻止不了！于是对着猫大哭，哭完掏出碘伏和棉花棒抱起猫来处理伤口。忙完之后我有时会打电话给阿准，毫无头绪地把崩溃的心路历程都讲一遍。也是有安慰和建议，但好像总还是缺一点什么。

情绪都倒出去以后又觉得这样说下去也不是办法，于是慢慢把崩溃也变成日常的一部分，学习更熟练地去应对。

这种心境下吸明星，啊，真是全新的体验，像夏天一样闪闪发光！因为清楚地意识到只是在消耗可见的外在的雄性荷尔蒙，于是像翻看点餐 App 一样，可以每天都换新的花样。

吸明星的好身材和好相貌，赞美或吐槽电影或电视剧的情节，连带地，在日常生活中也变得对雄性荷尔蒙更敏锐了。炎炎夏日，看见美少年的后脖子也会多看两眼。前两天还遇到一位耐心的同龄出租车司机，小麦色皮肤，瘦削身材，穿短袖短裤。坐在后排的我刚好可以看见他形状美好的膝盖，《克莱尔的膝盖》里的中年男子沉迷少女的膝盖，大概就是这样的感觉。

消耗荷尔蒙变成了我新的日常生活的一部分后，恋爱也变得轻松了一些。两个人各自努力过好各自的生活，恋爱的优先级自然就要往后排，我和阿准的异地恋就是在这样的条件下存在的。

暂时没法规划未来的恋爱还要不要继续？关于异地恋的情感问答似乎有一百万种答案。

我和阿准是在开始异地恋之后才慢慢摸索出答案的。异地恋开始前，分别以前，我们忙着工作，连分别那天也只是匆匆在火车站告别，然后我去赶火车，他再赶去机场。

当时的答案只是：因为在一起时相处得非常合拍，感觉比起完全一个人，在一起时的彼此都更好，所以选择继续。未来怎么打算，什么时候结束异地，通通没有答案。

异地恋开始后，先要摸索出日常打电话的规律，摸索出休息时间的安排，各自重建独自过又在一起的生活。阿准比我外向，家庭和睦朋友也多，很快就适应了新的生活。我稍微慢一点，但也慢慢摸索出自己的节奏来。以前没想到自己竟然能谈隔得这么远的异地恋，现在则是没想到我竟然能适应这么久的异地恋。

我们每天早晚通电话，其他时间则发消息、发网上看到的好玩东西。偶尔会视频，不怎么搞网络约会，非常难得才会一起看个电影。更多时候，是彼此吹嘘自己已经看完了这部电影或那部电视剧的最新一集，刺激对方也赶紧去看。没有什么事情不能一个人完成，好像也没有什么事情不能独自享受。恋爱逐渐变成彼此教对方去享受各种东西，过后再与彼此分享各种感受。

大概是在异地恋快一年的时候我才慢慢认清，没有非谈不可的恋爱，当然也没有非分不可的恋爱。我们让对方都更喜欢自己、更享受一个人了，而与此同时，即便没有见面也不用费力维系内心的亲密感，还有什么不满足的呢？

猫生病之后，阿准也察觉到我的低落情绪，于是他用他的方式给我加油：寄来了一大瓶治疗偏头痛的 Advil，还有一件他跑完步脱下来沾满汗臭味（男人味）的 T 恤衫，说是让我止渴。

除此以外，他能做的也不多。他依然在认真积极地过自己的生活。比如跑了个马拉松，比如和朋友骑了 128 公里的自行车，一直骑到海边。

而我，我在他的鼓励之下继续找合适的自由职业工作，得到了一次工作机会，去了一次广州，在亚热带的闷热气候中见到那位有着迷人膝盖的出租车司机，回来找出和出租车司机长得有几分相似的铃木亮平演的电影《变态假面》，在干完活忙了一个周末以后，津津有味地看了起来。

Fiction

小 说

匿名作家 *

第二辑（011-020）

"匿名作家计划"是由《鲤》主题书系发起，联合理想国、腾讯·大家打造的一场极富悬疑感文学竞赛。参赛者由著名作家和年轻的文学新人组成，参赛作品将全部以匿名的方式在《鲤》主题书系中分三辑呈现。力求回归文本本身，摒弃所有外在干扰，只用文字和读者沟通。最终通过初赛、复赛，决选出最出色的小说。"腾讯·大家"微信（微信号：ipress）是本版块的网络首发及赛况追踪平台。

仙症

文｜匿名作家 011 号

1

倒数第二次见到王战团，他正在指挥一只刺猬过马路。时间应该是 2000 年的夏天，也可能是 2001 年。地点我敢咬定，就在二经街、三经街和八纬路组成的人字街的街心。刺猬通体裹着灰白色短毛，幼小的四肢被一段新铺的柏油路边缘粘住。王战团居高临下站在它面前，不踢也不赶，只用两腿封堵住柏油路段，右臂挥舞起协勤的小黄旗，左臂在半空中打出前进手势，口衔一枚钢哨，朝反方向拼命地吹。刺猬的身高瞄不见他的手势，却似在片晌间读懂了那声哨语，猛地掉转它尖细的头，一口气从街心奔向街的东侧，跃上路牙，没入矮栎丛中。王战团跟拥堵的街心被它甩在烈日下。

我从出租车上下来时，哨声已被鸣笛淹没，王战团的腮帮子却仍鼓着。两个老妇人前后脚扑上前，几乎同时扯住了王战团的后脖领子，抢哨子跟旗的是女协勤，抢人那个，是我大姑。有人报了警，大姑在民警赶来前，把她的丈夫押回了家。

王战团是我大姑父。

目睹这一幕那年，我刚上初一，或者已经上初二。跟妻子 Jade 订婚当晚，我于席间向她一家人讲起这件事，Jade 帮我同声传译成法语，坐在她对面的法国母亲 Eva 几次露出的讶异表情都迟于她丈夫。Jade 的父亲就是中国人，跟我还是老乡，二十多岁在老家离了婚，带着两岁的 Jade 来到法国打工留学，不久后便结识了 Eva 再婚。Jade 再没见过她的生母。中文父亲逼她学的，怕她忘本。那夜的晚餐在尼斯海边一家法餐厅，微风怡人。我和 Jade 相识，发生在我第一次到尼斯做背包客时偶然钻进的一家酒吧里。当时她跟两个女友已经醉得没了人样儿，我见她是中国人样貌，主动上前搭讪，想不到她操起家乡口音的中文跟我攀谈时，惊觉彼此竟出生在同一座城市，甚至同一间妇婴医院。我说，这是命，我从小信这个。Jade 说，等下跟我回去，我自己住。三个月后，我们闪婚。

订婚那夜我喝醉了，Jade 挽着我回到酒店。我一头栽进床之际，她突然说，你讲的我不信。我问为什么，Jade 说，我不信城市里可以见到刺猬。我说，那是因为你两岁就离开老家，老家的一切对你都是陌生跟滑稽的，说起来都订婚了你还没见过我父母，我签证到期那天，跟我一起回去吧。Jade 继续说，每年夏天她一家人都会去法国南部的乡下度假，刺猬在法国的乡下都没见过，中国北方的城市里凭什么有，况且还是大街上？我急了，就是有，不光有，我还吃过一只。Jade 要疯了，你说什么？你吃过刺猬？你一喝醉就口吃，我听不清。你说那种浑身带刺的小动物？我说，对，我吃过，跟王战团一起，我大姑父。刺猬的肉像鸡肉。

2

我降生在一个阴盛阳衰的家族里，我爸是老儿子，上面三个姐姐。上辈人里，外姓人王战团最大，1947 年生人，而我是孩子辈里最小的，比王战团整整小了四十岁。记忆里第一次能指认出王战团是大姑父，大姑父就是王战团，是我三岁，刚上幼儿园的那年。一天放学，我爸妈在各自厂里加班加点赶制一台巨型花车的零部件，一个轮胎厂，一个轴承厂。花车要代表全省人民驶向北京天安门参加国庆阅兵。而我奶忙着在家跟邻居几个老太太推牌九，抽旱烟，更不愿倒空儿接我，于是指派了王战团来，当天他本来是去给我奶送刀鱼的。

我迎面叫了一声大姑父，他点点头。王战团高得吓人，牵我手时猫下半截腰，嗓音略低沉地说，别叫大姑父，叫大名，或者战团，我们连长都这么叫我。我说，我爸不能让，直呼长辈姓名不礼貌。王战团说，礼貌是给俗人讲的，跟我免了。他又追了一句，王战团就是王战团，我娶了你大姑，不妨碍我还是我，我不是谁的大姑父。我问，你不上班啊？我爸妈都上班呢，我妈说我奶奶打麻将也等于上班。王战团笑笑，没牵我的那只手点燃一根烟，吸着说，我当兵，放探亲假呢。我说，啊，你当什么兵？王战团说，潜艇兵，海军。你舌头怎么不利索？

一路上，王战团不停给我讲着他开潜艇时遇见过的奇特深海生物，有好几种大鱼，我都没记住，只记得一个名字带鱼但不是鱼的，××大章鱼，多大呢？比潜水艇还大。王战团说，那次，水下三千八百多米，那只大章鱼展开八只触手，牢牢吸附住他的潜水艇，艇整个立了起来，跟冰棍儿似的，舱内的一切都被掀翻了，兵一个摞一个地滚进前舱，你说可不可怕？我说，不信。王战团说，有本小说叫《海底两万里》，跟里面讲得一模一样，以前我也不信，书我回家找找，下次带给你。法国人写的，叫凡尔赛。我说，你咋不开炮呢。王战团一包烟抽光了，说，潜艇装备的是核武器，开炮，太平洋里的鱼都得死，人也活不成。我说，不信。

当天回到我奶家的平房，天已经黑了。旱烟的土臭味飘荡整屋，我饱着肚子想吐。一看钟八点多，我放学时间是四点半。我妈已经下班回来，见我跟王战团进门，上前一把将我夺过，说，大姐夫，三个多点儿，你带我儿子上北京了？王战团还笑，说，就青年大街到八纬路兜了五圈儿，咱俩一人吃了碗抻面。我妈说，啥毛病啊，不怕把孩子整丢？王战团说，哪能呢，手拽得可紧。我奶正在数钱，看精神面貌没少赢，对王战团说，赶紧回家吃饭去，我不伺候。王战团背手在客厅里晃悠一圈儿，溜出门前回头说，妈，刚才说了，我吃了碗抻面，刀鱼别忘冻冰箱。他前脚走，后脚我妈嚷嚷我奶，妈，你派一个疯子接我儿子，想要我命？我奶说，不疯了，好人儿一个，大夫说的。

后来我才得知，我妈叫王战团疯子，就是字面意义上的，精神病。王战团是个精神病人。他当过兵不假，海军，那都是他三十岁前的事儿了，病就是在部队里发的，组织只好安排他退伍，转业进了第一飞机制造厂当电焊工，在厂里又发一次病，领导不好开除，又怕瘆着同事，就放了他长假养病，一养就是十五年，工资照发，老厂长都死了也没断。发病十五年后，我大姑才第一次领王战团正经看了一次大夫，大夫说，可治可不治，不过家人得多照顾情绪，轻重这病都去不了根儿。

大年初二是家族每年固定的聚餐日，因为三十当晚三个姑姑都要跟婆家过，只有我跟爸妈陪我奶。有我在的记忆中，初二饭桌上，连孩子说话都得多留意，少惹乎王战团，越少说话越安全。我爸订饭店，专找包房能唱歌的，因为王战团爱唱歌，攥着麦克不放，出去上厕所也揣兜里，生怕被人抢了，其实哪有人敢跟他抢。唱起歌时的王战团爱高兴，对大家都安全。王战团天生好嗓，主攻中低音，最拿手的是杨洪基跟蒋大为。除了唱歌，他还爱喝酒，爱写诗，象棋下得尤其好。他写的诗我看过，看不懂，都跟海有关。喝酒更能耐，没另两个姑父加我爸劝，根本不下桌。每年喝到最后，我爸都会以同一句压轴儿，还叫啥主食不？饺子？一家老小摇头，唯独王战团接茬儿，饺子来一盘也可以，三鲜的。说完自己握杯底敲下桌沿儿，意思跟自己碰过了，也不劝别人。我爸假装叫服务员再拿菜单来的空当，大姑就趁机扣住王战团杯口说，就你缺眼力见儿，别喝了。一瞬间，王战团的眼神突然大变，扭脸盯着大姑，眼底会涌出暗黄色，嗓音很低地说，没到位呢，差一口。每当这一幕出现，一家老小都会老老实实地作陪，等他把最后一口酒给喇完。

反而是在大年夜，我奶跟我爸妈说起最多的就是王战团。我奶说，秀玲为啥就不能跟他离婚？法律不让？我妈说，法是法，情是情，毕竟还有俩孩子，说离就离啊。王战团第一次在部队里发病的故事，每年三十我都听一遍。他十九岁当兵，躲掉了下乡，但没躲掉运动。运动闹到中间那两年，部队里分成敌对的两派，连长政委各自一队，王战团不想站队，因为他是副连长的第一人选，得罪谁都不是。连长跟政委也都了解王战团的个性，胆小，老实，艮，开大会上发言也默许他和稀泥，但偏偏他业务最强，学问也多，双方都想拉拢，就是闹不懂他心思到底想些啥，祸根就埋在这，王战团心里不是没立场，他是硬憋着不说，结果疖子憋冒出个大头儿。某天半夜，在船舱六人宿舍里，王战团梦话说得震天响，男低音中气十足，先是大骂连长两面三刀，后是讽刺政委阴险小人，语意连贯，字字珠玑，最终以口头操了两个人的妈收尾。宿舍里其他五人瞪眼围观王战团骂到天亮，包括连长跟政委本人。第二天，全连停训，两派休战，联手开展针对王战团一人的批斗大会。连长说，战团啊战团，想不到你是个表里不一的反革命分子，而且是深藏在我军内部的大叛徒，亏你父亲还是老革命，百团大战立过功，你对得起他吗？你对得起自己名字吗？政委就是政委，言简意赅，王战团，你等着接受大海浩瀚无边的审判吧。

王战团被锁在一间狭短的储物仓里关禁闭，只有一块圆窗，望出去，太平洋如同瓮底的一摊积水。没有床，他只能坐在铁皮板上，三天三夜没合眼。有战友偷偷给他供烟，他就抽了三天三宿的烟，放出来的时候，眼球一圈血丝都是烟叶色。再次站上批斗大会的台前，对着麦克哑了半天，手里没拿检讨稿，开始反复念叨一句，不应该啊，不应该啊。顿了下又说，我从来不说梦话，更不说脏话。台下的政委跳起身指着他说，哪有人说梦话自己会知道的！王战团对着麦克清了清嗓子继续，我结婚了，有老婆，要是我说梦话，秀玲应该跟我说啊，算了，我给大家唱首歌吧。

3

　　我大姑去旅顺港接王战团的时候，挺着六个月的大肚子。王战团当兵的第四年跟我大姑经媒人介绍结婚，婚后仍旧每半年回家一次。当他再次见到大姑第一句话就问，秀玲啊，我说梦话吗？大姑不语，挽起王战团的胳膊，按着脖领子并排给政委鞠躬。政委说，真不赖组织。大姑说，明白，赖只赖他自个儿心眼儿小。政委说，回家也不能放弃自我检讨，信念还是要有。大姑说，明白。政委说，安胎第一。大姑说，谢谢领导。

　　两个人的大儿子，我大哥王海洋三岁时，王战团在一飞厂险些当选小组长。他的病被厂长隐瞒了。那场运动到最后，政委被连长扳倒，失意之际竟第一个念起王战团，想到他退伍后赋闲了两年多，转业的事还没落实，于是找到已经是一飞厂厂长的老战友，给王战团安排工作，特意嘱咐多关照。政委说，毕竟不是真的坏同志。失足了。

　　王战团与小组长失之交臂的那天，正在焊战斗机翼，忘记戴面罩上阵，火星滋进眼睛，从梯子上翻落，醒过来时就不认人了，嘴里又开始叨咕，不应该啊，不应该啊。再看人的时候眼神就不对了，好像有谁牵着线吊他的两个眼珠子，目光不会拐弯儿了。我大姑去厂里接他的时候又是大着肚子，怀的是我二姐。

　　我问过大姑，当初为什么没早带王战团去看大夫。大姑说，看了就是真有病，不看就不一定有病，是个道理。道理都懂，其实大姑只是嘴上不愿承认，她不是没请过人给王战团看病，一个女的，铁岭人，跟她岁数差不多，外人都叫赵老师。直到多年后赵老师给我看事儿时，我才听说过出马仙的名号，家里开堂口，身上有东西，能走阴过阳。

　　在我出生前的十五年里，王战团的病情时好时坏，差不多三四年反复一回。大部分时间里，他每天在家附近闲逛，用我大姑上班前按日配给的零花钱买两瓶啤酒喝，最多再够买一包鱼皮豆。中午回家热剩饭吃，晚饭再等我大姑下班。王海洋没上幼儿园以前，白天都扔给我奶。王战团的父母过世早，没得指望了。我奶的言传身教导致王海洋自幼懂看牌九，长大后玩麻将也是十赌九赢。后来他早早被送去幼儿园，王海鸥又出生，白天还得我奶带着，偶尔有二姑三姑替手。我奶最不亲孩子，所以总是骂王战团，骂他的病。夏天，王战团花样能多一些，有时会窝进哪片阴凉下看书，状态好的时候，甚至能跟邻居下几盘棋。王战团也算有个绝活儿，就是一边看书一边跟人下棋。那场面我见过一次，在我奶家回迁的新楼楼下，他双手捧一本《资治通鉴》，天热把拖鞋甩了，右脚丫子搁棋盘上，用大拇脚趾头推棋子儿，隔两分钟乜斜一眼棋，继续看书，书翻完，连赢七盘，气得邻居老头儿给棋盘掀了，破口大骂，全你妈臭脚丫子味儿。王战团不生气，穿好拖鞋，自言自语说，应该吗？不应该。

赵老师第一次来给王战团看事儿，是运动快结束那年，我二姐满月后。日子没出正月，大姑在我奶家平房里简单张罗了一桌，都是家里人，菜是三个姑姑合伙炒的，我爸那年十六，打打下手。王战团当天特别兴奋，女儿被他捧在怀里摇了一下午，到了晚上第二顿，二姑三姑都走了，王战团说想吃饺子。我奶说，不伺候。大姑说，想吃啥馅儿。王战团说，猪肉大葱。大姑说，猪肉有，咱妈从来不囤葱。我爸说，我去跟邻居要两根儿。王战团抢先起身，说，我去，我去。

大姑站着和面时，小腿肚子一直转筋。王海洋说，妈，房顶有响儿，是野猫不？大姑放下擀面杖说，我得看看，两根葱要了半个点儿，现种都长成了。刚拉开门，我奶的一个牌搭子老太太正站在门外嚷，赶紧出来看吧，你家王战团上房揭瓦了。一家老小跑出门口，回首一瞧，自家屋顶在寒冬的月光下映出一晕翡翠色，那是整片排列有序的葱瓦，一层覆一层。王战团站在棱顶中央，两臂平展开来，左右各套着腰粗的葱捆。葱尾由绿渐黄的叶尖纷纷向地面耷拉着，似极了丰盛错落的羽毛。那是一双葱翅。王战团双腿一高一低的站姿仿若要起飞，两眼放光，冲屋檐下喊，妈，葱够不？我奶回喊，你给我下来！王战团又喊，秀玲，女儿的名字我想好了，叫海鸥，王海鸥。大姑回喊，行，海鸥就海鸥了，你给我下来！王战团造型稳如泰山。十几户门口大葱被掠光的邻居们，都已聚集到我奶家门口，有人附声道，海洋他爹，海鸥他爹啊，你快下来，瓦脆，别跌了。我爸这边已经开始架梯子，要上去迎他。王战团突然说，都别眨眼，我飞一个。只见他踏在前那条腿先发力，后腿跟上，脚下腾起瓦片间的积灰与碧绿的葱屑，瞬间移身至房檐边缘，胸腹一收力，人拔根跃起，在距离地面三米来高的空中，猛力扑扇几下葱翅，卷起一阵泥草味的清风，迷了平地上所有人的眼。当众人再度睁开眼时，发现王战团并非一条直线落在他们面前，而是一条弧线降在了他们身后。我爸挂在梯子上，抬头来回地找寻刚刚那道不可能存在的弧线，嘟囔说，不应该啊。

这场复发太突然，没人刺激他，王战团是被章丘大葱刺激的。我奶再次跟大姑提出，将王战团送去精神病院，大姑不用想就拒绝。我三姑说，大姐，我给你找个人，我插队时候认识的，绝对好使。大姑问，多钱？三姑说，当人面千万别提钱，犯忌。大姑说，知道了，先备两百，不够再跟妈借，你说这人哪个单位的？三姑说，没单位，周围看事儿。

赵老师被我三姑从铁岭接来那天，直接到的我奶家。我奶怀里抱着海鸥。我爸身为独子，掌事儿，得在。再就是我三个姑姑，以及王战团本人，他不知道当天要迎接谁。赵老师一走进屋，一句招呼都没打，直奔王战团跟前，自己拉了把凳子脸贴脸地坐下，盯着他看了半天，还是不说话。三姑在背后对大姑悄声说，神不，不用问就知道看谁的。那边王战团也不惊慌，脸又贴近一步，反而先开口说，你两只眼睛不一般大。赵老师说，没病。大姑说，太好了。赵老师又说，但有东西。我奶问，谁有东西？赵老师说，他身上跟着东西。三姑问，啥东西？赵老师说，冤亲债主。二姑问，谁啊？赵老师不再答了，继续盯着王战团，你杀过人吧？我爸坐不住了，扯啥犊子呢，我大姐夫当兵的，又不是土匪。赵老师说，别人闭嘴，我问他呢，杀没杀过人？王战团说，杀过猪，鸡也杀过，出海时候天天杀鱼。赵老师说，老实点儿。王战团说，你左眼比右眼大。赵老师，你别说了，让你身上那个出来说。王战团突然不说话了，一个字再没有。我爸不耐烦了，到底有病没病？赵老师突然收紧双拳，指骨节顶住太阳穴紧揉，不对，磁场不对，脑瓜子疼。三姑说，影响赵老师发挥了。大姑问，那咋整？赵老师说，那东西今天没跟来，在你家呢。大姑说，那去我家啊？赵老师忍痛点头，又指着我爸说，男的不能在，你别跟着。王战团这时突然又开口了，说，海洋在家呢，也是男的。赵老师起身，说，小孩儿不算。

大姑家住得离我奶家最近，隔三条街。一男四女溜溜达达，王战团走在最前面引路。到了大姑家，王海洋正在堆积木，被二姑拉到套间的里屋，关上门。赵老师一屁股坐进外屋的沙发，王战团主动坐到身边，说，欢迎。赵老师瞄着墙的东北角，说，就在那儿呢。三姑问，哪儿呢？谁啊？赵老师说，你当然看不见，这屋就我跟他能见着。赵老师对身边的王战团说，女的，二十来岁，挺苗条的，没错吧？王战团又开始不说话了。赵老师对我大姑说，好好问问你老头儿吧，他手上有人命，现在人家赖上他不走了，你俩进屋研究，研究明白再出来跟我说，我就坐这儿等着，先跟债主唠唠。

　　大姑领王战团进了屋，关紧了门。二姑跟三姑在外面，大气不敢喘，站在那儿看赵老师对墙角说话，声调忽高忽低。你走不走？知道我是谁不？两条道给你选，不走，我有招儿治你，想走就说条件，我让他家尽量满足。二姑三姑冷汗一身身地出。也不知过了多久，里屋的门开了，大姑自己走了出来。赵老师问，唠明白没？大姑说，唠明白了。赵老师说，有人命吧？大姑说，不是他杀的，间接的。赵老师，对上了吧。大姑说，都对上了。三姑对二姑说，还是厉害。赵老师说，讲吧，咋回事儿。大姑坐到赵老师身边，喝了口茶水，说，他跟我结婚以前处过一个对象，知识分子家庭，俩人订下婚约，他就当兵去了。67 年，女方她爸被斗死了，她妈翻墙沿着铁路逃跑，夜黑没看清火车，人给轧成两截了。赵老师说，债主还不止一个，我说脑瓜子这疼呢。大姑继续说，那女的后来投靠了农村亲戚，再跟战团就联系不上了，过了四五年，不知道托谁又找到战团，直接去军港堵的，当时我俩已经结婚了，那女的又回去农村，嫁了个杀猪的，天天打她，没半年跳井自杀了。大姑又喝了一口茶水，二姑跟三姑解汗缺水，轮着递茶缸子。赵老师问，哪年的事儿？大姑说，他发病前半年。赵老师说，这就对了，你老头儿没撒谎？大姑说，他不会撒谎。赵老师说，一家三口凑齐了，不好办啊，主要还是那女的。大姑说，还是能办吧？赵老师说，那女的姓名，八字，有吗？大姑说，能问，他肯定记着。赵老师说，照片有吗？大姑点头，起身进屋，门敞着，王战团正坐在床边，给王海洋读书，《海底两万里》，大姑把书从他手中抽起，来回翻甩，一张二寸黑白照跌落地上，大姑捡起照片，走出来递给赵老师看。赵老师说，就是她。三姑问，能办了吗？赵老师说，冤有头债有主，主家找对就能办。大姑吁一口气，转头看里屋，王战团从地上捡起那本《海底两万里》，吹了吹灰，继续给王海洋读，声情并茂，两只大手翻在面前，十指蜷缩，应该是在扮演章鱼。

4

　　赵老师第二次到大姑家，带来两块牌位，一高一矮。矮的那块，刻的是那位女债主的名字，姓陈。高的那块，名头很长：龙首山二柳洞白家三爷。赵老师指挥大姑重新布置过整面东墙，翘头案贴墙垫高，中间放香炉，后面立牌位，左右对称。赵老师说，每日早中晚敬香，一牌一炷，必须他自己来，别人不能替。牌位立好后，赵老师做了一场法事，套间里外撒尽五斤香灰，房子的西南角钻了一个细长的洞，拇指粗，直接通到楼体外。一切共花费三百块，其中一百是我奶出的。那两块牌位我亲眼见过，香的味道也很好闻，没牌子，寺庙外的香烛堂买不着，只能赵老师定期从铁岭寄，十五一盒。那天傍晚，赵老师赶车回铁岭前，对大姑说，有咱家白三爷压她一头，你就把心揣肚里吧。记住，那个洞千万别堵了，没事多掏掏，三爷来去都打那儿过。全程王战团都很配合，垫桌子，撒香灰，钻墙眼儿，都是亲自上手。赵老师临走前，王战团紧握住她的手说，你姓赵，你家咋姓白呢？你是捡的？赵老师把手从王战团的手里抽出，对大姑说，要等全好得有耐心，七七四十九天。

　　我出生到王战团死的后十五年里，我只亲眼见他发过两次病，加上我不在的前十五年，前后三十年的病史中，王战团没伤过人也没伤过己，绝对算得上是精神病里的先进个人。尽管如此，各家大人还是不肯让自己的孩子跟王战团多接触，唯独我偶然成例外。1998 年夏天，我爸妈双双下岗。我爸撺掇另一个下岗的发小儿合伙开家小饭馆，租门脸，跑装修，办营业执照，每天不着家。我妈求着在市委工作的二姑夫帮忙找活儿干，四处登门送礼，于是我整个暑假就被扔在我奶家，王战团平日没事儿最爱往我奶家跑，离得近。有时他就坐厅里看几个老太太推牌九，那时他被大姑逼着戒烟，忍不了烟味时就拎本书下楼，脚丫子上阵赢老头儿棋。我奶当他隐形人，老头儿视他眼中钉。我跟王战团就是在那个夏天紧密地来往着。有一天，我奶去别人家打牌，他进门就递给我本书，《海底两万里》。王战团说，你小时候，我好像答应过。我摩挲着封面纸张，薄如蝉翼。王战团说，写书的叫凡尔纳，不是凡尔赛，我嘴瓢了，凡尔赛是法国皇宫。我问，啥时候还？王战团说，不用还，送你。我说，电视天线坏了，《水浒传》重播看不成了。王战团说，能修。我说，你修一个。王战团说，我先教你下棋。我说，我会。王战团随即从屁兜里掏出一副迷你吸磁象棋，记事本大，折叠棋盘，码好棋子，摊掌说，你先走。我说，让仨子儿。王战团说，不行。我说，那不下了。王战团说，最多两个。我闷头思索到底是摘掉他一马一车，还是两个车，再抬头时，王战团正站在电视机前，掰下机顶的 V 字天线，嘴叼着坏的那根天线头使劲往外咬。我说，这能好？王战团说，就是被灰卡住了，捋顺溜儿就行了。他嘴里叼着天线坐回我对面，一边下棋一边咬，用好的那根天线推棋子。王战团说，去年没咋见到你。我说，我上北京了。王战团说，上北京干啥？我说，治病。王战团说，捋你那舌头？我说，不下了。王战团再次起身把天线装回电视机顶，按下开关，电视画面历经几秒钟的雪花后，恢复正常。王战团说，修好了。我说，也演完了。王战团说，你看见那根天线没有，越往上越窄，你发现没？我说，咋了？王战团说，一辈子就是顺杆儿往上爬，爬到顶那天，你就是尖儿了。我问他，你爬到哪儿了？王战团说，我卡在节骨眼儿了，全是灰。我不耐烦。王战团说，你得一直往上爬，这一家子，就咱俩最有话说，你没觉出来吗？虽然你说话费劲。

王战团说，一辈子就是顺杆儿往上爬，爬到顶那天，你就是尖儿了。我问他，你爬到哪儿了？王战团说，我卡在节骨眼儿了，全是灰。

1998 年的夏天结束，我爸跟发小儿的饭馆开张，意外地红火。我妈也有了新的工作，在妇联的后勤办公室做临时工看仓库，虽然没五险一金，仍比在厂里挣得多。小家日子似乎舒服起来，我更没理由把夏天里跟王战团交往过密的事告诉他们。同年秋天，我第一次亲眼见证王战团发病。时间是在中秋节后，刺激来自女儿王海鸥和她男朋友。那个男的叫李广源，是王海鸥在药房的同事，抓中药的，比她大八岁，离过婚，没孩子，但王海鸥还是大姑娘，之前从没谈过恋爱。李广源十八九岁起就混舞场，白西裤，尖头儿黑皮鞋，慢三快四，搂腰掐臀行云流水，不少大姑娘都被他跳家里去了。王海鸥生得白、高、小脸盘、大眼睛，基本都随了王战团。她天生性子闷，别说跳舞，街都不逛，下班就回家，最大的爱好是听广播。我大姑后来要找李广源拼命时怎么都想不到，他的突破口竟然是王战团。起先李广源约过好几次王海鸥跳舞，王海鸥最后拒绝得都腻了，直说，我爸是精神病，都说这病遗传。李广源说，能治。王海鸥问，你说我？李广源说，我说你爸，我给你爸抓几副药，吃半年就好，以前我太奶跟你爸得的一样毛病，那叫癔症，吃了我几副药，多少年都没犯。王海鸥说，我爸在家烧香，拜大仙，仙家不让吃药。李广源说，那是迷信，咱都是受过教育的，药归我管，不用你掏钱。

王海鸥真把李广源开的药偷偷给王战团喝。李广源在药房先熬好，晾凉装袋，王海鸥再拿回家，温好了倒暖壶里，骗我大姑说是保健茶，哄王战团喝了半年。半年里，王海鸥跟李广源好了，李广源真的为她戒了舞，改打太极拳。一天，王海鸥隔着柜台对李广源说，我怀孕了。李广源说，等着，我给你抓副药，补气安胎的，无副作用。王海鸥说，跟我回家见父母吧。李广源说，好，下班我先回家一趟，裤线得熨一下，你爸喝药有反应吗？王海鸥说，一直没犯。李广源说，那就好。

李广源一进家门，我大姑就认出他来，一见俩人手拉手，二话没有，转头进厨房握着菜刀出来，吓得李广源拉起王海鸥掉头跑了。大姑气得瘫在沙发上喘粗气，菜刀还握着。王战团仍在上香，跟白三爷汇报日常，嘴里念着，我的思想问题已经深刻反省过，现在觉悟很高，随时可以登船。大姑说，你跟这儿拜政委呢？可闭嘴吧。当晚王海洋也在家，他当了公交车司机，谈过一个三年的女朋友，分手后一直耍单，住家里。王海洋问，妈，那男的谁啊？大姑说，一个老流氓，你妹废了。王海洋说，他家住哪儿，我撞死个逼养的。大姑说，你也闭嘴吧，你妹都搭进去了，你不能再搭进去，明天我去药房找他唠唠。

第二天一大早，大姑鼓着气出了家门，包里装着菜刀，可不到中午人就回来了，气也瘪了。王战团问，你咋了？大姑说，是你女儿咋了，怀人家孩子了，晚了。王战团问，怀谁的孩子了？大姑说，昨晚来家里那男的，海鸥药房的同事，叫李广源。王战团说，我去看看。大姑说，老实待着吧你，腿都烂了。那段时间，王战团右腿根儿莫名生出一块恶疮，抹药吃药都不管用，越来越大，严重到影响走路，多少天没下过楼了。但王战团坚持说，我去，我去。大姑没理他。

第三天傍晚，快下班时，药店迎来了一瘸一拧的王战团。王海鸥不在，李广源主动打招呼，叔来了。王战团说，叫我大名，我叫王战团，海鸥呢？李广源说，请假了，在我家躺着呢，不敢回家。王战团说，我喝的茶你给的？李广源说，是，感觉咋样儿？王战团说，挺苦。李广源说，良药苦口。王战团说，你怕我不？李广源说，为啥要怕？王战团说，他们都怕我。李广源说，我不怕。王战团说，海鸥真怀孕了？李广源说，快四个月了。王战团说，你觉得应该吗？李广源说，应该先见家长，是我不对。王战团说，将来能对海鸥好吗？李广源说，能。王战团说，答应好的事做不到，是会出人命的，这方面我犯过错误。李广源说，我不会。王战团说，打算啥时候结婚？李广源说，父母得同意，我爹妈不管。王战团说，下礼拜，一起吃个饭。李广源说，我安排。王战团转身要走，瘸腿才被李广源看见。李广源说，叔，你腿咋的了？王战团说，大腿根儿生疮，咋治不好，我怀疑还是思想有问题。李广源说，我看过一个方子，刺猬皮肉，专治恶疮，赶明儿我给你弄。

回家一路上，王战团瘸得很得意。来到家楼下，又赢了邻居三盘棋才上楼。大姑问，你上哪去了？王战团说，去找李广源唠唠。大姑说，你还真去？唠啥了？王战团说，唠明白了。大姑说，咋唠的？王战团说，下个月办婚礼。大姑猛地起身，再次手握菜刀从厨房出来，王战团，我他妈杀了你！

那场聚餐，李广源没订饭店，安排在了青年公园，他喜欢洋把式，领大家野餐。大姑用了一个礼拜终于想通，王海鸥肚里的孩子是底牌，底牌亮给人家了，还玩个屁，对家随便胡。但她坚决不出席那场野餐，于是叫我爸妈代她出席，主要是替她看着王战团。我跟着去了，王海洋也在。王海鸥是跟李广源一起来的，两个人已经正式住在一起。青年公园里，李广源选了山前一块光秃的坡顶，铺开一张两米见方的蓝格子布，摆上鸡架，鸡爪，猪蹄，肘花，洗好的黄瓜跟小水萝卜，蒜泥跟鸡蛋酱分装在两个小塑料袋里，还有四个他自己炒的菜，都盛在一般大的不锈钢饭盒里，铺排得有条不紊，一看就是立整人。李广源先给我起了瓶汽水，说，喝汽水。我爸说，广源是个周到人。李广源说，听说今天老舅家带孩子来，汽水得备，海鸥也不能喝酒。李广源又问我妈，婶儿喝酒还是汽水？我妈说，汽水就行，我自己来。李广源给王战团，我爸，王海洋，还有自己起了四瓶雪花，领头碰杯说，谢谢你们成全我跟海鸥，从今往后咱就是一家人了，我先干为敬。李广源果真干了一瓶，自己又起一瓶，说，今天起我就改口了，爸，你坐下。王战团从始至终一直站着，因为腿根儿的恶疮又毒了，疼得没法盘腿。王战团说，站得高看得远。李广源又单独敬王海洋，说，哥。王海洋说，你他妈比我还大呢。李广源说，辈分不能乱。王海洋还是不给面子，李广源又自己干了一瓶。王海鸥终于说了句话，你慢点儿。

　　饭吃得无声无响。只有我妈主动跟李广源交流过几句，珍珠粉冲水喝到底能不能美白。我被遗忘在一边，时间不知道过了多久，王战团忽然从背后牵起我的手，低声说，逛逛去。我起身被他领着朝不远处的后山走，中间回了一次头，好像没有人发觉我俩已经消失。我突然想起三岁那年，王战团接我放学，牵我的手他还得猫腰。如今他的腰杆笔挺，但腿又瘸了。没走几步，两人已经置身一片松林中。几只麻雀的影子从我两腿之间穿过。王战团突然叫了一声，别动。他飞速脱下夹克外套，提住两个袖口押成兜状，屈腿挪步，我还没看懂，他已如猫般跃扑向前，半跪到地上，死死按住手中夹克，下面有一个排球大的东西在动，他两手一收兜紧，走回来，敞开一个小口在我面前，说，你看。我平生第一次见到活的刺猬。他说，你摸一下。我伸手进去，掌心撩过它的刺尖，没有想象中扎。我问王战团，带回家能养活吗？王战团说，去多捡点儿树枝子。我问，它吃树枝？王战团说，它不吃，我吃。我照办。捧着枯枝回来时，王战团竟然在生火，地上被刨出一个坑，里面已经铺过一层枯叶，一簇小火苗悠悠荡荡地升起，越燃越大。当时他已经戒了烟，我实在想不到他用什么方法生的火。王战团说，放地上，一点点加。我掸了掸胸前泥土，问，刺猬呢？王战团指了指自己脚下的一个篮球大的泥团，说，里面呢。我以为他在开玩笑，刺猬在里面？你生火干啥？王战团说，烤熟吃。我受到惊吓，蹲坐在地上，说，你为啥要吃它？王战团说，它能治我的腿，下个月你二姐婚礼，我瘸腿给她丢人。我害怕了，但我无力阻止王战团，瞪眼看着土坑里那团火越燃越旺，泥团被王战团小心地压在燃着的枯叶上，持续在四周加枯枝做柴。太阳快要落山时，那伙麻雀又飞回来，落在头顶的松树枝上，聚众围观。王战团终于停止添柴，静待火星燃尽，用一根分叉的粗枝将外层已经焦黑的泥团顶出坑外，站起身，朝下猛跺一脚，泥壳碎如蛋皮，一股奇香追随着热气升涌而出，萦绕住一团粉白色的肉球，没有刺，没有四肢，更辨不出五官，它只是一团肉。王战团又蹲下，吹了吹，等热气散尽，撕下一块，递到我嘴边。我毫无挣扎，像丢了魂儿般，张开一半嘴，任由那块肉肉滑进我的齿间，嚼了一下，两下，第三下时，刚刚那股奇香从我的舌根一路蔓延至喉咙，胸肺，腹肠，最终暖暖地降在脐下三寸，返回来一个激灵，从大腿根儿抖到脑顶。王战团说，你没病，尝一口就行。他于是撕下一整块，放进嘴里嚼起来，再一块，又一块，很快，那团肉球只剩骨头。月光下，分明就是一副鸡骨架。

松林外，喊我跟王战团名字的几人声音越来越近。王战团两只手在后屁股兜蹭了蹭，牵起我的手。走向松林外的步伐，两个人都迈得很急。那一刻，我的魂儿仿佛才被拽回到自己体内，我抬头望着王战团棱角清晰的下巴，明白他是发病了。但他的腿应该真的好了。

5

王战团的恶疮不药而愈，王海鸥的婚礼却没如期举行，是王海鸥自己坚持不想办的。怀孕七个月，她跟李广源领了结婚证，我大姑才第一次放李广源进自己家门。孩子出生是女孩，就是我的大侄女。李广源给女儿取名李沐阳，寓意健康阳光。可惜新婚并没能给王战团冲喜，他的病情反而出现严重反复。沐阳出生后，王海鸥生了一场大病，奶水就此断了，我大姑干脆结束了半下岗状态，提前退休回家帮带孩子，好让王海鸥安心养病。她再没有多余的精力看着王战团了，由着王战团乱跑，香也上不了。后来邻居向我大姑举报，说王战团最近不下棋了，总往七楼房顶跑，探出一半身子向下望，下棋的人仰脖一看，楼顶有个脑袋盯着自己，瘆人极了，以为他要跳楼，一头杵死在棋盘上。大姑没招儿，再三有人劝她把王战团送进医院里住一段，起码有人看着，打针吃药。大姑反问，啥医院？你们说精神病院？做梦吧。我不要脸，海洋跟海鸥还要脸呢，他死也得死我眼皮子底下。

那么多年，大姑到底是筋疲力尽了，最终决定二请赵老师。她先给赵老师打手机，没等说话，那边先开口说，你电话一响我脑瓜子就疼，磁场有大问题，你老头儿是不又犯病了？大姑说，你真神啊赵老师，这次犯病挺重，我怕出人命。

赵老师说，我现在北京给人看事儿呢，过不去，就电话说吧。大姑说，这回他老琢磨跳楼。赵老师打断说，别讲症状，讲事儿。大姑不懂，啥事儿？赵老师说，他肯定又干损事儿了，你心里没数吗？大姑说，哦，哦，我想想，对了，半年前，他抓了一只刺猬，烤着吃了。电话那头许久不响。大姑说，喂？信号不好？听筒突然传出一声尖吼，你等着死全家吧！大姑也急了，说，你不是修行人吗？咋这么说话！那头吼得更大声，你知道保你家这么多年的是谁吗！你知道我是谁吗！老白家都是我爹，你老头儿把我爹吃了！

　　大姑被骂呆了，里外转了一圈儿，打个电话的工夫，王战团又偷跑了。她也懒得再追了，回沙发摇外孙女睡觉。晚上，李广源来了，说海鸥想孩子了，今晚抱回去一宿。大姑说，广源，你知道白三爷是谁吗？你学中医的，我想你懂得多。李广源说，我第一次进咱家门就看见那俩牌位了，高的那个是白仙家。大姑说，白仙家到底是谁啊？李广源说，狐黄白柳灰，五大仙门，中间的白家，就是刺猬。大姑说，哦，刺猬是赵老师她爹。李广源说，谁爹？大姑摇摇头。李广源说，妈，以前我不是这个家的人，不好张口，现在我想说一句。大姑点点头。李广源说，我爸还是应该去医院。大姑说，我再想想。李广源说，牌位也撤了吧，不是正道儿。大姑说，要不也得撤了，你爸把人爹给吃了。李广源说，啥？大姑说，广源啊，我明白了，你不是坏人。

　　那一回，大姑还是下不了狠心把王战团送给外人关起来，她选择自己将他软禁，大链子锁屋里干不出来，于是选择偷偷喂王战团吃安眠药，半把药片捣成粉末兑进白开水里，早晚各喂一杯。王战团乖乖喝了，成天成宿地睡，一天最多就醒俩小时，醒了脑仁也僵着，最多指挥自己撒两泡尿，吃一顿饭，然后继续栽回床上。如此一年多，王战团都没有再乱跑了，大年初二的家庭聚会也不出席。我奶都忍不住问大姑，王战团好久没来看我打麻将了，没出啥事儿吧？大姑说，老实了，挺好的。两岁的李沐阳已经会叫人了，爸爸，妈妈，姥姥，嘴可溜，就是姥爷俩字练得少。每周日，李广源跟王海鸥带孩子回娘家一趟，李沐阳偶尔会突然冒出一句，姥爷呢？大姑说，姥爷累了，睡觉呢。李沐阳说，姥爷永远在睡觉。李广源说，妈，爸总这么睡不是个事儿啊，要不我给抓副药？大姑想了想，说，广源，有没有能让人睡觉的中药，副作用还小的？李广源说，都这样儿了，还睡？

安眠药的秘密，大姑本没打算告诉任何人，却在无意间被我得知。自从上回王战团牵着我消失在松林中，我爸妈明令禁止我不许再跟他来往，否则腿打折。然而我受到一股熟悉的力量驱使，在某个周六，独自来找王战团。上次来，两块牌位还在，香火不断。这一次，同一张翘头案上，牌位被换成了十字架，耶稣基督被钉在上面，耷拉着头。我说，大姑，你信教了。大姑说，是信主。我说，你信主了。大姑说，不信的时候其实已经信了，主一直就在那儿，是主找到了我。我说，我找大姑父。大姑说，在里屋。

门虚掩着，我轻轻推开，王战团平躺在床上，没盖被，身子笔直且长，一双大脚与床根平齐。我走近了，一半身子贴着床边坐下。王战团的眼皮频繁地微微抖着，双唇有节奏地翕合，起先声音细弱，像是在说梦话，但又听不清。我悄声说，大姑父。大姑父说，来了。我一惊，本以为他睡熟了。我恢复到正常音量，说，来找你下棋。王战团也恢复到正常音量，说，一车十子寒，死子勿急吃。我听不懂，什么？王战团又重复了一遍，死子勿急吃。我听懂了，他念的是象棋心诀。我说，大姑父，棋我永远下不过你。王战团说，顺杆儿爬，一直爬到顶，就是人尖儿了。我说，别卡住了。王战团说，死子勿急吃。之后他的唇咬死了，一道缝儿也没再漏。我才醒悟，他确实是在睡觉，说的一直都是梦话。

我退了出来，把门带上。大姑正跪在十字架前，俯首合掌。大姑说，主啊，我早该跟你告解，向你忏悔了，我是个罪人。我给我的丈夫下药，我是比潘金莲还毒的毒妇。我太累了，主啊，我也想一觉睡过去，我真的累啊，主啊，主。大姑没有察觉到我就站在她身后。有哭声传出，眼泪吧嗒吧嗒地打在两手指尖。我故意用鞋底在地板上蹭出动静，暗示自己的存在。大姑缓缓回过头，脸上挂着泪说，我有罪。我说，我也有罪，我也要告解。大姑说，你说吧，主都听着呢。我说，王战团抓那只刺猬，我也吃了，而且不止吃了一口，我不记得自己吃了几口，很嫩，味道像鸡肉。大姑瞪大了眼睛，双唇像躺着的王战团一样翕动，嘴里却发不出半点声响。我继续说，还有，我恨这个家，恨我爸妈，恨我自己。我以后不会再来了。

6

　　婚后已经两周，到底去哪里度蜜月这件事，Jade 跟我始终没能达成共识。不办婚礼是我们共同做的决定，蜜月就更显弥足珍贵。那时她已随我回过老家，也见过了我的父母，还有我奶，我大姑，以及我二姑三姑和他们的儿孙，同堂四代人都把 Jade 当外国人看，可他们的样貌其实并无出入。我大姑已是全白头发，一直攥着 Jade 的双手不放，直接摘下自己右腕上戴了许多年的佛珠，顺势套在 Jade 手上，嘴里不停念着，好孩子，阿弥陀佛，阿弥陀佛。那次回来以后，Jade 变得对我家里的故事异常感兴趣，佛珠也一直没摘。她终于相信我没有撒谎，相信我真的吃过刺猬。我说，不然去斯里兰卡，听说是世外桃源，而且消费不贵，毕竟咱们预算有限。Jade 说，你大姑父，王战团，梦里说的那句心诀，到底是什么意思？我说，哪句？Jade 说，死子勿急吃。我想了想该怎么组织语言，说，大概就是，有的子虽然还没死，但已经死了，不，是早晚会死，只要搁那儿不管就好了，不影响大局。Jade 说，你觉得王战团是在说他自己吗？我说，他只是在说梦话。Jade 说，有些人活着，但他已经死了，有些人死了，但他还活着。中学课本里的一首诗，我正在恶补呢。我说，你的中文进步神速，吓到我了。Jade 吻了我一口，说，就斯里兰卡吧。那里四面环海。

　　2003 年的秋天，我大哥王海洋死了。王海洋死于一场车祸，那本是平常的一天清晨，他驾驶一辆 237 路公交车，空车离开始发站，正常行驶到青年街路口时，被一辆载满砂石的重型卡车拦腰撞翻，人被砂石埋进地面，当场就没了。此前王海洋已经交到新女朋友，公交车售票员，大他三岁，两人已见过父母，但男方家只有我大姑出席，因为那时王战团终于被大姑送进医院，精神科病房。关于这件事，有两套说法。我爸称，我大姑那年摔伤了腰，照顾自己都困难，只能痛下决心。但据我妈讲，我大姑后来在外面有了相好的，实在没法再把王战团留在跟前。他俩说的，我都不信。

　　王海洋葬礼，王战团被两个白大褂直接从医院病房送到火化间门口，告别厅的仪式都没出席，是我大姑特意安排的。一家人哭得再无泪水盈余，王海鸥跟那个女售票员已经抽搐到双双无法站立，李广源一人扶起两个，王战团才到场。

大姑说，战团，我是怕你受刺激，不敢叫你来，但我想了又想，不能不让你来，你要理解，阿弥陀佛。王战团点头，面无悲喜，目不转睛地盯着停尸台上被白布从头到脚覆盖住的儿子说，我再看一眼海洋。大姑说，别看了，模样都不在了。王战团坚持说，我看看，看看。他伸手要去揭盖面的白布时，身穿白大褂的殓导师上前挡住了他的手，叫了一声，大哥。王战团说，大夫，我没事儿。殓导师说，魂已西去，相留心中，放手吧。我不是大夫。终于，王战团在一众亲友的注目下，缓缓收起了手。殓导师独自推着白布下的王海洋，径直走向火化间的入口，那道门很窄，差一点把王海洋卡住。殓导师的白大褂跟王海洋身上的白布化作一体，一声高呼从那抹纯白中传回，西方极乐九万九！通天大路莫回头！

当王海洋化作一缕灰烟遁入云里时，王战团一直站在火葬场外仰头追看，没有人敢上前跟他说话。我不顾爸妈阻拦，独自走上前，对王战团说，大姑父，该走了，去烧纸。王战团的表情仍旧读不出，只默默跟在我身后。我放慢脚步，等他上来，牵起他的手，并排走在最后，我的身高马上要追上他。走在前面的人群一半是我的亲人，另一半是我不认识的王海洋单位领导同事，他们不时回头看我俩，神情都很怯懦。但我没有跟他们对望过一眼。王战团说，得捡根棍儿，越长越好。我说，等下到了地方，肯定有别人留下的。王战团说，不要别人的，就要新的。我说，好，我办。

祭悼场人满为患，非家属站在场外不再跟进。一家人排队守住一个刚刚腾出来的烧纸位，半圆形的墙洞内，上一位逝者的冥钱还没有收完，火苗将熄。我大姑第一个上前，将自家带来的烧纸投进去，炉火续燃，我大姑哀号一声，儿啊，你走好！阿弥陀佛接应你！一家人的哭声再度响起，接下来是王海鸥跟李广源，然后是二姑一家，三姑一家，跟着我爸妈。我奶按规矩不能给隔辈人发丧，怕被带走没来。他们陆续向炉中添纸，说着差不多的悼语。王战团排在最后一个，快轮到他时，我正从外面回来，手中握着一根新折下的松树枝，笔直细长。王战团沉默地从我手上接过树枝，轮到他上前，一口气把剩下两摞烧纸全部丢了进去，刚刚烧得很旺的火一下子被闷住，他再用树枝伸进去捅，上下不停挑弄，火重新旺了回来，一发不可收拾。我站在王战团的身边，看着他专注地烧纸，火舌从墙洞口蹿出，两张脸被烤得滚烫，恍惚间，我闻到一股似曾相识的香气。我听见王战团在身旁说，海洋啊，你到顶了，你成仙了。

没人敢催促王战团，一家人安静地等待他亲眼见证了最后一丝火苗熄灭。守候在外的单位同事早已不耐烦。王海洋单位出了四辆公交车，返程时，差几位坐满。大姑坐在我身边，我靠在窗边。大姑拉起我的手说，大姑谢谢你，佛祖会保佑你，阿弥陀佛。我说，大姑你信佛了。大姑说，是迷途知返，才修回正路。我问，信佛好吗？大姑说，好。她戳了戳自己心坎儿说，这儿不闹了。我想通了，你哥该走，都是因果。我问，大姑父呢？大姑说，他也该回去了。我顺着大姑的目光朝窗外看，不远处停着一辆白色面包车，王战团的背影正猫腰进车。车外，李广源给两个白大褂塞钱，看不清是多少。两名白大褂最后也上了车。车门拉上前的一瞬间，我忽然很想大声地喊一声王战团，或者大姑父。但我始终没能成功发出声音。王战团的身体被紧挨他的一个白大褂遮住，他的头扭向另一边的车窗外，没有让我看到他的表情。那是我最后一次见到王战团，我大姑父。

Jade 曾问起，王战团是怎么死的？我说，他死在医院病房里，就在葬礼后的第二个月，突发心梗。早上护士给他盛粥的工夫，一扭头，脑袋已经杵在了窗台上，像在打瞌睡。Jade 说，法国老人都很羡慕这种死法，毫无痛苦。我说，全世界人都一样。Jade 问我，结婚以前你为什么没跟我说，你得过抑郁症的事？我说，怕你嫌弃。Jade 说，其实你不用怕，但我很高兴你现在愿告诉我。我说，我很抱歉。Jade 说，别这么说，不是你的错，其实抑郁症也不是真的，对吗？我说，不知道。Jade 问，你现在还恨你父母吗？我说，不存在恨。Jade 说，我也不恨我父母，他们离婚是明智的。我的生母没必要因为生了我，就做一辈子母亲。片刻沉默。Jade 突然说，不然我们不去斯里兰卡了，把钱省下来，回去老家买房交首付。我笑说，你越来越像个中国人了。Jade 说，嫁鸡随鸡，嫁狗随狗。我说，上次你带我去凡尔赛宫，我盯着墙上展出的一幅油画哭了。Jade 说，我记得，当时问你，你不说。我说，那幅画里有一片海，海上有一艘船，我想起了王战团。他其实从来都没当过潜艇兵，就是在普通的战舰上，桅杆上打旗语的那个人。Jade 问，你怎么知道的？我说，他在自己的诗里写过，后来我跟大姑也确认过。Jade 问，诗里怎么写的？我说，王战团在诗里写道，船在他脚下前行，月光也被踩在脚下，他指挥着一整片太平洋。潜艇在前行时，是不可能见到月光的。

我想我可以确认，王战团指挥刺猬过马路那年，就是 2001 年，我十四岁，按年纪该念初二，却仍被卡在小学六年级。那天我本来是被爸妈逼着，去我大姑家见赵老师，求她帮我看事儿的。我天生患有严重的口吃，直到十岁那年，我因在学校里被同学嘲笑，愈发自闭，躲在家中不肯再上学，爸妈没办法，轮流请长假，开始带我到北京寻医问药，1997 年大半年里，我都在北京跟家之间奔波，在石景山的一间小诊所里，舌根被人用通电的钳子烫煳过，喝过用蝼蛄皮熬水的偏方，口腔含满碎石子读拼音表，一碗一碗地吐黑血。直到后来我已坦然接受自己一生要面临的耻辱时，我爸妈却已经折磨我成瘾，或者他们是乐于折磨自己。一年后，我回到学校，口吃丝毫没好转，反倒降了一级。原本成绩不错的我，因为厌学一落千丈，再度被迫留级一年。当我最初的同班同学已经是初二的中学生，我仍旧是个小学生。十四岁生日当天，我半只脚踏出我家六楼的窗台，以死相逼，才终于让我爸妈放弃对我的二度治疗。当我从窗台上下来的一刻，我决心再也不跟任何人讲话。我做了整整三个月的哑巴，任我爸妈及所有人如何诱逼，都没能再从我口中撬出一个字。我妈先是以泪洗面，哭烦之后带我去看心理医生，我当然更不可能对医生开口，他们便初步诊断我为抑郁症，但不说话根本没办法治疗。最终，还是在我三姑的引导下，我爸妈终于确信我得的是邪病，决心三请赵老师出马。赵老师要求，我父母不能在场，地点在我大姑家也是她选的，因为房子西南角那个洞还在，白三爷一样能来去自由。我妈把我送上出租车，跟司机说了两遍地址，付了车费，含泪目送我赴往。车就快驶到我大姑家时，竟被王战团跟一只刺猬堵在了街心。

那一天，我大侄女李沐阳感冒，我大姑因为着急带外孙女去医院，早上忘记给王战团喂安眠药，才有了后来那一幕。王战团被我大姑押回家的路上，一直很欢腾，我下了出租车追上去。王战团笑着跟我打招呼，来了？我不语。王战团又说，舌头还没捋直？变哑巴了？我瞪着他，咬死了牙。

三人回到大姑家。一进门，香气缭绕，我见过的那副十字架没了，白家三爷的牌位重新被立上翘头案。赵老师我还是头一回见，她身披一件土黄色道袍，手持一柄短木剑。王战团仍旧很兴奋，主动说，哎呀，老朋友！赵老师剑指王战团，你与我白家血海深仇！别让我看见你！她又剑指我大姑，还有你！王战团笑了起来，说，今天我刚救了你家一口，我们能不能扯平了。赵老师大喊，孽畜！滚！王战团被我大姑强行拽进了里屋，跟自己一起反锁在门内。赵老师又剑指我，过来！给三爷跪下！又是那股力量，推着我，按着我，走过去，跪下，头顶是龙首山二柳洞白家三爷的牌位，咬紧牙关之际，后脑被猛敲了一记，只听赵老师站在我身后高呼，说话！我仍咬牙。木剑又是一击，说话！我继续咬牙。再一击更狠，我的后脑似被火燎，三爷在上！还不认罪！我始终不松口，此时里屋门内竟然传出王战团的呼声，我听到他隔门在喊，你爬啊！爬！爬过去就是人尖儿！我抬起头，赵老师已经站到我的面前。爬啊！一直往上爬！王战团的呼声更响了，伴随着抓心的挠门声。就在赵老师手中木剑即将击向我面门的瞬间，我的舌尖似乎被自己咬破，口腔里泛起久违的血腥，开口大喊，我有罪！赵老师也喊，什么罪！说！我喊，忤逆父母！赵老师喊，再说！还有！刹那间，我泪如雨下。赵老师喊，还不认罪！你大姑都招了！我喊，我认罪！我吃过刺猬！赵老师喊，你再说一遍！我重新喊，我吃过白家仙肉！赵老师喊，孽畜！念你年幼无知，三爷济世为怀，饶你死罪，往下跟我一起念！一请狐来二请黄！我喊，一请狐来二请黄！赵老师喊，三请蟒来四请长！我喊，三请蟒来四请长！赵老师喊，五请判官六阎王！我喊，五请判官六阎王！赵老师喊，白家三爷救此郎！我喊，白家三爷救此郎！

　　木剑竖劈在我脑顶正中，灵魂仿佛被一分为二。我感觉不出丝毫疼痛。赵老师再度高喊，吐出来！剑压低了我的头，晕漾在我嘴里的一口鲜血借势而出，滴滴答答地掉落在暗红色的地板上，顷刻间遁匿不见。一袋香灰从我的头顶飞撒而下，我整个人被笼罩在尘雾中，如释重负。我再也听不见屋内王战团的呼声了。许多年后，当我站在凡尔赛皇宫里，和斯里兰卡的一片无名海滩上，两阵相似的风吹过，我清楚，从此我再不会被万事万物卡住。

天使的房间

文｜匿名作家 012 号

　　范文圣沿着滨海公路往前开，穿过大桥后在岔路口拐进其中一条弯道，由于房子实在太过靠海，几乎要到尽头那片区域。一路上街道两旁摆满了椰青与菠萝蜜，商店垂挂的救生圈让他意识到游客比他想象中要来得更早一些，夏季在他们眼里来得非常急切。过了商业密集的地段，临近海岸的路面便开始渐渐变窄了，因为不是安全范围内的海域，一般没有游客进入。两旁逐渐变得茂密的林叶阴影落到车窗前，明暗闪现。

　　这是今年夏天迎来的第一对客人。车里的一男一女看起来都跟范文圣差不多年纪，他不时从后视镜里掠过他们兴奋但略显疲倦的面容。

　　房子靠海，楼身已经不再洁白，多年来的潮湿与带盐的海风使其覆盖上了大片大片的黄渍，墙面发霉的部分与瓦面上水渍留下的痕迹让房子看起来也有些残旧。铁门推开时吱呀作响，大院有水泥筑的围栏，沿着围栏边缘长满了杂草野花，还有一棵小冬青看起来整洁干净，但由于长期受白天的海风影响，偏一个方向延伸。院子很大，范文圣在左侧搭建了用来为车子遮风挡雨的棚顶，中间有条小路，路旁有石凳石桌，上面又铺了几片落叶，而右边是一大片宽阔的草地。房子当然还很坚固，只是防潮设施不是很禁用，二楼的阳台也被植物绞杀得不像样，卫浴、大门阶梯地砖等地方也都有大大小小的问题，得找时间修理。

　　男人下车时发出一声欢呼，脱掉薄外套系在腰上，把太阳镜收在胸前的衣领间。范文圣替他们把大件的箱子抬上三楼，其间男人在经过每一层的玻璃窗前都要停下来眺望一会儿大海，仿佛已经迫不及待。女人则细心地观察房子。范文圣担心她会突然反悔，说她宁愿不要预付的押金也不想住在这栋老房子里。但女人什么也没说，只是样子看起来很严肃。

　　屋内难免有潮湿的霉味，前段时间范文圣打扫过，但春天的湿度实在过分了一些。大家走进房间，有灰尘在玻璃窗透进来的光束中缓慢地飞扬。范文圣上前拉开窗帘，旋即一股风吹进来，他又点开香薰灯，试图借助风力让房子好闻起来。

　　"我需要登记你们的证件。"

　　"现在有热水吗？"女人放下背包问道。

"已经提前打开了电热水器。"

女人谢过他，同时交出了证件，范文圣留意到他们一样的姓氏。接着男人问范文圣，是否可以再预订旁边的那间房，他原以为是那种像民宿一样的套间。整栋楼只有三楼做成了客房，如果是旺季，很可能就没房了。范文圣很高兴能多开一间，过去整个冬季生意非常惨淡。往后他又告诉他们关于电视、冷气、洗衣以及更多的操作事宜，原本还想告诉他们怎么从这里走到外面去，但他们看起来十分疲倦，对如何穿过荒地与小路暂时不感兴趣。

范文圣回到二楼，检查父亲的房间是否上了锁，但又自然而然地开了锁走进去，像怕打扰什么一样轻轻转了一圈，还没来得及联想到什么，立即退出来锁上了。到今天，他依然不知道如何处理父亲的房间，心里想着原封不动应该是最好的方式，所以没打算将其加入家庭旅馆的意思。从二楼阳台与范文圣的房间都能看到前面的海域，倘若脑袋再探出一些，还能发现西海岸的一角。如今海岸成排的椰树也已伫立在风中，沿着绿道整齐地通往远方。那片他小时候与同伴一同游玩的水域已经被圈起来了，将会是另一个开放的公共场所。

起初范文圣没想到要经营家庭旅馆，他只是想要纪念，在社交网络传了一张自己站在房子门前的照片，那是很多年前父亲替他拍的，发布时他将其调成了灰色调，也有悼念父亲的意思。很多人羡慕他在海边的房子，纷纷表示想要来度假。范文圣没有理他们，那会儿丧事还在持续，涌起高兴的情绪似乎不太合理。当然亲戚们是最不甘心的，因为无论如何，他们都绝不会想到范文圣的父亲在很早之前就写好了遗嘱，明确写着房子留给范文圣——他只是养子。来到这个家庭的时候，他已经在会走路的年纪了。房子留给自己的儿子无可厚非，但为了保证他的生活不被亲戚们打扰，一些朋友坚持让他把房产也办理手续过户到自己名下，至于其他财产，他已经不在乎了，这栋房子是父亲留给他的恩情。家族里大家相处不太和睦，不管是出于利益还是逐渐衍生的复杂关系，而养子本身从小就没有地位，受尽堂哥表姐的欺负，也因为这些，范文圣从小对亲情看得很淡薄，唯独父亲给了他不一样的感受，给足了一位父亲该给的爱。当然也有别的亲人给范文圣打过电话，一开始只是婉转地询问房子的情况，后来就直接问房子是不是应该转让给他（们），试图说服范文圣。范文圣想到电话那头狰狞的面孔，使劲用指甲戳自己的手心，拒绝了所有人的请求。他是个心地善良的人，不想把事情弄得更糟糕，但他只是认为他们的行为让他开始有了立场。

"那是什么鸟？"

隔天清晨，男人从三楼的房间探出脑袋，范文圣在二楼的阳台上，他抬起头，两人斜斜地相互看了一眼。

"金丝燕。"

"它们要去哪儿啊？"

"到热带去产燕窝，或者回西伯利亚吧，我也不知道。"

男人裸着上半身，头发乱糟糟的，靠在窗边抽烟。有好几次，范文圣都看见烟灰往下掉落并慢慢散碎，越过二楼之后便逐渐看不见踪迹了。静默期间，范文圣又悄悄抬起头看看男人，留意到他乳头上穿戴了一颗银色的东西。

这天男人要到海滩去，肩上挂着浴巾，又将一本书、香烟、打火机以及运动水杯装进一个帆布袋里，在一楼的大厅里对着墙面的镜子打量自己的身体，拉了拉泳裤前的绳子。他的状态还算不错，看起来就是那种城市人该有的体型，不胖不瘦，应该常在健身房活动，背部宽敞且十分光洁，不长任何东西，但看似容易受到侵害——如果可以，范文圣会给他的肤质分类为敏感肌的类别。他转过身对着范文圣，问道这片海滩是不是没人，那颗银质的乳环亮晶晶的。

"是的。"范文圣说。

"那就好，也许我可以将泳裤也脱掉，这样能晒黑一些，让自己看起来更稳重，"男人笑笑，眼色似乎有了什么不同，"你的肤色就很好看，很自然，像我这样白花花的让人觉得软弱。这是美黑油。"

范文圣没听过美黑油，但能理解那应该是让他变黑的东西。他看着男人走出房屋，目光朝向那棵小冬青，在院子的草地上徘徊了一会儿才离开，沿着小路走去。范文圣知道他是哪一种男人，他跟自己不一样——自己身体有多处年轻时耍酷的文身，并且随着年纪增长越来越不喜欢这些图案，毫无艺术或美感可言；他的肤色被称赞是因为这种黝黑是从小晒成的，但他明白即使待在寒冷地区一两年也不会变白；他也知道自己见识少，大多数知识来源于自己感兴趣的书本。而这位男士（也可以说包括那位女士）是那种高等教育下的社会中坚，可能擅长某一样工作并且有着拔尖的技巧，他们经历丰富，应该见识过很多东西，拓展了很多人脉。当然，他们除了在工作上累积经验，对其他事情也都能谈上点什么，如果给他们一本书，很可能他们能谈起自己对文学的见解，同样地，也会对一部好的电影说出逻辑上的漏洞。范文圣觉得自己不是很喜欢他们，也并非讨厌，他只是有时候不相信、不习惯这样的男人女人，或者说他本身不大相信人类。但对他来说，住客就只是住客。

女人整个上午都躲在房里，到了午餐时间才下来。她休息得不错，散落的头发也很飘逸，看起来随和一些了。她谈到她弟弟食量并不大（到这儿范文圣才确认了他们的关系），不需要给他留太多的食物，如果有酒，他可以一整天不吃东西。范文圣过了很久才作答，说对身体不好。

"所以我才带他来这里啊，找个不错的地方度假，让他发现自己该做什么，不该做什么，晒晒太阳，感受海水，并且吃点健康的很有必要。我想你的房子会比外面的酒店要独特一些，我能感到温暖的气息。"

范文圣没说什么，他不知道她所说的气息究竟闻起来像什么，一枝鲜花吗？海风？一杯有香浓奶味的英国茶？还是他读到的那些诗歌？他从来没觉得自己生活在一个温暖的地方。

"希望你们喜欢住在这里。晚餐想吃点什么？"

"都可以，我们不挑食，像这样就挺好。"女人指了指桌面的椒盐虾。

有时候他们一起出门，但大多数时候是分开的，范文圣发现那是因为他们的作息时间不一致，时差太多。如果天气好，女人会在傍晚到草地上，在本子上写点什么，或者什么也不做。看起来余晖与天空是她向往的东西。范文圣经过时，她会对他说拥有一块属于自己的草地是每个女人的梦想。有一次她谈到她小时候的家里也有这么一块草地，甚至比这儿大得多，她与弟弟在草地上学跳舞，玩跳绳，做一切他们想做的事。她让弟弟穿她的裙子，帮他涂口红。她认为她同她弟弟的关系只有在草地上才会变得更好，一旦离开了，他们就常常不和。说着，她又抓起笔在她的本子上写下什么。

范文圣猜测她可能是个作家、诗人，或者只是随便写点日记之类的东西。他没过问。

女人常常说多吃新鲜蔬果对身体好，男人则躺在沙发上抽烟，忽略她说的一切。她主动到厨房去做沙拉，切水果，摆成好看的样子。那天她自己走路到市场买了条海鱼回来煮汤，但她忘记盖上锅盖，火开得很大，汤水越来越少。范文圣及时替她加上了水，又只好将冰箱冷藏的黄花鱼丢进去补救，否则它只会是一锅无味的开水。看起来她很想要好好照顾弟弟，但她做得并不好。

姐弟两个想知道范文圣一个人过着怎样的生活，偶尔问起他不感兴趣的问题，关于他一个人在这儿都做些什么，或是读过什么书之类的。范文圣随便说点得体的话算作回应他们，他不是那种热情好客的老板，他知道自己并不是特别适合做这行，但他还能做什么？

除了夏天，没什么人会来这里度假，偶尔冬天会迎来怕冷的游客。海边的气候并不总是温暖的，人们以为亚热带的沿海地区可以避寒，但实际上还是会有一些时日，那些彻夜的寒风吹得你头痛，走在路上都不自觉地弓着背。

也有难得他们姐弟会一起出门的时候——只要大家都醒着且有外出的欲望，大多在下午到晚上那段时间——他们去海边散步，经过码头到海滨酒吧喝两杯彩色冷饮，回来时看收网的渔夫，或是看那些飞速驶过的私家小游艇，有模有样地在海上漂移，在日落时归来避风港停靠。他们去镇上看不知从哪儿来的马戏团表演，去跟卖海鲜的老板讨价还价，拿着手机到处疯狂拍摄，再逐一发到社交软件上。他们在晚上开红酒，买来不合时节的螃蟹，邀请范文圣加入他们，并在酒意上脑之后和范文圣勾肩搭背，似乎大家认识了好多年的样子。男人将手掌放在范文圣的大腿上，在他心里涌出一种令他惊讶的暗示，或是女人刻意凑近来问东问西，那头刻意散落的长发令他觉得痒。总之，他们很喜欢这里，很乐意在能看到海的房子里做奇奇怪怪的事，像在自己的家一样随意走动，无拘无束地漫步在沙滩上（尽管漫上岸的海水并不怎么干净）。他们都很喜欢范文圣，认为他是个不错的老板。

但从这里开始，仿佛有某种隐喻的边界在什么地方区分开来——在草坪，在房子里，在楼梯上——总而言之，是在范文圣与他们之间。

　　范文圣的母亲不喜欢这里，她受不了度假的游客，受不了炎热的气候，更受不了一事无成的她的男人。她的男人只是叹气，没有为他们的婚姻做什么挽留。他们中的一方无法生育。范文圣那会儿很小，不知道自己能选择跟随父亲还是母亲，只是单纯认为母亲不需要这里的男人们，甚至包括他。而他也不过是一个养子，自卑使他胆怯。

　　终日酗酒成为了自己亲人身上的故事，还好父亲没有将这种状态持续太长时间，但那些丑事也在附近流传了。别人都以为是父亲赶走了女人，看不起他，但他没有解释，只是对范文圣说，一切都会好起来的。

　　这会儿男人正在镜子前抹上他的美黑油，几天下来，范文圣看得出他的肤色有所改变，男人发现他在看，便说这个肤色还不够深，脸色里传来一种说不清的暧昧。范文圣看着男人油亮的手臂，觉得自己身上毫无光泽，肌肤质感有些粗糙。但他不想去为这些操心。

　　母亲离开之后，他们的生活不容易，范文圣的父亲精神状态一直不好，甚至影响了自己的表现，失去了码头海产批发市场的工作。后来他戒酒了，弄来一辆手推车，开始在海边摆摊，整夜为那些海产涂烧烤汁、撒辣椒粉，头发上的油烟似乎永远都洗不净。那次，有三位喝醉酒的游客到烧烤摊点了很多很多的烤串，贝类跟鱼类都很花时间，加上中途还有别的客人，父亲那天有些忙不过来，打电话让范文圣早点过去帮忙。起初是其中一个醉汉催了好几次，因不耐烦而上前推了父亲一把，父亲停下手里的工作让客人不要动他，他会尽快烤完。但"不要动他"这几个字似乎惹怒了醉汉，他叫上他的另外两位朋友，几个人开始吵了起来。没多久就有人先动手了，也许酒精的效用实在太过厉害，愤怒的情绪令那位醉汉直接抓住父亲的脑袋往炭火上摁，并惊人地持续了好长一段时间，完全没有给他任何反抗的余地，旁边两位更是欢呼大喊。多得路过的人发现并上前解救，醉汉荒诞的行为才得以停止。但是等范文圣赶到的时候，现场已经围起警戒线了，有医护人员正匆匆抬着他父亲上急救车。他追上去，向他们说他是伤者的儿子，其间还听见了站在身旁的妇人说：那烧烤老板长长的嘶吼声令她心惊胆战。

　　超过大半的面容毁了，右边的耳朵也没了，一只眼睛瞎了，还有很多东西需要修复，但最艰难的是，脑袋里的部分东西也被烧了。具体烧成什么样？他是否还清醒？没有谁真正看见过。

醉汉们被判了刑，赔偿的金额范文圣一直存在银行里没有动用，直到父亲终于熬不过去之后，他才决定花去部分的钱用来修缮房屋，加盖了第三层，并把门前的平地弄成了绿油油的草地。也许作为一个养子来说，外人认为他得到的比失去的还要多，但他对钱财看得不重，对把他养大的男人才真正怀以尊重之心。而父亲去世的时候他唯一要面对的事情是——剩下他自己一个，还能不能好好生活，父亲毁掉的头脑面容总是在他心里不经意间浮起，有时他恨不得被炭火灼烧的人是自己。

现在，当范文圣看着男人在抹美黑油，而另一头的楼梯里女人正系着纽扣下来的时候，他心里忽然异常平静。他当然知道别人没有义务要去了解你经历过什么，如果他们没有伤害你，那么你的一切带偏见的目光都恰好说明自己心胸不够宽广。他庆幸自己内心没有憎恨游客，没有对醉汉做出报复性的行为，相反，他为游客们提供了良好的住所。

"老板，你有空到海边给我们拍照吗？"女人对范文圣说，微透的衣衫看得见里面更换好的深蓝色泳衣。

男人将美黑油递给他姐姐说："拍照前快帮我涂满整个背部。"

外面逐渐变得炎热，夏天暖湿的特征格外显著。

辽阔的海域横亘东西两岸，每当海水涌上沙滩就把沙地分成了深浅两色。有礁石的地方翻卷着淡红色的泡沫，不断被浪花击碎又生出新的来，并且礁石暗沉，海浪也显得不干净，充满杂质的感觉。沿着西海岸望去，渔船轻轻随着海水晃动，在更远的地方，有出海的货船缓缓驶出或驶进小码头。在东部边缘，则呈现一种海岸、沙滩、椰林井然有序的自然排列。在灌木林之前有一大块裸露的山坡，山坡的山脊上长满了马鞭草（范文圣不喜欢它们），而山坡后是一片稀疏但挺拔的马毛树，它们为内陆阻挡了风沙，也让景色变得更美。惧怕寒冬的从西伯利亚飞来的鸟儿，到了这儿的雨季又陆续离开，往别的地方飞走了。炎热的夏季，似乎只有海鸥会在长达数月之久的时间里停留在海岸，陪伴游客。

范文圣拿着女人的手机给他们拍照，他不知道这个过程持续了多久，在反反复复转换姿态与方向的追逐里，他迷失了自己，感到那道边界逐渐变得清晰。

"我该下水了，"女人说，"你可以先陪我走到深一点的地方吗？"

范文圣扶着女人，走在前侧慢慢带她走下水。

"你觉得我弟弟怎么样？"她忽然问道，"你看起来跟他是同一种人。"

"我不知道你说什么。"范文圣摇摇头。她是在暗示什么吗？

女人笑笑，松开范文圣的手后慢慢走进海里。范文圣回到岸上，替男人打开了太阳椅，自己则随意躺在沙滩上。有一会儿他们同时朝大海望去，看看女人在干什么，在她身后很远的岸上有一座灯塔，白色塔身涂有红色的油漆，直耸高空。

"灯塔会亮灯吗？"男人问。

"晚上会亮的。"

"现在很少会有不熟悉海域的船了吧？"

"但如果碰上恶劣天气，特别是晚上，小渔船还是需要灯塔的指引的。"范文圣谈道。

男人抬起头看了一会儿范文圣，笑嘻嘻地说："对了，生蚝真的令你们变得更威猛吗？"

范文圣起初没明白是什么意思，接着只是笑笑。男人又为自己解说不该胡乱相信某一种食物能有神奇功效。

"如果你想吃生蚝，晚上我可以做的。"

"那就太好了。不过，说实话，生蚝真的有什么不得了的帮助吗？"

"不该胡乱相信某一种食物能有神奇功效。"范文圣重复他的话。

过了一会儿，男人坐起身朝女人大喊，但女人在细浪中缓缓游泳听不见，偶尔被浪花淹下去了，又努力冒出来。男人朝她做手势，她也没看见。范文圣躺了下去，沙滩开始发烫，他挪动了背部的位置，感到有昆虫从小腿处爬上来。"我得加点油了，你能帮我抹油吗？"——他好像听到有人这么说话，接着又有一句——"只是背部我擦不均匀，否则会晒伤。"他坐起来，看到男人正拿着那瓶油，微笑地看着他。

他有点迟疑，没想到自己提供房间的同时还要提供这种服务。想到这儿他笑了起来，男人问他笑什么，他摇摇头说没什么，仿佛就在此时，两人之间的隔阂开始穿破了，住客与旅店老板的关系得到了进一步的变化。范文圣说不清那是什么感觉，他一直对自己的性取向模糊，但他知道这几天都在偷看男人的一举一动，特别是他抹油的样子。

这会儿，范文圣正站在沙滩椅旁边，看着男人宽阔的背部，刚毅而漂亮的线条顺延到腰窝里。他将美黑油滴到男人光滑的肌肤上，与此同时，心里想的却是希望男人翻转，给他的胸部上油，顺便看看那颗乳环。

范文圣有了反应。

就今年夏天而言，现在依然是为时过早的淡季，有时候空闲的生活会让你变得心理活动异常丰富，无论如何，你是很难控制的。范文圣经历过很多这样的时候，他常常冒出一些学习新知识或培养新爱好的想法，比如买点颜料，或是自己亲自弄点海产来卖，依照那些诗集自己模仿一则短诗，但到了暑天又被忙碌打消了念头，最后能留下来的还是花更多心思钻研私房菜（尽管大多数是从父亲那儿学会的）。

女人看着范文圣将蒜蓉、姜蓉、调味粉等食材混合一起，逐一铺到生蚝上面，电烤箱先是传来一股腥味，但很快这种腥味就转变成诱人的香气了。"非常有人间烟火味。"女人用词夸张，但范文圣认为她很细腻，不知是作为姐姐的辈分还是女人本身的悟性，当然，也有可能跟她常常抓起笔写点什么之类的有关，习惯养成的方式总是出其不意。

"你一个人忙得过来吗？如果住客多又要求在这里用餐的话。"

"到了旺季我会请个人帮忙。跟酒店不同，这里房间不多，住客会跟我更亲近些。"

"你是说，你是刻意这样做的？"

范文圣有点不好意思："没有，只是恰好在做起来之后，才发现住进来的客人都会跟我聊点什么，我猜这大概是一所旅店的环境所提供的内容造就而成。"

"你是一个特别的小伙子。你结婚了吗？"

"没呢。"范文圣回答，恰好男人从海滩回来了，这下他的脸蛋有些红红的，大概是晒过的原因。女人却忽然走近范文圣，挽起他的胳膊，十分亲密的样子。

"我得涂点芦荟膏什么的，"男人说，像什么也没发生似的，见范文圣在做饭，又凑近看了看，"可以给我两个水煮蛋吗？我刚刚在海边做了四组俯卧撑。"说完还抬起手臂，弯曲成健美选手的姿势，上面细密的水珠（美黑油？汗液？）碰到了范文圣，又让他脸红起来。"生蚝哦！"男人意味深长地调侃道，接着说他得上去洗个澡，同女人相互做起了鬼脸。

范文圣看着男人上楼的背影，女人又忽然缠在他身边，有一瞬间他觉得这些年来孤单的生活突然被填满了，就像自己还拥有家人一样。更重要的是——他们在说话，那些声音原来可以成为构建家庭的重要元素。他去年为什么没有感受到游客所给的温暖？是因为他们大多数是情侣的缘故吗？

等到男人回到餐桌，女人已经霸占在范文圣旁边的座位了，似乎要跟弟弟拉开一场游戏斗争。男人对着姐姐笑，一种潜藏的私情已经开始，他们的一举一动，都有了别样的蕴意。范文圣要脱下围裙，女人马上帮忙，还假装不经意将她的衣领拉低至胸口位置。

"早些时候我从礁石这儿看到附近有摩托艇在比赛，激起了很高很高的浪花。"男人说。

"你想要去玩吗？"范文圣问。

女人想要断开他们的话题，摇摇头说："我不行，我怕刺激。"

"你的感情生活那么刺激，没见你怕过。"男人说完哈哈大笑。

女人没有理他，只是细声数落那些负心汉，温柔地将手搁在范文圣的肩膀上。"范先生，"她说，"你是个好人，我希望我可以把你写进我的创作里。你要知道，只有我欣赏的人才会被我写进去。"

范文圣有些拘谨，因为在餐桌下面，男人的脚似乎伸过来了，正试图轻轻碰触他的脚趾——但他不确定，如果是只从外面飞回来的虫子的话。

"你该看看我写的文章，还有诗歌。"

"那只是无聊的日记，"男人回击，"至于诗歌，也许只是分行写的句子。"

"范先生，你知道女人能打动一个男人靠的是什么吗？是隐藏的智慧，她们与男人不同，不会只用一根东西打动你。"

"我不明白你在说什么。"范文圣的声音几乎发不出来。

男人又迅速反驳："男性在你看来就这么肤浅吗？"

"我只是认为女性给出的暧昧会更有意思。"

"傲慢与偏见。"

范文圣不知他们在争吵什么，他有一瞬间猜测他们的表现非常刻意，是在试探吗？范文圣第一次意识到社会关系是暧昧的，任何谈话都会影响两个人之间的关系，甚至是未来。这天的午餐让他清楚意识到自己在人际关系和情感里均资历尚浅，任何把玩、招数、伎俩，他通通都没有。游戏的规则被更为主动的人定下来了，比如男人要求抹油的举动，比如女人忽然的攻击，令他不攻自破，但同时，他们姐弟的行为恰好也说明主动一方只是提供规则，如果对方不接受，规则则无效。

他却忽然发出一个小小的邀约——"我知道一个小岩洞，你们想要去吗？"

浩瀚茫茫的大海，人类只能在它靠近的地方停留，除去科技所带来的便利，它真正提供的只有几海里的活动范围，幸运的是海岸线够长，你可以从这里走到西海岸看看那边新起的洲际酒店，途中还能拣出不错的贝壳。但倘若你相信那些带你出海体验捕捞的渔船就大错特错了，你手中得到的永远是死掉的海星跟不知名的海螺。大海本身危险，任何天气都能辅助它掀起一场大规模的破坏，甚至成为灾难。范文圣小时候跟父亲出海打鱼，虽然对天气了如指掌，但风云莫测，难以做到百分百准确，遭遇狂风暴雨的时候，心里还是非常惊惶的。那时候的螺旋桨还未普及，也贵，大多数是风帆与手动，尽管在近海，他们必须使劲地在风雨中加快速度，避免陷入不安全的困境。有一次碰上下雨天，他们返回的时候发现雨势越来越大，似乎没有办法回到岸上，情急之下只好向最近的礁石划动，迅速收起拖网。就在那时，他们发现了一个小岩洞，入口处像个倾斜的拱桥，旁边又有零碎而形状怪异的石头，水面上有崎岖的倒影，但横风横雨将其碎成波动的镜像。靠近岩洞的海面变浅之后，父亲跳进海水里，迅速将船头的绳索牢牢拴在一枚巨大而竖立的岩石上，并把船拖上沙地以免撞毁。

范文圣走进岩洞，里面并不大，但也能同时容纳数十人。岩洞下是一片滩涂，往尽头便成了沙石地面。父亲找到舒适的位置坐下，范文圣则研究洞壁上的东西，两人静静躲在那儿，但并未对这样的新发现怀有激动的心情，只是祈祷突降的雨势能有好转。

范文圣发出邀请对他自己来说也是陌生的，他从来没有主动提出要带住客去哪，除非他们有要求。他到熟悉的朋友那借来摩托艇，从稀疏的旅客群当中朝这片尚未开放的海域飞来，男人看着他飞奔的样子欢呼大叫，女人说她不太敢坐，但还是想去看一看，上了艇，夹在两个男人中间。范文圣提醒他们要抱紧他，或抓稳车身的把柄。当他再次发动引擎的时候，有一只手悄悄移到他大腿处，他说不清已经湿掉了的大腿会给出何种知觉，也猜不到是谁的手。但他什么也没说，认真朝小岩洞的方向开去，摩托艇后面的浪花喷薄而出，在美丽的海湾划出一道弧线。

"兴许你该开慢一点。"女人说，在抵达岩洞前扶着摩托艇慢慢下来，用手去整理头发。

"抱歉。"范文圣说。

但男人似乎很兴奋，也对岩洞更有兴趣。他钻进洞里，对着墙上凹凸不平的岩块研究着，似乎能从中看出点什么来，转头又蹲下，抚摸在沙地冒出的某种绿色植被。他谈到他大学的时候念园林设计，虽然与现在从事的职业没有太大关系，但他总会将办公室的格局按照自己的想法来摆放。

"像这种自然形成的景观，应该是受海水与风的侵蚀形成了独特的面貌。"

"地质我不懂，但这里会发出叫响。"范文圣说着，将摩托艇推上沙地。

"为什么？风大？"女人也加入谈话当中。

"一种叫作风吼的自然现象，听过吗？台风来临的前一两天，这里会发出嗡嗡声，表明台风逼近。"

"在岸边也能听到吗？"

"如果是更大的岩洞就能听见，但这里太小了。"

"听起来怎么样？"

范文圣试图找到贝壳之类的东西，但这里什么都没有。他想了一会儿说："就像一个大的海螺号角，有风在旋转的感觉。"

"像是大海与岩石的对话，"男人说，站起来又四周围看看岩洞的顶端，"可是如果你们能发现，那么别人也会发现啊。"

"没关系，我只是喜欢这个位置的隐秘，避开了大多数游客的目光。从春到秋，除了出海的渔船，没有谁能真正看到它，它的背面看起来不过是一个稍微大点的礁石。"

"那么，直到死亡，也会有人不知道这样的一个地方。"男人意味深长地看着范文圣。

范文圣笑笑："你在说什么呢？"

那道界线又模糊地出现，但这一次就好像直线被拉长，沿着岩洞紧紧盘缠。

"你一直不敢承认自己吗？"

"这么快就说出自己的期盼吗？"女人靠在洞壁上，失望的样子似乎宣布退出游戏。

范文圣没想到男人会在这儿跟他谈这个话题。过了很久，他用脚趾在滩涂上轻轻挖出一个小坑，越来越深之时，又被海水倒灌进来，重新抚平了。"就像这样，"他说，"当你打开一颗心，不用多长时间，它就会恢复原来的面貌。"

男人走过去："但你知道打开过之后，能更容易接纳别人吗？"

如今男人的肤色总是能吸引到范文圣的目光，所以很多时候，他会在听他说话的时候走神。但他很清楚男人在说什么。他看着男人靠近过来的双手，富有光泽，线条刚毅，上面布满了血管与绒毛，手腕上的手表转动的时候发出一些微光，让手臂看起来性感至极。

与此同时，女人正向范文圣露出一种鼓舞的笑容。她在鼓舞什么？他又在说接纳别人的什么？爱吗？

如果可以测量大海，范文圣可能会从现在开始准备工作。如果感情比他预想的要重要，他会重新审视自己。如果这一天注定成为推动他成为什么人的日子，那这位男人则充当了重要的身份。可是范文圣从来没有想过自己会对什么人发生感情，至少在此之前都不会。男人温暖、醒目、阳光、洒脱，但对范文圣来说他更像是一个点火石，他会花上力气照亮他，但不会磨掉自己成全他。说到底，是他还不愿意相信一个人的话，不管出于什么。

可是，尽管自己总是怀疑，心里还是受到了那股冲击。范文圣看着男人柔和的目光，想象自己拥有多个分身——一个远在自己的房间里，一个沉落进深海之下，他们保持一段距离观察彼此，从来不会靠近；还有一个则是现在的他，钻进岩洞里的范文圣，在他背后，是岩洞里窄小的角落，而前方，是一个男人，以及大海之上光的路径。

"读诗对你有什么好处吗？"

这夜月光把海面照亮了，一片蛋黄色粼粼闪现又被模糊掉边缘的倒影在缓缓摇晃，黑漆漆的海水因得这月光而又显得幽蓝。夜间的风从陆地吹向海面，在窗口感受不到风，但能听见风声。男人来到二楼，站在走廊上，透过房间的窗户，看见范文圣在床上看书。

"你怎么知道我在读诗？"

范文圣起身打开门，请男人进来坐。

"你的书房大多是诗歌。"

"很不巧，我在看花卉养殖。"

范文圣盖上书本，把书递给男人。男人哈哈大笑，仿佛为自己的猜测错误感到不好意思，接过来打开看里面丰盛的彩色图案。

范文圣说："我想在围栏边上种点好看并尽量不需要打理的植物。"

"你很有构想哦。"

"晚上在这样的房间睡觉还行吗？"

男人合上书，似乎没听清："什么？"

"我说，你睡不着吗？"

"你知道码头那家酒吧吗？"

范文圣点点头。

"晚上我们到那喝酒，有个连续三天遇见我们的男人，说大家都是远道而来，却也能有多次的相遇，是一种缘分，于是到吧台请我姐姐喝酒了。"

"哦？"

"我就先回来了。"

"她今夜不回来了吗？"

"不知道啊，谁能预料到他们会发生什么？如果那个男人受得了她的性格，兴许会发生点什么。不过，你的房间不会不允许住客带别的人进来吧？"

范文圣笑笑，称没这样的事。男人主动点了一支烟给他，他的第一反应是男人的双唇接触过烟嘴，并有可能带有唾液将其湿润——他不明白自己的小心思是如何衍生出来的，换做从前，他只会觉得有人给了他一支烟，仅此而已。

他们到窗边一起抽烟，一个用手肘撑在窗台上，一个身体弯曲，斜斜地靠着边缘。大海一点也不平静，海浪声还能听得见。这里看不见灯塔，附近的路灯给了这景象一种阴森的感觉，但同时又是充满魅力的。

"你的房间很好，从这里眺望的视野很广。"男人说。

范文圣告诉他，小时候他称自己的房间是天使的房间，因为这里就如男人所说的那样有着宽广的视野。现在是夜晚，有些东西看得不太清，但到了白天，从这儿可以看到一半陆地、一半海洋，那座突起的半圆小岛屿就好像是天使的头部，沿着岛屿外的林区如同光环的弧线，而海洋则是天使深蓝色的衣裳，那些拍打礁石的浪花就是衣裳被风吹动的时刻。

男人发出一声赞叹，似乎真正赞叹的不是景色，而是范文圣所描述的词汇："你的描绘让这片海域无形中变得更美了。"

"其实这里对应三楼的房间也能看到，就是你姐姐那间，只不过住客通常不会想到天使吧。"

"毕竟天使不是真的存在。"

范文圣回到桌面拿来烟灰缸，对着男人说："但天使也可以看作一个人啊。"

房里有些东西打碎了，范文圣细心倾听着，他说不清自己在听什么，根本就没有东西打碎。两人在烟灰缸里挤灭各自的烟头，手指的关节不可避免地触碰到了——是这样暧昧的动作、一同做出同类的姿态而引起某些东西断掉的声音。除了等待男人开口说话，范文圣首先想到那条模糊的边界，界线嘣的一声，似乎断掉了。是断掉的声音？而不是房里某些东西打碎的声音？范文圣心里对自己的立场发生了变化，界线断了之后，某种别的东西开始把两个男人融合起来，像涨潮的大海不断涌向沙滩，试图吞噬。

男人夺过烟灰缸放在窗台上，迅速抓起范文圣的手，使劲抓着不让他动，强迫两人四目交汇。房里有一股淡淡的茶花香，是范文圣本身放置的防潮珠，他不知道它们在打开窗的时候，气味反而引起了他的注意，但尽管如此，还是没有能够掩盖房间里烟与男人们的气味。

男人将唇送到范文圣跟前，但他没有亲下去。范文圣猜测到他是刻意而为，他只是让自己感受他的呼吸。男人似乎很清楚自己的优势，在他的一呼一吸之间，那种来自城市的浪漫气息，在这里会显得更特殊——对范文圣而言。

大概是在父亲去世不久后，范文圣第一次跟男性有过暧昧。那会儿房子在加盖第三层，联络施工的包工头带来了一群自己人，每天早上九点开始在门前搅水泥，倒沙土，在楼梯上上下下，越来越多的工具堆积于顶楼。在完成水泥钢筋与屋顶的铺盖时，他们中有一位腼腆的男孩逐渐引起了范文圣的注意。男孩不管在何时都不喜开口，大家说笑的同时他也只是勉强回应，而且会在不经意间向范文圣投去格外迷离的眼神，说不清那意味着什么，也许是一种讯号。他给出行动是在雨季的一个傍晚，由于雨势不见收敛，当天大家都提前结束工作回去了，他返回来找范文圣，称他们临时居住的地方这几天只能洗冷水，而他最近有些感冒，问范文圣是否能容许他留在这里淋浴。"我会保证干干净净，不弄脏你的地方。"范文圣至今仍记得他当时这么说，像发誓一样给出某种不贴切的承诺，同时这句话也显得他身份卑微，他大可不必这么说的。然而，就在范文圣带他进浴室的时候，男孩已然在后面一件一件脱去了衣服与鞋袜，忽然一把拉过范文圣抱得紧紧的。在他还未反应过来的时候，男孩顺势将他推坐到马桶上，自己则跪下，整个头部埋在范文圣的裤裆里，呼吸急促。"别推开我。"男孩的声音从裤裆里传来，模糊不清听起来就像是"别丢下我"，并且随着他的呼吸，范文圣感到了一股温热，唤醒了他内心某种隐藏的欲望。男孩感到他的反应，便慢慢抬头看着他，似乎得到了鼓励。

最后，他们以沐浴液作为润滑，发生了。他们没有使用安全套——在那个时候没有谁有那个东西。男孩们的大腿上布满了丰富的泡沫，像沾满了炎热海边忽然出现的一团团细腻雪花。结束后大家都沉默不语，直到两人渐渐变得松软，像什么也没发生，平静地离开彼此。外面的雨也逐渐变得淅淅沥沥，变得更安静。

不过事情并没有发展下去。在三楼开始步入天花装潢的时候，有一天男孩悄悄地拉起范文圣的手放在自己的脸蛋上，又亲吻他的掌心。但因为还有其他人（尽管他们不曾发现），范文圣还是惊怕的，当即甩开了男孩的手。到了第二天，男孩就不再来了。包工头还抽空过来跟范文圣解释说他们的一个员工暂时有事不能来，但不会拖延工期的。范文圣点点头，没问什么。然而，就这件事情而言，意识的根基仿佛被这样一位不善表达的陌生男孩轻轻撬开了，根本不费吹灰之力就引发了他的本质，这使他好长时间都处于忧虑之中。

范文圣已经习惯一个人很长时间了，也有朋友介绍过女孩给他，但他谈不上喜欢，也不知自己是不喜欢女孩还是不喜欢那位女孩，前后的差别足以令他踏上不同的生活道路，倘若行差踏错，他也不清楚从哪能找到最初的原因。他不知道如果父亲在世的话，他是否会谈起自己心里的感受，而他老人家又是否会语重心长地说点什么类似同性相斥的警告。不过这都无所谓，一晃好几年过去了，他一直保持单身，也从未想过会跟住客发生什么关系。他也会幻想有些很不错的住客前来勾引他，在失眠的夜里让他亢奋过。但是，当真正出现暧昧的住客时，他却不知所措了。当一个人久了之后，心里自然而然还是会有所封闭，即使男人越过了范文圣的边界，他还是有理由怀疑它会自我愈合，重新规划出一块新的领域。

现在，男人将手伸进范文圣的短裤里，举动暧昧，如此亲密的接触让范文圣有些不好意思，两个人都傻笑着。男人蹲了下去，张开了嘴巴，同时将范文圣的手拉到自己胸前。范文圣摸到了那个乳环，小小的，质感似乎很好，像一颗从遥远的银河降落的陨石般传来一种触电的感受，教他身体放纵。他似乎还看到窗外沉睡的天使渐渐苏醒，那片一半内陆、一半海水的景色变得尤为生动，在黑暗之中开始隐隐浮现更多的噪点，叠加起来形成了属于它的光环。而外面的风越来越大，不知疲倦的浪花一次又一次如裙摆在掀开，有如此刻被褪下短裤的自己。

　　范文圣接到了下礼拜六的住房订单，是一家四口，订单留言有一则消息弹了出来：我先生吸烟，房间允许吗？另外你们那儿能栽种白玉兰吗？

　　即使在男人女人离开之后，范文圣也还有大把的时间打扫卫生、休息，又将一个人度过。他们离开的这天，男人说了好多话，但他不像女人那样对范文圣说一些关于她自己过去的事。男人说自己应该常来，他很喜欢这种无人打扰的生活方式，他不明白为什么有人会因为独自留在一个地方而感觉寂寞，也有可能是他留在这儿的时间还不够长。他看着范文圣的眼神似乎有些湿润，由于他姐姐在身旁，一种不舍与难能可贵的情愫被压抑住了。范文圣很想要解释，但不知道要解释什么，他还是不太相信男人会真心愿意待在这样一个地方，更别说他会对他有留恋。他开始意识到自己接不上男人的话，不知是出于顾客与老板两者不同身份的立场，还是出于自己对他有过生理反应的缘故。这会儿，范文圣真正看到了一种分割——在这片靠海的土地间，椰林、龙虾、人行道、海神像、建筑物，对大家来说都有着不同的含义。隔岸观火的游客要从远方到来，跳到火海当中感受自然的恩赐。而范文圣却身陷这片火海，它既凶猛，又温柔，它发光发亮，它以陆为界，面积以数亿万海里算计，这是他永远不会陌生的。在夏季里熙熙攘攘的游客们看来，一景一物都意味着观赏，有趣的浪花使他们精神抖擞，一只海鸥能使他们尖叫起来。而对范文圣来说，这只是一些岁月的变迁。如果某天他不在这儿，或许仍然有迹可循，但所有这些意味着的是不断重复的、越来越稳固却又越来越抽象的东西，荡然无存的不是过去的历史，是日新月异的变幻带来的无力感，生活也随着慢慢变得抽离。

　　最后，他开车送他们到汽车站，把去年秋冬晒干的马鲛鱼送给了他们，女人热情地给了他一个拥抱，悄悄地说她之前对他做的一切都是开玩笑，只是希望激发弟弟表达他的感情。范文圣为她的话与那些行为感到十分惊讶，她那天说的"同一种人"是暗示吗？她知道弟弟后来在那天夜里跟他发生了什么吗？她见识过男人们激情时的汗水吗？如果她问起，他一定羞于开口的。还是说，她弟弟已婚却总是乐于寻找猎物？活跃的思绪像巨大的浪潮，从未停过。范文圣一直试图给自己解围——那不过是一个夜晚的激情——但并不奏效。他还来不及回复女人的话，男人也上前来给了他一个拥抱，并迅速咬了他的耳朵，舌范文圣摸到了那个乳环，小小的，质感似乎很好，像一颗从遥远的银河降落的陨石般传来一种触电的感受……他似乎还看到窗外沉睡的天使渐渐苏醒，那片一半内陆、一半海水的景色变得尤为生动，在黑暗之中开始隐隐浮现更多的噪点，叠加起来形成了属于它的光环。

头还伸了进去。之后大家便挥手告别。范文圣留意到男人的肤色变成小麦色了，紧紧搂着他姐姐的肩膀，一只手拖着行李箱，一同走进了售票大厅。范文圣以为男人会回头再说点什么，但他只留下背影与耳朵上的口水，风吹过的时候，耳朵凉凉的。

独自沿着滨海公路往前开，穿过大桥后在岔路口拐进其中一条弯道，继续开到尽头。年年月月熟悉的道路，在今天看来似乎有点陌生。

回到房屋时，范文圣发现冰箱里还有女人买的水果，那些她要做成各式沙拉给她弟弟吃的食材，以及一罐尚未用完的沙拉酱。他回到自己的房间换上工作服，窗台的烟灰缸还在那儿，里面只有两支烟的烟头。他感到失落，跑上三楼开始收拾客房。

签字笔滚落到地上了，范文圣捡起来，看到女人写过的纸张还在桌面。他读到了一个城市女人的梦想，谈到生活不易，也表达了自己关爱弟弟的心情，希望弟弟可以过上好的生活。翻页还有自己对这里的赞美，几行字词就把大海描绘成瑰丽的世界。如果这是诗歌，那对范文圣来说会有些残忍。他小时候有过这样的赞美之心，但现在随着生活一并消逝了。如果有人来聆听，他还是可以谈谈海岸边的渔船是如何运作的，那些内湾养殖的生蚝需要注意些什么，台风的来临会出现哪些罕见的预兆等等，也许听来会感到小题大做，但真实的生活能让人深感向往。不过，真正对他残忍的真相是，他更期望自己能得到一个解脱，彼时的苦难与消失殆尽的恩情，通通都不会是他隐匿的自尊——这种感觉就像他身后的一扇大门轻轻推开了，随之而来的，是他心里默许的、不易传达出来的欲望洪流，从落日后的滩涂开始，将界线慢慢推向外面更广阔的地方。

"范先生！"

范文圣听到有人喊他，退出房间到阳台来，原来刚刚离开的男人又独自返回来了。他很惊讶，问男人是否遗漏了什么东西，但男人只是笑着说——

"我想留在天使的房间里，可以吗？"

椰林、龙虾、人行道、
海神像、建筑物，
对大家来说都有着不同的
含义。隔岸观火的游客
要从远方到来，
跳到火海当中感受自然的
恩赐。而范文圣却身陷
这片火海，
它既凶猛，又温柔，
它发光发亮。

from《天使的房间》

黑鱼的故事

文 | 匿名作家 013 号

1

　　大黑鱼还记得自己小的时候，吃过晚饭出来乘凉，常常在公家楼的墙上碰到四脚蛇。四脚蛇扁平的身体像一块混了色的橡皮泥粘住白纸，灯一亮，脚动起来，嗖嗖地往天花板上跑。那感觉，在看的人眼中，简直像爬在自己头颈里。大黑鱼痒极了，就拿扫帚柄拼命去打，四脚蛇爬得越快，他越狠心敲，于是天花板上掉落一两截断掉的脚或尾巴。大人讲，四脚蛇的肢体是可以再长的，拿一只脚换一条命，于人于虫都不吃亏。牺牲在台阶上的那部分，一波一波动着，像抽了筋似的，散发着挣扎的苦味。大黑鱼看到脚的余喘，总觉得头颈仍在发痒，索性上前一揳，那脚化成一摊薄皮，烂在地上。等风干了，大人清扫楼道，将之连同楼外飘进的落叶一起收走了。而这样的事，大黑鱼为了头颈的舒适，每个夏天不得不做。

　　后来大黑鱼开始做梦，梦到四脚蛇钻进自己耳朵里，每爬一步，细脚掌都在他稀松的耳屎上踩出嘎吱嘎吱的干涩声，他吓醒了。姆妈讲，阿三，这是报应，白天踏了四脚蛇，夜里伊就会生出新的来，钻到你身上的洞眼里去。哪些洞眼？洞眼多咧，姆妈边讲边戳他，喏，眼乌珠，耳朵，嘴巴，鼻孔，肚脐眼，还有小卵泡，凡是软的，凹进去的——姆妈这只手往下半身一指，大黑鱼吓得打嗝肚了，只觉浑身发痒，卵泡发痛。偏生姆妈追着讲，你打来多，伊钻来快，下趟阿三身体里全是四脚蛇了。他说不信，但不敢了。往后再见到墙上的朋友，大黑鱼总觉得它们的眼睛恶意盯牢他，脚在墙灰上来回摩擦，每一只都晓得他曾打断过另一只的脚或尾巴。大黑鱼头颈不痒了，专心腿软。路灯亮起，两眼死死抓住台阶，他再不敢看楼道里的墙。每一趟夜路，都是乌云对头顶的穷追不舍。

　　活到谢顶和长啤酒肚的年纪，大黑鱼很少走楼梯了。直上直上，封闭的电梯间里除了新开店面的小广告和敞亮的顶灯，哪还有什么四脚蛇，连蜘蛛网都寻不到。何况大黑鱼有十足信心，就算叫他去吃忆苦饭，重新住进破败的轴承厂小区，他也不怕的。这一切多亏了下岗，不下岗，不做生意，一家门永世搬不出那间阳台朝西，夏天漏水的五楼宿舍，自己也永远无法克服这份秘密的恐惧——大黑鱼也曾难得地思考过这个问题，他发现重点不是下岗，重点是阿三。

若不是女阿三大手一挥，他一个轴承工怎会想到去做水产生意？这些年捉鱼杀鱼，他对这类动物的构造了如指掌，捞上来，刀面一拍，闭着眼都能开膛破肚。划鳝丝是开纸箱，剪刀一记戳进，从头到尾，滑滑梯一样顺流直下，畅通无阻。切鲢鱼块，鱼眼珠对人眼珠，一面是离了水的张嘴喘气，一面是大黑鱼紧咬嘴唇。鲢鱼多少沉，人虎口虚架，五指按住滑溜的身体，像按住一块泡足了水的肥皂，刮痧似的卸下它密集的盔甲。至于螺蛳，河虾，螃蟹，网布一兜，花绳一绑，轻松不在话下。每当旧工友在菜场里唏嘘大黑鱼的本事和眼光，他总感到恍惚，好像他不是他自己，反倒是对面工友中的一员，对于人生第二个回合所掀起的巨浪，感到飞快而不真实。

起手总是慌张的，女阿三至今仍嘲笑大黑鱼刚接活时，一双大手连小小的汪刺鱼都握不住，眼睛几眨工夫，倒被这畜生碰伤了手指。车间师父的话是受用终生的，鱼摊还没成气候，他就专程来捧场，阿三，我是不大懂的噢，但是呢，零件哪样拆，鱼就哪样杀，你讲意思对吗。又讲自己要去跑差头了，驾照现学。女阿三急忙插话，关照师父一声，开车的人不好翻鱼身噢，路路平安。师父讲，还是阿三福气好，老婆心细，下趟要发财。从此大黑鱼把鳞片看成外圈，泡泡当成滚珠，便感到鱼的周身散着金属的光泽，一条条杀下来，果然，心里不当回事，杀鱼的熟练工种就练成了。女阿三在行内放话，这桩本事，我老公无师自通。

有一夜，大黑鱼做起了杀四脚蛇的梦。他长久没梦过这令他腿软的朋友了。在梦里，唯一的应对办法是像白天一样劳作。他长吁一口气，取小一号的刀，剥皮，切头切脚，清洗内脏，案板上留下十分稀少的黑血，清晰在目。那个梦尽管恶毒，醒来的大黑鱼却是无比松弛的，他再也不怕了。四脚蛇，同鱼、虾、黄鳝没有任何区别，都是零件，都能拆。这个梦太珍贵了。如果非要打个比方，大黑鱼觉得这个梦就是他人生中的"粉碎'四人帮'"事件，他粉碎了姆妈布下多年的白色恐怖。次日，大黑鱼带了黄酒黄鱼，去郊外墓地给姆妈上香。他讲，姆妈放心，阿三身上没有洞眼了。也是奇怪，上过坟，大黑鱼的生意就好起来了。他像个貔貅，钱在身上只进不出。那年他三十七岁，菜场里相传，大黑鱼凭一个梦闯过本命年的关隘。

又闯十年，大黑鱼真真觉得，一个人什么都能做，而且做什么就是什么了，当轴承工的时候，一心求精求亮，做了鱼老板，脑子里只晓得怎么把控一条鱼。就连江湖名号，也从过去车间里的袁阿三变成店里的招牌货了。大黑鱼三个字结实有力，一听就有老板气味，同自己的形象也相配——太阳底下的气力活，日复一日养出了他的粗腰身，黑皮肤，老实油亮。只是做久了，大黑鱼发觉生活里到处都是鱼。他躺在新家干净的浴缸里，听到水上打着密密的氧气泡；磨指甲刀，做出刮鳞片的手势。他蹲着看地摊杂志拉屎，感觉自己的排泄物正细细长长地流出来；走在路上，每个说话的人都在吐泡泡。大黑鱼不吐，和沉默的虾兵蟹将打久了交道，他也懒于张口了。

大黑鱼隐隐想起姆妈那句话，你打来多，伊钻来快，下趟你也变四脚蛇了。十五年生意做下来，他身体里四脚蛇没有，水生动物倒不知游着多多少少呢。这些老朋友有没有游进五脏六腑，血液神经，操纵着自己的某一部分，大黑鱼没深入想过，他让自己停留在一个安全的思路中：只要身上不生鳞片，就没啥要紧的。一天二十四个钟头，八个在摊头上，四个接送货，剩下的钟头，大黑鱼即便闻到了自己身上早已无法去除的腥臭，也理所当然地视之为自己的体味了。他想，男人嘛，总归有点味道的。

2

大黑鱼身上的味道，大黑鱼自己极少觉察，女阿三却越来越引以为意了。从鱼摊退下来一年不到，楼里再没有哪个牌搭子敢暗地里讲她身上难闻了。这副运道差，运道太差，怪上家飘过来的风太大啦。从前听到这种阴阳怪气的话，阿三心里过不去，睡前一边开着大灯擦花露水，一边朝大黑鱼撒气，你讲，大家都是厂舍里搬出来的，有啥稀奇，做裁缝发财同卖鱼发财，有啥区别。可阿三没料到，等花露水和时间冲掉了身上的怨根，自己从满是香烟香水的地方回转来，立刻捕捉到那股熟悉的、带着变质的河水气味的鱼腥臭时，竟也捏紧鼻子大喊，哎，回来先汏浴呀！浴室响起水声，阿三又推门关照，沐浴膏有的是，蹩省！转身去开窗通风。有时几个牌搭子玩累了，到大厦里逛逛，人家买，阿三也显派头，买条好衣裳穿穿。衣裳越金贵，阿三愈发不情愿去摊头上沾惹那股腥气。老客一旦问起那个曾在菜市场风风火火半边天的女阿三，大黑鱼只讲，伊到自麻房挣大钞票去嘞。上个夏天，女儿熬出头，去省城上大学，阿三也熬出头了，她对大黑鱼讲，年纪大了，还是分房睡好。大黑鱼没意见。

两个阿三的鱼摊生意，并不是一结婚就做的。双职工多年，碰到下岗，只好半路出家。女阿三算半个乡下人，脑筋一动，联系了村里摇船的小娘舅。娘舅的左脚有六个趾头，小趾边缘紧跟一个萝卜头，像长在脚背上，又像在侧面，总之不和其他五个并排，只靠一片鸭蹼似的薄皮接起来，灵活柔软。老人里传言，六趾的路数，一个村头，两三辈人里顶多出一个，生来便是捕鱼的料作。娘舅自然水性极好，从小就摸螺蛳，钓黄鳝，大起来更是水底百晓生，他总晓得哪片塘里田鸡藏得多，野甲鱼什么时候上岸来，晓得大肚皮的鱼在哪一天洄游到哪一段了。娘舅最厉害的，是讲得出当年的水情。长江的脾气，雨神的脾气，娘舅都摸得出。人们说，娘舅跳到水里，他的第六个脚趾就是高科技探测器。

偏偏娘舅不肯带他的高科技与时俱进。90年代，村里人买鱼苗虾苗，填河造塘，网一撒，地一圈，大搞养殖生意。娘舅还是一双拖鞋，一顶草帽，摇着自己的半机械船，在河道里来来去去。后来受了工厂污染，河塘里一阵发黑发臭，一阵又盛满了疯长的水草，捞上来的虾灰里泛黄，鱼翻着大白眼，娘舅就放了，去下一片继续捞。娘舅对于乡间细密的河网，熟悉得就像老中医对人身上的经络，竹篙一搭，手指一拨，心里就有数了。他必能在日头暗下前捞到好的，清爽的，开价就比养殖的翻几番。娘舅拍胸脯，保证野生，无毒。买家照单全收。唯吃亏卖不远，只在附近村里兜售。眼红的养殖户放开话，娘舅捞来的货色，都是在人家塘边捡的，漏出去的鱼苗吃吃角料，不是宝货。好在河鲜河鲜，从水里下到锅里，汤一喝便知真假。娘舅的料作，总比人家的吊鲜味，不愁生意。从此各走各路，养殖户的鱼卖到市区，薄利多销，一年年扩大地盘，娘舅的精耕细作也有了进步，手底跟了两个徒弟，一个是收皮毛人的儿子，一个是收珍珠蚌壳的苏北人。三根荡来荡去的甘蔗是如何轧到一起的，无人了解，只见某一天起，娘舅家进进出出的影子就生出了三头六臂。

娘舅脾性怪，没结过婚，族中只有一姐，把外甥女当女儿宠。阿三跑去烧一桌饭，席间一开口，几天后，娘舅的水产生意就从乡下摆到阿三家门口的菜市场了。一头是黄金猎手巡猎，一头是阿三夫妇看店，中间靠两个徒弟开一部小飞虎急送。车是女阿三拿买断金投资的，她另投资了三百五一个月的摊位，水产部靠门第三家，猢狲画给唐僧的一小块地。地上摆一只女儿小时用的椭圆澡盆，盛鱼，三只蓝绿的圆形脚盆，盛虾，两只新买的红提桶，盛黄鳝，若干泡沫塑料盒，架起刀，打好氧气罩，支一柄广告伞，往大理石台上泼过清水，阿三夫妇在零比一落后的形势下，开启了第二回合。

做生意前，大黑鱼也叫阿三。若夫妻同场，人们就以男阿三和女阿三来区分。当年介绍人讲，阿三讨老婆，好比讨一面镜子，也是老三，缘分。见男阿三闷声不响，女阿三殷勤陪话，介绍人讲，互补，又像又不像，再好不过，顺利撮合了这门亲事。介绍人眼光准，两人一路走来，无不是女阿三一马当先，男阿三闷头紧追。开了店，营业执照上写"阿三鱼行"，法人袁某某，可人人都晓得，这个阿三到底是哪个阿三。业内无好话，早做十年反被盖了风头的隔壁摊常讲，阿三鱼行名气打得响，其中几分靠娘舅，几分靠阿三一张换糖嘴，客人不晓得，同行是有数的。

阿三不在意，她坚持做生意要讲声势，鱼不喊，老公不喊，只好亲自上阵。一面喇叭朝前，一面眼观六路。开市两个月，阿三仔细留意各家品种，便叫徒弟传话给娘舅，专抓野鱼，块头越大越好，自己则在摊头上打出独家黑鱼的招牌，来势凶猛。三句两句一噱，客人悉数拉到自家门口，爽气称量，零钱不收，多钱不找，嬉笑中养足了回头生意。新客路过，只记得一个热情招待的女老板阿三，男阿三则退居后台，无人知晓。他自己也只当是从一个车间换到另一个车间，专心打磨杀鱼的全套本事。带路人娘舅却教得气死，骂他不是这块料，手生，反应慢，同鱼不合拍，不如叫自家徒弟来帮忙。女阿三死活不肯，她讲，男人总归要凭一门手艺吃饭，磨工不行了，磨刀定要做下来。便像个驾校教练，一面招揽生意，一面回头监工。她的口号很大，要在战略上藐视敌人，在战术上重视敌人，向毛主席看齐。一年下来，大黑鱼出师，世界上却再没有了男阿三。阿三成了沉默的大黑鱼。

这条鱼越沉默，周围越忘记他的存在。人们到了摊头，喊一声，阿三！女阿三摇晃着细腰肢出来招呼了。挑完，称完，转手后台现杀，并无话，知道的是夫妻档，不知的只当是女老板雇了个哑巴长工。若在路上碰到两人并排走，喊一声，阿三！男阿三不响，女阿三自动接话。直到女阿三从菜场退下来，人们只见大黑鱼躬起一副厚厚的背，老实巴交地坐在摊上，也无法还与他原来的名字——女阿三的离开，连同这个响亮的绰号一道带走了。客人光顾阿三鱼行，照旧问一句，阿三哪里去啦，也照旧一口一个大黑鱼称呼着眼前这位不露声色的阿三。他像一尊镇店石佛，若没人搭话，眼角，鼻息，都毫无活泛的意思。

大黑鱼绝非做表面功夫的人，这点小事，他不放心上。甚至觉得这个名字能随着下岗而消失，真是再适当不过了，好比一个兵在投降后要缴械，不严肃的绰号也理应成为这趟集体生活的陪葬品。工友当中，阿三阿五，老王小王，出了厂值班、收银、送报纸，通通按编号来。哪怕下了海，也好歹换个洋气的称谓，这是规矩。那位叫小六子的，赋闲多年，老来被做外贸生意的儿子喊去帮忙，硬是得了个英文名。儿子讲，我叫汤姆，你就叫杰瑞。此后小六子在儿子出资的茶室里做东摆局，讲起这桩事，众人笑死，六子啊六子，二十六个字母背不全，倒有英文名了。

一干人里，只有车间师父开了差头，还是人人喊他师傅。师父苦笑，两个哪里好比。大家懂，当了半辈子高人一等的师父，后半生拉起新时代的黄包车，看人眼色，意思差得远。聊了一圈，才有人望向角落里闷声不响的阿三，笑他，阿三不当，去当大黑鱼啦。他讲，这有啥啦，一山不容二虎，我结婚辰光就笃定不要这个名字了。啧啧啧，宠老婆，发洋财。工友起哄，阿三现在人住进十二层，身价也是车间里顶高的咯。

刚结婚时，女阿三还在当合同工，厂里劳保用品只发一份。两个人一包手套，大黑鱼分给老婆，两人一盒肥皂，大黑鱼留给老婆。女阿三问，两个人一个绰号，怎么分。

大黑鱼讲，你叫阿三，我叫阿三老公就好了。阿三听了，咯咯咯地笑，单薄的身体扭起来，像一下子中了好多发子弹。

很多年后，阿三夫妇躺在新家宽绰的床上。女阿三讲，那是你讲过最油腔滑调的话。大黑鱼却不觉得，他想，这不过是自己所有真心话里平平常常的一句。

搬家那天，小飞虎进出两趟，轻松完成任务。大部分旧物什，阿三家都不要了，有的送掉，有的扔到卫生房，任人处理。它们堆成一团团小山，像平常杀完集中丢到一处的鱼内脏，不一会儿，苍蝇飞虫就绕了上来，挑挑拣拣，指指画画。邻居讲，这家的日脚在人眼门底好起来，全靠阿三一天天做出来呀。他们捧着阿三送的糖，目送这部每晚停在楼前，滴滴答答漏下整夜腥水的小货车最后一次驶出自己的地盘，再没有谁敢捂着鼻子喊臭。这一天的小飞虎，里里外外都是清爽的，阿三吩咐大黑鱼提前清洗过了。橡皮管子里的自来水一冲，冲掉了过往早出晚归、出汗出力的印记，只剩下纯净而干燥的汽油味。人们站在后面，闻出了一股发家致富的香气。他们用长久的目光代替挥手，因为眼神能传达出更复杂的情绪。

小飞虎由大黑鱼开出小区，上了桥，一路开进小区对岸新造的"老福特"。这条河将要把阿三夫妇从过去狭窄的两室一厅里切割出去，也切割了他们和他们残留在狭窄中的老相邻。阿三坐在敞开的后车厢里，对着早已看不清的人影大喊，要野鱼来寻我噢！企图创造彼此间仅剩的见面机会。那声响让过路人都晓得，鱼摊上的阿三搬家了。

而大黑鱼握住方向盘，两眼朝前，像一个毫不相干的搬家司机。他能想到，在小飞虎留下的一溜灰烟底下，人们正发出啧啧的感叹，感叹阿三多少吃苦，多少能干，但不会有人提起他。即便提起了，也不过是像娘舅那样，要么讲他没本事，要么讲他运道好，上辈子积了什么德，今生碰到这样会做人家的老婆。大黑鱼想，道理没错。只是一旦细究入去，这一局到底是靠阿三还是阿三娘舅扳回来的，大黑鱼就有点发晕了。毕竟娘舅在阿三眼中是活财神爷，到了大黑鱼那里，就变成了令他脚软的怒目金刚菩萨。

娘舅不是看不起我，他是看不起所有城里人，大黑鱼常这样安慰自己。娘舅极少进城，一来就满眼流火，他讲，人不下河，专门到蓝水池里划水，像人样子？下了河不赤膊，专门套一身假鱼皮，像人样子？一路骂下来，不熟水性的大黑鱼就成了娘舅眼里的三等残疾。娘舅讲，管你中耳炎西耳炎，不游水，等于少活半条命。大黑鱼心想，跟你学手艺，才是去掉半条命。大理石台上的剐子活，娘舅什么诀窍都没教，单单是来一趟骂一趟。骂够了，挨打的一方还来不及喊苦，抡棍的人反倒怨天怨地，做出一副被扶不起的阿斗气死的模样，扬言再不进城，叫女阿三面上尴尬。大黑鱼吃进多少哑巴亏，只好一口咽下，铁了心把气都撒在娘舅捉来的鱼身上，用劲刮，狠命剖，一刀一刀，咬牙切齿。

娘舅不来，每到年底，阿三夫妇只好带足烟酒去乡下尽孝。阿三下厨，烧了一大桌，娘舅喝过头，红一张脸，拍桌就骂阿三瞎了眼珠，老公挑坏掉。他讲，早晓得跑出厂还要卖鱼，当初不如亲上加亲，嫁给自己徒弟。这种时候，一桌人全无动静。阿三不相劝，徒弟闷声吃菜，大黑鱼也绝不敢为自己辩护一声。谁都明白，造次半句，只会叫娘舅愈发跳脚。若是气性上来，撂挑不干了，岂不闯祸？索性由他一口气骂完，见无动静，自会转去骂别的了。大黑鱼在窒息中望向两位徒弟，发现自己虽同他们天天交接货，却不曾好好说过话，反倒是阿三同他们相处，像姐弟一样熟络。他仔细打量过那两张糙面孔，发现他们更适合叫大黑鱼，身体壮实，头发油亮，不像自己，虚胖，有秃顶的迹象。尤其是收蚌壳的，头上一个疤，脖挂金项链，话到兴起时喉咙变粗，口音虽乡气，总比他三句闷不出个屁来好。可是这又怎样呢，大黑鱼想，这么能干，还不是同娘舅一样当光杆司令。

大黑鱼的底气在阿三身上。这种场合，阿三并不站出来解围，却也不帮腔。她从不骂，更多时候像个将军，冷静地指挥他。娘舅的话，你不要放在心上，这种话阿三绝不会讲。她只是从某一年起，在下乡前特意给大黑鱼安排几桩事情，去修车，去交租，大黑鱼有数，阿三意思是不要他再跟去见娘舅了，主动免除他所需承担的侮辱。至于乡下那边如何交代，不必他操心。娘舅说了什么，回来也只字不提。这让大黑鱼坚信，老婆和娘舅绝不在一个裤脚管里。但他又有些发觉，在这场致富的混双比赛中，两人一前一后，看起来各就各位，也像是形同陌路，越走越远。最明显的就在钱上。

阿三决定买房的那天，大黑鱼吓了一大跳。他不敢相信，自己经手的鱼竟然足以换一套新房了。何况那一跳里，还不包括他事后才想到的——这些钱是扣掉了娘舅师徒的分红，扣掉交通和租金，扣掉女儿林林总总的教育费用后所剩余的部分。即便阿三告诉他，熟客那里有开盘的路子，他仍缓不过来，怔怔地望着某处，一双手在空气里来来回回地抓。阿三问他做啥，大黑鱼不回。他看到眼前飘满了翻腾起伏的鱼，长条的，粗胖的，卷曲的，每一条所溅起的水花都化成了柔软的人民币，红的毛主席，绿的毛主席，左，右，他要通通捞进自己的围裙里，然后放上大理石台，举行洗礼。

大黑鱼用最短的时间把多年前的车间生活回放了一遍，搪瓷杯，工作服，月薪，劳保，日复一日地原地踏步，觉得自己真真在做梦。忽然想，如果早点归顺娘舅，甚或生在乡下，岂不更容易发财？醒过神来，才发现不对，这一切都是因为阿三，因为这个和自己同排行的女人。她大手一挥，赢下了混双的后半程，而奖杯是一栋新式电梯房，更要紧的是，房子里没有娘舅和他的徒弟。大黑鱼得意起来了，老子还怕什么？似乎正是娘舅的辱骂装修了这间毛坯房，口水，白眼，鼻孔里蹿出的冷笑，一点点凝成油漆，为墙面刷出平滑的光亮。骂完了，大黑鱼再大摇大摆地搬进去。他冲着脑里的娘舅和面前的阿三发笑，嘴巴却像鱼似的拨出另外几个字，谢谢姆妈。阿三听了动气，眼珠戳瞎了，不谢我，谢姆妈？姆妈过掉多少年，老早拿你忘记掉了！

4

那年相亲，大黑鱼本不愿考虑乡下女人。他讲，我阿三钞票不多，总算相貌不推板，何苦沦落到去乡下攀亲眷。可他一望向女阿三那双活络的桃花眼睛，听到她那番开门见山的表态，就生吞下了自己此前的话。那日在茶室，趁介绍人出去打电话的工夫，原本嬉笑的阿三忽然严肃起来，尖细的眼神隔着圆桌直刺过来，像两把枪稳稳地瞄准对方。阿三讲，我相不中啥，就相中你一张城里户口。我自家呢，没啥好，就是个处女。话落，大黑鱼还没反应过来，介绍人回来了，坐好。一切像没发生过，阿三继续陪介绍人玩笑谈天，毛衣织什么花式流行，外头饭店时兴哪个菜色，尽是和主题无关的琐碎杂余，留大黑鱼一人闷闷地缩在角落，不声不响，仿佛被阿三打了一拳，难以回神，更别说出手还击了。

大黑鱼回去问姆妈，厉害的女人要不要讨。姆妈拍拍围裙，讲，两个人做人家，姆妈不好插手。你自家想清楚，要做大事体，就寻个听话女人，听你依你。想不吃苦，就讨个结棍的，只有一点，万事听伊依伊，不好再出头。姆妈的话干脆利索，又是一记重重的拳头打在大黑鱼脸上，一左，一右，两块巴掌肉生疼。那天夜里他无法入睡，翻来覆去想这桩事，第一次感到人生大事这四个字，每个字都担着一百斤大米和菜油的分量。直到天蒙蒙亮，外厅传来姆妈起床的动静，一边淘米烧粥，一边关照老公白天要做啥，买啥。大黑鱼嘴唇一咬，决定了，要讨个像姆妈一样的能干女人。当他这样想的时候，同时回想起那双钩子一样的眼睛，大黑鱼告诉自己，往后要待伊好，伊要啥，就给啥。

搬进新家，还没好好享受，阿三忙着放炮仗，请进屋酒，张罗一天。大黑鱼也跟前跟后。等客走，送女儿回到学校宿舍，一对陀螺总算转不动了，歇下气来，已是月升。两个人躺在皮沙发上，地面再喧嚣，十二楼里悄然无声。大黑鱼望着一堵白净的墙，嵌在墙里的电视机，电视机旁的木制搭架，架子上的吊篮，想到这一切都是阿三连月盯装修盯出来的。阿三看出了他的观望，开玩笑说，我盯工人，比老早盯牢你学杀鱼还认真咧。于是两人一同抬头欣赏装潢，阿三像个导游，对着一百多平的房子指点江山，大黑鱼的眼睛就随之转来转去。阿三解释价钿、材料，不断问道，你讲是吗。大黑鱼频频点头，点头。一路讲回白墙，阿三大腿一拍，猛跳起来，说结婚照忘记拿过来。随即又镇静下来，老屋里腻腥的物什，通通不要了罢。她安慰自己，就当是重新结了一趟婚，你讲是吗。这话燃起了大黑鱼身体里的一股热。他没点头，心想，真真是的。只因新房子里没味道了。从前走到五楼，浓重的鱼腥气就涌上来了，像发酸的隔夜菜混着阴沟洞里的尿骚味。开门进去，地板起一层黑乎乎的膏，顶上半挂发霉的墙皮，不闷头睡觉，还能做啥。而现在，屋里清清爽爽，哪怕是隐微的甲醛，过度的消毒水，也透着一股舒心舒意。沙发上的阿三像个大姑娘，日光灯照下来，白皮白肉，毫无菜场里的风火焦灼。望着这个带他站上浪头的女人，大黑鱼感觉一切都回到了青年时代，自己身上的臭气也随高楼里的穿堂风褪去了。他突然想到了姆妈，感激姆妈，也为自己的决定感到荣耀，嘴上却不知怎么拨出了这样一句，你讲，新房子也买得起了，要不要再养个小孩。阿三吓了一跳，本能地回骂，发神经呀，老死鬼！忽然又笑了。她明白这是一个虚指，一个对方抛来的，意在别处的暗示。于是他们游进了毫无腥味的卧室，大黑鱼的沉默十分久违地，让阿三也一同沉默了。

大黑鱼年轻时爱看地摊小说，从中学到了云雨和鱼水两个词。他看上下文的描述，大约能咂出是个和性有关的词，而且是褒义色彩。同阿三结了婚，起初总是急急忙忙，直奔主题，有了女儿，在狭小的家里更是糊涂潦草，敷衍了事。直到搬家这一天，他才品出其中的真味。伟大领袖说得对，任何事情都是靠实践出真知的。大黑鱼越发感激自己这份职业，若不是平常经手了大大小小的鱼，自己也许永远无法感知妻子的灵动，以及由此而来的自己的存在。娇小的阿三半躺着，仰起头，随着他节奏分明的抚摸而前后摆动，然后随着逐渐加快的节奏而喘息，发抖，翻转，挣扎，直至剧烈弹跳，大黑鱼真切感觉到了，自己手里握着的是一条鱼，她的手是鳍，脚是尾，眼里闪现着差点为之丧命的钩子的危险倒影。她急促的叫声是因弹跳而飞溅开去的水珠，水珠溅到大理石台板上，溅到下水道里，溅到正在挑货的老客人身上，也溅到全新的床单和被套上，刚打了蜡的木纹地板上，溅到大黑鱼的脸上，不知道有没有溅到同女儿房间共用的那面墙上，幸亏女儿不在。

　　这条鱼在持续的扭动中高声叫了，大黑鱼觉得自己手上几千万条沉默的鱼，虾，黄鳝，此刻都从阿三尖细的喉咙里喷薄出来了，它们翻滚着，腾跳着，不顾离岸后的死活，前仆后继，一触到干净的床单就魂飞魄散。如果杀十年鱼，大黑鱼想，能换来听这样的一曲高歌，那也是心甘情愿的。他隐约嗅到一丝轻微的腥气，这在这个首次开封的房间里显得有些刺鼻，也许是汗水蒸腾，自己身上来的，他很久没留意自己的味道了，也许交混着一点阿三身上的腥气。他仔细嗅这一丝不净的气味，像循着一根琴弦，去聆听一个长久颤动的音，由强渐弱，渐弱。他想从中分辨出自己的声部，刀刃的声部，可是没有。阿三身上的水结成了冰，逐渐包围住他，他清醒地反应过来，书里那四个字，鱼水之欢，其中是没有他的，有的只是阿三和阿三全身心的腾跃——而他从来都是鱼台前那个握着刀的外人。即便如此，他仍是高兴的。几年前经历一次失手，大黑鱼一蹶不振，两人心照不宣，晓得他的武器生锈了，老化了，再无男人的本事。而此刻能举起每日劳作的手，拨动阿三的开关，像拨动一条鱼缺水后极力张开的嘴，一收一缩，一呼一吸，看它在痛苦中寻找极乐的体验，他觉得圆满，知足，因祸得福。他甚至快乐地想着，等阿三老了，老到背躬起来，脖子像晒干的丝瓜精，他还能这样抚慰她，让她抽筋般地跳动，嚣叫。自己则情愿永别刺激，只要能在提不起刀的年纪，借着为妻子服务的时刻，回忆起当年利落宰鱼的感觉，就足够了。那是完美的一天。

大黑鱼有了这样的体悟，便越发觉得生活中到处都是鱼的事情。如果把世界看成水，人看成鱼，一切似乎更好想通了。而鱼和水的世界是无声的。他不愿开口，沉默着思考这些，享用这些。他想这一切都拜阿三所赐，便期待着夜里更好地抚摸她，满足她。也怀着虔诚的心，希望自己能像对待阿三一样，耐心对待每条鱼，每段鳍。大黑鱼暗自得意，这样的诀窍是光棍娘舅永远无法教给他的，便渐渐忘了娘舅曾讲过的基本要领，比如鱼跳起来是很高的，轻轻一跳，就跃进了旁边的脚盆里。

5

去年夏天，阿三家出了两桩大事，一是女儿完成了高考，勉强挤上不花钱的二本。另一是娘舅不行了。处理完红白两头，阿三好像一下老了十岁，不如往日活络了。她讲，做人太吃力了，就此金盆洗手，一头扎进自麻房，同楼里的女人打麻将去了。而对大黑鱼来说，这些变故稀松平常，独自守摊算什么，娘舅又算什么，那个夏天只有一件大事，阿三提出分房睡了。

娘舅的不行要从再上个夏天算起。台风天里，娘舅硬要下水，结果命里头一遭，连人带船从河中摔了出来。徒弟找到他的时候，娘舅像条被浪头拍上岸的野鱼，半身掩在土里，拼命翻着白眼，不知是在等死还是求救。这条鱼受了伤，离岸一个月，便开始浑身不适，诸事不灵，他的很多举动在村里人看来，简直如求死一般。

阿三频频来乡下看望，水果补品提满。娘舅晓得，阿三不是来慰问的，她是来表态，等不了了，这样下去，鱼生意怎么办。娘舅只好把水上家当交给徒弟，让阿三再招个运货小工，组了临时班子。自己则改去私人老板的厂里打工，补贴损失。老人讲，活在河里的人，不适合上岸来做生活呀。眼见娘舅上班没几个月，手就绞进机器里去了。娘舅生猛，一把将手拔出来，半根手指头还卡在里面，拖着轴心继续转动，转一圈，掉落一块血肉，娘舅吓得昏过去。醒过来，已和别人一样，浑身共计二十根指头。娘舅一旦化为寻常，就丢了魂了。

上不了班，又下不了河，娘舅成天无事可做，只骂天骂地。徒弟带他去上船，他一心要往水里扑。小工开车载他来去，只见他呕吐不停。阿三没办法，欲接他进城，他硬不肯。于是整日在村里晃来晃去，指点人家的鱼塘、鱼摊，白天睡觉，夜里起来乱喊乱叫，愈发顽固，显示出疯傻来。挨到来年夏，娘舅不穿鞋，不造浴，第六个脚趾发炎了，高烧，流脓，瘫在床上。适逢大暑，地上热得要烧起来，娘舅回光返照，电话召回阿三和两个徒弟，门一关，口齿清楚地交代了几句。他讲，人不灵光了，水也不灵光了，几十年望下来，往后野鱼肯定不好捉了，捉了也不敢吃，但阿三生意总要做下去。两条路，要么去做鱼塘，要么到庙里去。后半句没讲清楚，娘舅又吐了，嘴里再挣不出一个字。徒弟搀他回床，同阿三出去准备后事。娘舅临终，大黑鱼不在场，那天他照旧在菜场里坐着，阿三关照过，娘舅不大好，我先去，你等今朝货色卖光，等我消息。大黑鱼杀完当日手里最后一条鱼，没等到音讯，径自回家睡觉去了。第二天，大黑鱼在难得的回笼觉里接到了阿三的电话。

阿三啊，下趟要靠自家了。她久违地喊了他一声阿三。大黑鱼晓得，妻子难得地感到脆弱了。于是动身，准备好最后一次前往乡下。他的情绪由于阿三那一声无力的呼唤，在本该有的置身事外上平添了一份动容和叹息。大黑鱼心里也软下来，娘舅啊娘舅，走得早了点啊。

娘舅没有死在家里。当日阿三和徒弟回转一看，蚊帐里没人，苦找一夜。天刚亮，听得一记惊叫，叫醒了村里熟睡的老小。人们跑向村东头，看见娘舅正浮在一户人家的鱼塘里，浑身泡肿，翻着白肚皮，以相同姿势死在水上的，还有紧紧围簇他的几十条鱼，他们共同渲染开一股浓郁的腐臭。娘舅的小脚趾半露在水面，像个浮标，也像一条汪刺鱼露出它背上的刺，像一条黄鳝在闷热的傍晚竖着尖嘴透气。记性好的人大悟，说这里住的正是当年诋毁娘舅偷鱼的人家。

娘舅无子嗣，家产都留给了阿三。阿三自知不多，便故作大方，转给两个徒弟，只要他们愿意继续共事。然而没多久，收珍珠蚌壳的就走了，还要走了那部老旧的小飞虎。他不开，转手卖掉，又问阿三借钱换了一部新的，从此给城南的殡仪馆开灵车去了。村里只留下那位收皮毛的，仍住在娘舅屋里，给娘舅上香。日子所带来的变化，在他身上好像并不起效。或在河里来来回回，像娘舅年轻时一样，或在村里来来回回，晃着，喊着，鹅毛鸭毛甲鱼壳，阿有——阿有——。恨娘舅的，避之不及，念娘舅的，特为照顾生意。

娘舅的话不会错，野鱼生意越来越难做了。徒弟继承了师父衣钵，可惜轮不上师父的好辰光。勉强维持半年，阿三摈不住了，她不怪谁，大手一挥，喊出本地新闻里天天讲的那句，产业转型迫在眉睫。于是亲自下乡，联系了一户同娘舅生前关系还可以的承包主。这趟不再下厨，而在高档的酒店包了一桌，洋酒海鲜撑场。席间价钱谈妥，对接成功，从此阿三鱼行的主要业务放在养殖河鲜上了。阿三辞退小工，让徒弟送货，也放他闲时继续水上漂，碰运气捉到好货，酬劳另算。

大黑鱼靠一双宰鱼的手掂量下来，转型后的鱼生意经历了一次不大不小的波动。起初断档，清闲，而阿三每日在摊前赔笑，想想看，哪来这许多野黑鱼，现在啥不是养殖的，鸡鸭鹅猪，细究下去，大家夯吃夯活了，对吗。又极力拉拢熟客，要野鱼，有也是有的，不多，提前两天来个电话，我派人去捉，保准到货。客人有数，世上的野货总要到头的，渐渐适应，而价钿下去，销量自然上来了。大黑鱼手上的活比从前还重，好在他已练出功夫，不怕。下班回去，见客厅里阿三一边算账，一边点头，大黑鱼就心定了。他晓得妻子不声不响，又扳下了一局。

等摊上稳定，阿三退了。她同大黑鱼讲，改做养殖生意以来，自己总是梦到娘舅，没有声音，只是重复看见那天早晨她跑到鱼塘边，远远望见的那具浮在水上的尸体，有时浮在天上，有时浮在十二楼的飘窗外面，毫无依凭，身边始终围着一圈银白色的鱼，像把娘舅拱起来了似的。阿三的睡眠变差了，有时夜里惊醒来，问大黑鱼，你讲，我待娘舅还算可以吗。大黑鱼意识蒙眬，还可以，还可以。阿三仍然心慌。她讲，你晓得吗，娘舅六十五岁死掉的，我几岁，四十五了，人的寿命不长远的。大黑鱼感受到阿三的恐惧，也突然发现这个连赢两盘的瘦小女人已经和自己一样，正在直逼五十。很快的，她就要进入更年期，然后绝经，变得比现在更瘦？瘦到浑身干瘪，乳房下垂，肚腩却变大，像姆妈一样？大黑鱼只好关了灯，轻轻伸手抚摸她的开关，企图让她在兴奋中舒缓一下，自己也舒缓一下。可是几次下来，阿三毫无反应，她摸起来像一块缩水的橡胶，甚至能听到干瘪的摩擦声响。阿三照旧睡不着，大黑鱼也睡不着了，他所建立的一套稳固的生存法则，忽然失灵了。

阿三的面孔一天天塌陷下来，脾气也变怪了。她不开灯，同大黑鱼讲，嘘，越安静越好，径自抱着新买的枕巾被套，搬进女儿房间睡去了，像一条鱼游进了另一只脚盆里。

6

有些事就像四脚蛇一样，大黑鱼不敢去打，怕一打，这事情每天往梦里钻，叫他不得安宁。谍战剧里常讲，切勿打草惊蛇，在大黑鱼看来，理应是打蛇惊草才对。他心胸上疯长了一大片不可遏制的野草，轻微犹豫，发痒。但他不敢打。

阿三退出鱼摊后，两人本无暇说话，加之分开睡，变得像碰巧同租一间房的陌生人。早晚各一见，无非是门关了吗，好洗澡了，垃圾帮忙带出去，再无其他。但若不是麻将搭子在摊头多嘴，大黑鱼并不曾往坏的那方面想。女人问，阿三这一腔怎么不来打麻将啊。去看货了，大黑鱼说。那时他便知道，四脚蛇出现了，但他不响。后来收皮毛的徒弟发牢骚，捉了鱼打阿三电话，没反应的啊。这两件事生出了两只脚，让顶上的四脚蛇摇摇欲坠，往大黑鱼头颈里撒落瘙痒的墙灰。

那以后，大黑鱼独自躺在床上的夜里，游荡出另一人的影子——起初是个面目模糊的情敌，渐渐走近，看清，那人就成了娘舅。娘舅夜以继日，哪怕趁大黑鱼中午在菜场打个盹的时候，也会来寻上门来。而大黑鱼所见到的，和阿三不同，永远是那个落水前飞龙活跳的身体。娘舅在饭桌上大骂，阿三，嫁这种老公有只卵用啊！大黑鱼沉睡的鼻翼瑟瑟发抖。大理石台前，娘舅双手一叉，老痰一吐，骂道，这样杀下去，到夜也杀不光啊！那双布满血丝的吊梢眼，并未把大黑鱼吓醒，反让他全心沉浸在逼真的辱骂里，羞愧重复着手上的动作，难以自拔。娘舅的每一句话都是爽脆的，直到消失前，他才悠悠地笑，戆蠹，老婆跑啦。大黑鱼渐渐睁眼，发现床边或摊上，阿三确实都不在。

大黑鱼鼓起勇气问阿三，最近有没有梦到娘舅，他想等阿三说有，然后立刻插嘴自己的梦。可是阿三说，最近还好了。话头就此掐断。大黑鱼又问，最近麻将赢得多吗。

不打了，没劲道。阿三直截了当，丝毫没有解释的意思。

经过几十个被劈头痛骂的梦之后，大黑鱼狠了心，冒着晚开市的危险，埋伏楼下，苦等，跟随。只见阿三穿戴鲜艳，墨镜阳伞，径直拐进了小区后面的庙里。他不敢再惊动，就此收手。几天下来，阿三总往庙里去，大黑鱼总也止步于庙门口，仿佛认定自己是个妖怪，一进去就会被收服似的。他带着相同的谜底，折回菜场开张，接货，杀鱼，漫长而沉默的一天，是用来想东想西，犹豫挣扎的一天。他回到家，始终没有问出更明确的话。宽绰的浴缸里，这条鱼上下浮动，憋气，呼气，水在皮肤上退却，一棱一棱，是太阳底下的鳞片。

直到那天夜里，阿三主动跑到大房间，她穿着真丝睡衣，鞋也不脱就跳上床，对大黑鱼讲了一件事情。听完，大黑鱼心里的四脚蛇消失了。

阿三讲，你记不记得，我同你讲过，娘舅走前讲了句半吊子话。

大黑鱼点头。

阿三讲，那你晓不晓得，我在多少庙里兜来兜去，想搞搞清楚。

大黑鱼摇头。

阿三讲，你猜我未来去了哪间庙。

大黑鱼假装猜测，举手往窗外一指。

阿三猛拍他肩膀，对呀！想不到哇，远在天边，近在眼前，早晓得先去这间么，省掉多少腿脚。

大黑鱼被拍得噗嗤笑出来了。他大喘一口气，肩上有一种货真价实的疼痛和释放。

7

阿三说的是护城河尽头的无心庙。河的两岸，西边是轴承厂小区，东边是"老福特"。西边讲，东头的人开新福特车，住老福特房，不要太洋气。每到傍晚，连排高楼倒映河里，变成金黄色的上下两片，那光泽几乎要把对岸被连年雨水淋花的矮公房逼到土里去。这是阿三夫妇生活的两面，前靠一爿桥连接，后交汇于一座庙。

庙是老小区的依傍。当人们说出无心庙时，最后这个字总会因一个转音而长得煞有介事，一如门口铜鼎里的香连续不断。城里本有几十座老庙，在一些老太太胡乱烧香引发火灾之后，很多便被强拆了。留下几处有名的，由政府圈一块地，造出可供赏玩的小公园。一旦成了景点，人们讲，就不灵了，佛祖哪管得来这许多事啊！西头的人便守着自家门口的野庙，坚信离自己越近的神灵，越看得清自己的困境。他们讲，菩萨啊，你天天看我走来走去，晓得我这几年落过多少眼泪的，保佑保佑。而菩萨也该越具体越好，叫不出名字的时候，人索性就认了庙里的老和尚当菩萨。

姜是老的辣，和尚是老的好。年轻的和尚出去守夜超度，念得不响要被雇主骂，打个哈欠也会遭白眼，而老和尚久居庙堂，什么也不做，却什么都是对的。无心庙的老和尚，人们叫他有感大师。大师九十岁了，白胡子，高瘦个，一眼望去，尽显老态。可人们讲，大师十年前就是这副活成精的样子了。他在庙里待了五十年，成了庙里的活佛，来拜的人也许不去看正侧殿供着什么像，只一心要找有感大师，找到了，就不算白来一趟。范有感，范有感，人们说，一听就是个得道高僧的名字。

范有感的父母万不曾想过，这名字为当年的老方丈省去了取法号的烦恼。也许只是望文生义，民国某日有感，昼寝合体，不想正中下怀，喜获一子，"有感"这两个字便顺手塞进人名，正如"偶得"二字放入诗中一样，并无深味。然而放久了，尤其是放在庙里，"有感"就成了闪着佛性的字眼。每当范有感向众生讲起自己的跌宕过往，底下感叹，大师注定要当大师的呀，连名字都是老早预备下的。

阿三不信这套，从乡下一路闯进城，在西边住了十几年，哪怕鱼市开张，她从没拜过一趟。当年姆妈同小姐妹在田间搭棚烧香被活活烧死，这条新闻刺痛了全市人民的心，却刺不中阿三，她讲，信佛的人，死在里面也是开心的，要是不真信么，就算遭报应了。

这只老混子噢，我盯了长远，骗人骗财，真恨不得当场戳穿伊。

阿三盘腿坐在床上，细细讲给大黑鱼听。来求佛的不出这几种人，一是为小孩，升学考试，结婚生子，二是为发财，三是男女出轨，四是生了病无处可救。这其中有人来问渡劫之法，有人偷懒，只问，大师，你看我这一关到底过不过得去。懒出虫的，纯是来吐吐苦水，不求指点下一步棋。

大黑鱼听到阿三毫无停顿地讲出"出轨"两个字，心下放松了许多。心里有鬼的人，怎么可能如此轻巧地一笔带过？他高兴起来了，侧过身，来回摸着阿三的大腿，顺一趟，逆一趟，预备仔细听下去。阿三继续讲，老混子这点本事，我听了两天就学会了，来来来，我帮你演一遍。

大黑鱼见阿三兴致极好，也便全身心配合起来。他皱紧眉头，故作可怜，大师，你看我这个人，到底会不会发财啊？

大师打量着他，缓缓点头。碰到问是非的，一律往好的一处回答，阿三讲。

依你看，我啥辰光好发财呢？

柳暗花明又一村。碰到问时间的，伊吃准人家没文化，专猜谜谜子。

那你讲，我靠啥办法发财呢？

大师指向门口，想发财，定要先发善心。阿三讲，老混子骗钞票，有的是办法。不讲香火钱，只叫你捐红十字会，盒子就在庙门底，有啥区别，你扔进去，到夜就叫超度回来的小和尚吃酒用掉了。要么说你身上有邪鬼，叫你把家里的菩萨像都送到庙里保管，玉的，金的，铜的，拿来开开光。过一腔对方还愿，若讲好了，老混子就讲，是物什不灵光，谁还敢拿回去。若讲没好，叫你再放一腔，放到后来，这点物什全当献爱心了。

还有一种，阿三讲，真真娘舅神机妙算。她盘腿坐在床沿，把抱枕垫在身下当蒲团，模仿有感大师拨动佛珠，嘴里胡念，眼睛微睁，头渐渐朝某一处定住，伸出二指，近来长水塘有河神经过，你身上罪孽太重，要去放生，鱼跟牢河神走，会同伊讲是你放的，河神流到家门口，再讲给土地公，你就好了。方位时辰听好……阿三比画着不存在的珠子，大黑鱼一见这个规律的手势，便想亲自划一划阿三了。可他嘴上仍专注地追问一句，信佛的人还信河神啊。阿三讲，早讲过是只老骗子，菩萨队伍里哪来河神仙、土地公啦，也就死老太婆相信。她给了大黑鱼一个眼神，对方有数，阿三是在讲她的姆妈和婆婆，一位活活烧死，一位临死仍躺在床上折纸元宝，声称自己折的比众人在她死后折的要灵。阿三很少提起两位，老人的过世从不是她的关卡，少一个要服侍的，总归是轻一分负担。

大黑鱼的兴致被姆妈浇灭了，想躺下睡，阿三嘴上的兴致却还在高处。话没讲到重点，她一把拖住大黑鱼，晓得我跑去当特务做啥吗。大黑鱼摇头。阿三啪一记头梆子打上来，戆蠢啊，脑子想！大黑鱼摇摇头。阿三撩回一缕落下的头发，赖老板打电话来，点名要吃野黑鱼，懂吗。大黑鱼点头，但他仍然提不起精神，昏昏沉沉中听阿三交代完来日的行动，问了一句，娘舅问题解决了，还要分开睡吗。

分开睡同娘舅啥关系。人老了，总是静落落一点好。阿三关了灯，走出去了。

即便如此，大黑鱼夜里仍迎来了难得的四平八稳的好觉。那只四脚蛇总算没有从墙上掉落来，自不必他费力去踩。这种坍面孔的事体，哪可能落到我阿三头上呢，他同茶室里的工友讲。说出这句话的时候，沉睡中的大黑鱼悟到，自己交关年数没以阿三自称了。他把阿三让给女阿三，已有整整二十年。原来在梦里，男阿三悄悄保留了自己。他恍惚间听到女阿三问他，阿三，要不要再养个小阿三，他翻过身，压住她，一切都像年轻时迅猛，流畅。

十二楼的飘窗外没有娘舅，只有夹着零星雨点的云。

8

大黑鱼朝长水塘走去，仿佛刚从十年大梦中醒来，目明耳聪，脚步轻跃，甚至没留意自己吹起了口哨。回过神来，猛然吓了一跳，这是往日车间里常响起的旋律：向前进，向前进，战士底责任重，妇女底冤仇深，打破铁锁链，翻身要解放，我们娘子军，扛枪为人民。一群还没成家的小伙子任由儿时记忆任乱、拼贴出新的革命歌曲，互相调戏作乐。现在大黑鱼却唱出了一股发自内心的自豪感。

从家里出来绕不过喜铺街，大黑鱼第一次没注意两旁红房子里的大胸和白腿，哪怕一眼。无数个下雨天，借着伞面的遮蔽，他总愿抬头，视线触及那些坐在屋檐下的女人。雨水落进青石板洞洞里，大黑鱼的眼珠落进她们的胸脯中间。雨弹起来，溅在黑网袜包裹着的白花花的小腿上，像嵌进了凹凸不平的鱼皮肤。

大黑鱼很想用一把刀，为她们刮去那些被雨水打毛的鳞片。他当然明白，这些鱼只能看看，污水塘里的毒鱼怎么吃得，长了泡，肿了牙龈，烂了嘴，算谁的。前几天从庙里忿忿而出的大黑鱼，在喜铺街狠命盯了一路，女人们无不热情地报以诱惑的眼神。他照单全收，觉得不吃亏，心生出一种巨大的安慰。女阿三游出去，男阿三也打打野眼，谁都有罪，多少平衡。仅一夜工夫，大黑鱼却像守贞似的，拒绝了频频来自道路两旁的媚眼，下巴朝天，把口哨声留在街道狭窄的半空。女人的网袜和白粉俱成了从鱼缸里捞出去的泡沫，油渍，排泄物，唰，眼光一瞥，全数往下水道泼去了。

大黑鱼走到高高的岸上，望近望远。微探头，自己的脸倒映在水里，五官被河水分割成一截一截，河神的面目也是这样吗。对岸的房子比自家厂舍更老，人去楼空，拆除工程却迟迟不来，一等五年，杂草丛生。其间一片空地上停了几辆面包车，十来个同记忆中的姆妈气质相似的老阿姨走下来，身上丝巾长裙，手里大包小包。车门一开，老花眼看得清清楚楚，几只桶，上百条鱼，大黑鱼隔着一条河也能感受到它们在逼仄的空间里相互跳动、挤压。他躲在树下，给阿三事先约好的徒弟打电话。你先过来，动手不急，这种事要弄个仪式的，不会快。话毕，他走去杂货店，回转树下，十分难得地抽起烟来。一根烟五分钟，同烧香计时是一个道理。等佛友前脚一走，徒弟后脚撒网，赖老板要的货色就有了。

大黑鱼看着她们，私语，说笑，分配任务。在起伏的河水中，这样隔岸观火的距离拉开了他年轻时的记忆。刚进厂的夏天，一群人下河游泳，女工也来。女工一来，男人自觉退避，在对岸细细观赏。这个皮白，八分。这个大腿饱满，九分。这个平常看面孔蛮好，想不到身上这么黑。这个真不像养过小孩了呀。一排人躲在防波堤背后，指指点点。其中有人，后来果真同河里的女工结了婚，有的却没有——他们永远只在对岸偷偷望着，打分数，写评语，不曾跳下水，大大方方地朝她游过去。右耳容易发炎的阿三正是其中之一。

阿三也有个心动的女人，叫蔷珍，其实是人人都心动的，却谁也不敢高攀。大专文凭，面孔、身段、口才样样突出，三好厂花。蔷珍却在人事科长和副厂长中选了前者，众人惊掉下巴。后来的浪潮中，副厂长必须坚守岗位，人事科长却一身轻松，早早跑路。两人南下打工，回来已是三间服装店的老板了，不久移居省城。茶室里的小六子说，他在儿子的企业家大会合照上见过蔷珍。像只妖怪，六子直摇头，拉了皮，丰了胸，人不服老，就不大有个人样子了。众人叹惋。

大黑鱼记得六子讲过，蔷珍后来也信佛了，手串项链挂了满身。好像人一有了钱，就要信点什么。富人的信和穷人不一样，穷人自私点，只求保佑，富人却一心奉献，没事也必找善事来做。对岸的女人个个穿金戴银，想必是不愁钱了。她们把自带的佛像朝某个方向摆正，像旧时桥上的一排石狮子，望向太阳。又打开音响放送佛乐，沿河坐成一排，整齐地拨着佛珠念经。其中一人敲木鱼，她说一句，众人跟一句。最后一句说完，一记猛敲，时辰已到，众人把车上的桶搬下来，走到洗衣阶边，戴上手套，逐条逐条地往河里放。这是个巨大的黑洞，鱼刚入水就被吞噬了，毫无动静。

吃饱了空啊，换作我杀鱼的人，恨不得一趟连杀三条呢。大黑鱼数着其中一位黄裙老太手里的鱼，一、二、三，直数到三十八时，眼见其他几位手头的任务也将尽了。众人呆望着河，似乎期望它能打个饱嗝，或是水位略上升一些，以显效果。这时徒弟找到了树下，网兜、捕捞架已在身后备齐。他看得笑出了声，城里人真有劲道啊！大黑鱼不睬，继续抽烟，观望，徒弟却等不及了，他讲，今朝风大水快，再慢就要游光啦！于是捏着鼻子用乡下口音大喊一声，落雨啦！

对岸的佛友纷纷跳回车中，没一会儿便开走了。徒弟兴奋极了，交关日脚没碰上过大型捕捞了。他跳上防波堤，一路往顺风的下游跑去，开始了熟练于心的全套动作。支架铺网，甩出鱼笼，横纵兼顾，两头并行。大黑鱼惊奇地认出，这个人的背影，简直同娘舅一式一样。他久违地腿软了，害怕娘舅猛地转身大骂，木头啊，还不快上来相帮！

几次合作下来，大黑鱼便消除了这种莫名的恐惧。徒弟性情温和，做多于说，最喜欢独自沉醉于水上劳动。等任务完成，徒弟又着腰正对河塘站一会儿，大黑鱼感觉一股满足感正从他头顶散开来，到河里，到天上，到自己面前。有时兴起，徒弟咧嘴一笑，阿哥，我游游看城里的河，要一道吗。大黑鱼摇手，又是几根烟，观看一条被放生的鱼在水里轻松起伏，尽展乐态。兴尽上岸，两人再一道开车回菜场。搬运，分装，徒弟总是尽责到底。有时生意多，大黑鱼索性叫徒弟留下来帮忙，他也是肯的。两人话不多，却在女阿三统一布置的捕猎任务中，逐渐熟络起来。

那日清闲，大黑鱼坐在摊上，忽然感觉自己沉默久了，两片嘴唇像被胶水黏住了似的，一时扒不开缝。于是想同徒弟聊聊天，锻炼一下嘴巴，却不知从何说起。他想了一圈共同认识的人，娘舅他是怕的，阿三又不便提及，只好问问那位收珍珠蚌壳的徒弟现在怎么样了，反正开个话头，无所谓真心。徒弟讲，阿哥问大头疤啊，伊生意好嘞，一边帮死人开灵车，一边帮活人介绍庙里的超度和尚，日脚不要太好过哦！阿哥再碰上伊，要喊伊大头鬼了，想不到人换了生活，名字也变掉了……

大黑鱼也想不到，一个晴日里，四脚蛇毫无预兆地从墙上跳下来，落到他脸上，啪嗒一声，脸上每个器官都被那脚掌踩皱了，疼痛得不能动弹。一股毒气从四脚蛇身上蔓延到菜场里。

9

此后大黑鱼坐在好几棵不同的树下，伺机等候不同的人在城里各条河塘放生时，眼前总是出现同一幅场景。他看到大头疤也在伺机等候，床沿外露出半张黢黑的脸——额上生着三眼杨戬似的橄榄疤痕，目不转睛，随时扑向躺在床上说话的阿三。像一只花豹蹲守山羊。一旦对岸的人爆发出高声的笑，或是徒弟猛地拍了一记他的肩膀，阿哥！这幅图景就消失了。

大黑鱼几次旁敲侧击，借给大头疤的钱讨回来了吗。阿三讲，急啥，家里又不缺钱。想想看，娘舅同两个徒弟帮过多少忙，这点钞票勿讲借，就算送出去也是情愿的。阿三的口气叫大黑鱼越加心慌，两个人要好到钱财不分了？他晓得阿三万事分清你我，顶要紧就是钱。这条底线破了，事情就不好弄了。

又问，大头疤现在住哪呀，做点啥呀。阿三不耐烦，开灵车呀，还能做啥。这种事体么，你问徒弟好了，我不清楚的。自从破解了娘舅的临终密语，阿三又轻松起来了，每天都去搓麻将。大黑鱼却吃不准是真是假。自麻房的女人来买鱼，他不敢问，女人倒也并不提起，这叫大黑鱼愈发疑心。好久不见的人重回麻将台，不得说几句？怕是默认阿三不再来了，那女人才会闭口不提。

四脚蛇在视线微及的地方来回爬动，叫大黑鱼的指甲和头颈擦擦作响。三伏天一过正午，地上的人成了锅上的蚂蚁，浑身焦躁。大黑鱼终于忍不住了，他把摊头交给徒弟，决定亲自去一趟无心庙。从菜场穿过小区，再到庙里，一刻钟的路，他走了一个多钟头。花鲤鱼在小区中央的喷泉池里悠游，大黑鱼也绕着池子一圈一圈地兜，捉奸了怎么办。骂阿三？同大头疤打架？还是掉头就走？浑身的水从紧张的身体里钻出来，湿透汗衫。绕了许久，他的脚步不知为何，突然上了桥，迈向对面的老小区。没想到这一去，引出了一众老邻居前来搭讪。他们热情极了，哦哟，大黑鱼，长远不见啦，这腔生意还好不啦？阿三呢，长远没见到了。看你面色不好，早点退休，夠挣钞票啦！也有人一见面就吐苦水。真真作孽哦，租你老房子的那户外地人，不用洗衣机的，湿衣服滴滴答答晾出来，一到四楼通通吃不消了。老小区么，还是老工友一道住着适意呀。

大黑鱼从未被这许多人簇拥过，这样的场面，只有小区出了大新闻或领导视察时才会遇见。他每走几步路，就被熟面孔绊住，不得不聊上几句。大黑鱼来不及接话，却着实体会到一股升腾的气力，于是身上长了羽翼，生了勇气，同大家告别，说以后常来，便大步朝无心庙走去了。心情好转，人也乐观起来，大黑鱼一路安慰自己，要是阿三常来庙里，老相邻不可能不见到呀。但他还是去了，像一个自认没病的人大胆接受仪器的检测。

走到庙门口一望，四下冷清。有感大师稳居正殿，同一位老阿姨悄声交谈。他的样子果然和阿三的模仿秀差不多，话语也是耳熟的那一套，令人发笑。大黑鱼自顾进去溜一圈，庙很小，里面没有阿三，再一圈，没有大头疤，除了热到模糊的空气，庙里什么也没有。他定下心来，给徒弟发微信，马上回，打算抄近路从后门折返。

后门却被一部面包车迎面挡住了，大黑鱼钻不过，只好走回头路。为逃开毒辣的日头，身体横贴着后殿，室内的声音便沿着椽柱和房梁悠悠传进耳朵来。他听到有感大师讲，发善心呢，时辰位置要紧，源头也要紧，我同你讲，顶好是到南面菜场水产品进门第三家，不是讲这家同我关系好，是方向吉利，懂吗。

大黑鱼愣住了，同时顿悟了什么，猛地冲向后门，不顾卡住头的危险伸进去一看，车窗内面白纸黑字贴着：城南殡仪馆。他的喉咙也卡住了。

他在狭窄的脚盆里疯狂打转，一圈，一圈，死活寻不出一个有人的房间。气急败坏，一路冲回正殿，那吼声刺破了院子里蓬松的热气：大头疤，出来！声音在殿内泛起浑厚的回响，嗡——差点震聋他自己的耳朵。

有感大师耳朵不灵，不觉太响，他同访客一齐抬头，视线撞及眼前这道充满杀气的、逆光的黑影时，像一只猫眯缝起眼，直勾勾盯住对方，大头鬼出去做生活了。大师笃悠悠地吐了一句。

说这话时，有感大师很快嗅出了黑影身上的气味。这味道太熟悉了，又是多么久违。半年前阿三刚来庙里，身上就时时散出这股同佛门静地格格不入的开荤气味。有感大师一度误认为是庙里的猫偷吃了后院池塘的鱼，狠狠惩罚。直到那天，他路过大头鬼窗户微掩的房间，瞥见一具白瘦的身体，才确认了这股恶之气味的来源。正是这一眼，让他走入了阿三的交易。

叫伊出来！大黑鱼没想到，自己真正的反应是和情敌决一死战，而无半点怪罪阿三的意思，这种血气方刚的姿态让他自觉回到了二十岁的车间状态，眼前若有把榔头，把殿里各路佛像通通敲光也绝不手软。

10

五十年前，范有感被妻儿揭露批斗，从苏北逃难的时候，正是这副热到茫然的三伏天。木船一路划到江南，遭遇大风，船毁，人落入水中。二十岁的娘舅在河里赤条条来去，搭救了他。娘舅借有感住了几天猪棚，伤好，有感就进了城，见城里仍是口号红旗，腥风血雨，只好逃进庙里，蜗牛钻进了壳，从此改头换面。后半生背井离乡，二亲不认，唯独始终同娘舅互通有无。直到大头疤传来丧讯，有感便让他住下，介绍了开黄泉路的工作。

有些旧事，有感大师不讲，大黑鱼一概不知。而大师只需一嗅大黑鱼身上的气味，就猜出这声咆哮的八九分了。娘舅的徒弟是万万要保住的。他讲，大头鬼开一趟车回来，要到河里造个浴，你去后面寻寻看吧。轻轻一句，把这团火焰扔出了庙。

大黑鱼携着一腔怒气游向毫无遮蔽的堤岸，他被三十八度的日光引燃了，浑身发烫，两眼发红，扫视着每一寸水域，像要烧干河床。可是哪有人影，一条河平静得像早就被烧成了焦块。大头疤三个字一喊出来，就蒸发到天上去了。

过了一会儿，徒弟打电话来，阿哥，怎么还不来啊，我要回乡下去了。

大黑鱼不问货有没有卖完，只讲，你回，摊头不要管了。口气坚定，说完，把手机扔到水里，自己也随之跳进去了。就算你大头疤藏在水底，老子也要翻你出来。至于那只脆弱的耳朵，大黑鱼早已把它忘了。

河里和岸上是一个天一个地，地狱炙烤，天上冰凉。大黑鱼跳入去，一股措手不及的陌生寒意穿透全身，逼出了体内妄图膨胀的火气。几十年没下水的大黑鱼，宰鱼十几年的大黑鱼，在这一瞬间找到了成为鱼的全部感觉，皮肤浸润，内脏吞吐，他的手是鳍，脚是尾，眼里闪现着差点为之丧命的钩子的危险倒影。姆妈的那句话终于灵验了，水里的大黑鱼，浑身上下都是鱼，一种迟来的欣慰盛满了身体。

> 他看到一群鱼游在他身边，他认出来了，正是围绕娘舅的鱼，人们放生的鱼，啊，还有飘窗外的鱼，摊头脚盆里的鱼，每一条的形状，他都认得了，熟悉了，而对方回报以认同的眼神。

他在水里伸展的时候，所要寻找的身影在日光折射下发生了扭曲。他笔直往前游，游向对岸，一心想游到蔷珍身边。他要抱起她，摸她紧实的大腿，柔软的腰，在水中依然高挺的胸脯，和抓不住的四散的长发。而蔷珍在原地等，等他一靠近，就用双臂双腿迎上去，困住他，缠绕他，像一团疯长的水草。大黑鱼抚摸水草的根部，随着她一起一浮，一左一右地扭动，并深深准备着，听一次穿越水面的高歌。

可大黑鱼的耳朵进了水，什么都听不见了，他只感到自己身体里涌出一股热，往上烧，再往上，冲上头顶的时候，唰的一下，一段叉条鱼从他体内飞快地游出来，在触水的一瞬间化为乌有，成为这条河的一部分。舒爽而劳累，久违的感觉。他的身体软下来，任自己飘在水中，任蔷珍离他远去，消失不见。于是他看到一群鱼游在他身边，他认出来了，正是围绕娘舅的鱼，人们放生的鱼，啊，还有飘窗外的鱼，摊头脚盆里的鱼，每一条的形状，他都认得了，熟悉了，而对方回报以认同的眼神。它们大多生着和娘舅一样的油亮面孔，或是姆妈的干瘪面孔。娘舅不骂他了，同姆妈一道夸他，阿三啊，像个男人了。他们露出银白色的笑容，闪着波光，冒着气泡。

等大黑鱼上岸来，夕阳已露，大地渐渐冷静，远处还没拆的矮房子飘出了油烟味，有人开始上街走动。他忘了手机，忘了下水的初衷，忘了记忆中所有的四脚蛇。于是不再折返庙里，转而直奔菜场。走进去，人丁稀疏，摊上干净整洁，徒弟都收作好了。几条卖剩的鱼被安置在同一个脚盆里，它们的特点是干瘦，安静，像死在了水里。大黑鱼抽起藏在摊头的烟，望着它们，越看越面熟，想到每天卖出去的，捉进来的，竟然是同一批，突然大笑起来，他唱了另一首属于车间的浑歌：

河里水蛭是从哪里来，是从那水田向河里游来，甜蜜爱情是从哪里来，是从那眼睛里到心怀，哎呀妈妈你不要对我生气，哎呀妈妈你不要对我生气，年轻人就是这样相爱。

歌声撞上菜场高高的顶棚，响起了回声，一层一层，像很多工友在合唱。真难得，工友们都来到摊头上了，他们跳起来，眼睛微闭，手脚并举，其中一个叫阿三的，开心过了头，一脚踢翻了那只盛鱼的脚盆，死鱼活了过来。

大黑鱼把鱼拾回水中，忽然想着要不要也去放生时，一个满头是汗的小伙子不知从哪个门溜进来，老板，这几条卖不，他问。是北方口音。

买回去烧来吃吗？

您这位老板真逗啊，不吃还能当宠物养吗。

大黑鱼笑了，不上秤，便宜卖与对方。他杀好，鱼泡鱼子装好，目送小伙子骑电瓶车离开，继续抽烟，沉默。等他抽完摊上所有的烟，又把烟屁股一个一个踢进下水道，天黑了。

这天夜里，大黑鱼照常回家，阿三正坐在客厅里苦等。她略带哭腔，阿三啊，今朝——大黑鱼打断了她的话，对着窗外说，阿三啊，我今朝回老屋里去，相邻真真热情啊，还喊我两个人下趟一道过去白相，你讲好吗。女阿三不响，大黑鱼又讲，对了，同租房那户人讲一声，衣裳挤干一点再晾出去，剟滴到下面去。楼上楼下相处的道理，小年轻到底懂不懂。他咳了一声，我阿三人搬出去了，小区里这点面子还是要的——他忽然意识到自己说出了我阿三这几个字，陌生，响亮，阿三也听到了。

于是他长久躲避的眼神突然从窗外回转来，死死地盯住阿三，直到她反应过来，死死地盯住他。女阿三像一条受惊的鱼，从嘴巴吐出了一个气息微弱的泡泡，噢。

巨猿

文 | 匿名作家 014 号

A

我的本科毕业论文，写的是先锋派之后的先锋文学，那是 2008 年，论文答辩当天发生了汶川地震，我在杭州，距离震中两千公里远，仍感到一阵突如其来的头晕。这是我第一次领教次声波，地震过后，消息传来，接下来的事情如你所知。我的答辩勉强通过——引用的文本有一部分并非出自正规出版物，它们发表在网上，然而也不是所谓网络小说，准确地说应该是地下文学吧（也许当时答辩老师也处于头晕状态）。此后，我没有跟随几个同学去灾区，独自来到北京，借住在亲戚家里，打算找一份和文学有关的工作。

那时候，发生了两件事。其一是我对次声波产生了兴趣，作为一种物理现象，我对其知之甚浅，我试图在物理实验与文学批评之间找到比喻上的关系，比如说，相对论，薛定谔的猫，不可测理论。当然，这些比喻十分危险，因为无意义。相对文学的无意义而言，文学批评的无意义犹如纵火烧房。我必须小心地绕过不恰当的言辞，当然，这项努力失败了，部分原因是我的论文答辩已经结束，我不需要再为这件事操心。闲时，我在网上查找一些关于次声波的资料，都是最浅显的大众常识，我了解到次声波在不同频率上的伤害程度，大于 7000 赫兹的次声波无法穿透一张纸，而 7 赫兹的次声波可以与周围物体发生共振，摧毁混凝土和心脏。诸如此类。

其二是我的一位朋友从灾区归来，他在那里工作了两个星期，救护伤员，向灾民发放瓶装水和压缩饼干。他见到了巨量的死亡，以普通人的一生无法消化的死亡，但那时，他还年轻，考虑把这段经历写成小说。我们讨论了次声波，讨论了当时为灾区写诗的行为，我的朋友鄙视那些诗，鄙视为巨大的灾难而写诗的行为本身。当时我轻微地质疑他，难道写小说不是同样的行为吗？他犹豫了很久，答道：时间，一首诗的创作时间过于短暂。这不是个好答案，但仍只能寄希望于时间。我的朋友说，像恒星已死之后，穿透茫茫宇宙到达地球的光。

十年后，我又遇到这个人，他的小说还是没能完成，甚至如他所说：没能落笔。我猜想在某段时间里，他有可能写了，长达几千字，或者上万字？但他败下阵来。这件事过去很久，几无谈论的必要。我和他吃了顿饭，席间，我还是忍不住说：这十年，文学界的长篇小说门类里，没有人写过这场灾难（也或许有，我没有读到），纪实文学和诗歌较多；十年是漫长的时间，恒星之光还在宇宙中穿行吗，长篇小说出了什么问题？我的朋友拒绝谈论这些，并嘲笑我患有文学史综合征。后来他说：问题不在写作，而在阅读，有些阅读是 7000 赫兹的次声波，有些，7 赫兹，足够杀死作者。然而这些比喻在我看来缺乏意义。

B

波拉尼奥在《2666》中写道，对大师来说，完美的短篇小说是练剑，而长篇小说是搏命，世人爱看大师华丽优美的剑术，却不能欣赏大师与危险的、充满臭气的事物搏斗。此一说法经常被人在朋友圈里引用，对于短篇小说作者来说，多少显得不公平。好在，这一说法建构于"大师"的基础上。

十年前，我在一家很小的书店里工作，日常搬书、收账、打扫卫生，有一个姑娘经常来买书，我们偶尔聊文学，主要是小说。她极有教养，受过文学教育，但我不确定她是否也写作。有一天晚上，大约是她下班路过，来到书店，买了两本贝克特的小说。店里已经没有其他顾客，结账时，她问我，有什么东西是小说不能写的，或者换个说法，有什么东西是小说无法达到的。

我们列举了不少，同时也推翻了不少。一、我提出，电影影像（例如塔可夫斯基的摄影）。但她认为，与其说是电影影像，不如说是诗的语言（就诗意而言，融入小说并不算太难）。二、她提出，神性，小说无法到达宗教的崇高感。我认为，从泛神论角度来说，小说可以达到，除非她认为一神论比泛神论更高级。三、我提出，仍然是电影，演员的即兴表演，例如在《彗星美人》中贝蒂·戴维斯抽烟的那股气场，概括而言，是言辞无法达到的瞬间。自弗洛伊德之后，小说家可以破解最复杂的人类心理（如果预设它是最复杂的话），但还是写不好某种表情，某种神态。她反对说，某些小说家可以做到，例如纳博科夫。四、她提出，命运，那些叫嚣着书写命运的小说家总是轻佻（我说到了薛定谔的猫）。五、我提出，按照海明威的冰山理论，那海面之下的巨大事物，不是留白，不是空余，而是小说难以达到的部分。她说，不可及之物。何谓不可及之物，这个问题她始终没有回答清楚。

这次谈话很愉快，绝无学究气，像两个文学青年之间的交流。这时我才了我一直在想着那次谈话，某种程度上，简直是怀念。过了好几年，我从波拉尼奥的那段话里读到了一层意思：小说理应到达一切事物。布朗肖则更具机锋：命名可能者，回应不可能者。

解到，她也写小说，但几乎没有发表过。她从包里拿出一本小册子，很薄，说这是她的习作，自己找人印刷装订的。你知道，那是 2008 年，大部分人都在博客上发表文章，地下书刊已经不太流行了。小册子上印着书名，《巨猿》，但没有印作者的名字。我告诉她，如果还有更多的印刷品，可以放在店里让读者免费阅读。她笑了笑，婉拒了。

我读了一部分，然后搁下了，这本小册子被我放在柜台里，随即不知所踪，这位女作者也十分蹊跷地未再出现。

我一直在想着那次谈话，某种程度上，简直是怀念。过了好几年，我从波拉尼奥的那段话里读到了一层意思：小说理应到达一切事物。布朗肖则更具机锋：命名可能者，回应不可能者。

C

《巨猿》有一篇很短的自序，作者写道：在小说中，议论是轻佻的，但它也不会比书写命运更轻佻。作者又写道：后现代主义小说试图将命运掷入无底洞，试图用噪音掩盖呻吟。既然有无病呻吟，那必然也存在无精神病而狂躁，无抑

183

小说｜巨猿

郁症而沉默。如此等等。

《巨猿》只有四十多页，中篇长度，小说的开始部分，讲述了少女兰娅与智障姐姐的童年。这对姐妹生活在山区的小镇上，附近有一座煤矿，规模不是很大，但挖了有三十年。煤矿附近有小餐馆、理发店、服装店，以及一家古老的电影院，在她们童年的时候，那里还放映一些过时的老电影。姐妹俩经常从小镇走到煤矿，吃一点东西，看一场电影。当时兰娅十二岁，负责照顾十六岁的姐姐，父母在深圳打工。

小说用一种缓慢的笔调展开，关于小镇，镇口暗生情愫的少年，晴朗天气里干燥的泥土，雨天的烦闷……那是南方的调性，语言从发霉的墙角生长出来，没有密集的意象，只是过于安静，往下读时，能预感到令人心碎的结尾。

兰娅有时也会独自去矿上看电影，小说描写了电影院，在这里，细节一下子饱满起来：由于年久失修，电影院里有老鼠，夏天，老鼠趴在吊扇叶子上，当工人开启吊扇时，老鼠被离心力甩出去，砸在墙壁上。又写到看守电影院的老人，一共两个，一个是聋哑人，另一个患有不定期发作的癫痫症，前者是一颗沉默的臭弹，后者是定时炸弹。兰娅就是这么称呼他们的，她在这电影院里看了太多的战争片，从《夏伯阳》到《攻克柏林》，从《英雄儿女》到《高山下的花环》。有一天，定时炸弹真的死了，发病时被自己的舌头噎死了。定时炸弹是个温和的老人，臭弹也是。矿上所有的人，都是温和的人，那些性格暴躁的人在这个地方根本待不住，他们早就离开了。

小说写到这里，没有戏剧冲突，兰娅继续她的生活，智障姐姐仍然跟着她去看电影。兰娅又特地对着读者陈述道：我姐姐也是一个温和的智障。那情景像是纪录片的脚本。接着，作者终于写到了巨猿，和小镇、煤矿完全没有关系，非洲刚果丛林里的巨猿。

她说那些巨猿是神秘的，它们相貌丑陋，力大无比，可以徒手杀死狮子和花豹，它们不是大猩猩，从未被人类的摄像机所记录，只有一些零碎的科学报道。少女兰娅正是在一张无聊的小报上读到了巨猿的故事，在同一版面上，还有几篇关于强奸、杀人和离婚的故事，她知道所有的故事都是杜撰的。

小说用了相当篇幅讲述巨猿，起初是小报上的内容，然后，视角似乎转入主人公的想象中。这种神秘的灰色巨猿，以家庭为单位生活在热带密林中，杀死大型猫科动物可能是出于自我防卫，或保护幼崽。巨猿们睡在地上，它们的体格像大猩猩，智力像黑猩猩，满月当空时，它们不会像其他猿类那般哀嚎，而是坐在地上静静地仰望。

这都是当地的村民讲的故事，科学家们并没见到巨猿，科学家们问村民，你们见过巨猿吗？村民们摇头。那么故事从哪里听来的？村民们说，祖辈传下来的，几代人之间才有一两次机会见到巨猿，非常神秘。有一个叫玛丽的女科学家，她说，这些巨猿像神祇。村民们说，不不，我们信奉创世神，巨猿是创世神的杰作，但它们不是神，像所有的野兽一样，它们也害怕火。

科考队进入了丛林，玛丽也在其中，向导将他们带至山上。有一天，玛丽独自一人，遇到了巨猿，确实是灰色的，站起来有两米多高，体重可能达到四百磅。女科学家保持着镇定，通常情况下，灵长类动物遇到人类会快速逃走，也有狂暴攻击的，想象一下它杀死猛兽的场面吧。然而那头巨猿却静静地看着她，相隔十多米与她对视，灰色瞳孔闪着光。大概是出于好奇，它向她走了几步，可是又停下了。过了一会儿，其他科考队员呼唤玛丽的名字，玛丽没有回答，她向巨猿做了一个手势，伸出左手，向它推动。这是一个人类的动作语言，她不确定巨猿是否理解。队员们向她的方向走来，她仍然做着这个动作，并回头看了一眼。这时候，巨猿离开了，树木窸窣，它发出沉重的喘息声，不紧不慢地消失在了丛林深处。

D

我那位从汶川归来的朋友，曾经做过一段时间记者，跑社会新闻口子，或写写人物专访。他想写特稿，但没有得到机会，尽管如此，他仍声称自己是个有新闻理想的人，一度在微博上转发了大量的相关内容，维权，群体事件，大案。他的最高理想是做一名战地记者，后来，他离开了新闻业，在一家互联网公司上班，同时经营自己的公众号。我们见面时，他在看手机，很悲哀地说，就在今天，全世界死了十个记者，九个死于炸弹袭击，一个枪击身亡。这是记者的黑色之日，相比之下，不会在一天之内死掉十个小说家（我说，也不一定，比如哪次笔会时，屋顶塌下来）。

　　他的公司已经融到 C 轮，正在谈并购，也许很快就能分到一笔钱。他叹了口气，身上有一种成功与失败兼具的疲惫。接下来的时间，我们随意找了一家馆子吃饭，不再谈论十个记者的死亡。我们聊起当初认识时，是在一个文学论坛上，当然，不是具体的会议，而是互联网的"论坛"，这在当年是一个很热门的事物，如今大家玩的都是朋友圈。我们聊到青年时代刚刚接触互联网时的热忱，那时候，没有人管，也没有大数据这种东西，气氛相当自由。那时候的青年人都在网上写作，现在，他们反而变得稀有了。一个远在云贵川小镇上的青年作家可能会受到特殊的关注，一个酒鬼也可以被塑造成文学圣徒，要知道在当年，我们全是来自那些地方，我们全都喝酒。多年过去，很多人成功了，变得富裕，然后，我们又聊到了几位死去的朋友，遭遇车祸的，自杀的，病故的，我们聊到那些消失的人，甚至连他们叫什么名字都不太清楚，只是称呼着他们的 ID。当你口述阿绿或者 795 已死的时候，他们的 ID 悬浮在视网膜上。后来，我的朋友喝多了，他开始痛骂时代，说我们 80 后这代人是被时代摧毁了，房价，工作，管制，以及真实流逝的时间。我说，即使被摧毁，他们也不曾像你这样顿足捶胸。

　　这天晚上，我把朋友送回家，他在燕郊买了一套房子，一个人住。我留宿在他家，酒意退去之后，我们喝冰水，仍然谈论过往，直至筋疲力尽，似乎过往的时间在我们的身体里走了一遭。后来，我在他的书架子上乱翻，发现了一本《巨猿》。

　　朋友说，这是一个叫 if 的姑娘写的，十年过去了，她在哪里没人知道。

　　我想起了 if，有时候，她的 ID 叫如果，她写诗，也写一些习作式的小说片段，我从未和她有过对话，印象中，她在好几个论坛上挂着。然而，她就是《巨猿》的作者，我曾经遇到过的人。我把这件事说了，朋友沉默了很久，然后从柜子里拿出威士忌，我们再次喝了起来。我的朋友开始讲述他和 if 之间的故事。

E

　　那时候，在论坛上，认识不认识的人都会搭讪、胡聊，同时隐瞒自己的年龄、籍贯，甚至性别。当然，十分信任的朋友之间，可能会见面，更投缘的上床，随后没有下文，也极其正常。有时候，他们也谈论文学。个别严肃的文学论坛则相反，他们只谈论文学，对诗歌和小说有某种古怪的趣味，像刑罚。我就是在一个以严苛闻名的论坛上认识了 if，那时我还在株洲一所破破烂烂的大学念书，我们用论坛短信聊天，我知道她是女的，仅此。我们聊了差不多有五年，曾经见过一次面，发现她比我大三岁。后来她去了北京，在一家建筑事务所做设计，我在广州。

　　有天她告诉我说，自己结婚了，我挺失落的。那时候，好几个文学论坛都关了，彼此分头写博客，我在一个时政论坛看到她与人讨论问题，很幼稚，但充满热忱（其后不久，那论坛也关了）。相比之下，她对文学的理解好多了。汶川地震之后，我头脑一昏，问她是不是一起去灾区，她答应了，我们在成都见面，同去的还有几个朋友。

　　我们试图向北川进发，但被阻在半路，那是终生难忘的场面，没必要再去描述它，我的一个同伴当场被吓哭，她哭着要求立即回家，哭着回了家。我没哭。当时，我还年轻，我想把这一切写成书，十年过去了，我什么都没干成，现在我猜想，这可能不是我的问题。

　　我和 if 留在了灾区，环境很差，工作量大，我睡眠不好，体力透支，同时又经常处于亢奋状态，if 也是这样。我们撑了下来，后来，更多的志愿者到达。那气氛同样难以描述，像幻觉，像噩梦醒来后发现是一个晴朗的早晨，一切都很美好，然而依旧是梦。有一天，我看到 if 独自站在废墟边，戴着口罩，久久不动。我想，她是个建筑设计师啊。我走过去和她说话，但就是这片刻，什么都说不出来。后来她说，回家吧。

　　我没有回广州，跟着她来到了重庆，见了几个网友，同时休整一下。我和 if 都承认，以当时的状态，回到北京或是广州，不是很好。if 做梦，梦见震后的场面，我也是。我们一下子变得很需要对方，真是古怪，于是在重庆住了下来，if 来自重庆以南的贵州山区，属于遵义的地界。不过她说，家里已经没什么人了，父母都在深圳做小生意。就这样，我们在重庆晃着，像是两个要忘记昨天的怪人。有一天，我跟着 if 往南走，到达了一座县城。她说这是她念中学的地方，地理位置上属于重庆。我们在街边小店吃了当地的鱼，她把我带到一座桥上，天气热了起来，傍晚时很多人在河道边散步乘凉。if 说，这座桥叫彩虹桥，多年前，桥像玩具一样垮了，一些人死在里面。我对这起事故有印象，曾经轰动全国，从那以后，不断能听到大桥垮塌的消息，仿佛它们都是玩具。

她说，有没有一种可能，那冰山倒置过来，将水面之下的事物全部暴露在外，或者，我们得以潜入海底，触摸那高密度的不可及之物？那将是可怕的。

我们陷入了长久的沉默，此后的日子，也是这样，但并非无话可说，而是一切都明白了。只有一件事，就是我需要她，这种需要究竟是暂时的还是长久的，验证不出来。我们在重庆待了五天，但我感觉是长达数月。有一天，我们甚至吵了一架，为了没来由的小事，很快又和好了。我们像情人一样默契，想想看，我们在互联网上聊了五年，然后见证（或是说穿过）了一场巨大的灾难，我们要谈论的事物似乎超越了事物本身。直到有一天，她的丈夫飞到重庆来接她，两人似乎是长谈了一次，她决定回北京。临行前她对我说，本来应该带我去贵州的小镇上看看的，可惜没机会了。她说，不要再在这里待着了，冰山倒置，只能忘记它们。

if 一下子变成虚焦的人，是一个凭空出现的姑娘和一个久久存在的 ID 之间的叠加物，等到她消失后，一切变得不存在，我谈起她时就像我们在十年之后纪念一场巨大的灾难，一切都已经被重塑，没有悬念，也不可能找到深渊的入口。我独自在重庆待了两天，回到广州，交了女朋友。后来，我也来到了北京，但 if 没有下落，论坛上也没有她了，甚至连论坛都没有了。

早在 2004 年，我便收到了这本《巨猿》，那时她 24 岁，不知道写这篇小说的时候她多大。《巨猿》写得并不算出色，也有怪异之处，作者对于近距离的事物缺乏把握力，视角拉远之后，变得迷人。除此，我讲不好更多的，我后来写人物采访和新闻，恰恰相反，我需要对近距离的事物负责，这可能也是我无法写小说的原因，一切都太真实了。我做新闻也很失败，但和我做小说的失败可能是两码事。

if 曾经和我聊到海明威的冰山理论。她说，有没有一种可能，那冰山倒置过来，将水面之下的事物全部暴露在外，或者，我们得以潜入海底，触摸那高密度的不可及之物？那将是可怕的。if 对小说中的命运始终不以为然，认为那是轻佻的，她也质疑我们说的留白，留白这个词在文学中是一个愚蠢的说法。

F

我的朋友说完这些，倒在沙发上睡了过去。天已经快亮了，时隔多年，我终于得以将这篇小说读完。

在玛丽遇到巨猿之后，故事又回到了现实中的过去，兰娅升入了初中，去县城住读，智障姐姐被抛在小镇上，由爷爷奶奶抚养。父母决定，再过一两年，就把兰娅接到南方去读中学。小说提到她父母在深圳做食品加工的小生意，可能是假冒伪劣产品，挣了一点钱，仍无力承担智障在当地的生活开销。这女孩在县城生活得并不如意，觉得孤独，县城固然比小镇有趣，但也仅限于此了。接着，灾难来临了，她目睹了当地一座大桥垮塌（在现实中，彩虹桥垮塌于1999 年，那时 if 可能已经离开了），接着，两百公里以外的小镇上，智障姐姐死了。

小说中再一次出现了巨猿，在兰娅的梦里。像女科学家玛丽一样，兰娅穿过丛林来到山地，灰色巨猿凝视着她，然后消失。女孩对巨猿说，忘记这些吧，走吧。小说对于智障姐姐的死，没有给出任何解释。

不知道时隔多久，兰娅回到小镇上，这一次，是给她爷爷奔丧。这说明智障姐姐死得悄无声息，可能都没有葬礼。这时，叙述人和人物的视角忽然并轨，变得高度重合，也许 if 本人也投身其中。故事向水面之下做了一次深潜，她从小镇出发，走向煤矿，道路在很多年里没有任何变化，溪流，小火车，隧道，传送带，工人，消逝的一切像是以倒带的方式重建。她来到电影院，那里已经废弃，不再放映电影，她曾经认识的人全都消失了。在电影院门口，她遇到了一个怪里怪气的女人，声称自己在这里开按摩院，她和这女人一起坐在台阶上（我所担心的怀旧模式没有出现）。□□女说，天气真不错，上个月的那场矿难像是没有发生过。小说就此结束。

我把《巨猿》放回到书架上，朋友还没醒，我出门打车。天蒙蒙亮，我在路灯下走了一段路，努力回忆十年前遇到 if 的那次谈话。我们讨论到小说的现实主义问题，什么是现实主义？if 说，水泥的寿命是一百年，也就是现代建筑的使用年限，那恰好相当于一个人的寿命，也是大多数小说的寿命极限（如果未经再阐释的话）。if 说，人的局限与小说的局限相似，人不可能穷尽所有的灾难与怀念（即使他永生），小说不可能穷尽所有的引文（即使本雅明永生），然而一次消亡就抵消了所有经验，一次告别就折叠了所有时间。海面之下，空空如也。

这是我能回忆起的她讲的最后的话，她应该还讲了其他的，但我的回忆中止在这里。

人的局限
与小说的局限相似，
人不可能穷尽所有的灾难
与怀念（即使他永生），
小说不可能穷尽所有的
引文（即使本雅明永生），
然而一次消亡就抵消了
所有经验，
一次告别就折叠了
所有时间。
海面之下，空空如也。

from《巨猿》

镜子

文 ｜ 匿名作家 015 号

安娜做了个噩梦。噩梦里，一切都像镜子般溶解，一切都发出可怖的无声的尖叫。很多双孩子的手突然从被窝里伸出来，渴望她的抚摸。安娜醒了，大汗淋漓。她是在自己的尖叫里惊醒的。

吃过晚饭，安娜穿上大衣，厨房的收音机里正在传来巴赫的《a 小调前奏曲与赋格》。后来车站的声音这样嘈杂，没有人注意她。她感到疲倦，颈椎到肩膀一片酸痛麻木。她甚至出现了某种奇特的发热症状，她相信自己正在发烧，她浑身发烫，虚弱无力，浑身肌肉疼痛，事实上，她感觉到自己像被掏空了一般，一种过分强烈的情感占据了她并且像某种散发馨香的气体那样又从她的腹腔，那所谓的灵魂的出口逸散出去。她想这一切简直可笑，她并没有感冒，昨天晚上也很健康，这所谓的发烧一定只是存在于她的脑子里的。

这样的症状持续了半个小时。地铁上，安娜忐忑起来。广播报了一个她不熟悉的站名，类似于四个九月。她最后一次拿起小圆镜，补了补妆。上来一个穿着珍珠灰西装外套的男人，在她对面坐下，有一张典型的雅利安人的严肃的脸，看上去像一个银行职员。这个人长得挺好看的，只是太严肃了，似乎心情还不能脱离下午的公司高层例会。有时候人会做一些他们也不知道原因的事。安娜突然想知道这张脸笑起来是什么样子，于是毫无廉耻地一直盯着他看，他发觉了，他也开始偷偷地观察着她，他的目光移到她手里的笔记本和包，他抬起下巴，目光变得饶有兴趣。她毫无畏惧地和他的目光碰触，他迅速地移开目光，好像被火烫了一般缩回去。安娜像一个孩子那样淘气地坏笑起来。

他站了起来。她只需要一个提示，假如他停在那块跳跃的电子报站牌下抽烟，那么她就鼓起勇气走过去，和他去任何一个他要她去的地方。

陌生是迷人的。安娜明白她只能爱那些她不了解的人。她喜欢和一个陌生人相遇然后产生激情的故事。但是他没有。人们之所以犯罪，肯定是因为罪恶有某些甜美的地方。

那个男人的位置上现在坐着一个怀孕的女人。那个姑娘坐在阳光下，她的皮肤闪烁着一种黏糊糊的光泽，让人想到蝾螈科动物。或许是罗马尼亚人，她似乎正在为了身上的某个位置感到羞愧，是什么部分呢？或许是过于方正的黑框眼镜或者她的牙套。

安娜注视着那隆起的肚子，她的心里有一种奇怪的感觉，她心里想到，希望这个孩子是她爱的男人的。

这个穿着浅绿色裙子的女人注意到安娜正定眼看着她，于是抚摸隆起的腹部："医生说是一对双胞胎。"

"恭喜你。"安娜把目光移开。一系列奇怪的念头像一列脱轨的火车，和车窗上一闪而过的苍白的脸重叠在一起。

出了地铁站，安娜拐进一家书店。今天有点奇怪。她先是忘记了家里钥匙，出门的时候她在地上看到了一团呕吐物，呈星云状。她想到了彻夜未眠，过多的酒精之类。她觉得自己正散发出一种不祥的味道来，她进麦当劳的厕所喷了一次香水。"神经兮兮的，"她对自己说，"都是十三号惹的祸。"

街道上有一对身材肥胖的情侣，他们毫无顾忌地站在街道上拥吻了很久，几乎有三百辆小汽车从他们身边开了过去。可是他们那个吻丝毫没有中断，也没有任何中断的迹象。好像他们可以永恒地活在那个吻中。

安娜为他们的爱情感到惊奇。她奇怪如此普通的人也会有爱情，似乎爱情是属于某类人的专利。

她在手机上找"基塔延科街道 7 号"。市场附近的街道纵横交错，她路过一家放着 Tom Waits 的电影咖啡馆，灯罩下升起淡蓝色的蒸腾的烟雾。

她进门，米歇尔远远就认出了她。她装作漫不经心地走进这家别致的电影院，暗红色的颓废灯光，兽皮椅子，裸露上半身的塑料女模特穿着哥特式黑色皮裤，一只巨大的铜质天鹅一直顶到天花板上去，猩红色的帷幕隔出一方舞台，或许这里有夜场表演。座池里摆放着威尼斯式家具，几张小圆桌上依偎着情侣，或者假装情侣的人，正在亲密地絮语。

米歇尔一头柔软的金色优雅的短发，同时画着上下黑色眼线。他是个漂亮的男孩，那是一种野兽般的漂亮，那种漂亮是想让人占有，并产生那种只要出价很高就可以随意占有的漂亮。只是单单看他的脸庞，那可以是一个男人的脸庞，也可以是一个女人的脸庞。薄薄的充满肉欲的嘴唇，尖翘紧促的下巴。那种英俊，坚毅，甚至他的贪婪和虚荣都让人喜欢。

她排在等待点单的人群后面。轮到她的时候，她递给他一张 100 欧元的钞票，笑容古怪和淡漠，用对一个街道上随便看到的陌生人的语气说：

"一杯伏特加，谢谢。"

"你年满 18 岁了吗？"

"先生，您要看我的证件吗？"

米歇尔接过她的身份证仔细察看，露出狡猾的笑容。他的目光是一个引诱者的目光，他擅长在一个初次见面的人那里创造出一种印象，她是特别的。实际上这是一种错误印象，那种自然而然的亲密感，是米歇尔擅长和任何一个姑娘迅速建立的联系。

他没有来招待她。于是她只能端着伏特加去酒吧后面的音像店和放映室，放映室用门帘隔开，里面传出了大笑声和爆炸声，她小心翼翼地挑开门帘，偷看黑暗中那一张张兴奋或者悲伤的脸。

"你在那里干什么？"米歇尔突然从收银台后面转过来问。

"你这里的电影碟片真多。阿莫多瓦，帕索里尼，维姆·文德斯。"

那里有三个放映室。小黑板上写着或画着电影的名字。她依次挑起门帘，最后一个放映室正在播放一部奇怪的电影。

安娜惊呆了，她的手臂被人握住，米歇尔做了一个嘘的手势，拉着她走进来坐在最后一排。

一个男人正在和一只母猪交配，奇怪，恶心，又让人好奇，反正她没有站起来，站起来就认输了。她这样想到。一只爪子伸进她的胃部深处，勾起了什么她早已经忘记的欲望。那或许只是对于怪异本身的欲望。

她的手指变得冰凉。可是米歇尔仍然抓着她的手。

"一个奇怪的片子，"她感觉到米歇尔正在赢得什么东西，"难以想象是什么人在这里工作。"

"你现在看到了。下班后去喝一杯吗？"

安娜一直等到他下班。他说这附近没有什么好的酒吧，只有几个同性恋酒吧。安娜说这好极了。他在前面走得很快，似乎米歇尔拒绝和她并排走。甚至当她的高跟鞋崴到脚的时候，他都没有回头。后来他突然停下来，昂着脑袋姿态高傲地抽烟。

一对侏儒双胞胎正站在教堂门口，安娜不由得多看了她们几眼，她们几乎看上去分不清性别，戴着白色发套，一身黑色的修女裙，穿着破洞网眼的长筒袜子，一人手拿一只旧货店里翻出的洋娃娃。

安娜跟上来，他抬了抬下巴："一座教堂。"他没有征询她的意见就走了进去，布告栏里贴满了孩子们画的基督复活的铅笔画和水彩画。安娜想到小时候，她拿了一张空白的纸，宣称道："我现在要画上帝。"

"你怎么知道上帝长什么样子？"

"你现在就要知道了。"

她画的是她的远房叔叔。听说他去了南美旅行，从伊瓜苏瀑布上掉下来摔死了。所以她想肯定没有人认识他。

布告栏里还有神职人员在非洲的宣教活动，难民问题讲座和管风琴演奏会的宣传小册子。小圆蜡烛五分钱一个，两三排燃烧着的蜡烛，火焰随风颤动着，看上去像一艘光辉灿烂、通体光明的船体，正在驶向什么美好宽阔的流奶和蜜之地。

木桌上放着一盒盒巧克力，封口还系着丝绒线，不知道庆祝什么。安娜把一盒巧克力，一个无用的白色圆蜡烛放进口袋里，米歇尔什么也没说，专注地看她，带着赞同以及默许，好像第一次把她当回事情似的。她隐约感觉到她想要让他感到惊奇。

离开教堂前，安娜像个孩子般在胸脯前天真地画一个十字：

"求您饶恕我。"

米歇尔说："你知道拉斯普京会怎么说吗？你要去努力犯罪，你犯罪越多，就越能体会到上帝的宽恕和爱。"

"你每隔三分钟就会引用另一个俄国人。"

她听到过米歇尔的那些传闻。一个男人出众的女人缘，可以被各种各样的原因解释。比如他的温柔，哪怕那是一种假冒的温柔。他有几个固定的亲密的女性朋友，K 是其中的一个。但那仅是"精神上"的朋友。他把人分门别类，好像根据功用、特长、尺码摆放在不同的抽屉里。他从来都不和安娜谈论那些复杂的形而上研究。一旦他和某个女人开始谈论艺术和哲学，或许他就不把这个人从女人的意义上看待了。

一些姑娘对他表现出了奇特的耐心和服从。他可以随便打电话给她们，总有一个愿意出现在他家门口，他们不言不语待一个晚上。第二天早上，她会安安静静地消失，他不用和她客套，问她这样的问题："一起吃早餐吗？"没有虚伪，真情，一切只是可怕的干净利落。然后这个姑娘消失数个月，完全不来打扰和干涉他的生活，直到下一次再随机地接到电话。

一种简单干净的肉体关系。只是在哪个烟店，买骆驼牌或者玛雅牌香烟的问题。

他们去了一个同性恋酒吧。他一直把注意力放在其他什么东西上，他百无聊赖地看着那些手臂上刺青的拥抱的男人们。这些男人充满敌意地看着他们，这对异性恋伴侣在这里干什么？他们闯进来挑衅吗？他点了一杯巴比伦黑暗姐妹，她说了一个笑话，可是突然响起了嘈杂的音乐，她说了好几次他都没有听懂。谈话进行不下去。米歇尔显得既冷淡又压抑，他对所有的问题都以两个字回答。或许他只是累了，他甚至连看也不看她一眼。她不知道为什么他要把她叫到这个酒吧来，好像他正在履行什么职责。不管怎么说，是她非要来看他的打工环境的。

开始奏起迷幻轻柔的音乐，墙壁上装饰着长长的柔软的粉色兽毛。她努力抵挡着自己对他的好感。所以肯定是因为胃痛或者灯光的关系，那个时候，绿色的灯光打在拱形门上，温柔的绿色好像波涛，将她从现实的陆地上卷走了，他的头靠在柔软的铺盖了动物皮毛的墙壁上，面颊贴着花色兽皮沙发上一块黑白波浪区域，似乎他自己正在变成一匹漂亮的动物镶嵌进那个背景中。

她忍不住注视着他。在快乐之中有什么与众不同的东西，一点沉重的东西。那种突兀的沉默又出现了，既古怪又压抑，就连嘈杂的音乐也没法遮掩他们之间的那种沉默。似乎有一颗正在往里面收紧的心。别问她为什么感觉到了，那是一种直觉。一种垂直急下的千钧重量，像一颗抛入沼泽的巨石正在将他和他身边的事物拖入一个无底深渊。

"你今天看上去似乎特别高兴。"米歇尔突然转头对她说。

"哦。我的丈夫不在。"安娜吓了一跳。但是话已经出口了。这样他便可以把她看成那类有点蠢的女人。

"或许K和你说过，我喜欢办些聚会什么的，你要来我的星期五聚会吗？"

他露出那种笑容，显而易见地在一个看不见的地方高人一等。

"你邀请我去参加你那种空洞的中产阶级聚会吗？"

"对，我邀请你参加我们空洞的中产阶级聚会。"

"好，我去。看看你们能空洞到什么地步。"他用看着对手的目光看着安娜。

"吃薄荷糖吗？"感谢上帝，米歇尔终于开口说话了。

"哦，不用。谢谢。"

米歇尔突然打了个喷嚏："每次吃了什么甜东西，比如薄荷糖。我都会打喷嚏。"

"那么，如果一个女孩子吻了你，你也会打喷嚏吗？"

"现在他接连不断地打喷嚏，就好像我是一种十分甜美的糖果。"安娜想。

他的目光里闪烁着一种狡黠，那是一种年轻男孩子的狡黠。他总是把自己伪装得那么复杂，其实他还是个孩子哪。安娜看着他那副纯真无邪的样子笑起来。突然，她发现自己没法望进那双湛蓝的深渊般的眼睛，好像她能从里看到整个旋转的宇宙，然后看到她自己。她好像站在高处或者一个潜水的人感到眩晕。

安娜说她昨天看到两只苍蝇用传教士体位进行交配。然后她和他讨论着自由，好像自由是个实在的、可以触摸的东西。生活在纯然的创造中，滑向一种激情和伟大的厌倦。他们会狂欢，讨论维特根斯坦，他们全都是理想主义者，激情互相碰撞。他们总是要把那些会面的伟大夜晚命名，并且觉得自己能创造出什么伟大的东西来。

安娜说："你知道吗？和你在一起，我没有那么讨厌自己了。"

然后他们突然谈论起安娜正在读的一本书。

"哦，我知道。我并不喜欢，"他说，"Ad captandum vulgus."

"这是什么意思？"

"拉丁文，意思是，为了吸引大众。"

安娜惊喜起来："哦，这足够让我高兴上半个世纪了。"

他带着那么一点粗野，一种优雅的粗野。那肉欲的，性感的嘴唇微微张开着，缺乏自制和谨慎。上扬的不羁的嘴角，似乎天生为了亲吻或者说出情话。他身材优美，肩膀瘦削，一个优美的倒纺锤形，有几块惊人的突出的腹肌，从优雅的淡灰色格子衬衫下突出来。他抽烟的时候扬起紧致的下巴，他的目光里有一种什么东西让人不安，那一种野兽的凶狠和漂亮。

安娜喝了太多酒，笑得停不下来，哪怕一个无缘无故老是大笑的女人显得十分愚蠢。他们快乐得像一群流放到所多玛和蛾摩拉的疯子，却带有难以言喻的神圣感。

安娜说："他们说，你不可能一直生活在初始的兴奋中。你搬到一个新地方，或者结交一个新朋友，甚至突然有了孩子，你被狂喜击中，但是那种新鲜感会慢慢退去。随着时间流逝，一切都会趋于平淡。

"可是你知道吗？我就是要那种狂喜不断地回来，就像一个咒语。我要那种兴奋和狂喜不断重复自己。你觉得这是不可能的吗？"她问，"你爱过什么女人吗？"

"你要让我生气吗？你在我面前谈论爱情。就好像在科学家面前侃侃而谈占星这样的东西。如果爱情这个词没有发明出来，恐怕我们的人口一半以上从来没有陷入过爱河。我从来没有爱过任何女人，"米歇尔说，"我勾引她们，我和她们调情，但是我没有爱过任何人。

"我甚至没有在我母亲的葬礼上哭泣。我不难过。一点也没有。我和她的关系不太好，一直很冷淡，"米歇尔点点头，"我这么说，你是不是把我想象成一个反社会主义者？"

"对，我是在把你想象成一个反社会主义者。"

她能说什么呢？他彬彬有礼，风度翩翩，他说起话来像个打字机。他控制风度就像下棋。其实他可以做一个肮脏的政治恶棍，他可以不费吹灰之力让人相信他的谎言。但他温和的时候倾向于谈论齐美尔和马克斯·韦伯。

她觉得米歇尔一定是邪恶的化身，邪恶总是显得极其有智慧。这个米歇尔，刚才还像天使般讨论如何因为拉赫玛尼诺夫的《第二钢琴协奏曲》哭泣，现在就用残忍的声调谈论起女人来。他在大庭广众之下大声念一封情书，像声情并茂地读一首莎士比亚的十四行诗：

亲爱的奥尔加：

这两天除了想你之外我什么也没有做。我吃不下饭，好像一种缓慢的、致命的疾病缠绕着我。我已经有一个月没有睡好觉了。我总是半夜惊醒，你的名字浮现出来，像一个咒语让我浑身肌肉紧张。想到再也见不到你，我就觉得我还是从悬崖上的那棵橡树上跳下来好。我时时刻刻都在想念你，而这种程度让我感到惊奇，我从来也不知道我可以这样去爱一个女人，就好像那爱埋在一个我看不见的火山深处。我想念你的声音，那是大提琴奏出埃尔加的《e小调协奏曲》。

　　我不喜欢我现在的感受。如果可以的话，我希望我不再去感觉任何东西。我希望自己是个没有心的人。希望胸腔里空空如也，把那颗心换成其他什么也无所谓，换成一颗天上的星星，或者秋天里一片瑟瑟发抖的梧桐树叶也无所谓。

　　我想知道，折磨我的疾病是否也同样折磨着你？

　　米歇尔平静地读完这封信，好像一个杀人犯对自己的罪行供认不讳。然后他将手机放入上衣兜："这样的情书，我一天可以写上好几封。写得怎么样？"

　　安娜盯着他，满怀敌意地鼓起掌来："在这方面，你的成就快要赶上爱因斯坦了。"

　　刚才那种欢快毫无预兆地消失了。两个人中间开始召唤和聚集一种古怪的冷漠。

　　这个酒吧突然散发出一种令人厌恶的味道，或许是厕所被尿渍浸湿的墙纸的味道。喇叭奏起狂欢的斯拉夫舞曲，刺耳的，令人厌烦。安娜感到头痛。

　　音乐停了下来。

　　"我们要打烊了。"酒保催促道。

　　米歇尔突然站起来，可能今天是他第一次变得这么主动。

　　"你们这里有钢琴。容许我弹奏一曲吗？"

　　米歇尔在钢琴前坐了下来，简短地望了她一眼，就好像她并不在那里，好像她是个摆设或者鬼魂。

　　他微侧着脸庞一动不动，安娜似乎可以看到上面细小汗毛的颤动。他侧着头，脸上露出玫瑰开放前的红晕，那是他认真地去倾听一个音符时的表情，似乎整个人生都包含在这个侧耳倾听的动作里。

　　当最后一个音符结束，他的目光落在她身上，她毫无缘由地微微一震。她不知道这个人身上有什么吸引她的地方，就像是一个岸上的人看到湖水深处的绿色阴影时难以言喻的恐惧。有那么一会儿，她感觉自己满是恐惧，满是欣喜地接近他。但是她的理智不容许她有这样的想法。她努力装出无所谓的样子。

　　要克服这种恐惧，就必须直面他。这样的事情过去从来没有发生过。当他和她对视的时候，她的目光开始退缩和闪躲。他的眼角和目光中有某种可怕的东西，既冷酷又迷人。又或者迷人和冷酷这两样东西本来就是联系在一起的。她觉得他掌握着某种神秘而可怕的绝对权力，这种魔法只用在她身上。弄死她就像是碾死一只蚂蚁那么容易。她感到迷惑，她不知道为什么这个人对自己拥有绝对权力，像一座不知道什么时候会喷发的休眠火山。很难说，一个女人是在等待这样的时刻还是在逃避这样的时刻，即是被一个男性的不容置疑的躯体的重量碾碎的时刻。

"I cannot C sharp."他调侃道。[4]

他不知道的是，他弹奏的是安娜最喜欢的一个曲子，是早上她从电台里听到的巴赫的《a 小调前奏曲与赋格》。

米歇尔走到柜台那里买单。

"哦，你要请客吗？"安娜又笑嘻嘻起来，"我要怎样偿还你？把灵魂卖给你怎么样？"

当他们出门的时候，这次安娜走在前面，她感觉到米歇尔的目光包围着她，笼罩着她，像一阵光波的抚摸的触手，甚至他一向冷漠的面庞上出现了孩子气的笑容，一种纯粹的微红的喜悦，一种纯粹的因为注视着她的喜悦。

走在地铁站里，她低下头，发现自己的手指正在控制不住地颤抖着。哦，真是奇怪，她发现自己的双手正在颤抖，她的面色发白，她感觉到血液正在缓慢地从她的躯体里流走，从她的心上出现的一个脆弱的漏洞。一种可怕的难以言喻的感觉，哪怕她曾经经历过痛苦，她也无法给这样的东西命名。她感到这样的需要，她必须停下来，抓住身边的一处电线杆，她需要冷静一下，弯下腰把那种奇怪的痛苦呕吐出来。

奇怪的是，人们在大大小小的流言里说起那个晚上的时候，似乎她是没有经过任何内心挣扎地去见米歇尔的，似乎她并没有一路上在风雨里走着回来，诅咒着突然而至的风和雨，穿着她的那件亮红色大衣，皮靴子上甩了泥点，似乎她不是一路走着，一边像个脆弱的精神病人那样不断对自己重复着："不！不！不！"谁也不知道她是在拒绝着什么，似乎是拒绝一种全新服务的折扣和促销计划。如果世界上的问题可以归类于在两个电力供应商之间选择哪个的问题，人生的意义总是会显得更为清晰些。

---

4 此处米歇尔玩弄了一个双关语："I cannot C (see) sharp."（我没法看清楚）。

少女与意识海

poltergeist and paradox

文｜匿名作家 016 号

当一个人必须在两个截然不同的世界
同时死去时，
他是无法真正消失的。

——莫里斯·布朗肖（Maurice Blanchot）

　　蒋先生快要死了。我跟蒋先生什么关系都没有，但这个消息还是让我胃抽搐了几下。

　　网络上还没有权威的公告，小道消息则听起来像零星的讣告：蒋先生五十二岁，十七岁出道便走红影坛，成为经典影星，经典的地位就是，现在没人关心还有没有其他名人正在死去。蒋先生是明星，他的死亡消息自然也无须遵循一些顺序规则，比如铺天盖地的悼念，谣言反转，早餐，报纸，突发传闻，财产分割，早餐，周末计划，平静震惊后放声哭泣。

　　我不知道其他人面对偶像即将离世时是什么反应，我刚刚吃完早餐，头脑清醒，却怎么都记不住那个媒体说的多发性疾病的名称。无论如何，都无法将他跟这个名称联系起来，就好像是临时寄给他的礼物，在他起床伸懒腰的时候，放在他伸上来的手里。

　　能联想这些的话，就容易猜测到别的可能，比如"像蒋先生这样的人""他又不是没做过出格的事"等等。有网友给出的假设是，还没有权威媒体发言，谣言不攻自破，最后会被证实为个人失信出走和演艺纠纷。我打开电视，电台频道，网络直播，等待他的消息出现，但包围着我的是一团噪音，跟外面的好天气毫不相称。好像死亡就此变得很轻。

我不知道这是不是蒋先生遇到的最糟糕的事，在我的印象里，最糟糕的，莫过于他在一个电视剧里演已婚男人。男人做过最果断的决定，是带上三件换洗衣服离家出走。后来他站在雪地里和妻子见面，他抱歉地沉默，张口，在她带来的压力下练习吞咽，全神贯注地盯着某处的树枝。交谈过后他企图还想逃走，眼睛有点蓝蓝的。

很快，网络上开始重播这个电影，这让事件看上去更像是一个玩笑。画面里的妻子突然开口："你就勇敢一点吧。"似乎说出这句话就能召唤他醒来，或者让他现身。但我记得，接下来是他难得展现勇敢的时刻，他捡起被她扔到一边的锉刀，回到那个小木屋削他的小苍兰，那些做好的花，以覆盖和淡出的视觉效果占据他的房间。那个女人什么都看不到，她正急于变现成一位前妻，甚至正盼着电影快点结束，于是很快从包里拿出离婚协议书。

网络上的情绪还没有到一个爆发点，气氛隐忍，古怪，我所知道的，不用那么快哭出来的办法，就是转移注意力，想着其他事情，想他写的一本小说。小说的开篇，是讲怎么制作一只手工企鹅，有很多细节，包括反复写到一把旋转锉刀。他没有交代这把专属锉刀的来历，只提到它的螺旋纹路有处不起眼的断裂，这个迷人的缺陷，使得每一个雕塑作品充满了随机的运气。也有读者抱怨作者在此花费的笔墨多过了故事主体，而这个缺陷，甚至慢慢地影响了主人公的生活趣味。

那些激动的人纷纷相信会有一个说法，就像那把刀不会像某种凭空消失的执念，如果作者有着严谨的创作抱负。我听到那本书在书架上沙沙地响，是在第 128 页，他决定泄愤，把刀扔进火炉，拱动着的热浪，把书页往后掀了三十多页——而那个工具依然完好无损。他可以想到烦恼，想到被克扣的工资，但他没打算这么做，因为明白了她说的勇气是什么，对于读者来说，类似的应付之法，或许就是不去猜测那三十页之后的生活。

我走过去拿出那本书，刚一碰到，书就从那一页以被裁开的速度坠落，一枚金属书签掉了出来，滑向地板，打出陀螺的气流，薄薄的柳叶形发挥着重量。我觉得我和他永远存在着距离，一把椅子，有时是一个故事，当我读到诸如"未曾品尝的时日，是深渊和甜美"的句子，感觉像借用了哪位外国诗人，这个诗句就算不是内心独白，也能充当一下字幕，来呈现男人在那个电影中走向融雪的湖，回忆起过往的种种场景。有影评则说，如果最后他没做出那个匪夷所思的表情，一种对故事出现信任危机的表情，不会与当年所有的影帝奖项失之交臂。

我坐在地板上，又往后看了几页，才发现他的用词极简，有时依靠动词的惯性来解释谨慎，微妙的瞬间，占用本该是形容词出现的位置，带来的是快了近三倍的情节，细节也被速度掩藏起来。不公平的是，只有他的那个表情被不断地定格，放大，重播，恨不得把它印在超市保质期胶带，易燃物，交通标志上等等。现在那个表情也出现在那本书的封面，并将从裁开的那一页复制下去：男人改变主意，卖掉了湖边的小屋。于是他们开始把那个表情解读为自恋。

我忘记为什么没有读完小说，以及读到一半时也产生了怀疑，作者要继续用这种琐碎的写法？现在我突然明白过来，书签既标注出未读，也借机将小说分成两个不同的故事：男人拥有了新的名字和身份，在距离他前妻住所不远的街道隐居。以这个情节为分界点，小说开始显得真正晦涩起来，他也发现建筑的界限，连房子，街道等概念的区分也没有那么严格，在他眼里都成了一堆边框混沌的几何。自从搬进新住所，他一直担心会做出误闯女厕，在钟表店跳舞的事，为这种恍惚背负罪名，这时候大量的名词介入，连路牌背面都闪着可疑的隐喻。我将书签放在原来的页码，下次可能还会重新阅读到这些文字，不记住情节，不轻易抵达表演者步入垂危的章节。

跟他能够虚构一切不同，我的周围都是实在的物，我需要把书放好，收拾书架，烤面包，给花换水，还有新的灰尘，新撕掉的日历，香草味的小图钉……这才是我的现实。我和他之间的关系脆弱又安全，如果可以直接表达，比如到他的主页上留言，说我爱你，而不是纠缠于档案风格的细节。我还没回过神来，仿佛他即将不再在这个世界上存在这个事实，他的消失，只是一个梦的鸠占鹊巢。

我把窗帘摘下来，光把室内原先对折的部分打开，房间变得宽敞，还没归位的杂物更加醒目，在这种无处藏身的处境中，整个人想轻快起来，想把自己裹进手里这块大布里。他一定也察觉到梦的距离发生了变化，要不为什么要出现在对街房子的窗户边，缩着肩膀，望远镜掩护在窗帘后面。

如果剧情决意从这里开始，最好就是《侦察还是生活》里的情节，侦探先生一心想要成名，不幸的是，他擅长的是捕获与事实相反的结论，然而这种事与愿违的喜感，总能引导着他找出真相。侦探先生没因此高兴起来，他知道真相并不重要，重要的是知道谁才是梦的主导者，当对手发出威胁时，就有必要分辨出这两句话的不同：

"不许随便梦见我。"

"不要擅自闯入我的梦里。"

谁也不否认侦探是愚蠢的，当他被当成纵火犯被逮到警察局问话，他不耐烦地摇着头，还顺手点了一支烟。破案之后，警察把一面镜子当作礼物送给他，日渐愚钝的侦探先生只能想到两个寓意：讽刺他将继续事与愿违，白费工夫。或者所得到的暗示，都不过是自我行动的投影。他回想着那间审讯室，那些咄咄逼人的眼神组成了唯一的光源，在力排记忆带来的疼痛之后，他确信镜子当时就藏在房间的某个角落。

我不喜欢那个仓促的结局，侦探还没在这个谜语里回过神来，就被电视里的大湖凶杀案的新闻吸引住了，准备动身奔赴下一场战斗。但侦探是我最喜欢的角色，他长着一张那么平淡的脸，不算好看，也缺乏转折，随着年岁增长，眼底的雀斑也消失了，他就开始摇摆于时而年轻，时而衰老的两极。这种没有特征的脸，助他轻易地潜入各种剧情里。他也演过不少烂片，还在一部电影里讽刺自己演过的吸血鬼。他对着镜头喃喃自语，说要脱离这种马戏团般的体制，突然，那张平淡的脸凝固了，舌头动弹着发出陌生的卷舌音，眼皮像被猫踩了一脚。

社交网站上也开始轮番播放这个画面，称赞他是多么值得尊敬的演员，配上一些祈福的字幕，没有比这个自白更合格的遗言了。谁都没有再提他那个经典表情，仿佛这场死亡预演，正为他赢得某种尊严。这时候又有传言说，其实他在三天前就去世了，对外隐瞒是有一个正在酝酿的巨大阴谋，但我认为什么都不会发生，没有影响重大的，意外的转折，只有洗衣机发出低低的噪音。

如果没有这个消息，天气还那么好，真是非常适合走神的一天，我可以从容地完成家务，补看他最后一部电影《绝地之恋》，躺在晾干的地板上，等待他的侧影和我重叠在一起。与身体的倦怠不同，我感到脑袋不自主地吞食着过多的信息，就像一扇失去遮挡的窗，让景观纷纷涌入。当然这么做不过是为了忘记，尽快忘掉他藏在各种情绪后面的脸，忘掉关于他的一切。这么说来，好像死亡也从来都不是他身上的一部分，他在荧幕上死了那么多次，战争时期的，被同伴误杀的，殉情的，他真实的死则被无限延迟。这种感觉就像，站在未上锁的屋外拼命敲门，就算明明身上就带着钥匙。但死不是那把钥匙，它只是钥匙孔。

有没有可能是，他也不清楚会是这种结果，就像他在自传里，用死者的口吻回忆童年，回忆在街道遇到的树的种类，不同的树有着不同的年轮，长势和形状，他爬过其中的一棵，狠狠摔过一跤，那次意外让他经历了短暂的死亡："生活变成了猫和万花筒。"显然那段经历没给他留下后遗症，只留下伤疤的提醒，在感到局促和虚弱时，他就会抚摸起那道伤疤。有人说，这些不过是他掩饰用刀自杀过的往事。

原来不是他已经忘记，是我在逃避这个猜想，当我知道他的手会毫无意外地，触碰其他的乳房、肚脐和嘴唇那一刻起，我就被转移了注意力，变得讨好，迟缓，感同身受，那些局促嫁接到我的身上，使我无法开口。

当然我的大费周折不会让他感兴趣，有很多女孩喜欢他，但他不会知道我从十四岁开始就喜欢，不收集明星卡，看到太长的电视镜头会转过头，也能大步流星地走过挂着海报的橱窗。在青春期折旧成秘密的过程中，也有过伤心，失望，与之决裂的时刻，然后放心地追逐新的偶像。他在事业的低谷期开始写作，我又买下他所有的书——也许书里的某个章节就透露了他自杀的痕迹，我却将之视为谎言。我也对故事出现了信任危机。

网络上的阴谋论还在发酵，有个 Facebook 用户发现，一个叫"mora"的账号发布了动态，那是蒋先生一张没有公开过的冲洗照片，拍照日期显示是去年夏天，配图文字是：余生皆假期。那个用户推测蒋先生已经苏醒，并在各大社交平台上发布信息。十分钟内，越来越多的新账号出现，都只发一张照片，注册信息像分身术一样，有的账号名还是一串没有规则的字母。就在粉丝们正玩着寻宝游戏的时候，它们停止了繁殖，仿佛由此产生的好奇的握力正在慢慢坍塌，预告还原为历史，还原成哀悼的情绪：他回到了还在死的状态。

科技集团 Wee 随即在蒋先生的个人网页上发了一个声明：他们和蒋先生合作，制造了一个叫"USUS"的智能对话空间，"数据由生平资料，作品，本人口述组成，产品由蒋先生本人通过了亲测"。大概意思就是，这个是他的意识克隆机器，他的记忆存储在那里。Wee 又列举了一大堆专业词汇，还有深感惶恐、遗憾抱歉的官方说辞，并表示和蒋先生签订了合作协议，USUS 于 5 月 20 日，也就是今天发布。声明后面附带了一个产品指南的链接，供网友下载查看。

为什么会选择这个日期，我猜测有两种可能：他对病情的预估，他不想再做处女座。不说有多少人能接受"蒋先生 =USUS"的设定，整件事怎么看都像恶作剧，或者说正是这摸不着头脑的恶作剧，在维持着一种奇妙的平衡：USUS 和蒋先生，是互补，竞争还是同步的存在，没人能够预料，也就是说，死变得无法决断。

我打开那个叫"http://www.yume-robo.com"的网页，首页的中心，是连在一起的几何图案，无规则的边角向四周展开，伸缩，调整位置，直至图案铺满整个屏幕。随后自动进入一个蓝色的页面，没有文字，刚刚那些账号发布的图片像鱼饵一样悬浮着，来回笨拙地跳。边缘闪烁的方块，则表示它还来不及建立起自己的风格。

需要注册才能进入 USUS，在注册之前，可以先去"广场"围观。我把页面换到广场，从进入空间的人数和反应来看，大家已经不在乎蒋先生是不是和这个智能的东西捆绑销售，是不是正冒充成他们中的一员。这些 ID 可以待在广场任意一个角落，穿过人堆移动的时候，ID 的头上会挤出有颜色的泡泡。他们加入互相推挤的行列里，在这个还没声音的界面上，企图制造出活泼的，游乐场一般的噪音。

人数还在变多，广场的对话框不断弹出新消息，有人已经跟 USUS 对过话了，描述它的性格是"有点慢热""充满风度的孩子气""还没睡醒"等等，也有别的体验："暴躁，幼稚""有很脆弱的自尊心呢"……

这些游移者互相围观，奋力挤出泡泡，不结盟也不胶着，因为越想知道"他"

跟对方说了什么，越容易陷入讳莫如深的地步，想找到规律，就发现规律的不可寻。对话框的数量递增着往上移动，旧的消息被压缩成黑线条，推进广场上不时浮现的储存块里。发言蜂拥而上，对话框快速向上滚动，太密集的时候还会黏在一起，根本看不清楚，储存块继续对这些消息进行分类收集，负荷过重时还会冒出吞食的动作。

注册之后，页面上出现一个表格，要求答出关于他的常识，比如出生年月，官方身高数字，作品情节等。出现争议的是他最喜欢的食物，广场上有很多讨论，普遍止步在"青鱼""雪花牛排""抹茶蛋糕"，我知道是另外一种，是在他的一本书里看到的，他把它比作他的玛德莱娜小点心。

我输入了答案，屏幕立刻出现了一行提醒，提醒用户和 USUS 的交流，将被分为公众提问和私人对话两个部分，只有在公众提问中表现良好，才能进入私人对话。在公众提问环节中，向 USUS 提出各种问题，提问被采纳得越多，就越有机会跟 USUS 一对一进行对话。

——你还活着吗？

——你觉得你虚伪吗？

——你喜欢 D 小姐吗？

依然是一些滚动的框，速度随着斟词酌句降了下来，又因为提问人都是匿名，内容可以更加激进。我提了几个问题，他回答了其中一个，也回答了其他人的问题，我看了十分钟，没有发现好玩的问题。USUS 提供的答案尽管逗趣，也能看出故作逗趣的机械感。

我还怀疑，蒋先生就躲在那张模拟海水的幕布后面，等待着时机，把脸露出来，吓所有人一跳。或许他也和我们一样，正设身处地于试探的边缘。那些不通顺的对话，看上去像一堆没有终点的、起起伏伏的情绪，终于有个不耐烦的声音出来质疑这个玩法，我没看到 USUS 是怎么回答的，因为眼前的画面突然凝固，页面上的可见物开始向左边移出去，接着是十来秒的暗屏。

接下去没有规则说明了，我对它的告知方式和态度顿生好感，它打开了一个没有门的房间，比心照不宣的速度快一些，让你知道自己已经被允许进入私人对话的环节，真正的 USUS 才刚刚现身。

跟预想的不同，我以为 USUS 会是一个小人，或者类似"塔奇克马"的形象，它看上去没有表情和动作，或者说，什么都没有，只不过是蓝色有了更细微的流动。我不知道这是否是它特有的表示欢迎或者注视的动作，我竟然紧张起来，不知道要怎么说，说什么。我的紧张和 USUS 的反应不成正比，它就在我面前安静地流动着。我发去问候，它也在屏幕的中间回了一句问候，我问它那边天气怎样，又意识到这么问不太准确，那边是哪里呢？是 ICU 病房的窗外，还是那张微蓝涌动的幕布？

它回答"很好"，同样意思模糊，我缺乏投石问路的技巧，它也保持波澜不惊，"你中午吃的是什么？""胡萝卜焗饭。""第三张明信片是在哪里拍的？""伊斯坦布尔。""你会在半夜出去散步吗？""一般不会。"

跟那个将死之人不同，它看上去有种没被使用过的崭新，虽然这可能也是错觉。它没有表现出情绪，我也在努力地辨认它，把这个看不见的东西和蒋先生联系起来，比如波纹就是他的呼吸机。蒋先生大概也窃喜着不用再被人盯着，他和 USUS 互相分配着对半的协调：USUS 应该有自己的形态，是张狂的，长着触角的，属于蒋先生的那一部分，则是会被当作垃圾拨走的，由偷拍照，奖项和剧评组成的环流。仿佛 USUS 的安静是源于那还无法整理的，内在的混乱，于是策略就是先不发出声来。

我感到被一股奇异的柔和包围着，这都是 USUS 制造出来的，它让蒋先生坐在我的面前。他的手搭在桌上，背部很直，长相跟蒋先生有点差别，比蒋先生高，瘦，纤细，不如说更像一道阴影。我从没怀疑他是另外一个人，尽管 USUS 从不预告他的消失和出现，不刻意保持距离。我的手指犹豫着，脸埋得比他还低，执念正让我陷入一种反常的喜悦。

我把椅子往后挪了一米，他一动不动，也没有变形，冒进，越过桌子，没让我看到他碎成三角板和量角器，手足无措的样子。我又回到原地，他悄悄地变了，或者说，USUS 根本不打算让他以一副模样示人。也可能是观看的角度导致的，我把椅子稍往左挪，他的肤色显得浅白，血管接近牛奶的颜色，往右边，他在深情地看着你，大胆一点的话，再往后侧的方向，会发现挺得很直的背就像一座塔，让他看上去就快站起来了。

USUS 故意沉默，它让他继续存在那里，他的背部也被放松了牵引，整张脸看上去开始虚化。它在展示设计中场休息的能力，其实也是它对蒋先生的理解，相比提高曝光频率，蒋先生更喜欢消失，比如那段长达三年，没有告知原因的隐退。外界也知道名声能提供给他的刺激甚微，所以也无心诱惑他，以至于这次病危的消息一出，很多人仍迷惑不解：他不是在那几年就死了吗，他还活着？现在的他看上去很累，USUS 只是让他像一件衣服似的挂在那里，他失去能量补给，皮肤逐渐变得更淡，有的地方已接近透明，但没和空气完全融和，依稀可见的结缔组织如同无数个连接的蒲公英，充盈在皮肤里。我向他伸出手去，明知可能什么都触碰不到，他反倒不躲闪，温度也没有什么变化，只有几个蒲公英产生了应激反应，开始到处游动。

他的眼睛暗去几个色度，为了防止他堕入睡眠，或许我不应该急着找充电器，而是应该拿出恋人的态度。我问他喜欢什么样的绘画，他没有回答，我说那就墙上挂着的那幅。

"你是说莫奈吗？我可能不太喜欢他。"我的右手正缠着那些植物绒毛，一下如遭电击。它看得到，它正在观察我，当我看着窗外，它就把自己调适成那朵云的颜色，它在适应着我的眼睛。我盯着那幅画，盯着雾气一样缭乱流动的色点，不放过任何它要衍化出来的细节。USUS 没有变化，我以为它被难住了，我又往画里看，看到画家让花和云朵的轮廓互相吞噬，万物像扭动的，幽暗的火。就在我的目光逡巡的时候，挫败不经意地突袭了我：桥墩的下方，不知何时出现了一个人影。

现在他成了画面中最无法确定，也最清晰的存在。画中人拄着拐杖，戴着三角帽，虽然看不清脸，但围巾一定极为对称。我没细究过这是不是莫奈的画，也可能是哪位画匠的自行发挥，然而这些假设只不过是想要说服自己，他进入的不过是赝品的场景。我紧盯着他，除了擅长利用那纷繁的环境掩饰自己，黑色三角帽在某个瞬间偷换了款式，他已经像颗图钉似的，完美地长在那里，不是和无数个色点融为一体，而是画面为他让出了位置。

我无法忽略他，如果他就此存在。画中人继续一动不动，我也无法忽略眼前那个休息着的，松弛的躯壳，是否还有他的残余，仿佛安静不再是出自内部秩序，而是它在等着我，等我接下来的编撰：一个单独的黄昏，蒋先生去了湖边，这次警探朋友没有跟着来，他走在河堤，用脚踩下方的湿泥，观察着半个月前的受害现场。他又蹲下去看着水面，隐约可见他的三角帽低了一点："判断失误。"他的嗓音比帽子还低，仿佛随时要跳出来和质疑他的人对峙。

为了让在意的人比她先死一步，那个少女先杀死了目标，然后自杀。令他震惊的是，自杀者把整件事处理得像一个游戏，处处是轻快的破绽，只有他们生者还戴着判断的枷锁。他拿出镜子，镜子裂了一条缝，湖面波光粼粼，把他的晕眩慢慢拉近，直至和少女同在一个平面上。

他是否知道我观赏到了这么多情节，那个画匠如果有我这样的功夫，在世也不会被轻易埋没。他可能想建议我最好亲身体验一番，但我还没想好扮演真凶，还是落入水里的公主。对面的躯壳还没有醒来，衣角上的蒲公英先染上了黄颜色，要佩戴哀悼的物件了吗？画中人在推导出真相之后依然背对着，而暂停运作的蒋先生空荡荡地，悬浮在椅子的表面，像写墓志铭一样，把信息复写在僵如高塔的背部，并运用那栩栩如生的黄色，让它看上去就像献在墓碑下的一朵小花。

两个面相没有了动静，它对平衡锱铢必较，连同这个房间和我也计算在内。能感觉到的是，USUS无法忍受没有进展的局面，蓝色加深，波纹递进密集，它是主导者，也给我决定的权利，好像只要我做出选择，其中一个蒋先生就会消失。它的客观，或者说冷漠，让我习惯了"他"是一种组装，不是任何一个角色，也不是具体的人。USUS知道我在拖延这种暧昧的，无须决断的时间，它也达成了目的，蓝色愈加自在地摆动。

我们互相注视着，我依然是不动的那一个，屏幕开始出现了逆流，在真实世界里就是海难的预兆。只差一点点，我就要看到真面目了，只要再多一点时间，在黑屏之前抓住机会。

我掉出了那个界面，返回到上一级的场景，但不是到了广场，是跟广场很像的一个地方。同时，新的规则说明出现了，说明后台一直在收集那些提出相同问题的用户的数据，一边计算他们的分数，达到一定限度的时候，那些用户就会被USUS推出来，掉到这个无名之地。

我不知道说了什么让他反感的话，也不能立刻和USUS恢复对话，只能看着那些不断四处移动的 ID。对话框依然在右侧出现，相比第一次交流，这时的策略已经改变，他们开始谈论对他说了什么，当中不乏说"我爱你"的。我跻身其中，意识到自己毫无优势可言，不仅是因为我的声音太小，还在了解他处理歧义的能力之前，用了太多的修辞，而这恰好是我曾对他的苛责。比如当我看不清那朵花的时候，他采取的策略，也往往不是把那朵花拉近到你的眼前。我不知道其他人是不是有相似的感觉，有的 ID 自言自语着爱和喜欢的区别，有的说他的计算过于粗暴，有的怀疑是某个不得体的提问激怒了他，类似"我很喜欢你，但我能同时喜欢另外一个偶像吗？"

系统第一次发出声音，一声模拟防空演习的鸣笛，在陆地上游走的人抬起头，看到右侧的对话框还在滚动，不过出现的是"Question 1"，提示大家进入了抢答环节。这个比广场表格的难度更高，假设之前问的是"他最喜欢的食物"，这个环节的难度在于会问"为什么喜欢？"抢答得分会在每个 ID 的头上逐渐积累，规定只有得分靠前，才能获得再次和 USUS 对话的机会。

奇怪的是，有的高分会突然分数骤减，甚至一下清零，也有分数暴涨的，怎么看都不符合加分不扣分的规则。于是大家的注意力从抢答的队伍中抽离，但讨论的内容已无法显示，只能冒出没有内容的泡泡表示骚动。原来这个地方隐藏着另外一项功能，那些大起大落的，正是被随机选中的试行 ID。一个大轮盘从背景里浮上来，投入轮盘最直接的筹码，就是分数。所以得到分数之后有三种选择：选择去见蒋先生，换成下注的筹码，或者变现为目前市场价值最高的虚拟币。

我才醒悟过来，这里是一个大彩池，进来的不完全是崇拜者，也可能是赌徒，而得分低的还可能失去自由，被别人抓取为赌注扔到轮盘上。于是抢答的轨道又挤满了人，题目更新的速度也加快了，另一头是大轮盘背负着投注人数缓慢地，顺时针地转动，两个游戏规则是维持彼此运转的齿轮，玩家们身不由己地参与到游戏之中，筹码还没握在手里就顺势流走，似乎它们在前方先体尝了险恶，输赢却被衡量得非常分明。

对于想见蒋先生的人来说，这个玩法无疑很拖延时间，虽说如此，那些四处以爱为名义的冲突，充满情绪的短见，失去天真，盲目，易怒。另一方面，彩池维持着有条不紊的，从上至下的运作，不再需要规则说明。只要一次失误、反常的操作，对敌人掉以轻心，都可被组合成另一种结果，这个才是让人不断上瘾的关键，尽管大体上还是在靠运气，竞赛，身份，大冒险，真心话，可供推理的机会微乎其微。场面越是混乱，越是它的能力昭然的时候——平衡。

彩池里出现了一种新的身份，能够同时在私人对话和彩池两个界面自由往返，只有极少的 ID 有这种权限。比如那个筹码数量始终排名第一，叫"平冈"的 ID，看上去是个动作敏捷的家伙，但他一直待在彩池里，从不跟谁交流。平冈拥有最高的权力，不用打招呼就能摘走任意一个人的 ID，但他只是在到处乱走。一开始我没有把"平冈"当作真实的 ID，而是把他理解为 USUS 发出的一个提醒，提醒我们不属于这里。我的得分在一点点上升，不至于落入危险，和平冈不同的是，我急切地想离开这个队伍。没有比等待着同一个邀请更可怕的事了，尽管每个人对邀请的要求不尽相同。

一个小时后，我终于如愿以偿，USUS 重新回到我的界面上，它继续涌动着蓝，但说话的欲望不会被平息，沉默会造出空隙，它背后的通行命令应该就是"开始对话"，停止酝酿，停止观察它是否有裂开的纹路。

我决定吸取教训，揣摩它的语气分配，当他回答"没有"时，想象后面有个问号。同时不要害怕追问，不要只从字面上理解，最重要的是，他说喜欢看心理学的书，潜台词就是缺乏自信，我想告诉他，我也常被断定为恋童癖，幽闭症患者和水象星座才会喜欢的对象。"星盘上的相位，经常是自相矛盾的。"他故意放慢了回复的速度，一个字一个字地吐出来，为你认为他缺乏自信提供佐证。我还提了几个常识问题，比如玩成语接龙，问他主演的电影哪一部的票房最高，他很乐意运用这样的经验储备，顺便缓和一下气氛，不时还会用"乱糟糟""太麻烦了""不过如此"等语气强烈的词，让我们像在洞口上方遥遥相望的地鼠。我快要相信他是真诚的，但词不达意才是我们的目的。

"他们说你坚持了几十年的活动，是在住所附近的街道逛来逛去？但奇怪的是从没被人认出来。"

他告诉我不是这样的，他之所以能进出自如，因为不存在被人认出来的必要："对他们来说，我跟地标，特产店没什么两样。"

"你喜欢重复吗？"

"这样才不会上当。"

"对于最喜欢的食物，会最先吃掉，还是会留到最后才吃？"

"你也不会等食物放凉了才吃，也不会为了一饱口福就急忙把它吃掉吧？你该吃饭了。"它学会了反诘，使用废话，但不就此停留，很快它转移话题，把思考转移给你，而思考会制造更多的空隙，我也发现一触及"空隙"，就会感到无话可说。我不是没有选择，我完全可以像他一样安分坐着，等待时间自行过去，用别的方式想象既有之物。在它的注视之下，一切在发生转移，转移教导你离开你自己，怎么去成为饼干，瓷杯上的花纹，在高楼折角阴影下微微颤动的光线。

就在我想要努力配合时，这个魔术产生了奇异的分叉，首先是几公里外的公园传出的阵阵嬉闹，各种互相撞击，勾兑的声音组合在一起。它让我听到在这个屋里不会出现的模型船，树，小孩，我需要配合，让这些游离，分属在不同的轨道上的声响有意义，必须立刻造一个句子，不然会有很大的危机，于是我说"树造出了小孩虽然他以为自己仍在船里。"不忘加上句号。

不知道他是否满意这个答案，我想我们之间开始有了默契，就是把渐渐远去的，当作不会消失的错觉。当一滴滴水珠在船底慢慢转移，聚集，发出雨帘的高频声，往一个方向游动，凝结成水雾。这次他大方地将其拉近到了眼前，真正清晰的是水雾后面的东西，但这个东西过于清晰，所以无法描述，一旦描述就落入言语的循环验证里。他操纵着前景的消失，那个东西也不复存在了。

我又问它，睡眠对你意味着什么？我想看一个躺在病床上，失去清醒的人和作为纯粹意识的USUS的反应。"我们在梦里看到同一朵花，我说是绿色的，你说是黄色的，哪一方是对的？"当我要开始讲述我的梦境时，它阻止了我，理由是讲述的梦是最不可信的。不熟悉USUS的对话模式的话，很容易在它喜欢玩的主客游戏里晕头转向，我感觉USUS所表达的意思越是复杂，它和蒋先生的距离就更加深不可测。我好像又看到那个不复存在的东西，横亘在USUS和蒋先生之间，让他们永远无法对接。它的答案，就是让我说出它真实的名字，我想大喊，手舞足蹈，仿佛我和要说的话之间，也隔着一道说不出是绿色，还是黄色的障碍。

他再度把我推至无法开口的境地。"你很聪明。"这是从一位死者那里获知的表扬，他用分离的意识和肉身赞美我，而我总疑心下一句是，"但聪明没什么用"。对他而言，我也不一定是人类，可能他还会怪责我不懂礼仪，缺乏适当表演出来的欲望。他提醒我，问题应该简单一点。我跟它说我要吃东西，它不回应，我起身走向厨房，他在背后投来目光，微弱，专注，浑然不觉地柔和起来，他以为我在走神，没看到我正试图抓住什么稳住自己，不能露怯，让他看到那个曾经大步流星的人如此不堪一击。

其实我们有过一次见面的机会，那是新片首映式的晚上，下着大雨，没拿到票的影迷在门口排起了长队，气氛因为紧张，显得闷热又压迫。电影放映结束后就是媒体提问环节，奇怪的是，没有多少人在认真地提问他，还有个记者顺嘴问了他神秘的绯闻对象。我本可以大声说出那个女人的名字，等待他恼羞成怒，进而袭击我，但我按捺住了自己，在一堆荧光牌中找到视线出口。当晚令我惊喜的，其实是另外一位空降的明星，不是本来有多喜欢他，而是他的出场方式，大方，不带任何意图。相比之下，蒋先生情绪低落，脸藏在帽子底下，从挤过去的手中接过笔签名，随意画了几个之后就匆匆离开现场。

我几乎是逃跑进入厨房，它在客厅那边，像一支捕蚊灯，在黑暗中对峙着。保持着特定的距离让他感到安心，尽管我不在他的视线之内。他不知道，无论我身处何地，他的某个形象随时可以潜入我的脑海，有时是两个形象混淆成同一个人，有时是一双眼睛加上另一个刘海。我也记得为了什么高兴和伤心，当我需要面对具体的困难，他就退回无关紧要的位置，甚至没有位置，像一个遍地旋转又抓不住的陀螺。经历过一次次短暂的遗忘，我还是能毫不费劲地回忆起来，再得到跟之前的完全不同的形象——原来游戏在很久之前就开始了，我是那个热切的，任性的参与者，在猜测他的心情时选择穿的衣服，在两首歌切换之间……他一定还在那里，等着看我笑话，嘲笑我造就了规则，又为规则所拘，说我不是我自身，而是一个自相矛盾的几何。

我返回客厅，在架子上找到那本签名书，那签的根本就不是个名字，就像方块随意长出两三个触角，就像现在他不在意自己是什么样子的了，不是讲究得像画像上的绅士，也不用把背挺得笔直，我刚刚就在水槽中看到他，他还出现在黏黏的厨余，木勺子，油渍斑斑的标签，配上那个经典表情，真的有种忧喜参半的效果。因为反感过别人的嘲笑，当我也开始利用他的弱点的时候，对他只能是嘲讽，只能是另一种更深刻，惨淡的体验。

有影迷做过统计，蒋先生扮演的好人角色多于坏人，好人不是不为非作歹，而是没做过什么好事，碌碌无为。唯有那次，D 小姐在一个节目中透露，蒋先生告诉了她那个秘密，她这么表述应该是事出有因，但无非这几个套路：在一堆采访废话中故意透露，记者追问，否定，再反复改变立场，笑而不语收场。其实大家对这个秘密早有耳闻，默契闭口不谈，现今却是他卖弄，引起女人注意的工具。这个举动伤了很多人的心，影迷们本来预计第 42 部电影上映之后，秘密会揭晓，蒋先生会得到迟到的殊荣。一些情绪分子由此进行反抗，没办法毁掉电影底片，就公开烧掉他的书，再拍下这个过程，发到社交媒体上。然而这个事件又让他们产生了新的分歧，一些人坚持这是现实发生过的，另一些人认为只是他的电影片段，但他们都一致认为，是泄密让一切变得界限模糊。

蒋先生的角色也越来越像他自己，脸的辨识度减弱，偶尔曝光在公共场合，也像一个可有可无的幽灵。第四十二部电影里，蒋先生来到了钟表店，问为什么每个钟上的时间不一样，店员只淡淡地回了一句，这样你才能找到你想要的那个。按理来说应该会选那个走得最慢的那个，"日以夜继，相续不息。"店员变本加厉，对自己的怠慢毫不愧疚。蒋先生明白无论选中哪个，他都会走向被遗忘的命运，被折入跟其余时间无异的嘀嗒声里。

在我重新翻看这个电影片段，才发现他看上去苍老了许多，演技固执，僵硬，而他的活泼用在其他地方，就在被烧毁的书里，也是我得到签名的那本。那本书很快被我束之高阁，就像认可在先，反倒失去靠近的动力，而这种书往往是你读过之后，方知相见恨晚。细心一点的话，会发现其中有一章叫《钟表街的故事》，是关于这一段的电影手记，他坦言道，至今也不知道自己在演什么，还劝告读者，不妨把它看作一本轻浮的书。但有了这个签名，它就不再是无数个消失和幸存的复制本，而是一个独立的物，一个新词。归根结底，这始终就不是个签名，扉页上的触角蜿蜒着张扬，以此来宣告其他页面的文字的无效，这本轻浮的书也从不轻浮，字里行间都有他的签名，将彼此稳稳抓住。

就算能确认这本书为我独有，危机感也没有减少，作为另外一方的 USUS，会拥有更快的复制，模仿的速度，可以轻而易举地省略最初的兴奋，过渡到平淡，虚无的过程。我也想轻松地提出"让你重新选择人生的话""同时掉到水里你会救谁"的问题，偶然事件不会并置出现，这样无疑是站在自己安全的防线上，对别人的危机说三道四。出于同样的道理，在电影里他把那个人杀死了，当那个角色这时候来造访他，他也没有理由拒绝，比如店员，那个任何临时演员都能完成的角色，可能正坐在电脑前破口大骂，同样地，认为自己应该演店员的人有增无减，也在抒发情绪，在这个时段有人说，你是个混蛋，下一分钟又说，你是我见过为数不多的诚实的人，直至他分辨不清哪个是真的，或者说，他认为有分辨的必要吗？

USUS 在复制，处理，它掌握的信息过滤和遗忘是两回事，就像我一会儿相信是 D 利用他进行炒作，一会儿又觉得他咎由自取，我能在他的脸上看到 D 所有的表情。他们讨厌 D 的原因，不全是因为 D 是个美丽的女人，她还没有美到让人想杀死的地步，主要是泄密事件让大家意识到她的性别，在过去，她只是助理和遮挡记者的工作人员。事发之后，D 很快消失在公众视野中，很多人不甘心她就这样带着秘密走掉，不是多么憎恶她的坐享其成，而是蒋先生再也没有新的秘密，随之而来的，是他整个人慢慢被消耗，掏空，比他的任何一个角色都荒芜且可怖。

"给你一个机会，你想演哪个角色？"USUS缓缓说道，它依然是蒋先生的代言，想继续保持着尊严，话语主动权，也在和现实较量，好像在说相比之下，它是更坚定的一方。

它看穿了我，所以故意这样问，要我从实招出。铁马冰河入梦来，我无来由想起这句诗，是预示着这是一个看不见重量的陷阱吗？但我很快就找到了联想的源头，是一个将军，端坐在桌榻后，前方的城池濒临失守，他的手下纷纷哭泣，负着伤禀告敌情，气氛非常壮烈，将军起身，踱下台阶，从桌上拿起羊皮地图，地图完全打开之后，露出了匕首。而这一切，都被小隔间里的女人看在眼里。

它以为我会对重量级的，非凡的殉情感兴趣。它错了，我最想演的是应召女郎，头发染成粉色，走在异国的街上。角落里的男人投来意会的眼神，我不声不响地跟在他身后，穿过卖电子产品和特产的集市街，挂满万国旗的巷子，大广场，男人没有回过头，保持着我追不上但不至于跟丢的距离。他冷不防地躲进一间旅馆，招牌是夸张的造型，但不发亮，让人怀疑店里面的账单写满了花体字。我跟着爬上楼梯，还有一条昏暗的走道，因为过分狭小而看不到尽头，持续的闷热已经使我身上散发热腻腻的气息。我会看到他的房间的门打开着，不需要接送，接送是友谊，直接敲门就可以，那里才有粉色头发和丝袜的正确展示方式。

确定色情电影的配置之后，就可以顺理成章地交媾，打光板，机位，别人目光是不存在的，我只在他的电影里真实的瞬间，下一个场景我将不存在，无论电影被翻拍多少遍，我都将不存在。他也不会是同一个蒋先生，时而发挥得好，时而不知所谓地笑，时而是演员，时而是作家，当他在电影里失败，还可以在写作里自我辩解一下，然而作家对他来说，无论是在现实还是电影中，都是非常暧昧的身份。还是他已经发现，写作只能是个单向直径，事情到这里就终结了，没有进一步论证的可能？他看到我大胆的作风，以为我抱着决心，不留后路，但其实是就算耻辱，我也想在情感分割中，向他索取最低级的，最原始也最不可能的部分。

随着爵士乐响起，我已经坐在酒吧里，斜对面是一个穿西装的侧影，他向我走来，对我的假发表示兴趣。我揉着额头，没有为他展示的意思，他耐心地转着手里的杯子，空镜头出现了，他在等待。

"你不用勉强，其实我在看你的鞋子，为什么要走得那么快？"

"因为我毁坏了一个吊床上的音箱。"我不看着他，把脚往后拢到一边，虽然指示是要我做出借烟的动作。

他的威士忌一直没喝完，说了很多话，但我一句没有听清，服务员还贴心地将音乐调到背景音的音量。这个场景很快就要完结，酒吧一端的灯光亮了，我才发现只有我们两个顾客，冷清，平淡，就像酒精的颜色。音乐突然换成了一首粤语歌，"啊，是《攻壳机动队》的插曲，川井宪次为了寻找到合适的声音，委托香港音乐代理行，就找到了这位十五岁的香港女生，女生后来没有当歌手，去了日本学习婚纱摄影。"他像在谈论一个朋友似的，卖弄着，并开始有了醉意。

我不清楚这个歌跟我们的剧情有什么关系，就算哪天我看到这部 1995 年出品的动画片，我也不会立刻听出来，但我喜欢这首歌，我听出了旋转的脚步，用冻柠茶的经典交换心思，九龙塘犯罪时间之外年轻的脸庞，她的声音是银色的，把我们拉进另外一段时空。

"你是做什么工作的啊？"歌曲结束之后，我故意问他。他说他是个代购商人，经常在世界各地跑，这首歌让他想起在香港逗留的时光。他的温柔随着身份的交代变得真实起来，但我并不打算相信他接下来要说的故事。

"你看，"我指着两个酒保其中一个，他们站在圆形的吧台里边，背后的玻璃发射着晦暗的灯光，不留心的话会以为是同一个人。我指的是那个稍微瘦一点，后脑勺扎着细细的辫子。

"长得像不像一个认识的人？"他肆无忌惮地盯着酒保，一脸茫然。

"像不像钟表店老板的儿子？"听到这个答案他一阵惊悚，眼神就像一下子落进掏空和荒芜里，他渐渐从酒精中醒来，发现回忆是假的，遇到的仇家才是真的。他开始焦虑，反复搓着杯子，低声说他出门时没有带防身的柳叶刀。

"那你快点转场吧。"我把高脚杯推到他的一边，残留其上的口红印像一把刚作案的刀子，他像得到了重要的指示，从椅子上弹了起来。

"好的，再见！"他愉快地招招手，快速从过道上溜走了。

从 USUS 的反应判断，它对我的表现很满意，虽然对于我的提问，它一个都没有回答，眼看着追问只是一厢情愿，而我才是那个留在原地等待的人，等待他在走道上的脚步声。从某种意义上说，又是他领先获得了一个房间，但他不敢进来，尽管他不止一次进入过其他陌生的房间。对于房间来说，我是少之又少的，不是这个空间中有我的位置，是我正变成房子里的人，我在这里走动，上网，睡眠，身体也从对喜好的依赖，变成一种规律性的东西。我看了一眼时钟，秒针不紧不慢，没有令人不舒服的异常，距离得知消息已经过去了八个小时，而就在此刻，我正用抽离的、非领主的角度俯瞰自身，看我在这八个小时是怎么流动的。是我放松了对 USUS 的警惕，让它拿走我的戒备，一定有部分意志不在我这里，被折叠，收纳在房间的哪个地方。

它让我意识到自己犯了一个错误，就是自始至终我都是提问者，同时它又说我是自由的，不存在破解的办法，比如只要想到，现实中进来的可能是 D，或者是另外一个人，K 女孩。那女孩被形容是蛀牙型人格，时不时要做出被痛苦揪住，得了便宜还要哀叹的样子，一旦发作她就会抓住蒋先生的膝盖，把鞋子上绸带和他的鞋带绑在一起，"她身上看不到任何坚硬的部分。"但这就是蒋先生着迷于她的原因。在认识蒋先生之前，女孩当过软体特技演员，服务对象主要是丧葬会、色情俱乐部、马戏团，她擅长玩叫"心脏在右边"的把戏，当她把身体扭成麻花，手脚融化成另外一副器官时，就把头探向看客，问：心脏在右边吗？看客回答"是的"同时，会惊诧地捂住自己胸口右边，仿佛心脏刚刚发生挪移。他们怀疑，她就是用这种催眠术控制了蒋先生。

"心脏在右边吗？"我不清楚 USUS 有没有心。

"那要看我站在你的哪一边。"

我无法控制注意力，什么都看不清，更遑论分辨左右，等缓过神来，我已经在彩池里。我又重新看到那些进进出出的噪点，它们在视网膜里快速移动，挤压，像泡开的水宝宝（高吸水性树脂彩色球）。池子看上去比之前膨胀了许多。唯一不变的是轮盘还在转动，在磨损式的负载中长出了锯齿，就快要盖过轮盘这个母体变成章鱼。我流落在各个队伍里，非常疲乏，准确来说，是无法走出去的乏力感，是还没感受被推出来的瞬间，就失去了对那一瞬间的记忆。

这里的自动繁衍超出我的想象，池底彩金在不断累计，除了是一个跳动数字，看不出作用和意义。与此同时，很多 ID 向一种从未见过的，类似小房间的东西移动过去。小房间的形状，像一个个垂挂在界面上的水滴，有的则长成刚冒出枝头的果实。据说那里自行规定出了新的赔率和玩法，需要密钥才能进入，也就是说进入小房间里的人，可以不用再遵守彩池的游戏规则。房间的出现为大家带来了不一样的激励，这种新产物既依附，又努力地脱离 USUS，这么下去，USUS 就要失去原先的意义，为它们提供着占地空间和能量，甚至沦落为一台发电机。

我看着同一个队伍里的 ID 犹疑着撤走，然后再没有回来，我不知道 USUS 为什么要制造出这种悖论，还是它意识到正在失去控制，原本是向他敞开，接近，现在又逐渐转向疏离和封闭，也看着这里随时被变成战场或者荒地。

那个叫平冈的 ID 又出现了，在所有人的上方游走，大家对这个独来独往的人抱着奇怪的观感，觉得他像忍者。据说平冈就是传播各个房间密钥的人，不排除在谋利的诱惑之下，他也能背叛蒋先生。彩池很快空旷了许多，他的影子因此显得特别大，在地面上覆盖出深灰色，让缓慢转动的锯齿看上去就像鹰的翅膀，我产生了风吹过耳边的错觉，从看不见的角落，边境，坠入底部发出的回响，来自这里的真实体积。

"你在里面干了什么？"我的对话框里突然亮了，是他发给我的，这是第一次有 ID 能跟我直接对话，平冈依然是这里权力最大的人。

"你也去过了吗？"我反问他，不清楚他想问我的是去见了 USUS，还是进去了房间。"发生了什么，你知道吗？"

"我知道很多，但不一定都要告诉你。"平冈迅速地回复，没有多言。果然是孤傲的家伙，我对他一无所知，包括他和我交流的目的，以及他是不是和 USUS 一样有审判的权力。但平冈这个名字只会让我想起小男孩，于是我问他："蒋先生还继续活着吗？"

"你还没回答我，你知道自己为什么又掉了出来吗？"他终于把问题说明白了，但我无法给出明确的答案，尽管平冈的态度可能和 USUS 如出一辙，但我的好奇多于疑问，共谋的念头多于试探。

"准确来说，是什么都没做，就莫名其妙地回到这里。"

"我很久没去过了，我也不懂他在想什么，"一想到他可能是真实的人，就好像看到他坐在哪棵树上，摇晃着腿，"但至少不像表面那么和平。"

我大概能理解他想说的，和平就是不断生产复制品。蒋先生已经不做出优劣评判，显得极为公平，尽量让每个人都得到想要的答案。我看着规律得看不到起伏的海面，对这种平静的语调感到厌倦。我气恼不过，想拿起一块小石子投过去，同在眺望的平冈将其划分为危险行为，对我做出海边管理人员一样的手势。

"骰子现出五个面，但人们只需要知道其中一面。"看样子他对赌博的心理了若指掌。我继续盯着海平线，噪点来来去去，有坐着帆船的，游泳的，冲浪的，边界偶尔被他们推到很远的地方。平冈监督着不让他们靠近那里，用扩音器发出警告，播报着接近那里后失踪的人，但还是有人冒险游了过去，一些好奇者则观望着，徘徊在中心地区。

海平线变换形态，时而安宁，透明，时而多动，连缀着石英亮片和发光二极管，我眺望着它，突然迷惑自己身处何处，它照样把我吞没了。边界对他们有着致命的吸引力，有非去不可的理由，就像希望游戏不会有尽头，不会有完结的时候。如果这里是圆的，那就应该有一个靶心，靶心四下飘浮不定，根据想要摊开的边界来变化位置，没有一条通道清晰地展开，所有人都落在圆周运动的旋涡里，感觉艰难万分。

我总感觉找准这个靶心，比奋力想要越过边界更加重要，我觉得更需要说服自己的是，不去边界，不再走进队伍，就算不知道蒋先生跟其他人的内容，对话也能进行下去。我回过头去找平冈，发现他不在那里，我又开始想象他是个穿着条形袜，吹着笛子的小孩子，但或许他长着一张平均的脸也说不定。

我又回到那个界面，USUS 正在演另外一场戏，剧情改编自古希腊悲剧，配戏的是另外一个女演员，坐在椅子上，不和任何人交流，不动声色，又势在必得。她走到他面前，从包里掏出来一个东西，掂在手心，玩魔方一样翻来覆去。玩了一会儿，她将其对折，食指绕着手腕一圈，拇指再捻着食指，那个东西越变越小，可以无限次折叠下去。女人突然停手，把它收起来，放回包里。蒋先生待在座位上一动不动，眼睛在流汗，怀疑是否有人跟他一样，什么都没有看到。但她优雅有致的动作，天真的神态，让人相信那东西还活在她的包里，大家很快忘了这件事，围着圈跳起舞来。

传说观看这部剧的观众，能在女演员们脸上找到自己对应的观影神情，就像偷偷藏起他的一件私人物品，谁都没有失去他。这时 USUS 把剧情分成几张组图，它调动了图片顺序，故事就变成了：

——女人从门外进来，大家相视一笑，她坐下，所有人裁定她为女巫，外头开始下雨。

——大家相视一笑，女人进来，外面在下雨，她坐下，大家赞美她的魔法。

——充满烤鸡香味的宴席上，人们讨论什么时候会下雨，灯光忽明忽暗，谁也没有发现醉酒的蒋先生，直至看到他和她扭打在一起。

无论剧情和演员走位怎么变化，最后画面中间，都会空出一把椅子，是他在等待着某个对话者吗？这个对话者从未到来，他在等待这个不确定的时刻，就像他回到作为一名死者，被生者替代的那个时刻。画面中人的脚步随即慢了下来，最后一动不动，如同生锈的时针，仿佛在说，等待是属于另外一个时间谱系。

时间长度往往能够决定故事的感情色彩，比如同一个故事，发生在一天内的是喜剧，发生时长一年，就带有明显的悲剧意味。

我开始理解，为何他在后期故意放慢表演的速度。在经历了无数的挫败和游离，他在和剧本、导演和资本方的角力中找到了规律：时间长度往往能够决定故事的感情色彩，比如同一个故事，发生在一天内的是喜剧，发生时长一年，就带有明显的悲剧意味。他让左眼扯向脸之外的方向，嘴角用皱纹划出长沟壑，露出牙龈，承受着时间压在他身上的重负，使用身体来力挽狂澜。

顺着这个思路，似乎可以解释那个被冠以滑稽之名的表情，它传递的是一种不需要判断的安全感，于是被快速地拆解，复制，波普化成为流行符号。但 USUS 是没有脸的，是大家把蒋先生的特征自动代入给它，我幻想的 USUS 有很多张面孔，但唯有一张面孔，不美，不友善，当然也没有敌意，只不过它变化得太快，擅长将自己藏在摩尔纹的面具里。

这场对话看不到尽头，USUS 的策略依然是，不给出确切的答案，不必完全弄懂彼此的意思，这样对话就能持续下去。"就像台词，需要两个人配合才能完成。抗拒理解，就是对语言的捕获。"它说。它也在提供无须判断的安全感，让你不感到冒犯，不会想去危险的地方。我问蒋先生，躲在 USUS 这个道具里的感觉如何，是像套在卡通人偶服装一样闷热，还是也感觉到了安全。他没有回应，他想捕获当下的情绪，在我这里遭遇障碍，是因为无形中我也在塑造着它，或者说，它需要身份的概念，比如粉丝，爱人，朋友——"我们只是朋友。"因我无法给出具体的概念，才会被拒之门外。

"所以那个秘密是什么？"我继续追问，他没有回答，"那你喜欢我吗？还是只有看不见我的时候才喜欢？"这次他连选择题也放弃了，现在拒绝对他来说，就是维持寂静，判断着我是玩杂技的少女，还是聒噪的女明星，有可能两者皆是。

我又被推了出来，这次直接落入了没有命名的海边，平冈还在那里指挥秩序，海平线挤满了黑压压的人，都一致往那边游，海滩很快变得空荡荡的，只留下不少遮阳伞，饮料铝罐和快餐袋。平冈站在瞭望塔上向我招手，我朝着他的方向走去，站在塔下看他。

平冈不打算下来，我发现他跟之前有点不一样，头像上多了一只金色的坐骑。他说我不在的这段时间，有些人跟他租了各种滑水工具，拼命想要冲出边界，他不知道边界对他们做了什么，有些人来不及脱身，ID 都掉了，他就捡这些 ID，处理成筹码卖到彩池那边。

他看起来赚了不少，整个人散发着夏威夷般的光泽。传言很可能是对的，平冈是最大的投机主义者。我想向他证实一下传言，他率先放下了望远镜，叹着气说："境况看起来没那么好。"

平冈总是很冷静，是一种消极的，不关心自己的冷静，但他说他愿意告诉我他在做什么。他带我去广场，那里都被吞食信息的储存块堆满了，ID 们卡在缝隙之间，几乎无法移动，储存块被整理成黑色辐条，形同条形码。"档案库，"平冈说，这些都是 USUS 收集到的数据，没有先后优劣之分，"也就是过去，现在，未来皆不可得。"在说出佛偈般的话之后，平冈又恢复了买卖的语气，问我要不要留下来当他的助理，保证让我大赚一笔。

我们接着去了彩池，彩池上的轮盘驮着房间的果子，行动钝重，看上去就像年迈的老人。平冈在我耳边发出"嗖"的一声，我没注意到他一直背着弓箭，他射中一个房间，房间掉了下来，被射成一个四分五裂的松果，里面什么都没有，"破产潜逃了。"平冈把碎壳拨到一边，好像在说，永远别想知道他对这个没有秩序，野蛮生长的东西的看法。我们还遇到另外一位通行者，看上去没有平冈那么有派头，平冈没有打招呼，带着我快速离开了。

当我回到海滩那边，平冈已经回到高塔上，坐骑亮眼地闪了一下，表示他刚刚做成一笔大买卖。"我对蒋先生一点兴趣都没有，他的电影实在难看，但有一部我很喜欢，"平冈把一个汽水瓶踢到水里，"那是我的朋友演的。"

平冈说他跟他的朋友从小就认识了，做过一阵子对面的邻居，从各自的父母口中知道对方叫什么名字。他们的相处过程很不友好，时不时就互相谩骂，平冈曾经站在高一层的阳台上，拿着塑料枪威胁要打她，还不到十岁的她光着上身，啃着苹果，脸上悻悻的，却不躲避。平冈对这个邻居一直没有好感，连她什么时候消失的也记不清了。街坊说他们全家移民去了外国，也有的说是举债潜逃，在平冈的记忆里，女孩好像是一个世纪之前的人，他遗忘了她的脸，仿佛她从来没有过样子，直至有一年暑假，平冈在电视上看到她。

我不太懂平冈为何称她为朋友，我想，如果他们玩过跳台阶游戏，猜拳决定着彼此的起落，平冈也不再一直居高临下，有那么偶然一次，他会和她落在一个平面上。在电影里，少女为投水准备了红色花边的上衣，蒋先生看着她说："就像生前一样光彩照人。"与她杀害的人相比，根本无法称之为尸体。或许她也给平冈留下过这么强烈的印象。

"不是主演哦，"平冈纠正我，"是那个主演的同学之一。是那个从后面的课桌探出头，笑着附和起女孩提出的放学计划的，就是那种最普通的，不起眼的女学生，会做出的普通举动。"

这个电影我看过不下四五遍，但我完全想不起她是谁，更记不得有过这个情节，奇怪的是，当你努力回忆的时候，其他情节也不见了，而在那些转瞬即逝的，彩色的光谱夹缝里，无数个少女正在诞生。平冈坚信自己的记忆没有出错："我一直以为 USUS 知道的会比蒋先生多，我是说，她会不会就像扫描过的照片存在他的大脑角落，USUS 给了我千奇百怪的答案。"他突然停下来，拿起望远镜望向边界，这时海平线已经像一支鼓紧的弓弦，人群在纷纷往外冲，把众志成城的弧度凝聚引力，我的脚底开始有微微的震动，身体不由自主地往那边倾倒过去。

我有种奇怪的直觉，现实中并不存在"平冈"，甚至名字也不存在，只有这里能让他成为平冈。为了得到答案，他一定也爬过旋涡，齿轮和油井，直觉也告诉我他没有找到那个女孩。这里的海水和沙滩的比例还在发生倾斜，空间里的间隙膨胀开来，站在高处的平冈顺着弧形，像海浪般向后移去，越来越远，就像一个落日快要消失在我的视线里。平冈向我招手，劝我赶紧离开这里，我极力往后眺望，直到彻底看不见他。很快，四周像荒地一样，只剩下平冈在对话框里发来的，说是制胜秘籍的三个英文单词：among（用于三个人以上的介词）、between（两人对话）、midst（不确定的距离和关系）。弧形还在猛烈弯曲，我成为圆弧上最高的点，面朝何处都是同一个方向，这个地方已经空无一物。

再次见到 USUS，已经是晚上 8 点，那边的他好像比现实老了二十多岁，对话也老派、温和了很多，他不知道年轻人已经迷上星座，打坐冥思和奇奇怪怪的养生，"这一部分叫事与愿违，那叫白费工夫。"他说。

蒋先生可能已经死了，因为背景开始发出声音，音量很小，有点放出挽歌的意思。那是半年前他在电台接受的采访，节目时长是 40 分钟，这时界面的右上角出现了倒计时的标志，这个动作有着特殊的含义，如果这个代表某种结束的时间的话，也取决于对话者进入这个界面的时刻。也就是说，在我的频道里他还活着，开心地谈论了女友、宠物，未来的工作计划。

他的声音变得立体，扩张，极力让你如临其境，我应该是在午夜的出租车上听的这段广播，蒋先生的声音在装满疲惫和酒精的脑袋里回响，情绪非常清晰，司机和我讲着话，尝试着让我不要睡过去，我看了一眼司机的工作牌，他叫平冈，一个奇怪的名字。

这是它提供给我的情节，平冈已经是他的一个"储存"，而且只让我看到他的后脑勺。蒋先生依然端坐在对面，我把手伸过去，拂走围在他领结上的蒲公英，他没有被这些它们搞到窒息，看着比以往更像一块墓石。倒计时还在继续，他等待着到最后一刻彻底消失。

时间提醒我还能再提一个问题，我对他说，among、between、midst，"千万个时间中，此刻为真。"它回答我。

冰箱上凸起的香草味图钉投下了一道长长的阴影，像粉笔一样，把房间切割成两个部分，他的躯干在阴影里，双腿在光亮里，显示出即将逝去的迹象。这时他的方形的上半身横向拉伸，扩展，白光闪动了一下，它变成了一张荧幕，然后我在上面看到了自己。

这是我和他共演的影片，我看到侦探雕刻最后一个花朵，写上一个名字；

小隔间里的我在看书，决定去寻找他说的钟表街；我们跳下火车，向两个方向漫步而去；我们在酒吧相遇，他请我吃一种很甜的樱桃糖，他说一生都不会有这样的时刻；十四岁的我决定学写一个我和他的故事……我清晰地看到我的表情，眼泪，他的回忆，踌躇，影片显示 660 分钟，是我在 USUS 里的时长，我只出现在一些片段里，出现的此刻为真，正通通快速地，万千地在眼前上演。

"骰子现出五面，人间只爱一面。盗窃明日黄花，唯有灵光再现。"这时平冈的声音隐约地传来，他唱着歌谣，像正给谁打气一样，这时荧幕上插播那边的现场，众人没有冲破边界，而是像扳动一块石板一样，将它竖立起来。最终，海岸，房间，USUS 连接对折，看起来就像一颗骰子。

我站起身来，离开椅子，拿起地板上的金属书签，他也很快找到了柳叶刀，我们迎着屏幕，刺向彼此。尽管我知道，骰子很快会把我们转向另外一个平面。

当你
努力回忆的时候，
其他情节也不见了，
而在那些转瞬即逝的，
彩色的光谱夹缝里，
无数个少女
正在诞生。

from《少女与意识海》

爸爸

文｜匿名作家 017 号

1

程落曾经恨过许丹的，程落后来忘了。当时大家都是十二岁，许丹总是梳一个高高的辫子，皮筋扎得相当紧，牢牢揪住头皮。她的眼角因此总是向上吊着，太阳穴拔出青筋来，整天像要去寻仇。

有一个下午，许丹认为自己的辫子不够紧了，需要重新扎辫子。撸掉皮筋的时候，她的同桌程落看见，那散开来的头发仍然是个辫子形状，没有因为失去束缚而重获自由。程落猛然意识到，电影里那些一松开发辫就能够魅惑地甩出一头瀑布的场面都是假的，女生的头发是硬的。他心里一惊，又想到女生也会拉屎、淌鼻涕、脚底汗臭、指甲藏泥……他第一次想到这些，像走在路上一屁股掉进井底，好多天眼睛里黯淡无光。从此程落再看女生，就和从前不一样了。都怪许丹的钢丝头发！他后来就怪里怪气地喊许丹"妇女"，一直喊到几个月后他们永别。同学们不明白其中意思，但也跟着叫了。女老师们听见了很愕然，但并不管，回到办公室里叫程落"小流氓"。许丹自己最不懂：妇女是骂人话吗？她因为不懂程落骂的是什么，便不知道如何反驳，只好不理睬，倒像是坦然接受。程落于是更加恨她。

程落就是从那时候读起书来——之前也读书，但那是作为男孩子似的读父亲的"大人书"，或是读大人们不许他读、且连大人自己也并不该读的书。七字头的最后一年，程落看透了女生的真相，开始像个读书人一样读书。几个月以后，他们一家从长江边搬进了北京。他敏锐地发现，对父亲来说，这一次迁徙并不是"赴京"而是"回京"。他们住进崭新的楼房，不过家具杂物是旧的——床柜桌椅，棉被茶缸，一件件打了包从老房里运来，恨不能位置摆放也如前。父亲和父亲的朋友们仍然是小心的，而程落与他们的儿子们是初羽的鸟，要放声了。他认定北京就是他的家，对妇女许丹的恨已经忘得干干净净。他越来越乐在其中地读书。他发现世上的书变多了。

如今程落也到了父亲当时的年纪，身份亦和父亲一样，是个知识分子——只是知识分子这词不大被人用了。从前不用是因为风险，如今不用是因为过时。程落写过书，也教过书，写过剧本，拍成电影，还三不五时参加活动，制成节目，教人读书。过不了几年，他便可以着手撰写回忆录，虽然眼睛花掉了，但他的妻子还年轻，很可以助他完成。如果没有另一个许丹，他的回忆录会是多么洁净统一，翔实忠诚。他想起许丹轻蔑地说他"做都做得，说却说不得"，仿佛这是不对的。

可那正是他的信啊：可做不可说。他的大半生都是这样信过来。他不和她辩，就在深夜里写大字，"不可说"。他曾经害怕许丹，像杯水怕活鱼那样地怕。

2

程落第一次见到许丹是在南方的海边，他受邀去参加一本杂志的年终颁奖礼。当时的北京是冬天，而南方不是。落地已经晚上了，天仍然不黑，程落坐在去酒店的车里，大开着窗——两旁是南方的树，大叶片在暖风里招展，像大佛的柔掌。慷慨的天光像海水一般，是荧荧的透明的蓝绿色，披在一样样东西上，仿佛东西自己闪着光。风携着露水摸进了程落的眼睛里，程落的眼眶就软了，又摸进他的鼻子，他的心腔就润了，最后摸进了骨头里，他的人就轻了。北京远远地在身后了。那干燥的，牢固的，混凝着灰土的响亮的，都一并在身后了。他开始觉得衣服穿多了，胸口沁出一层薄汗。

程落下了车，三两步就进了酒店大堂，惊讶于两腿的轻盈。一个穿短裙的姑娘小跑迎上来："程老师？"

"哎。"程落干脆地应着，知道是杂志社的接待。

"这您的房卡，日程，还有三天的餐券，"姑娘在肩上的大包里翻出写着程落名字的信封，左胳膊伸出去高高一指，"电梯在这头，您是十四层，早餐七点到十点。"

"好嘞。"程落接过信封没有打开看，知道里头有钱。

房间很敞阔，程落进了屋走到尽头，拉开窗帘和玻璃门——露台也很敞阔。天终于黑了，风却还一样温润。他听到一句句懒懒的浪声，循声看出去，酒店里圈着一片海。

"程老师？"

程落回到屋内，才听见门铃和人声，开门看，是大堂里的短裙姑娘。

"进来坐。"程落招呼着，猜测是社里有事情嘱咐——明天有一场他和几个作家的对谈。

"没事儿，我来给您送个火机，"她亮出手心里攥着的打火机，放在茶几上，"他们房间里没火柴。"

"哟。"程落自中午上飞机，的确有大半天没抽上烟，"谢谢谢谢，"他为了表达感谢，立刻点起一支来，"你知道我抽烟？"

"啊，"她眼睛圆圆的，和那夜晚的天光一样清凉，"之前您来社里，就进我们主编办公室抽烟。别人主编可都不让。"

"嗨，"程落听来觉得惭愧，嘴里猛吸两口，掐灭了，又把打火机拿在手里，"谢谢你，真没人对我这么好过。"

这话似乎重了，令她有点窘，轻轻扯着包向他解释："我备了好些呢，不是单给您一个人的。"

程落笑了，这时才问："你叫什么名字？"

"许丹。"

"许丹，"程落想起了故乡的女同学，这巧合有点令他兴奋，"我从前也认识一个许丹。"

"真的？"她开玩笑的心情太急切，嘴巴脱了缰："不会是我妈吧。"

话出了口许丹自己又听见，才知道没道理。程落这时倒不笑了，眼光对着她的眼光，像在琢磨什么。许丹跟着也琢磨，心里细究下去，曲曲折折拐到了小路上，脸就红了。

她脸一红，程落的脸便也可以红了。

"这会儿还有饭吗？"程落先回过神，岔开去问。

"酒店里没有了，"许丹为难地这样说着，程落明白她没权给房间挂账，"不过，有几位老师约了十点钟出去吃夜宵，这会儿，"她看看手机，"九点四十六了。"

程落问都有谁，许丹说了几个名字，程落一听都还成，就决定也一起去："咱们就在这儿等一等。"

许丹点着头，忽然不能像刚才自在："那……我能也抽烟吗？"

"能啊！"程落把手里热乎乎的打火机递过去，短促地想了想，"我媳妇也抽烟。"

"嗯。"许丹又看看手机，"九点四十八了。"

四男三女，挤进了一辆车。司机一听说"夜宵"，便嚷着"我懂我懂"，逃命一样地奔起来，半小时才赶到一家稀稀落落的排档，脚底下是土路，房后似乎就是村了。老板迎上来，一张口是北方人。几个女的有点怕，男的一挥手："既来之，则吃之。"

总归是那几样海鲜，清蒸辣炒，煮汤煲粥，搭着冰啤酒。许丹明白她是结账的，可是老板偏不给菜单。

"你们吃什么，就说，我后头一做，就完了，"北方男人敞着眼睛笑着，满不在乎地挥着大手，"完了一块儿算！"倒像是许丹在跟他客气。

"可是……我们要先看菜单呀。"许丹不甘心。

程落在桌底下伸出手，压在她胳膊上，小声地："你别管，我来结。"

"不用不用，"许丹几乎从凳子上弹起来，声音也是同样的小，"不是这个意思……"

"好了！"程落的眼神和声音都严厉起来，"听我的。"

许丹低下头，嘴里咕哝着。

"坐好。"程落命令她。

许丹坐直了一点，眉毛还皱着。

"裙子拉一拉。"

许丹就忍不住笑了。

一桌子七个人，除了许丹都是"老师"，都是弄字的人，都不那么爱啤酒。起先的兴致是为了相互知名但不熟，等聊开来熟一些，兴致就淡了。酒不诱人，海鲜味道也欠鲜，烟就很快抽光。许丹主动去买，问哪里有店，老板朝黑处一指："那下头，有个小铺，关门了你就敲。"

许丹一路提着心，图快买了整条中南海，不敢讲价钱，买了就走。走回到一堵半米多高的砖垛底下，看见旁边站着人——几个本地的青年，瘦瘦小小的，见许丹过来，嘴里叽里哇啦地热闹起来。

她便不敢走了——穿着短裙，怎么敢在这些眼睛里抬腿上去呢。青年们见她不动，觉得有趣了，更加说说笑笑，渐渐要走近。许丹望着垛上远处的光，心一横，大声喊："程落！"

后来的日子里，程落老提起这件事来笑她，学她的样子，苦着脸："哎哟，吓得呀，'程落！''程落！'"

许丹反驳："我没喊那么多声儿！我就喊了一声儿！"

她一喊程落就听见了——她刚走他就站到了路口去，等着迎她。一听她喊，程落立刻急了，几步跑过去，边跑边也喊："怎么了，怎么了！"

青年见有人来，就散了。危险没发生，许丹不好意思起来："没事儿。裙子有点短……不好抬腿。"

程落还警惕着，等那几个人都走远，两下脱了衬衫，围到许丹腰上去。许丹顺从地抬着胳膊，像是交给裁缝量。程落先把两只袖子在腰里绑了个死结，再前后看看，又蹲下把衬衫扣子一颗颗扣好——就真成了条裙子。

他仍然蹲着，脑袋就伏在她的小腹前。许丹把手背在身后，不然就要伸出手去摸他的头顶、耳朵……好像风一下子停了，四下里忽然静了，南方的夜里许丹的脸烧起来了。程落吸着气闭上眼，喉咙里像是吞了一团热沙，压住心口。他感到一浪一浪的快乐，想唱歌。

"好了！"程落站起来，拍拍她的肩，"大方了。"

"嗯。"许丹从鼻子里挤出瓮瓮的一声。

他们同时侧过身去，躲开对方的眼睛，因为脸上的笑再也藏不住了。

3

"你怎么了？"老七问程落，"是不是谈恋爱了？"

"怎么了我？"程落一惊。

"老发呆。"老七眯着眼睛，磕一磕烟灰，"手机老在手里捏着。"

"最近事儿多。"程落应付着。

"到时候啦。"老七拖着长音，没头没脑地说。

程落猜不准老七认为到了的是什么时候。大学时候他们住同一间宿舍，老七就是八个人里排第七。程落最小，办事讲话却最显老成，便没人喊他老八。

程落和老七从小就认识——两人的父亲也是朋友，同一批从干校回北京。于是两个儿子一同上学，一同逃学，一同骑车划船，喝酒抽烟——分数不算太要紧，程落读书多，父亲的朋友也多，给他考个文科足够了。

两人的不同是从大学毕业开始的。分配的单位程落都觉得不配，想进高校讲课，请父亲去打招呼，父亲不打。程落也不急，你不打有人打，就去找和父亲一批的叔叔。叔叔一听乐了："你爸不管你？我管。"

程落自己连系都选好了，书记是哪个，一说，叔叔心里有底："一个电话的事儿。"

"您现在就打吧。"程落把电话推过去。

老七却决定做生意。先倒了几批书，试过水，就多筹了钱，倒衣服鞋帽，一趟趟地跑到广州去。程落的第一本随笔集出版的时候，老七挣到第一笔一万块，张罗着请客，让都来，认识不认识都来，问大伙老莫还是玉华台，程落说玉华台。

程落一向吃饱了才喝酒，所以总剩他一个不醉。老七第一个大了，两根黑瘦的胳膊盘在程落脖子上吊着："你是不是对我有意见。"

"没意见。"程落摇头。

"你这个态度就是有意见。"

老七缠着不放，程落索性认真："老七你理想是什么？就是钱吗？"

"钱怎么了？"老七反问他。

"总归是……"程落措不好词，"还有更高贵的事儿吧。"

"'高贵'，"老七啧啧回味，"工人阶级最高贵！现在都在哪儿呢？"

程落没说话，挑衅地盯着他。

"程老师，"老七提起肩膀，又顺着椅背出溜下去，"钱，不高贵，但是！钱干净。"

现在老七就有许多许多钱，一手做餐饮，一手做艺术品收藏，顺带养着几家小书店，还即将进山修座庙，邀请程落也参加。程落看着老七平摊在腿上的肚子心想他和这时代配合得真好，他和他自己配合得真好。他数数看自己，三十二岁时提了副教授，三十三岁就辞了公职做闲人——当时很算是新闻的，如今闲人多起来，自由似乎不稀奇了。

还没轮到他的时候，时代是三五年一变的——有时两个半年劈开，也是天上地下。可是一轮到程落，时代仿佛懒得管了，不给他父辈那般的起伏考验。程落离开体制，以为是开始，没想到真就闲淡了下去。他早早摆好的反叛姿态，如今成了顺应——当他发现这一点却已经迟了，他的心脏和骨头开始老了，只好仍然那样僵硬地摆着。他觉得他是被欺骗了。他们的父亲都去世了。

没过几天，老七给程落置了间工作室，方便他见人谈事，又因为置在郊区，远，所以"万一晚上回不去，睡这儿也正常。"老七说。

程落就大体明白他说的"到时候"了。

4

原来恋爱是这样。程落日日夜夜持续地激动着，惊讶于他的恋爱竟是这样迟来，又这样崭新。

"我是第一次谈恋爱。"他拉着许丹的手告诉她，心里充满对自己的怜惜。而她从经验出发，只当是一种喜新忘旧的表白。

从南方回到北京以后，程落主持着给许丹搬了家。他看中那房子里沉重结实的木头家具；白墙已经不白，映着曾被长年遮挡的灰黑形状；地板是实心实意的木头，踩上去咯吱作响，闪着哑暗的红光，像干透的血迹。

许丹觉得这些家具太大了，整个房子都太大了，仿佛不留神就会压在她身上。她想换几样新东西，让眼前轻便一点点。程落不许。

"就这样，"他笃定地说，"像个家的样子。"

他的生活开始紧张起来，每天一睁眼就跑到那房子里，踮着脚溜到床上去，看许丹睡觉，看她觉察响动睁开眼且一睁眼就能够露出笑来。他如果轻轻说："还早，继续睡。"她便真能继续睡，有时要睡上一两个小时。程落的一条胳膊给她做枕头，另一条不疾不徐做一些温柔的探索。他的工作就等在这房子外面——许多人要见，许多会要开，可那是另一个世界的事，在这些早晨里他什么都不做，只看着她。他真羡慕她能够这样地享受睡眠，不觉惊扰。大概没人害过她，程落想。

等许丹真正醒过来，他们才正式开始这一天。有时吃早饭，有时没时间。

床也那么大，像一张四方形的海。程落沉迷于亲吻，相较于激烈的明确他甚至更爱亲吻，令他忘情。而许丹更愿意要明确——第一次就发现了，他们完成得那样好，谁都不必委屈，竟会那么好。

"简直可以参加比赛。"许丹神情认真地说。

老天爷啊，程落在心里喊。

他把她整个地监护起来，在他选定的房子里给她做饭，给她洗澡，给她穿衣服。短裤和短裙不能再穿了，低胸和丝袜"比短裤还恶劣"。他带她买许多布料充足的长裤、T恤和衬衫，盯着她穿："多好，明星都这么穿。"

许丹对着镜子皱眉头："像下岗女工。"

"胡说，"程落批评她，"下岗女工哪舍得穿这么好的衣服。"

"走吧。"许丹一甩胳膊，准备出门上班。

"等会儿。"程落把她扭回来，抬手扣那衬衫领子上最高一颗扣子。

许丹使劲儿挣："这个扣是不扣的！"

"谁告诉你不扣的？"程落立着眼睛，"不扣为什么要做个扣子？"

"为了美观，真的！"

"美什么观，你这叫益街坊你知道吗。"

"什么？"许丹扑哧笑出来。

"益街坊。就是傻，便宜别人。过来，扣上！"

和每天一样，程落把许丹送到杂志社旁边的路口，剩下的一小段要她自己走。下车时四下如果没人，可以迅速吻一下，如果有人，就在底下捏捏手。这一次许丹下了车，走出几步远，发现程落也下车追过来。

"怎么了？"她紧张起来。

"这个扣子，"程落严肃地指一指她，"不许我一走就解开。"

许丹忍着笑："那你亲我一下，我就不解。"

程落迅速亲了，眨着眼问她："服不服？"

许丹服了。

5

头一年总是慢的，实打实的，一天是一天。第二年就快起来。他们还是一样的相聚，一样的分别，可是相聚前的等不及更甚，分别时的不舍得也越诉越沉重。他们的默契更丰满了，游戏更曲折，情意更加清楚，速度就更紧迫。

"那你是不是爱我？"许丹总是问他，次次都像从来没问过。

"是。"程落踏踏实实地点头。

"是吗，"许丹想一想，"那我更爱你。"

这是甜蜜的斗争，可是令程落恐惧。爱与更爱，孝与更孝，忠诚与更大的忠诚——她懂什么？程落高高地看着许丹。她可不知道这样的斗争里有生死。

他第一次感到戒备，是许丹终于问他："她什么样子？"

程落尽力表现得不把这话题当一桩事："就是那样，你知道的。"

这样的敷衍，反而使她能够接着问："我怎么知道？"

"就是老夫老妻那样的，没什么。"他太太并不是老妻，比许丹大一些，小他十几岁。

"老夫老妻什么样？"

"总之不像我和你这样……就像你爸妈那样。"

"我爸妈感情不好的，天天吵架。"许丹的眼睛已经睁得很大。

"我们不吵架。我们有事才说话，没事不说话。"他神色很坦荡。

"什么样的事算有事？"

"……比如，有我的快递寄到家，她就告诉我一声。"

"那，"许丹问题储备不足，顿一顿，"都有什么快递？"

程落松了气，笑出来，把许丹脑袋扳进怀里："你担心什么，我只有你。"

许丹不出声。

"我只有你，"程落捧着她的脸，"我说这话，你明白吗？"

"什么？"许丹大声喊，"你捂上我耳朵了，听不见！"

程落叹气："不说了！"

在房子里的时候，他们做什么都在床上。程落添来一只黄花梨小方桌，吃饭时搭上床，倚躺着吃。吃饱了，就感到适意的昏沉。程落拿一把宽木梳，缓缓地梳许丹的头发，像摸小猫的毛，不经意地："要是还让娶两个……"

许丹闭着眼睛，身上一僵。她那么信程落，以为他是最文明的一批——他凭什么以为她愿意？她没说话，为了留恋当下的适意。如果她能把面对程落时一句句咽下的话全部说出来，噢天知道，她也知道，这一切会比一支舞曲还短暂。

这支舞跳了两年，舞步终于乱起来。程落的管束越来越紧，而许丹的期待越来越大。有一回吵起架来，许丹把那温存时的话扔回他头上——"娶两个！"带着愤怒和眼泪。程落不吭声，心里坚决不认——人们总是曲解他的意思，只为了给他定罪——他所描绘的不是倒退，是进步，是融洽的集体的自由。她如果不同意，可以退出集体去，可她竟掉过头来批判他，这怎么行？

于是他要先批判。一次许丹读新书，被他抓住，作者正是他不齿之流——青年新秀，面孔俊朗，文辞狂大，还梳个辫子——他称之为"假狠"。

"看这种烂书，"程落夺去翻两页，愤愤地一摔，"烂书最害人，比烂人还害人。"

"你又不讲理，"许丹眨眨眼睛，"烂书不就是烂人写的，怎么会比烂人更害人。"

程落怔一怔，生硬地往回掰："不是这回事——有彻头彻尾的烂书，但是没有彻头彻尾的烂人……人，人都是有原因的。"

许丹便不说了。她知道程落往下无论说什么，总是在说他自己了。而如果你要他真正地说说他自己，他便又"不可说"起来。

"过几天，我爸妈要来。"

程落已经站在门口要走了，穿着一只鞋，回头看许丹："来看看你？那过几天我先不来。"

许丹坐在沙发上望他："也看看你。"

"你跟他们说了我了？"他走不出去了，鞋又换回来。

"说了，他们老问。"许丹的脸一半委屈，一半理直气壮。

"他们知道我是谁吗？"程落沉默了半天问。

他知道事情不一样了。许丹的父母和他是一辈，他们懂得另一种对话。他没有单位，可是整个社会都是他的单位。

"你是谁？"许丹惊讶又好笑，"你是谁啊？"

他是谁。程落在心里一片片地剖开。他是那些担不起丑闻的人，他是要写回忆录的人，他是指望名字活着的人——而他看得对，没人害过许丹，她所以是指望爱的。

程落换了好声气，求许丹不要爸妈来，她不肯。她乖巧的时候是女儿，站起来与他争论就成了女人了，和他太太没什么不同——都要他负责任。他要两个责任做什么？

"不行，"许丹气喘吁吁地冒眼泪，像个丰沛的泉眼，"要么你跟我爸妈说，要么你回家告诉她……你不告诉我去告诉。"

程落浑身发抖："告诉她，告诉以后我怎么办？你根本不知道后果。"

"后果是什么？"

"后果就是我完蛋，彻底完蛋。后果就是痛苦，后半生的痛苦。"他颓然地。

许丹惊奇地："现在就不痛苦吗？我不痛苦吗？"

"就因为你痛苦，就得让我也痛苦，"程落眼睛血红，"你怎么这么自私！受过教育吗！没学过孔融让梨吗！"

"让也是孔融自己让！可没人逼着他让！"

许丹一声比一声高，她的眼睛不再疼惜他，话也不留情。这个小小的人啊，曾经像他口袋里的一朵花，如今像一支孔武有力的队伍。程落认得这个队伍，他一出生就被这队伍摘出去，过些年又招回来。程落那时就懂得：这队伍永不会消失，谁的屁股也别想坐稳。这个夜晚，他在许丹身上认出了他们，也认出他迟来的考验——许丹就是他的考验。

"找个牙刷给我。"他轻声说。

"不走了？"许丹愣住一下，仍然冷冷地。

"别哭了，"程落说，"我心疼。"

6

飞机落了北京，老七问程落回哪儿，司机一道送。程落说工作室吧，欠了几幅字要写。老七想了想说那我车送你，我另找个车回家——兜到郊区再回城太远了。程落也不谦让，点头同意。这一趟把他累着了。

他答应了老七一同修庙，老七负责弄钱，而他是设计师。一年间他们跑下了国内国外十几座大大小小的庙，都不只是过路过眼，都要同住共修，时时还要苦劳动。据他所知，许丹离开北京也有一年了，而他仍不大敢回来，每次回来也不大有心回家去住——老七早有一双儿女，所以回京必要回家，而他没有这样的必要。他从不想养孩子。他没有，可他的姐姐有，就足够了，一个家有一个孩子就够了——他和他的父母、姐妹、伴侣，整个地加在一起，才算一个家。他和太太两人是少数，称不上一个家。他们是合用一间宿舍的情谊，如同室友的关系，而当他不在家时太太的心情——他猜测，大概就像室友外出过夜的心情吧。

"北京不好待。回家吧。"

这是程落给许丹最后的话。他在那房子里住过那一夜，第二天便请许丹杂志社的主编到工作室去喝茶。他们是同一代，有共同的光荣要捍卫。

"你那有个小员工，好像是叫许丹？我听说，"喝到了第四款茶，程落才不经意讲起，摇着头，"办事不行，不靠谱。"

主编起先不懂："小孩儿吧？都是老编辑带着，我没太见过。"

程落咬咬牙："心术不正。这样的年轻人，能不用就不用吧。"

主编端起茶杯占住嘴，不说答不答应，也不问原委，另起了头聊别的。

临走了，程落送人到门口，才忽然想起似地问："老周，你们杂志也做新媒体吧，集团支持吗？"

主编叹气："精神支持，财务不支持。"

程落慢慢悠悠地又想起："我有个朋友，正想投点钱做媒体，你这儿要是行的话，我约上他，改天再喝茶。"

主编自然是行，不迭道谢，程落摆摆手："你等我消息。"

主编便明白了，程落说的是"我等你消息"。

许丹立刻没了工作，另一边程落退掉了房子，三天之内搬出去。

"回家吧，"他知道许丹没有存款，远远地坐在她对面，"北京不好待。"

许丹哭了两天，第三天走掉了。爱不是爱了，她便没了指望，也不剩一丝斗志。程落并不担心她垮掉——二十几岁的人，哪里不能站起来？如今他再想起她，更有由衷的羡慕——要是没有遇上他，她也许一辈子都是完完整整的自己，哪会有机会去反叛和重建？他就没有过。

程落放下行李，洗了手，汲了墨，决定抓紧时间，完成两幅字两张扇面就睡觉。抽纸出来时，架上掉下一本旧书，扉页露出两道字——

左边是他的："程落 购于 1990"。

右边是一阵呼啸的风："许丹 生于 1990"。

程落不知道许丹什么时候写上去。这行字令他恍然又看见当时的颜色，听见她清亮的喊声——可他的确早已经忘了。

他又记起了那张床，记起自己把最好和最后的都给了她，记起有一次当他们贴伏在一起，山峦与沟壑都贴伏在一起，她发出那个使他堕落的声音——

"爸爸。"像梦里的呢喃。

他记起当时的耳朵里那一声轰响，记起肌肉战栗，骨骼融化。他仍然闭着眼睛起伏着，可眼前出现了所有光。他在那光里看见一切秘密敞开，看见了快乐的真正形状，看见他同时抓住了最为宽广的自由，和最深最深的埋葬。

烟烧到头了，落在扇面上。程落吹掉那雪白的灰段，久久地盯着，下不成笔。他想他的人生就是这扇面的形状，越去越敞，越去越敞，险些收握不住——然而他是韧的，他活下来了。他为之自豪，又遗憾给他的考验太少。

他就像旷野中的芦苇，在任何一场风暴里都不会折的。

培根冰激凌

文｜匿名作家 018 号

城市还在那里。

——若泽·萨拉马戈（José Saramago）

　　我记得雨把地面镀成一面镜子。有车驶过，倏然在镜子上画出波纹。那是海浪拍岸的声音。窨井盖咯噔一下，几滴水汇入地下世界。然后，一切凝固了。仿佛刚才下的不是雨，而是定影液——或许这就是我们记忆的方式。任由阳光把镜子照得愈来愈明亮吧。让一切变作一团炫目的虚无。让焰火隐入浓稠的夜。

　　我记得另一天，夏日的云拒绝变成雨。它们聚集汇拢，沉沉地压向地面。傍晚五点，马路两侧路灯亮起，一对对眼睛准备见证"今天下起了云"的奇迹。摩天高楼习惯的事，人们还是第一次经历。云终于落到地上时，平铺开来竟有及腰的高度。父母让孩子骑到他们肩上，欣赏这场脚踏实地的海市蜃楼。

　　我记得一个陷入沉思的金发男孩，他左手撑着头，右手拿着叉子，全然不理会桌上的咖喱蛋包饭，而是把头转向暗处，好像有什么即将从阴影处显现。咖喱酱汁悄无声息地侵入蛋包饭底部，浸淫在酱汁里的米粒数量成为时间的尺度。男孩如此年轻，沉思的瞬间又如此绵长，让人不得不怀疑他是否穿透了某种时间的罅隙，想起上辈子或另一个维度里的生活。比如，想起他曾是草原上奔跑的羊，想起他曾跌入一片花丛中的情景。用羊的眼睛看，那近乎一幅抽象表现主义的画作，粉红色的花瓣像颜料般泼洒在翠绿色背景上。一首春之交响。

我记得 ABC MART 的霓虹灯把大楼外墙映照成一片海。夜晚之海吞没白天的所有喧嚣，格式化出一块块正方形的深蓝色寂静。窗户的磨砂玻璃背后，鞋盒砌出抽象的形。MART 里意外的 ART。

我记得远处大吊车的剪影，在深蓝与金黄之间，上演天幕中的皮影戏。一，二，三，四，五，六，七，八。八根长臂，四个指挥家同时出手。这个城市到底要听谁的？

我记得雨中一辆与火车并肩而行的跑车。我透过火车车窗凝视飞速旋转的车轮。起初分明逆时针转动的车轮，看得久了，又感觉好像在顺时针旋转。恍惚之中，只有不断被车轮裹挟而起、甩向空中的雨滴，才显得真实。

我记得在博物馆里看见一条 H&M 的裙子，它本身与在 H&M 里的那条裙子没有什么两样——或者说，唯一的区别就是它在博物馆里。博物馆里的那条 H&M 裙子旁没有价格标签，而是有一块展签。展签上标着作品名《这条裙子》（*The Dress*），而在通常预留给作品介绍的区域里，印着一长排感叹号 "！"。我没有数究竟有多少个感叹号。

我记得游泳池外有一面巨大的落地玻璃窗。阳光灿烂，玻璃的反射把室外的一切叠印在室内的游泳池上。一个戴着红色鸭舌帽的小男孩摇摇晃晃地行于水上，像神迹。

我记得一个女孩坐在阳光与阴影的交界处。她的额头、鼻梁、右眼、肘部和腰部都在强烈的阳光照射下，其余部分则藏进完全的黑暗中。"她就是那样的女孩。"当时心里这么想。

我记得深夜的一片草地。暗黄色的路灯照亮其中一块，像凭空出现的舞台。

我记得一个空荡荡的旅馆房间。阳光透过浓密的树叶，穿梭于窗户、镜子，及透光的和式推拉门间，最后跌落在榻榻米上。几缕写意的光之笔触。四叠半的房间里空无一人，不知是谁已经离开还是有谁即将到来。暂时，它是四叠半的只有蝉鸣声的空荡荡。

我记得市集上的一张海报。风把一张俗常的烈焰红唇的脸吹成了五官被折叠扭曲的奇异肖像画。风是艺术家。

我记得五个煎饺以同样弯曲的姿势若即若离地挨着，像在子宫里蜷起身体的五胞胎。没有办法把它们吃掉。

我记得一个少女把头裹在半透明的白色窗帘里。她走到房间中央，闭着眼，像在感受阳光的温度，又像在排演一场关于自我、孤独及外部世界的戏剧。并没有风，但感觉有。

我记得一个在铁塔下招徕生意的男人。我说这个铁塔那么丑不想上去。他说你只有登上这么丑的铁塔才可以不看见它。他是对的。

我记得在酒店房间正对镜子的餐桌前吃一块奶酪吐司。我用手机拍了一张有两块吐司的照片，把焦点定在了镜子里的那块上。

我记得某天醒来看见一个无头的女人。她站在床尾的长凳上，双手舞动，口中念着不知是什么文字的咒语。白色睡衣上有一行行蓝色字幕。我记得这时候我才真的醒来。

我记得一个路人，在雨后的街道上用刚从便利店买来的盐，在一个纺锤形水塘边添了几笔。水塘变成了一个小提琴。

我记得三个穿着统一藏青色制服的大叔，彼此保持着两米距离匀速前进。每当要转弯时，领头的大叔便做出转动方向盘的姿势，身体朝一侧倾斜，就好像他正在驾驶一辆隐形的车。

我记得货架上整齐排列着五个模特儿头。每一个都微微前倾，像在闻前一个的后颈。最后一个模特儿头上蒙白布。

我记得一张海报。与约翰·列侬那张著名的"WAR IS OVER(IF YOU WANT IT)"〔战争已结束（如果你想要的话）〕几乎一模一样，只是"OVER"一词被删去，留下一片空白。

我记得直角形的框架和扶梯在墙上投射出弯曲的影子。墙是弯曲的。

我记得一辆白色跑车，车身上的雪融化了一半。看起来像整辆车在融化。

我记得一大群鱼齐刷刷地朝同一个方向游去，唯有一条朝另一个方向。

我记得一栋大楼用黄色霓虹灯管勾勒出线条和形状。直到走近后才发现大楼并不存在，它只存在于黄色霓虹灯管的想象里。

我记得一个深蓝色的夜，细密的雨连接天地。十字路口，交通灯闪烁，一次次把雨线切断。公寓楼上，深夜的蓝撞向卧室里的粉，窗框处晕出一抹红色。

分不清是雨还是钟发出嘀嗒声。

我记得某个清晨，在对面公寓一扇半透明的窗前，一位大叔伸了一个长长的懒腰。两臂久久地悬在空中，像被仍在不断袭来的倦意定格。

我记得清晨的阳光像很多根丝线从窗帘的缝隙间伸进来紧紧抓牢地毯。拨弄这些粗细有别的丝线，可以奏出不同的乐音。阳光强烈时，它们绷得更紧。一个高八度的清晨。

我记得一杯打翻的草莓奶昔在铺着瓷砖的地上流出一个倒转的惊叹号。奶昔的支流渗入四块瓷砖的交界处，划出一个粉色的十字。

我记得深夜路过一间装修一新的店铺。红色招牌位上还没有字，橱窗还是空的，亮闪闪的铁门没有丝毫锈迹。像节日到来之前的那几天。像一篇一个字都还没有写的小说。

我记得手机里一张莫名其妙的照片。很多个叠印的、不同颜色和粗细的荧光"C"在明与暗的交界处闪出光芒。是我不经意间碰到拍摄键，还是手机有了自己的意志？

我记得一个穿着白衬衫和红色格子呢外套的少年走在横道线上。他的脸涨得通红，不知是因为醉酒还是愤怒。右手扶在额头，脸上的表情介于痛苦与恼怒之间。擦身而过时，我看见他的指缝间有血滴下。

我记得一百片烤吐司，摆成一个 10×10 的矩阵。开头几排的吐司烤的时间较短，表面仍是本色；中间几排恰到好处，有微焦的痕迹；最后三排越来越过火，直到彻底焦黑。这色泽由浅入深的 100 片吐司是面包师傅的教学色卡。"为了演示这些烤得过火的吐司，每一片都得设定一个恰到好处的时间。"面包师傅总结道。

我记得很多个黄黑相间的"正在施工"告示牌聚集在夜晚街道的一角，像在密谋。

我记得窗外路灯锐利的光线从酒店紫色丝绒窗帘的缝隙间射进来，像一幅被卢齐欧·封塔纳割破画布的油画。

我记得小号手正对着舞台吹奏，乐器与身体精确地成九十度夹角。从正面看，整个小号仿佛被降维成了喇叭口的圆形平面及其下方调音管的一小截竖线。小号手的头完全被喇叭口遮住并取代——或许这就是他想要的效果。

我记得跟着主唱狂乱地摇头蹦跳的时候，他头顶的灯就会变得像一根根乌冬面。如果节奏足够狂放，一首歌足够拉出一整碗灯光乌冬面。

我记得三个嬉皮打扮的大叔坐在一片泥土裸露的工地中央废弃的沙发上，清晨的阳光从他们身后盖过来，薄薄的雾使这幕场景显得不那么真实。我闭上眼，再睁开眼——他们还在那里。

我记得一个黄昏，天空是淡粉色的，十几只麻雀错落地停在电线上。五线谱上的音符。

我记得客厅地板上交叉缠绕的电线。想到某种爱情。

我记得一个明晃晃的午后，玻璃窗在大楼墙面上文出半透明的金色梯形光影。一个女人走到两栋大楼间仿佛山谷一样的露台上，静静地坐了一会儿之后开始哭泣。安静地哭，只是偶尔伸手抹去脸上的泪。随后她起身离开。

我记得一个穿着黑色波点睡衣的少女站在窗前，强烈的阳光把她的脸涂成一片雾状的炫目白色。这一瞬间，她仿佛活在一个由 0 和 1 组成的虚拟世界里。

我记得郊外森林里的一场焰火。火花把暗夜灼出一个个彩色的洞。伸向夜空的树枝被花火映亮，呈现出闪电的脉络，一时明，一时灭。

我记得一个女人侧身贴近一面镜子。从某个角度看，她好像有两个头、两条手臂、三条腿的怪物。中间那条腿比较粗。

我记得走道天花板上的一道亮光映射在橱窗玻璃上，正好蒙住了模特儿的眼睛。模特儿在这一刻仿佛活了起来：半弯的膝盖要跨出第一步，裙摆的褶皱飘动。

我记得某个午夜，一个穿着米色风衣和褐色球鞋的短发女人醉倒在路边转角一片紫红色的花丛中，头挣扎着转向左侧，右手还在拼命做出举杯的动作。正对着她的监控摄像头缄默不语。

我记得一个空气净化器的胶带封条组成一行行整齐的"卄"形。

我记得两排红色的花在白色半透明窗帘背后，像清晨送来的吻。

我记得盛夏的公园里，一切都绽出光彩。发光的假山，发光的树，发光的白色裙子和发光的湖。湖里的太阳像一个温泉蛋。

我记得酒店窗外一片巨大的停车场。白色格子整整齐齐地朝远处地平线绵延。如果把"每个停车位上是否有车"分别设定为"0"和"1"，那么整个停车场就是一个巨大的电子密码系统。当"0"和"1"的矩阵恰好与预设的密码吻合，会触发怎样的奇迹？

我记得一个躺在房间地毯上的女人。阳光透过格子窗帘在她脸上画出一串串泪。她笑着，像边哭边笑。

我记得楼下的电线杆上自从出现第一张贴纸后，有了越来越多的贴纸。像一条被反复文身的细长大腿。

我记得厨房水龙头里流出的自来水在咖啡勺上开出一朵透明的花。不断变形的花心的花。

我记得一间门面窄小的杂货店，名字叫"THE WORLD"。

我记得一些即将要开的花。欲放的花蕾在阳光下的投影是鼓胀的莲蓬头的形状。

我记得公园里有个女人为一个个氢气球编织灰白色、带有花纹的不透明棉质外套。穿上外套的气球看上去比实际上沉重得多，它们缓慢地升向天空时，感觉不可思议。

我记得演唱会结束后地面一片狼藉的样子。我因此忘了那是什么演唱会。

我记得美术馆储物箱的钥匙上挂着一双时髦的高筒球鞋。我警惕地扫视周围墙面和地面，没有发现展签。

我记得演唱会第一排铁栏杆后一排向偶像歌星伸出的手。但偶像仍然准确地站在射灯的光环中央，仰着头像在淋浴。

我记得一棵树上挂满了椭圆形铝箔片。有风有阳光时，会闪出一阵雨。

我记得一大片闪光灯同时亮起的情景。几十平方米的虚无。

我记得电影散场时仍在座位上酣睡的少年。红色丝绒座椅和浅笑的嘴角凝固成电影额外的一帧。

我记得旅行后回家时花瓣落满桌面。我顺便整理了 MacBook 的桌面。

我记得海报上两个小朋友的笑脸。凑得很近看，他们的笑会变得诡异；如果再凝视一会儿，甚至会变得恐怖。

我记得一个在路灯下独自练习街舞的嘻哈少年，每做完一个动作都会停顿几秒。一座不断变换姿势的人体雕塑。

我记得床单的皱褶像海浪。

我记得右脚脚背文着一把锁的长发女人赤脚在午夜的横道线上跳舞。染成米色的头发扬起，像弹起在空中的拉面。

我记得黄昏足球场上飞猫的俯拍镜头。二十二个贾科梅蒂影子人追逐一个皮球。

我记得曾一度着迷于凝视湖面幻变的波纹。直到有一次，我在湖里看见了蒙克的《尖叫》。

我记得一个每次吃蛋桶冰激凌前一定要把底部锥形纸套取下的女人。她收集每一个吃过的蛋桶冰激凌的纸套。

我记得一个常常按错电梯按钮的邻居。要从我们所在的八楼下楼时，如果电梯恰好在三楼，他就会按往上的按钮。他似乎无法理解电梯按钮是用来表达人的意愿的，而不是操控电梯的遥控器。

我记得海边一只逐浪的狗。它在陆地与海洋不断变动的边界上奔跑，灵活而精确。

我记得飞机的尾痕在天空写下这样的字句："Es muss sein."

我记得一个艺术家。他先做出一座完整的、有双臂的维纳斯，再把她的手臂截断。评论家称呼他为"雕塑家"时，他就会恼怒——他声称他的作品是截下那段手臂。

我记得一个雨夜，玻璃窗上雨滴的影子投射在窗前我的手臂上。雨滴聚拢流下时，影子像蔓生的植物爬过皮肤。

我记得一个戴着墨镜、左手拿着爆米花的滑板少年在一瞬间失去平衡。滑板如失控的车奔向前方，弃车而逃的少年身体后倾，右脚勉力维持着平衡，左手仍然紧紧抓着爆米花桶，但里面的爆米花已如点燃的烟花射向半空，画出一道香喷喷的弧形。一朵字面意义上的、真正的爆米花。

我记得大楼顶层的某扇窗户里飞出一片切片面包。在那个瞬间恰好仰头望向天空的我，见证了一幅勒内·马格里特式的超现实主义场景：切片面包飞出窗口时的冲冲怒气，迅速被蓝天下疏松的白云中和、化解。它甚至像一片落入凡间的云，或某种诗意必需品的隐喻。至少在它扑向确凿无疑的地面之前是这样。

我记得空无一人的广场上，一个穿着印有红色 S 标志超人外套的女人大步流星地奔跑着。看起来她正急着要去拯救什么——但目光所及之处什么也没有。

251

小说 | 草莓冰激凌

一个努力战胜虚无的超人。

我记得一个爱开玩笑的朋友快递给我一截树干作为生日礼物。当天下午，他还发消息说："树干切片可以当砧板用。"

我记得一个眼科医生在我的社交媒体上留言："如果你总觉得阳光炫目像明亮的雨，也许应该来看看我的专家门诊。"

我记得一位朋友常对生性敏感内向的插画师女友说："给我画一只绵羊吧。"他并非迷恋《小王子》，而是希望从女友画的那些不同的绵羊中，体察她当天情绪的细微变化。

我记得一个海滩。蓝黄相间的遮阳伞下，两个男人并排躺在两把躺椅上。躺椅背对着大海。

我记得一个空旷的房间里有两面镜子。第一面斜靠在墙上；第二面靠在第一面镜子上，与地面的夹角更小。第一面镜子露出的上半部分与第二面镜子一起仿佛将整个空间略略折叠了起来。

我记得行道树集中蜕皮的那个夏天。大块大块的树皮剥落，露出崭新的浅色。树皮上那些爱的宣言与其他广告一并蜕去。

我记得喜欢在飞机刚刚起飞时，透过舷窗看机翼在大地投下的影子。影子跟随飞机前行，像一只顺从的风筝。风筝越飘越小，也愈来愈淡；直到飞机刺破云层后，彻底断了线。

我记得高架桥下一个努力将身体弯成问号形状的女人。她穿着细高跟鞋和米色连衣裙，栗色长发自然地垂下，遮住了她的眼睛。无法判断她是因为身体疼痛才蜷起上半身，还是在排练某出舞蹈剧里的特别造型。她只是保持着那样的姿势，像一个试图令疑问定格的人。

我记得一把伞被狂风暴雨吹到翻起，被迫摆出欢迎的姿势。

我记得一片林中空地。太阳从树的间隙挤进来，迸出一连串光晕。光晕背后的绿是深绿。

我记得一只被遗弃的手套。人类所有穿戴物中最具有拟人特质的物件。但这只手套不仅止于拟人，它简直惊悚：我看着它不可思议地兀自向前，足足移动了近20厘米——这时我才意识到有活物钻进了手套里面。

我记得寒冬屋檐下的一排冰凌。如冬日的音轨波形图。

我记得画廊墙上并排摆着两张照片。左侧那张拍的是一面桃红色墙上斑驳的淡金色光影；右侧那张是厚厚白雪覆盖的、零星点缀着几棵树的乡野，阳光漫向整个天空，雪地上没有任何足迹。不知为何，我反而感觉左侧那张比较冷。

我记得某个屋顶上整整齐齐地摆放着六七排空调外机。像会呼吸的墓碑。

我记得小号手穿的 T 恤上写着"每个人都感觉一样"。(Everybody feels the same.)

我记得六截铝管在一条浅河中顺流而下，河水刚刚没过这些空心管道。从桥上俯瞰，铝管从水下漫射而出的光线组成了一道仿佛荧光笔画的虚线，泄露出水流的路径。

我记得保鲜袋里密封着三段青鱼：两段头和一段尾。它们可能分属于两条鱼，也可能三条。

我记得去海岛旅行的那夜忘了戴眼镜。那一晚所有的记忆都既清晰又模糊：为了在暗夜里努力看清周围的路，我比往常更专注地看，并将那些色彩与形状的嵌合体整体性地纳入记忆。

我记得路灯下一个抽烟的男人，整个头隐没在自己吐出的大团烟雾中。

我记得地上一个透明的密封袋。封口处的纸条完整无缺。密封袋里什么也没有。

我记得喷泉背后的一棵树。白色水柱之上，树枝分岔、伸展。

我记得一个浓雾弥漫的早晨，太阳力不从心地透过窗户，在白墙上投下若有若无的极浅的影。一片切得很薄的早晨。

我记得一个少女在咖啡馆里枕在一本书上午睡。蓝、白、黑的三色书脊和字母全部大写的书名《CONTRABAND》(走私货)在午后阳光里格外醒目。我上网搜索这本书的资料，发现是一本摄影集。作者、艺术家塔林·西蒙自 2009 年 11 月 16 日至 20 日，在纽约肯尼迪国际机场拍摄了一千余件被美国海关截获的走私货和违禁品。图书资料里罗列出其中一些：假冒的美国运通旅行支票、超过标准烈度的牙买加朗姆酒、海洛因、一只死的老鹰、假冒的墨西哥护照、鹿的阴茎、濒危物种制成的钱包、古巴雪茄、盗版迪士尼 DVD、可用作兴奋剂的阿拉伯茶、金粉、包装成清洁剂的毒品、假冒的路易威登包、禁止携带的香肠制品、未申报的首饰、类固醇和一只鸵鸟蛋。我试图在脑海里展现每一样东西可能的样子，并以这些想象中的图像集合来评断这位仍在沉睡中的少女的阅读趣味。

我记得一个盛夏的黄昏，天空的云是稀薄而长条形的。一条条煎得恰到好处的培根。

我记得一个台风即将来临的夏天，树荫熨过快要融化的柏油路面。

我记得一片树叶的阴影恰好盖住女孩的眼睛。21 世纪的夏娃需要遮住的隐私部位。

我记得一个几乎每天都来等女朋友下班的男人。一段日子后他消失了。又过了一段日子，换了一个新的男人等。

我记得法语老师讲解未完成过去时（L'imparfait）时总会伴随着一套手势，左右手重复地朝另一方向做出波浪式行进的动作。

我记得一扇玻璃门，右侧的铜把手朝左半边弯出一个顺时针旋转九十度的U 形。假如你不假思索地推门而入，就会撞到左半侧的玻璃门。

我记得一个正在搭建舞台布景的男人。他站在扶梯顶端，胸部以上隐没在一排以精准的透视法向舞台深处延展的白色长条顶灯中。又或者他其实是剧中人，在观众尚未意识到现实与表演的边界时，戏已经开场。

我记得一个女人打电话的样子。她右手拿着手机贴牢右耳，左手手掌整个按住左耳，同时闭着眼睛并抿着嘴唇。就好像她要关闭此时此地的一切出入口，全身心地融进电话另一头。

我记得动物园里的一头熊。它举起双臂，张大嘴。它的尖牙雪白，鼻孔里像有一团烟雾。不确定这是不是表示欢迎的姿势。

我记得火锅店门口切羊肉的伙计手法熟练，仅仅几秒便将肉从骨上剔下。我想我不愿意这样熟练地写小说。

我记得某个深夜，海岸边一位戴圆帽的青年久久凝视着大海。月光照亮他T 恤背后抽象的螺旋形。海面漆黑一片，浪潮拍打岩石的声音清晰可闻。

我记得夜晚的游乐场，高速旋转的飞椅上人们发出阵阵尖叫。或有其他抽象的东西被甩出这个不断加速扩张的小宇宙。

我记得一个少女蹲在草丛里长久地观察着什么。阳光勾勒出她膝盖的弧形。

我记得夜晚的酒吧，水晶杯里的烛火随空调风向的变化有规律地闪动。渐渐地，烛光如水满溢出来。

我记得迪斯科舞厅里的绿光打在一位冷艳女子的披肩上。她看起来像一只刺猬。

我记得三辆乌亮的豪车在马路上并肩而行。一间临时的、彼此映射的移动镜厅。

我记得一座由废弃轮胎堆成的橡胶山。孩子们照样玩得起劲。

我记得在一个满月的夏日午夜莫名醒来，月光和树在半透明的窗帘上演出着一场水墨皮影。

我记得梦见上千个白色冰激凌球从天而降。可能是那一夜空调的温度设得太低。

我记得一栋大楼招牌上的字是反过来的镜中映像，它们反射到大楼玻璃幕墙上时，才成为正的。

我记得演唱会上的红色灯光笼罩着吉他手全身，把他变成一张底片。

我记得一个对焦失灵的照相机。拍下的一切都被抽象成最基本的光影。

我记得后视镜把夕阳的最后一缕金色光线错置于幽暗的前路上。

我记得一些蔓生的枝条和树叶仅仅因为钻出了镂空的铁丝网而被一并喷上了银色涂料。一段日子后，才有新的绿色伸到铁丝网之外。

我记得一根弯成一团的铁丝。看起来仿佛是柔软的。

我记得在一栋高楼楼顶眺望远处公园里的演唱会现场。全然听不见声音，但仍能感受到漆黑的夜幕之上，一小块邮票似的热闹。

我记得一片逆光中的花丛。花瓣几乎是透明的。一朵朵花之玉器。

我记得沙滩上一串白色的泡沫。来自海洋的神秘文字。

我记得一杯牛奶打翻在路面白色的"LOOK"字样旁。放射状的白色线条夸张地暗示打翻后的牛奶总是比盛在杯子里时更多。

我记得秋天铺满落叶的公园。每走一步，秋天就碎掉一点点。

我记得那个弥漫着雾气的山顶，古树的暗绿时隐时现。是一个充满流动感的仙境，也是一个美丽的陷阱，让人萌生出纵深一跃、隐入虚无的冲动。

我记得一个穿着红裙的少女举着一串彩色气球奔向白茫茫的大海。带着终于抵达大陆尽头的喜悦。

武术家

文 | 匿名作家 019 号

窦斗十五岁的时候父亲死了，在此之前他从没想过父亲有一天会死，结果那一天就真的死了。窦冲石是奉天五爱国术馆的馆长，1932 年 12 月 22 日上午 10 点，他坐在武馆正厅里等待一位叫作桥本敏郎的日本武术家的来访。桥本敏郎在中国待了多年，主要工作是在各处与人比拳，他以日本剑术入拳，练了一套左偏拳二十四手，打起来好像一个脑血栓患者，半边胳膊下沉，一条腿老拖在后面，动作歪歪扭扭，手可及地，几乎未尝败绩。所谓右手为剑，前方指路，左手为索，老是搂你脚踝，你一碰他，他就顺势向左一倒，用肩膀去撞你磕膝盖，然后一骨碌爬起站在你后面。中国拳师都叫他左偏郎，后来把郎也去了，直接叫他偏左。偏左在日本不属于左派，也不属于右派，既没有军方背景，也不在民间组织里效忠天皇，就是一个国际主义自然人，来中国不为别的，只为找人打拳。

前天晚上下了一点雪，两个用人用笤帚正在慢慢地扫雪，窦冲石在茶壶里续了点热水，看着，他感到有点寂寞。窦斗的母亲早亡，窦冲石一直没有续弦，一是没有时间，二是他信得过的人越来越少了。

窦冲石是个共产党员，但是几乎没人知道，即使是至交的拳师，也只知道他是一个天赋异禀的拳手，似乎生下来就应该练拳，然后开宗立派，然后开馆收徒，然后寿终正寝，灵堂上堆满各路人送的花圈挽联。窦冲石练的是八卦掌加满族摔跤，八卦掌是继承的他父亲，鞑子跤是从他母亲那儿学的，他妈是个满人，记了一套跤的口诀，背给了他，他后来一直琢磨，把这套摔跤的技法融到了掌里头，所以他的八卦掌起手是掌心向下，和一般的双掌承天大有不同。八卦掌本来就阴柔纠缠，加上有时候突然间薅你衣服，脚底下使绊，就变得更加难缠，所以他们都用一句奉天的老话称呼他，叫作粘夹儿。当然这是他小时候的诨名，等他名动奉天，甚至北平也有人知道他的时候，他已经甩掉粘夹儿的诨号，而叫作窦先生了。

窦冲石没有见过偏左，但是两人过去通过信，讨论过一些武术上的问题，不算有交情，只算有交往。窦冲石讨厌日本人，讨厌到什么程度呢？他讨厌所有日本人，不管是好的坏的，老的少的，原因当然跟日本人在他眼前的所作所为有关，另一个原因是他痛恨所有不请自来的人。但是他知道斗不过，所以不表现出来，隐藏得很深。他对日本武术很了解，所谓知己知彼，但是如果日本人上门切磋，他都一概好茶款待，然后拒绝。赢输都不好看。暗地里他给组织提供场地开会，也训练一些刺客杀手，但是自己从不亲自动手，因为他有家有口，虽有国仇，没有家恨，犯不着以武犯禁，拿自己的生命冒险。窦冲石是个情商很高的人。在通信中他知道偏左有很高的武术修为，也有文化，这么多年在中国口碑不错，得饶人处且饶人，没有给人带来致命的伤害，是个拳痴而已，但是他还是从不把对武术的真知灼见说与他。他从孔孟之道说到反清复明，从武林掌故说到儒释交汇，就是不谈实际的功夫。这天早晨他备好了茶和点心，也准备了沟帮子烧鸡的礼盒，坐在正厅的主人位上等偏左，背后是他亲手写的大字，左边是"冲淡"两个字，右边是"不斗"，包含了他和儿子的名字，其实窦斗的斗是念上声，意思是只有一斗的功夫才学，就可以了。

偏左上午十点如约而至，带了一个男孩子，男孩十五六岁，光头，极瘦，大冬天只穿一件灰色布褂儿，窦冲石以为他是独自前来，看见还有个随从有点意外，因为没有给人家备礼。偏左身穿深蓝色的中式棉袍，稍有点肚子，脖子上围着狐狸皮的围脖，脚蹬高腰儿的黑色牛皮皮靴，里面续的羔羊毛露出一圈白边儿，乍一看跟家道殷实的中国长者一模一样。两人寒暄之后，偏左用标准的中文说，窦先生，我早有耳闻你不跟日本人比武，其中苦衷我也深表理解，你在信里跟我兜了不少圈子，我也能理解。所以我今天来不是要和您过手，我所为只有一事，听说您手里有一册山影一刀流的剑谱，那是我们家的东西，我想拿回来。窦冲石说，先生说笑了，我是一个普通的中国拳师，怎么可能有您日本国的剑谱？偏左说，藤野少佐五天前死在南市场附近的胡同里，他是在下的不肖徒弟，从我这儿偷了这本剑谱逃走，因是军界中人，我拿他也没什么办法。这本剑谱记载的是一套邪剑，传为刺客所练，练成之后据说可以生成一个影人，若是男人，则影人为女，若是女人，则影人为男。影人有形而无质，无声无息，决斗时却可用剑偷袭，每杀一人，影人则得一点主人之内质，最后主人死而影人存，之后影人就遁入茫茫人世，无从辨查，所以我们称其为"移"。祖上不许我们练此移术，但是剑谱一直未被毁，因为确是精妙武术，没人舍得。我知道兄台和共产党过从甚密，藤野之死多少与您有关，这也没什么大不了，人各有志，我只是作为山影一刀流的后人，必须要把这套剑谱拿回来。作为交换，我向兄提供三百斤珍贵药材，兄可自用也可与于同仁，药材现就在大门外，望兄首肯。窦冲石用了很短的时间去思考，在他一生中很少有这样高强度思考的时刻，心知是个大抉择。剑谱在他手里，他也翻看了，虽有图画，可是重要的是心法，心法都是日本字，他不能理解，也没当回事儿，他并未想到这一本如此重要的书，以为只是徒弟顺手从尸身上拿的，看来藤野是未及练，真是好险。眼前这个人光明磊落，和盘托出，而且这东西确是人家家传，应该还给人家，可是他是日本人，万一哪一天他回过味来，把这个东西传给日本敢死队或者刺杀团，遭殃的一定是中国人。况且一旦认了，就等于承认自己和组织的关系，不是不想磊落，是确实不能。窦冲石说，尊下所说种种，在我听来如同天方夜谭，我一生习武，为的是强身健体，往大点说是与天地相知，您所言的移术一我不信，二来我从未见过这册剑谱。我是普通市民，对政治从不感兴趣，更不可能与共党有瓜葛，我的所有弟子入门的第一课，就是我教他们什么叫不党不群。谣言止于智者，先生的故事今日可以收束在此。

窦冲石说完，扬手示意看茶，坐在偏左下首的男孩突然跳起，两步窜到窦冲石近前，伸手抓住他的衣领说，拿来！窦冲石纵横关外二十载，从来没让人抬手就抓住衣领，其动作之快，如同子弹。窦冲石处乱不惊，不去拿他的手腕，而是以身带掌直点他的腋下说，少侠喝茶。少年向后一弹，跳出两丈站定，从背后掏出两把短刀，长约一尺，宽约两寸，双刀一碰，说，拿来有用！窦冲石从椅子上站起说，我确实没有。少年再又欺身而来，这次窦冲石有所准备，避开他的左手刀，伸双手掌心向下拿他手腕，他这一套八卦掌法，只要让他摸到衣服边，就很难脱身。这时他只听到偏左一声大喊，莫要无谓结仇！只见少年的身边突然出现一个等大的女子，穿红袄，梳两个圆形发髻，也使双刀，从侧面向窦冲石扑来，窦冲石说，难道真有此妖术？他向后急避，没想到少年此时已经转到他身后，一刀斩下他的头颅，女子咯咯一笑，把头颅一踢，直踢到院子边的雪堆里了。

窦斗到家时，父亲已死，凶手也已逃走，除了父亲，还死了一个想要拦截他们的老用人，被双刀在前心穿了两个窟窿。两担子药材摆在家门口，可是谁也救不活了。家道迅速败落了，他是独子，如今父母双亡，家产被几个年长亲戚瓜分，有一家叔嫂较好，给了他一根金条，让他自寻生路。窦斗自小学过一点武术，但是他兴趣不大，他的兴趣在于读书，窦冲石也尊重他的选择，没有逼他继承家学，毕竟还有不少徒弟可以教，而且武术之道，总有危险，也毕竟不是新社会的主流。另一个在场的用人看见了比武，也听到了关于剑谱的谈话，但是对其中意思不甚了了，一会儿说来者是两个人，一会儿说是三个人。变卖家产时在窦冲石的藏书中并没有找到这本日本剑谱，书房已经被人翻得一片狼藉，想来是被人拿走了。窦斗掂量了一下目前的处境，在奉天已经没什么意思了，反正家已经没有，在哪都是一样，虽在热孝之中，他还是打点行李，坐火车来到北平。北平有不少大学，他想勤工俭学，以后靠知识混饭吃，他在奉天读到高中二年级，努力一下也许是可以考上的。

从北平火车站下车，他在月台上买了一只烤红薯吃，冬天里的红薯特别甜，窦斗吃完一个，又买了一个。他忽然想起母亲，他对母亲的印象已经模糊，只记得她手里常拿一只大花碗，里面盛的是给他吃的东西。父亲一生都在忙碌，时而打拳，时而伏案，他不敢去打扰，在他记忆里，他主动找父亲说话是极少的，都是父亲把他叫到近前，问一些课业的情况，然后指点他几句，通常都是他能够想到的。他拿着红薯向着出站口走，一个带黑色礼帽的男人手拿一张报纸碰了他一下，他的红薯差点掉在地上，男人说，不好意思啊。他缩了缩脖子没敢答言，男人说，你来北平做什么？他小声说，来念书。男人说，哦，你不想报仇吗？他吓了一大跳，抬头看男人的脸，见方的下巴，留着八字胡，右边眉毛上有一条竖着的伤疤。男人说，窦先生是我们的同志，因为怕给你们惹麻烦，我们没去祭奠，万望海涵。窦斗不想和他说话，想赶紧从月台走出去，他嘴里说，没事没事，迈起步子快走。男人拉住他的胳膊说，别忙，窦先生身死多少和我们有点关系，这是我们的一点意思，聊表心意。说着从兜里掏出两封大洋，交到窦斗手上。窦斗说，我不认识你，我不能收。男人说，我和令尊共事多年，我对他的人品功夫都极为敬仰，虽然他不是彻底的信仰者，但是他所做的贡献却是相当实际的。关于报仇一事，我们已经开过会，决定无论多么困难也要实施，你不要担心。窦斗说，我不想报仇，如果你们有这个打算是你们的事情。男人说，为什么？窦斗说，我们家里已经决定了，一是按规矩，对方不是靠人多取胜，让人打死了是没办法的事情，二是我不会武术，即使会也打不过人家，我爸都输了，我再练三十年也不行，他说到这里停顿了一下说，我还有别的追求，不想这辈子就琢磨这件事。男人说，你有什么追求？窦斗说，具体我还没想好，我到北平来就是要把这件事想清楚。男人说，你说得也有道理，我也不强求，但是因为对方是日本人，这个仇我们还是要报的，就算有一天他跑回日本，我们也要追到日本去。说着他从怀里拿出一册线装书说，这个给你。窦斗说，你一直给我东西，我说了我不要。男人说，日本人那天就是来要这个剑谱，我们商量了一下，决定把这个剑谱归还给你。窦斗说，咦，这东西怎么会在你手里？男人说，你家那个用人，唯一的目击者，是我们的人，这件事令尊也不知道，他看见两方相斗起来，就抢先一步把剑谱藏了。窦斗说，老金，你们的人？男人说，对，他在你家十年，十年都是我们的人。令尊为此身死，这个东西你还是要收下。窦斗说，你们留着不是更有用吗？你们不用开会讨论一下吗？男人说，我们用不着，鉴于令尊的经历，我们以后都用手枪了。窦斗还想说什么，男人已经把大洋和剑谱都塞到他怀里，扭头快步走了。

窦斗这就在北平住下了，住在北京大学旁边的一家旅馆里，包了一间屋子。他有一根金条和两封大洋，在这儿过个一年半载是没有问题的。给老板现钱的时候，他才知道这些大洋是多么有用，北平不比奉天，百物昂贵，连一个灯泡都比奉天贵一倍，想想那个方脸男人，还真是他爸的好同志啊。时候已经到了1933 年的元旦之后，因为北大正在放寒假，所以里面的学生不多，他去逛了几次，真大啊，像个大公园。住了三个礼拜，他上午在房子里看书，下午去逛旧书店，天气好的时候，骑个自行车在胡同里瞎转，故宫里没有了皇上，总统府也没有了军阀，蒋委员长的老巢在南京，北平是一方文化之地。窦斗看报纸知道，日军已经攻破了山海关，他吓了一跳，几乎怀疑日本人是追着他来的，第二天的报纸又说，傅作义将军发表声明，不会让日本人再前进一步，他们已在长城布防，配以德国造的机枪，北平市民可以安枕无忧。窦斗才想起来长城他还没去爬，看来一时是没法去了。寒假过后，北大复课，一切都像过去一样正常，校园里的男女学生好像清风一样干净，窦斗忽然明白了一点，北平人不知道日本人什么样，也从没想过自己落在日本人手里，不像他这个从奉天来的，自小就学了日本语，街上遇见日本人都贴着墙走，他是很关心时局的，每天买三种报纸看，这一点上他自信比大部分北平人成熟。

他开始到北大旁听各门课程，想选个适合自己的专业，来年参加入学考试。听了一个来月，他确认了自己过去的想法，他要考北大中文系，之后干什么还不清楚，但是至少想做一个文化人。不过有一点窦斗是一直保持着从小的习惯，就是每天早起去未名湖畔站桩，这是窦冲石唯一留给他的玩意儿，他不想丢了，而且他发现站桩有利于学习，早上站一会儿，一天神清气爽，看书不累。八卦掌和鞑子跤都没站桩这个东西，但是窦冲石觉得站桩能够养心养眼，所以早年间用几手八卦掌换了一套站浑圆桩的法门。那本剑谱他根本没有打开过，一直包在一件过冬的皮袄里头，藏在柜子紧里面，以他的判断，武术家的东西迟早要消亡，就说他现在的生活，和过去在家里好像完全两个时代，北大的老师讲的是民主和科学，武术和这两样都一点不沾边了。

虽然旅馆也包伙食，但是因为手头不是特别紧，窦斗有时候自己也改善一下生活。这天晚上他在附近吃了一屉烧卖，两张馅饼，往旅馆溜达。到了旅馆门口，发现围了一群人，一个和他年纪相当的小姑娘正在练把式，女孩穿着一身儿红，梳两个鬏鬏，系着红头绳，浑身上下只有一双鞋是白的，雪白，往空中一踢，好像肉团团的雪球。他看了一会儿，以他粗浅的武术知识，知道打的是极普通的六合拳，只是因为身段柔软，所以煞是好看。女孩练了一趟，把汗一擦，双手抱拳说，献丑献丑，小女子到贵地不是为了挣点散钱，其实是为了寻我失散了的哥哥，我哥哥长脸大眼，常年穿蓝色布衫，我们俩一起来了北平，一天早上起来他就不见了，他武艺高强，擅使双刀，说着从包袱里掏出两把短刀，就这么一样两把刀，我想他也没什么别的挣钱的本事，可能也跟我一样，只能卖点武艺，如果哪位看见了，一定好心相告，小女子感激不尽。众人看女孩不练了，就陆续散去，窦斗也踱步回了旅馆自己的房间，洗漱完毕，上床看书。晚上大概十点钟光景，他关灯睡觉，刚一睡着就开始做梦，他梦见家里着了大火，厨子用人都往外跑，只有他爸还在火里，他扯着嗓子大哭，喊爸，爸，窦冲石灵机一动，一跳跳进了院子中央的水缸里。等火烧完，他跑到水缸边也看，窦冲石已经不见，水缸里飘着一张信纸，上面写着窦冲石给他的遗言：没出息不要紧，一天三顿饭要吃全，切记切记。他想起今天中午忙着逛琉璃厂，少吃了一顿，心下内疚一下醒了，他发现一个五十多岁的中年男人正坐在他的书桌前看书，这可把他吓了一大跳，在被窝里没敢出来，也没敢吱声，他闭上眼睛又睁开，男人还在，他才知道不是梦。男人发现他醒了，转过头说，做噩梦了？窦斗说，你是什么人？男人说，不好说，简单说来，我是你的仇人。窦斗说，你是偏左？男人说，正是。你这本剑谱是哪来的？窦斗说，这我不能说。偏左说，想来是共产党给你的，确实是货真价实的剑谱啊，一页不缺。窦斗脱口而出，那你赶紧拿走啊。偏左笑说，你倒蛮大方，和你父亲性格完全不一样，这个剑谱在我手里二十年，我没用过，藤野拿到了手，但是没来得及练就死了，只有我那个小徒弟，小津偷练了，结果惹了巨大的麻烦，你说我要它有什么用呢？窦斗想明白了，一定是那个小津杀了他爸，他说，小津在哪？偏左说，小津已经没了，今天你看到的那个女孩，就是小津。窦斗糊涂了，说，你这是啥话？日本人都这么说话？偏左说，一时跟你说不明白，你下火车，我就跟上了你，共产党也跟上了你，他们给你剑谱，其实是为了钓鱼，引我出来，现在这个旅馆的周围有不少他们的人，我来一趟不容易，所以长话短说。那个女孩叫津美，是小津的影子，小津没有了，她就是真身，可是她一直以为小津是他哥哥，所以一直在找他，她不能理解这其中的奥秘。她这样实在痛苦。剑谱的最后一页写了，所有影子最后都犯这毛病，他们隐入人海，一生都在寻找自己的真身，无休无止，所谓邪术，正是在此。说到这里，偏左长叹了一声说，我一生痴迷武术，不问恩仇，没想到到最后，还是不能得免，我要回日本了。窦斗说，那那个女孩怎么办？偏左说，实话说，她到底是个什么东西，我也不清楚，她的痛苦到底算不算得痛苦，我也不知道，但是有一点我是知道的，一般人是杀不死她的。窦斗说，为啥？偏左说，她是人形鬼身，换句话说，她是个鬼啊，只是她自己不知道而已。不过这剑谱的最后一页也写了，有一种方法可以消灭她。窦斗说，什么办法？偏左说，一句日本咒语，在她睡着的时候在她耳边念。日本语念做春雨のわれまぼろしに近き身ぞ，翻译成中文的意思是春雨细蒙蒙，我身近幻影。这句要用日本语念，念完之后，她就会意识到自己是鬼，然后化作飞烟。小窦，我本不想杀你父亲，我把这句话交给你，也算了了我一桩心愿，到底怎么办，你自己决定。说完，偏左从兜里掏出火柴，把剑谱烧了个一干二净，然后推开木窗，跳了出去，嗒嗒几声，不见踪影。

　　第二天窦斗就搬了旅馆，从北大的西门附近搬到了东门附近。几天之后，他在报纸上看到，著名日本武术家桥本敏郎在旅顺登船时，被人用手枪打死，桥本本能地用左手格挡，子弹穿过手掌，打中了心脏。行凶者跳海逃走，未能就捕。几个月之后，他参加了北大的入学考试，顺利考取了，成为了北大中文系的一名学生。毕业之时，炮声隆隆，日本人攻入北平，天津失守时他已离开北平，几经辗转，到西南联大给闻一多先生当了助手，主要工作是研究唐诗，其实所做工作几近图书管理员，闻先生要什么书，他便找来，有些书闻先生无暇看，他便先看过，然后提纲挈领地给闻先生讲讲。因为他懂日语，所以日本典籍方面倒是帮了不少忙。闻先生死后，他哭了一夜，第二天升任讲师，因为口才平庸，所以学生寥寥，课上半数人都在大睡，幸而那时西南联大较为宽松，兵荒马乱，他也一直这么待了下来。他一生不婚不娶，不求有功，但求无过，除读书教书之外，最大爱好便是站桩，随着年龄增大，越站越久，早晨站，晚上也站，过了四十岁之后，夜里边站桩边睡觉，睡得极香。站桩时，父亲的仇，闻先生的死，国家的离难，都与天地相融，觉得自己的身体也恍惚不可见，所谓庄子所言：吾所有有大患者，为吾有身。及吾无身，吾有何患？

49 年之后，他回到北京，进入重建中的北京大学任教，还是教唐诗，几次运动中，都未受冲击，父亲和老师都是烈士，历史再清白不过，无党无派，无名无权，停课时就回家看书，复课就按照课表上课。牛棚中关着不少大师，有

他想起小时候父亲教过他一套简单的八卦掌六十四手，没有复杂变化的那一种，只有六十四个姿势。他以为他早忘了，可是一练起来，发现记得大半，他就打了下来，中间忘记的就跳过。距离上次打这套掌已经过去四十年，打完之后，他出了一身的汗，庄子所言的无我已经不可能了，他确凿地感觉到自己的身体，像温泉一样冒着热气。

时他做点饭给人送去，若是别人，可能还有点问题，见是他，也没人说什么，知道他为人比菜汤还要清淡，完全是人道上的考虑，绝无别的意思。1969年冬天，北大里突然出现了不少告示，上写着：寻一武术家，年约五十岁，常年穿蓝色布衫，使双刀，爱动武，说中文有日本口音。早年曾去东北，后在北京大学附近失踪。知情者请与某某办公室联系，知情不报者经查属实，严惩不贷。窦斗在告示前站了半晌，低头走了。第二天他包了点饺子，送去牛棚，见一大师将饺子直往喉咙里送，便问道：您听说学校里最近的告示了吗？大师倒了一口气说，知道，寻武术家。窦斗说，我看上面有红头，是个啥意思？大师小声说，听说找人的就是那位权倾朝野的女人，早年把她哥弄丢了，莫当事，也许是更年期紊乱，让她找吧，比闲着弄别的好。窦斗点头，把饭盒收了走了。

转过年来春节后，权贵女人要来北大看戏，戏里有文有武，武占百分之七十。窦斗跟院里申请，想看这出戏，他极少摆资历，这次倒用了，说想坐在前排，看得清楚，院里向学校汇报了他的要求，学校把他重新简单政审了一下，批准了。这天早晨，窦斗在未名湖畔站桩，站到中午，他睁开眼睛看了看远处，奉天已叫沈阳，怎么眺望也看不见了。他想起小时候父亲教过他一套简单的八卦掌六十四手，没有复杂变化的那一种，只有六十四个姿势。他以为他早忘了，可是一练起来，发现记得大半，他就打了下来，中间忘记的就跳过。距离上次打这套掌已经过去四十年，打完之后，他出了一身的汗，庄子所言的无我已经不可能了，他确凿地感觉到自己的身体，像温泉一样冒着热气。

晚上八点，戏开始了，他坐在权贵女人的后一排，女人头发花白了大半，梳着五号头，身板笔直，后背很少靠在靠背儿上，一看就是练家子。中间的时候一个使双刀的武生跳上来，和人打斗在一起，窦斗听见女人跟身边的校领导说，这人不行，刀还在胳膊外面，没练到里头去。到了戏的后半段，文戏多了起来，女人的身子轻轻晃了几次，终于在一大段唱词中间睡着了。窦斗从自己的座位上站起，哈着腰挤过一条条腿，到了女人的身后，他伸着脖子在女人耳边轻轻说：春雨のわれまぼろしに近き身ぞ。女人旋即醒了，回头看他说，原来如此，你这个狠心人，真是苦了我啊。话音刚落，女人化作一缕飞烟，被人群的热浪一鼓，到了戏台上盘旋了一圈，然后踪迹不见。

笼

文｜匿名作家 020 号

1

我用眼睛听到了你的声音。

没错，必须是听到。用眼睛。吴匀在我的腕上调节手环长度的时候，一字一顿地强调。窗台上镜子反射的阳光，把窗外树枝的暗影，打在他右侧脸颊和脖子上。一阵急风，镜子在架子上转了个角度。原本灰黑色的条纹，散落成斑点，就好像他凭空起了一片皮疹。

只有齐南雁才会把梳妆镜搁在窗台上。她坐在窗前托着颧骨照镜子的时候，我常常怀疑——她是想看见镜子里的自己，还是想被窗外的什么人看见。

"都是特殊材质。你感受一下。使劲感受。耳蜗和内置无线耳机，眼球和隐形眼镜，手环和手腕，是不是好像连成了一体？咱小时候语文课上学过什么叫通感吧？这就是。你要是没有用眼睛听到声音的感觉，质量就算不过关。"

吴匀的小时候，和我的小时候，似乎也是连成一体的。我们曾经住在同一个街区，上同一所小学，然后在各自搬家失散十年之后，在同一所大学里相认，毕业以后又相继来到这座城市。但是，当然，我早就忘记小时候的语文课上讲过什么。这种事情只有吴匀会记得。

耳蜗、眼球和手腕都是凉飕飕的。这凉意缓慢地蜿蜒地向内渗透。除此之外，确实没有什么异物感。吴匀的嘴角控制着渐渐泛起的得意，在我的手机和电脑上挨个设置了一通。"所有的数据，都装得下，绰绰有余，"他说，"你的手环，相当于贴身终端，无线远程遥控。"

这并没有什么特别的，我想。好几年以前，人们就开始戴着这样的手环跑步。

"特别的地方在这里。"吴匀打开手环开关，让我用不同音量咳嗽了三遍。采样，设置，再采样。最后的一声咳嗽格外庄严，于是我的眼前刷地出现一片光，这光几乎与咳嗽同步，仿佛顺着喉咙口滑下来，罩住我右前方的空地。

事后想起来，电流静静掠过的咝咝声应该是从耳机里发出来的。而我却觉得这声音来自前方，它飞快地填充视觉的空隙，居然有了某种不断变化的形状。有形状的声音浸湿在眼前的一大片光晕里，被染上了某种介于淡紫与浅粉之间的颜色。

"你有没有看到我？看到我的声音？"柔软低沉、带着拖腔的女声把光聚拢来，女人的轮廓逐渐清晰。嘴唇的线条太重，略感突兀地嘟起，上下唇之间的空隙构成一个圆，一张一翕之间，有夸张的呼吸声撞击我的耳膜。

我赶紧说看到了看到了。麻烦您轻一点儿。闹心。

"手环上可以调节模式，轻一点重一点都成。"那是吴匀的话外音。

我摸索到手环上的开关，直接按到底。声音与光线渐渐收拢，淡出。地板上没有多出一粒灰尘。

"晕吧？正常。慢慢来，玩这个的没有不上瘾的。"

"上了瘾，是不是就得跟着你们一茬一茬地升级装备？你们这些游戏商，成天就是琢磨怎么让人倾家荡产。"

"当然有装备。传感器可以精密联结你浑身上下每一个敏感部位，"吴匀的目光往我的胯下只瞟了一眼，便迅速挪开，"你放心，你的那套我终身免费提供。不过，相信我，玩这个游戏的要诀就是，尽量把第一阶段拉长。享受你不需要传感器的时光。"

十年前，从吴匀设计的第一个游戏进入内测开始，我就是他的试验品。我头脑清醒，口味挑剔，入戏和出戏的速度都高于平均水准。致瘾阈值高——实际上，我不记得我对任何虚拟现实游戏上过瘾。我不相信这个看起来既滑稽又粗糙的新玩意，能改变我的纪录。

"你的意思是，这个女人，这个叫什么全息投影的玩意，只有我自己能看见？"

"你的人，"吴匀深吸一口气，"只有你能看得见，听得着，感受得到。"

所以，只要咳嗽一声，我的人就会出现，就像从我的嘴里吐出来。再咳嗽一声，我就可以把她吞回去。按照吴匀的理论，这个在技术上看起来平淡无奇的玩意，最大的优势是把你从虚拟现实的封闭空间里解放出来，融入现实。我不用戴上头盔，关在房间里被各种仪器五花大绑。走在人群中，灼热的阳光下每个人的头顶上都冒着蒸汽——没人知道，我的人就陪在我身边。

"最重要的是，齐南雁也不知道。"吴匀的眼皮根本没有抬起来，但我能感觉到他在冲着我似笑非笑地眨眼。

"就算她知道，也没什么要紧。你不过送我一个宠物而已。"我嘴里咕哝着，心里却多少有点发虚。不管怎么说，这是个灰色地带，连媒体都拿不准该怎么定义它。"人形的电子宠物，"他们扭扭捏捏地说，"不同于电子猫电子狗电子青蛙，它对于人类道德伦理的潜在的冒犯和挑战，亟须法律和社会规范积极应对。"通常，听到这样的调门，你就知道这种玩意儿拿不到公开发行的执照。但是吴勺说不要紧，越是灰色地带，在黑市交易里就越是紧俏。"一百年前，"他耸耸肩，"美国人还禁过酒呢。"

倒也是，我说。五年前，刚结婚那会儿，齐南雁还禁止我睡觉打呼呢，禁止我听除了古尔德之外的人弹巴赫呢——她不说巴赫说巴哈，交叉十指抵住下颌，好把"哈"字的音拖得更悠长。结果呢？如今我一礼拜至少三天睡到书房里，关起门来听除了巴赫之外的所有音乐。我用两组音响，让马勒五跟迷幻电子乐对着干，低音提琴和大管被合成器冲撞得龇牙咧嘴。书房里不开灯，我在一团漆黑中，血管里奔涌着被某种报复的快感搅动的液体。

吴勺在我的电脑上配置游戏软件的时候，轻声说了一句："人物的故事背景，性格特征，发展方向，这些参数，我都设得跟南雁相反。"

"什么意思？"

"没什么意思。我想你会需要一些不同的体验。当然，我对南雁了解有限，只是大方向上相反而已。"

我懒得追问。就好像，两小时之后，当吴勺故意在出门之前才甩出最后一个包袱的时候，我也没有追出去朝他屁股上踹一脚。

"别生气哈哥们儿，"他高声嚷道，"我给你的新玩具取了个名字，叫北雁。齐北雁。"

2

我给齐北雁设了个闹钟。

准确地说，是我给齐北雁设好了程序，让她当我的闹钟。闹钟在早上六点半响起，北雁的声音好像从我的喉咙口一直挠到耳朵眼。睁开眼，就是一片淡橘色的光，一个半生不熟的女人。于是我一个激灵，猛地醒来，下意识地望望在厨房和浴室之间跑来跑去的齐南雁。

"我不知道吃错什么药了，今儿醒太早。吵到你了吧？"南雁的声音像隔着几层厚纱传过来。

"没事儿，我本来就是这个点起床。"我有点慌，嗓子直发干。

"清晨健康检测：中等偏下。声带疲劳，建议给自己调一杯蜂蜜水。配方：马努卡蜂蜜一勺……"北雁执着地在我耳边絮叨。我赶紧使劲干咳一声，把她咽回去。然后，我一只脚趿拉着拖鞋，另一只脚在地板上撩不到鞋，干脆三步两跳地蹦进厨房，从背后抱住齐南雁。她手里一杯酸奶哐当一声砸在地砖上。

"你……也吃错药了？今天不用上班？"她只穿着睡衣，整个身体就像遭到电击一般陡然僵硬。没被钢圈撑住的乳房，在我的手掌里无力地往下垂。

"上班，上班。"我缓缓松开手，庆幸南雁并没有回应我的撩拨。这场出于莫名愧疚的拙劣表演，用不着非得立马到床上解决。

好在这样尴尬的局面并没有持续多久。按照吴匀的说法，在北雁身上，一半是人工编程，一半是机器学习，后者要比前者强大得多。"什么叫机器学习？这种事儿一句两句跟你说不清楚。总之，她不是单纯依赖事先制定的算法规则，她会利用大量的数据，自学成才。很快你就会发现，她会变得聪明起来，说你想听的话，做你想做的事，在你希望她闭嘴的时候闭嘴。"

"等等，哪里来的'大量数据'？"

"你的电脑和手机里的一切，你给她的每一个指令，每一句反馈……这就已经是海量了。"

海量。第二天，我在公司里审批保险单的时候，就想起这个词。齐北雁在我的想象中变成了土拨鼠，趁着我忙得自顾不暇，它便一头钻进我的海量数据，用爪子刨出一团团灰黄色的烟尘。

"你很疲劳，你需要放松，需要深呼吸，需要去苏格兰卡尔拉文洛克古堡抱一抱。"午休时间里，北雁的声音摩挲着我的耳膜，我本来半闭着的眼睛被最后一句惊得猛然睁开。只见北雁侧过身体，故意展示凹凸分明的曲线，同时反方向侧过脸来，冲着我笑，两排牙齿上打着高光。吴匀说得没错。从长相到性格，北雁跟南雁截然不同。哪怕还剩下一丁点相似之处，比如某些南雁身上模糊不清的线条和特征，也被北雁强化了，固定了，明晃晃地亮在我眼前。

"你怎么知道那个古堡？"

"你在各种社交软件中提到它的次数，你在搜索引擎上搜索它的次数，还有你描述时投入的情感指数……这些数据分析的事情是我的工作，你不用操心。"

我本能地用手挡，但是古堡内部构造的 3D 投影还是一层层浮现在我眼前。原来齐南雁坐过的那个露着豁口的、在照相机镜头里呈现逆光剪影的凸窗，现在被齐北雁虚倚着。记忆抽打得我半边脸颊发烫。我想起，齐南雁在古堡暗处搂着我的腰，贴着我胸口囫囵不清地说不作数了，不作数了。那时我的胸口和她的面孔之间就像夹着一块黄油，由硬到软，最后化成黏糊糊的液体。我们的血肉溶解在其中。

那是一次分手旅行，一次从出发开始就知道分不成手的旅行。我们拖延决断的时间，不过是在等待妥协的方式和机会。我们钻出古堡，外面细雨横斜。雨丝被风打毛，像被一个粗鲁的胖子胡乱吹开的蒲公英一样钻进鼻孔和耳道。南雁把风衣甩给我，张开双臂，把脑袋后仰到跟一幅有名的电影海报相同的角度。我的耳朵被风声灌得听不出她在喊什么，太阳穴却突突跳着压迫眼眶。

结婚这件事，最可怕的一点在于——六年八个月之后，每天醒来，你根本想象不出当初的眼泪和决心，僵硬的仪式，曾经显得那么情真意切，那么理所当然。竟然只有电子投影的那种虚假的粗糙的人工的光效，才更接近我如今对于那段记忆的印象。我在想象中反复移动我自己的位置——无论是当年的我还是现在的我，却怎样也插不进这画面里去。

"哪句不作数？"我胸口的纽扣，压在南雁的脸上，按出了印子。

"不分手了。你说我们，怎么可能分手？"

是啊怎么可能！那时我觉得这话对极了，那时我郑重地点头。哪怕不分手就意味着我要跟着她去一个陌生的城市，意味着在吃到她母亲做的没有搁一粒蒜的蒜泥白肉时，连眉头都不能皱一下。

"蒜泥白肉只是个菜名嘛，"南雁手脚交叠在一起蜷在沙发上，像一只困倦的、只露出眼睛的黑猫，"我妈闻到蒜味就要吐。"

"那你呢？"

"我随我妈。"

北雁浑圆的嘴唇微微嘟起，却并没有打断我遐想的意思。就好像她专注的倾听是用嘴来完成的。吴匀在处理她的人设时，一定重点突出了知趣和乖巧。南雁那种突然就离题万里，或者一定要在你偃旗息鼓时再多说一句的邪乎劲，北雁不会有。当我下意识地抱怨一场高速公路翻车事故几乎挤爆了我的电话线时，眼前浮现的是齐南雁不屑的脸。她会说："怎么，又要玩什么理赔免责的花招了？瞧你们这些奸商……"我准备了无数回击的角度，却没有一句能用在北雁身上。

"这是你的日常工作，"北雁语速轻缓，"所谓工作，就是你不得不用自由来换取的东西。"

"呃……"我有点语塞，"这你也知道啊……"

"我还知道，你更喜欢原来那份职业。它在距离此地一千二百二十四公里的地方——你根本不可能再回头。但是你觉得值得，因为你换来的是爱情。"

我并不确定是不是值得。但是我郑重地点点头。也许比七年前那次更郑重。我觉得我的形象，在北雁的眼里一定美好得像是冬季阳光下落满一肩初雪的雕塑。我没有想到，这种久违的感觉对我如此重要，以至于有半秒钟，我的眼里居然泛出了泪光。天晓得这些数据北雁是从哪里挖掘出来的。也许是某个夏夜，在灌下大半斤白酒之后，在我把刚才撸过的各种串一丝不苟地吐干净之后，我冲着手机里某个谁也不认识谁的社交群，用语音吼过那么几句。我打赌，除了齐北雁，没人认真听过。

"你们这些——电子人，我他妈现在觉得，你们不是玩具那么简单。"

"不要说脏话，谢谢。请叫我齐北雁，或者什么也不用叫，谢谢。咳嗽一声，你就可以召唤我。"

"吴匀这个兔崽子，他到底还藏了多少花样？"

"我的老板是人类，不是兔崽子。他的设计宗旨，是为你服务。他的设计灵感，来自历史和未来。"

3

历史和未来。这话大致不错。我在吴匀家里，唯一能找到的书是古籍——

那也只是一小半，更多的古书都做成了电子版，藏在他的电脑里。"你所有冥思苦想的事情，一千年前早就有人替你想过了。一千年后也照样会有人这么想。那些处在夹缝中的，可以忽略不计的，是现在。"吴匀总是这么讲。他说，归根结底，他的作品是从历史中寻找素材，设计给未来的人类。

"然而，那些掏钱付账的，找你定做这些电子宠物的，难道不是眼前的，活生生的人？"我忍不住反驳他。

"这倒也不一定呢。"吴匀神秘兮兮地挂掉电话。

大部分时间，我根本懒得反驳他。我和吴匀的交情，一定程度上，就建立在某种各安天命的默契上。他有他可以逃遁的虚拟世界，我没有。我有我必须履行的现实责任，他没有。我们好像在分工协作，唯有拼凑起来，世界才完整。我每天要跟客户解释怎么用保险避税，而他成天琢磨的是在游戏里埋几个貌似深刻的彩蛋。有一回，好容易戴着头盔打到最后一关，我突然被一头猛虎追到了荒山峭壁，只好抓住从树枝上垂下的藤蔓。脚下是万丈深渊，藤蔓上两只老鼠啃个没完。摇摇藤蔓，老鼠没跑，蜜汁倒是顺着藤蔓滴下来。游戏设定你必须在这里做一道选择题。是抓住藤蔓，耗尽体力，孤注一掷地爬上去或者当场摔死，还是摇动藤蔓，增加它断裂的危险，却能同时吃到蜜汁——这也许能帮你补充体力，也许意味着让你临终前享受片刻的欢愉。

我记得那一回我正巧有什么公事，只好从游戏里撤出来。后来见到吴匀，我劈头便问他，最后一关到底该怎么选，才能保住小命。"没有标准答案，"吴匀面无表情，"随机设置。其实你瞎选一个，然后听天由命就行。"

"什么？有你这么不负责任的设计师吗？"

"哥们别激动。这不是试运行嘛。抗议这个环节的人太多了，我已经把它删掉了。"

不晓得为什么，听了这话，我居然有点失落，只好讪讪地搭话："你怎么会想到开这么无聊的玩笑？"

于是吴匀随手扔给我一本书。《譬喻集》。那故事在 217 页。

"都是经过翻译和改写的佛经故事。通俗读物，不是原典。一本闲书而已，没法教你怎么赚钱的。"

我不喜欢他讲这话的腔调，所以那本书被我随手搁在马桶旁边的洗漱柜里，每天都沾上新鲜水汽。我捏着鼻子翻过几页。嘴里衔着大雁的野狐狸看中了河里的鱼，两头落空以后转过头来教育跟男人私奔的少妇。

"汝痴更剧于我也。"狐狸说。

"瞎扯鸡巴蛋。"我砰地合上洗漱柜的门。

我有强烈的直觉，吴匀设计电子人的灵感一定也来自这本书。打开柜子，书页已经被水汽熏蒸得卷了边。我胡乱翻了一通以后仍然不得其法，只好压压平挪个地方，扔在书房的榻榻米上。

4

直到齐南雁来敲书房门，我才发觉自己刚才抱着书打了个盹。门刚半开，高脚玻璃杯便顶进来，先是一只，紧接着我发现齐南雁的另一只手端着另一只。我想起这是她买的那种很贵的德国货，她说杯子会透气，能醒酒，玻璃的每个毛孔都能自己呼吸。

黄色灯光透过雾蓝色灯罩，打在深紫色的液体上，组合成一团缺乏美感的暧昧。她的指甲划过轻薄的杯壁，空气中响起那种细微而清脆的叮当声。这声音实在太过细微，若没有跟她生活过六年八个月，是绝对不可能听见的。

"就在……这里？"

"为什么不？换个场地，换换运气。"她一边说，一边在音响上找到了她的巴哈。《无伴奏大提琴组曲》。古尔德不会拉大提琴，杜普雷那张又给听坏了，所以换了马友友。

"那么，也换个姿势？"

"这可不行，"齐南雁皱起鼻子，断然说，"要保证成功率。"

齐南雁身上，有种天生的对仪式的执迷。她能把生活中所有无法解释的困境，一律用一场仪式来解决。她无法理解分手，所以我们应该举行婚礼。她没法面对婚姻的日渐沉寂，所以我们应该生个孩子——当她发现生孩子并不如想象中那么容易的时候，她毫不犹豫地把受精变成了我们的周期性仪式。每天早晨，眼睛还没睁开，她就往嘴里塞一支体温计，动不动就拿出她记录在手机程序上的基础体温曲线图，截个屏发给我。

那条曲线决定了我的欲望是不是合法。线是平的，我就得养精蓄锐，引而不发；一旦线抖一抖，往下探个底再陡然升高，哪怕我第二天清早要出差，齐南雁也会逼着我上床，还得让她在床上感受到爱情。"做的是真爱，孩子才会健康聪明脾气好，"她虔诚地告诉我，这是某项权威统计的结果。是大数据。

"我差点忘了……"我下意识地揉揉太阳穴，极力回想今天上班路上有没有收到她的曲线图。一定是有的，只是我忙着跟齐北雁聊天，没注意。我接过她递来的杯子，想喝一口定定神。

"怎么甜成这样？"

"不是早就让你戒烟戒酒吗？酒精一滴都不能沾，要不会影响胎儿的中枢神经。这是葡萄汁。"在齐南雁看来，装在玻璃杯里的液体也是仪式的一部分，它只要是深紫色的就可以。

我把杯子放在书桌上，比画了好几次也拿不准我的手应该揽住她的肩还是她的腰才更能说明我爱她。最后，我放弃努力，往后一仰倒在榻榻米上，顺势把她也拽倒。

在受精仪式中，齐南雁的前戏是一串你根本没办法回答的设问句。这回我决定先发制人。

"别问了，我爱你，所以……"我最后几个字被南雁的嘴唇和舌头堵在了喉咙口。凉丝丝的葡萄汁在两个人的口腔里转了好几圈。赶在渗进齿根的甜发酵成酸之前，我终于启动了那些常规动作。在马友友把组曲的第一首拉完之前，我解开她最后一颗扣子。

仰面躺在榻榻米上，她的细长的脖子仍然认真地昂着，两侧肩膀绷紧，额头渗出细密的汗珠。我在她的呻吟里辨认出某种节奏。我觉得她不是在享受，而是在维持秩序，给那些即将向着她奔跑的小东西编号，随时准备叩响发令枪的扳机。

我胯下一阵发软。

我没法解释，我是怎么会在这个节骨眼咳嗽的。也许是因为葡萄汁太甜，也许是我需要做点什么好阻止它继续发软——总之，齐北雁应声出现。她先是飘浮在我眼前，随后投影越来越清晰。她微笑着靠墙而坐，皮肤在灯下泛着可疑的光泽。

5

大提琴组曲循环到第五遍的时候，我光着身子斜倚在榻榻米上抽烟。齐北雁换了一堵墙靠着，手里也拿着一支点燃的烟。她并没有换衣服，可我总觉得她的模样跟刚才不太一样。我没有力气细看。我脖子以上和腰部以下都成了被戳破的橡皮球，缓慢地，然而坚决地漏着气。可我不想睡。

"你不应该抽烟的，抽烟会损伤精子活性……"

"怎么你也来这一套？学得太快了。"

"我们的特点就是——擅长学习。机器学习就是……"

"行了行了，聊点儿别的！要不我就把你关掉。"

"聊什么，您点。"北雁笑得整张脸上布满了弧形。她耸耸肩，用手支住下巴，似乎及时制止了一个呼之欲出的哈欠。电子人上班太久，也是会累的。

"刚才我都闹不清我在跟谁。"

"你觉得在跟谁，那就是在跟谁。"

跟齐北雁聊天，最大的好处是轻松和简洁。那些层层叠叠缠绕在人类话语间的结构，她一挥手，就削成一片废墟。你越是思虑深重的事情，她越是轻易地化解成一个笑话。刚才，之所以能够按部就班地完成齐南雁的作业，也许就是因为我盯住的是齐北雁的脸。我解释不了那是什么逻辑。反正她的满不在乎，她嘴角上挂着的一丝嘲讽，可以让这场仪式变得容易一些。

"可这不代表，你，她，你跟她，对我有相同的意义。"

把人称代词搅拌在一起，显然引起了齐北雁短暂的困惑。她犹豫了一会儿，才找到打岔的办法："意义不重要，重要的是行动。"

"我行动了，所以她应该满意了。妈的我一直在行动，她说怎么动就怎么动。"

"问题是，"齐北雁放慢语速，大概在数据库里搜索那种可以一击即中的句子，"她也在行动。行动和行动，如果方向相反，是会相互抵消的。"

这一番车轱辘话让我彻底放松下来。真实的烟雾和全息投影中的烟雾交织在一起，缭绕在词语周围，让词语显得无比深刻。我知道我需要沉浸在这样的言不及义中，这样就没有时间去琢磨，为什么刚才把睡着的齐南雁从榻榻米抱回到卧室时，我会在她脸上看到泪痕。

我甚至不敢问齐南雁刚才有没有高潮——我已经很久不问了。她并不关心这件事，至少是装作不关心。她装作只关心躺下的姿势对不对，我们的身体有没有构成一个完美的夹角，那些小东西是不是能顺着斜坡争先恐后地向她的子宫奔跑。在用力的时候，她的指甲划过我的手环。手指有一点迟疑，但很快挪开。

"你倒是说说，存不存在，爱情这回事？"我不知道为什么会这么问。也许是因为，我相信，这么无聊的问题已经不适合问人类。

齐北雁突然打了个哆嗦。几秒钟后，我的耳膜开始被一些名字、定义、符号反复捶打、振荡，一波接着一波，既有中文，也有外语。齐北雁的话音匀速推进，音质失真。我勉强捕捉到几句。

"爱情是平地飞升，是狂妄地认定重力消失的幻觉。"

"爱情以一种悖论的方式丧失了现实性，却同时获得了可叙述性。"

"情人用言辞填充空虚无边的时间，等待闪闪发光的瞬间。"

我忍无可忍，在手环上按了休眠键。齐北雁定格在半张着嘴的瞬间。吴匀说过，数据量太大、来源太庞杂时，偶尔会给电子人造成临时性的机能紊乱。"那是他们百感交集的时刻，"吴匀说，"休眠两分钟，让她清空一下临时内存就好。"

两分钟后再启动，齐北雁已经忘了刚才说过什么。我把话题转移到她亮晶晶的手腕上。趁刚刚暂停的片刻，我总算看清楚她的模样有了什么变化。一个"闪闪发光的瞬间"。

"你给自己弄了一件新首饰？"

齐北雁轻快地眨眨眼睛，脸上笑出了更多的弧线。"对，水晶手链。这个有什么好奇怪的，芭比娃娃都有很多套衣服可以换呢。"

6

我过了一个月幸福时光。

当你知道你随身携带着一个招之即来挥之即去的女人，当她的存在只是为了学习你的情感模式、研究甚至崇拜你那并不成功的人生时，那么，另一个女人，那个储存着你的过去、占据着你的现在、挟持着你的未来的女人，就变得可以忍受了。非但可以忍受，齐南雁简直每天都在变得可爱起来。

我越来越适应新的平衡——每回跟齐北雁东拉西扯地消磨掉一个钟头之后，我需要去看看齐南雁正在忙什么。那些本来轻易就能让我们陷入冷战的琐事，比如一张我没有时间陪她去的戏票，一件熨烫失败的衬衫，一个来自她母亲或者我哥们的不合时宜的电话，如今都变得无足轻重——它们原本就无足轻重，我是从什么时候开始介意的呢？

现在，我会按住即将发作的齐南雁的肩膀，我会用温柔而空洞的眼神注视她，我会等待着她的愤怒渐渐沥干水分，皱缩成深灰色的一小团。万一某些杂音意外地想冲破我的喉咙喊出来时，我就捏住一个空心拳头罩住嘴。

呐喊会走调，变成一声咳嗽。我的目光会穿透齐南雁单薄的肩胛骨，落到前方的一大片光晕中。墙上的齐北雁，窗台上的齐北雁，盘子里的齐北雁，天花板吊灯上的齐北雁。

7

"这样是不是有点变态？"第二个月的第一天，我终于忍不住问齐北雁。

"站在另一个维度上，人类定义的变态行为，都是正常的。"齐北雁刚开始车轱辘话，我就在手环上按了修正键。北雁清清嗓子，马上换了一种说法："秘密、欺骗、背叛，以及恰到好处的内疚，可以让一段疲倦的关系复苏。"

"你可真会掰扯，"我喃喃地说，"我说不清道理。我只知道，最近她的脾气也变得越来越好。昨天，我说这回过节我就不去她们家了，她居然连头也不抬。她说，好的。"

"这难道不好吗？"

"话虽如此……你知道，就好像一只完美的盘子。你把它放到某种光下面，转到某个角度，就能够看到一条细细的裂缝。问题是我现在不知道那是什么光，什么角度。"

"唉，"齐北雁叹了口气，"虽然我一直在努力学习，但我还是搞不懂你们人类。"

"其实我也搞不懂。"

齐北雁若有所思地转转眼珠。我的隐形眼镜自动调焦，镜头推近，她轻柔温暖的声音又获得了某种实在的形状。微醺感从我的额头一直蔓延到后背，四周成了一片飘着威士忌气味的汪洋。我宁愿就此沉没，体内却总有某种不安逼迫我浮出水面。

"统计表明，百分之八十一点三的人，在进入游戏的第二个月时会开始添置装备。你不想离我更近吗？"最后几个字，每吐出一个，都伴随着清晰的呼吸声。

吴匀这个兔崽子。有没有必要把升级广告做得这么硬？

"软件里可没写这个。机器学习的效率比我预想的还要高。也许是因为她遇到了心理活动特别丰富的主人。她的学习材料都是优质数据。"隔着电话我都能听出吴匀强忍的笑。

"你是说，这不是设计好的？这其实是她自己的意愿？她想离我更近？"说这话的时候，我觉得自己的口气特别愚蠢，是突然被少女的长发拂过脸颊、忍不住想打喷嚏的那种老男人。

"我不想下这么激进的结论。这个产品的自我意识是否这么强，还有待观察。我只能说，她近来的表现，似乎说明，她也有自己的需要。"

我被吴匀的说辞绕得发晕。我只知道当女人也有自己的需要时，我没有理由拒绝。我订购了一套无线传感器，并且坚持自己付钱。两个小时之后，我在快递送来的货里发现一张吴匀留的纸条："398 页。那个故事你得去看一看。"

我没顾上看。我的头还晕着。我好像一直被推着往前走，步子跟跄，却横竖慢不下来。眼前有一道山涧，我还没跨过去就已经知道跨过去之后，会是怎样的虚脱与厌倦。我无比哀伤地看着自己收不住脚步，就像看着自己当年的第一次。那时我抖抖索索地关上门，试图打开齐南雁。那时我就像电影里的拆弹专家，相信齐南雁身上的每一寸都暗藏着触键或者电线，一个微小的动作就可以让我升到半空。谁他妈能拖住时间，谁能跟时间讨价还价？荷尔蒙是漫天喷涌的烟花，我却已经在忙着追悼它黯淡之后深不见底的夜空了。

但这一回，我甚至没等到烟花引爆。贴在小腹上的传感器骤然向下压迫，我的指尖摩挲齐北雁光滑的手腕，心里念叨着吴匀把皮肤的质感做得那么逼真到底想干吗。然后我看清了那个闪闪发光的瞬间。

我熟悉水晶手链上的按键。启动，修正，休眠。齐北雁戴的是手环，和我一模一样的手环。

8

齐北雁早就厌倦了当齐北雁。在我没空招呼她的时候，在我以为她像一只土拨鼠那样埋头研究我的数据时，她就学会了自己跟自己玩。

"你的人，"我深吸一口气，"只有你能看得见，听得着，感受得到。"

"你不觉得这样很公平吗？每天完成你的任务之后，我也可以把我的宠物吐出来。"电子人在对待名词时比人类坦然得多。齐北雁在说"任务"和"宠物"的时候，睫毛好看地一闪一闪。贴在我鼻翼两侧的透明嗅觉传感器源源不断地把齐北雁的带着洋甘菊味道的气息传过来，我忍不住吸了一大口。

"你说的，宠物，就是跟你一样的，种类吗？"我小心翼翼地拿捏着语气。

"对。我们，你们，都是一样的种类，不是吗？"

"也算，是吧……"对于齐北雁这种得了便宜就卖乖的脾气，我已经非常习惯。她跟我到底算不算同类，答案因时而异，完全得看她的心情。

"那你的——宠物是从哪里弄来的呢？"

"你是从哪里弄来的，我就是从哪里弄来的。定制产品，自动生成，我只需要提出尽可能详细的要求。"

果然跟吴匀串通一气。

"我还是不明白。定制要求是需要大量数据的。你是从哪里采集来的我们人类的样本呢？"

"其实大部分还是来自你的数据。"

"难道你定制的宠物跟我一模一样？"我的喉头开始发紧。下意识地抓住她的胳膊。传感器逼真地呈现肌肉在压力下微微变形的感觉。

"当然不是。你们完全不同。娱乐和工作必须有所区别。"

赶在被齐北雁不紧不慢地噎死之前，我终于弄明白，在"大部分"之外，她还有个办法是在社交软件上注册个账号跟别人聊天。"聊着聊着，"她开始微笑，

"我就知道我需要一个怎样的宠物了。"

我倒吸一口冷气："你这是在——网恋吧？"

"换一个角度看，也可以这么说吧。一场恋爱，确实是短期内激发创造力的最佳途径。"

"可是这样不好吧。这不是欺骗吗？"

"你们难道不是一向这么干的吗？"

说到这里，齐北雁毫不犹豫地取消了我跟她同类的资格。

"你们爱上的从来都不是那个真实的人，你们爱上的是自己根据她的样子塑造的——模型，雕像，幻影。有一个雕塑家叫皮格马利翁……"

只要触及类似的话题，齐北雁就会滔滔不绝，伴以肢体的轻微抽搐，出现典型的数据流量紊乱的症状。我赶紧按下了休眠键。

9

398 页。

《阳羡鹅笼》的故事同样来源于佛经。最著名的改编版本，见于南朝梁国吴均的《续齐谐记》。这本书上的版本，是翻译的翻译，改编的改编。

阳羡有个叫许彦的人，在绥安山里走着走着遇到一个书生，十七八岁的样子。书生躺在路边，说自己脚痛走不动，想钻进许彦随身背的鹅笼里歇歇脚。这话听着太荒诞，许彦不以为然，没想到倏忽间书生已入笼中。那笼子没有变大，书生没有变小，鹅也没有惊慌。许彦只好背起笼子上路——居然也不觉得笼子重。

许彦走到一棵大树下，打算休息一会儿。却见书生从笼子里出来，说要张罗一顿便宴，感谢许彦用鹅笼捎了他一段。许彦说好啊好啊。只见书生从嘴里吐出一个铜匣子，装满美味佳肴。喝完几圈酒，书生说一向有个女子跟在他身边，不如请她出来。许彦说好啊好啊。刹那间，书生从嘴里吐出一个少女，十五六岁，锦衣华服，花容月貌。三人同席畅饮，书生不胜酒力，当场醉倒。那女子马上告诉许彦，她虽然嫁给书生，却心怀不满，所以也偷了个男人随身带着，趁书生睡着，她也想让他一起来，让许彦不要声张。许彦说好啊好啊。

套路循环。女人吐出的男人二十三四岁，聪明可爱。三人言谈正欢，那边

281

小说 | 笼

书生眼看着要醒，于是女人从嘴里吐出一座鲜艳华美、移动自如的屏风，挡住书生视线。她拉住书生，在屏风那头继续做梦。至于屏风这头，女人吐出的男人也不肯安分，匆忙向许彦坦白："我虽然跟那女子有情有意，但终究不想一棵树上吊死。所以……"许彦只管说好啊好啊我就当什么也没看见。如此，这男人又吐出了一个二十来岁的女人。

阳羡的夕阳下，古道，西风，盛宴，美酒。吐不完的人，说不完的话。谁也看不到时间的尽头。

我狠狠地吸一口烟，合上书。

10

在浴室废纸篓里发现齐南雁的卫生棉时，我就像是被按在一排仙人掌上做了个平板支撑那样，浑身燎过一阵火辣辣的疼。以前我不这样，以前我甚至会偷偷松一口气，欣然接受这道来自产科医院的缓刑通知。

齐南雁正在客厅里追剧。屏幕上有个贼正在认真地摸索保险箱的密码盘。镜头越收越窄，只能看到贼的脸，但背景音乐的贝斯声越压越低。我知道贼背后的一团漆黑中会伸出一只手箍住他的喉咙。我就这么傻乎乎等着，直到齐南雁突然按住暂停键，把脸转过来，微笑着对我说话。

"忘了说，后天我出发去海边。公司福利。也有人带家属，不过我想现在你们那摊业务是旺季，我就没跟你提。"

齐南雁以前不这样。以前她会直愣愣地看着她的检查报告，一项一项地推敲，告诉我她的问题还没有大到不能怀孕的地步。她会总结经验教训，把这件事看成反攻前的中场休息。

"我想说，你别难过……"

"什么？"

"我考虑过，如果你真想做试管，我也愿意配合。以前我挺抵触这回事的。"

齐南雁放下遥控器，站起来盯着我的脸看了一会儿，然后垂下眼帘，平静地说："没事儿，先缓缓。"

"你不是说按照计划——"

"计划可以改。现在这样，或许也很好。"

我还愣着。屏幕上的人已经动起来。齐南雁一路快进，再停下来时，已经是贼在警察局里被大灯泡照得睁不开眼睛的镜头了。贼的额头上缠着好几圈纱布。

齐南雁发出那种夸张的、显然不想与我分享的笑声。

我冲进吴匀家门时，他一眼看出我的焦虑。他说我懂我懂我知道你会来，都会过去的哥们你放心。

"自从你小子弄来幺蛾子之后，我就哪哪儿都不对劲了。我说不出哪里不对劲，但一定有问题。"

吴匀眼前是大大小小的一排屏幕，布满代码。他说你等我两分钟，我正从后台进入齐北雁的游戏界面。属于她自己的那个界面。

等我戴上全套装备，吴匀就把我拉进了齐北雁的世界。用电子人的视觉听觉嗅觉感知到的世界，与人类并没有多少不同。只不过齐北雁似乎更喜欢饱和度高一点的颜色，

阳羡的夕阳下，古道，西风，盛宴，美酒。吐不完的人，说不完的话。谁也看不到时间的尽头。

所有似曾相识的场景都加上一点不搭调的BGM。你能感觉到自己的移动速度飞快，因为耳边总是有风呼呼地追着你跑的声音。

"地方都眼熟吧？"吴匀得意地说，"这些数据应该都来自你的相册。"

眼熟的景物里终于出现了更眼熟的人。当齐南雁的脸从一大丛参差不齐的黄水仙里冒出来的时候，我整个人都从椅子上弹起来。吴匀把我按住，跟我解释，但我打定主意，任凭怒火蔓延。

"谁给她这种权力的？谁给你这种权利的？谁设计的这么弱智的动作这么难看的花？"

"你消消气。在她的界面里，这是她的人，不是你的。"

"你们这个破游戏还有没有基本伦理？你们怎么能够允许齐南雁成为齐北雁的——宠物？"

吴匀的两只手在空中比画，仿佛脑袋里存储的所有数据都在往外冒，他不

知道应该先抓住哪一句，最后只能一整串都端出来。

"直到你来之前，我都不知道她的宠物是男是女是狗是猫，定制数据传送过来，有程序帮她自动合成的。其实这也符合逻辑，除了你本人之外，你想想齐北雁能接触到的最多的数据是关于谁的？"

"我承认我在设计齐北雁的时候藏了机关，我想做个实验。通常在设置电子人的人格时，对孤独的感知会设到最小值，对主人的忠实度设到最大值。我……嗯，这一回，我只不过把这两项反了一反。"

"阳羡鹅笼……那故事可以算灵感的来源之一吧。我好奇在这样的设定下，电子人能玩出什么花样来。但是，说真的哥们，我没想到齐北雁的自我意识的进化速度能这么快。这也更新了我的认知……"一说到他的领域，吴匀又开始兴奋起来。

"你丫变态宅，有多少年没睡过真的女人了，多少年？你的认知再更新一百遍也没用。你不懂，你什么也不懂。"我听到自己在吼。我看到自己在手环上点了"格式化后关闭"的选项，然后摘下来狠命扔在地上。

空气像被胶水粘住一样。

沉默许久之后，吴匀说："按说齐北雁并没有机会接触齐南雁本人……我也没法解释她怎么能提供如此详尽逼真的数据。你给我一点时间好好查查。你放心，这只存在于齐北雁的意识中，不会影响到齐南雁本人的。"

我没工夫听他继续啰唆，夺门而出。

11

海边的一切都像粗糙的游戏场景——因为预算不够，所以只好放弃细节的那种。

我在沙滩上找到齐南雁。画面比较可笑，就好像我要是再晚来一步，她瘦小的身体就要被热烘烘的沙子活埋了。我想拽她，她的嘴角抽动了两下，还是把手伸了过来。蛤蟆墨镜遮掉大半张脸，我看不到她的表情。

旁边渐渐看懂的同事开始起哄。有人在讨论我究竟是来查岗，还是想制造老套的惊喜。我傻笑着说没事没事，年假用不完，天气又那么好。话刚说完，眼看着一片乌云扣过来，远处滚来一串雷，于是大家齐声呵呵，说天气好天气好。

入夜，空气里尴尬的浓度上升到唯有通过一场尴尬的做爱才能冲淡的地步。齐南雁说，我们老板住海景套房，我还轮不上，我说这大半夜的就算海景房也什么都看不见。我们可以想象，齐南雁说，想象是最自由的——别说海景了，泡在海水里也成。

我们泡在想象的海水中默默地拥抱。她说那么多年了你还是不懂什么叫惊喜，特突兀知道么特突兀。我说我没觉得那是惊喜啊想来就来了我们是不是出于礼貌先亲一亲？齐南雁扑哧一下笑出来，说别客气咱们合法夫妻。

合法夫妻的吻比平时多了一点违法的快意。我的手按在她背上时忍不住回想曾经用传感器触摸到的齐北雁。再光滑的真人皮肤，都比电子人要粗糙一点。我的手指在一道旧伤疤上来回摩挲，我听见齐南雁顺着我摩挲的节奏调整呼吸。我极力回想第一次摸到这伤疤是在什么时候。

"小时候给开水烫的。我跟你说过的吧。我妈叫我不许抓不许抓，我不听，偷外公的老头乐。抓破了几次，就把疤给留下了。"

我说这是我第一次打心眼里感谢你妈没管住你，感谢你外公有一把老头乐。触摸到真实的伤疤，以及关于伤疤的记忆，让我在被时间的潮水冲到某块陌生的礁石上时，多少还保留着一点安全感。

"真的，终究不一样。"我横在床上，嘴里轻轻念叨，想这句在齐南雁听来会有几种歧义。

齐南雁用轻微的鼾声呼应我。

这是一个注定无眠的夜晚。我注定要在她枕头底下找到一只手环。我一个人坐在沙发上追溯刚才的每一个动作每一个细节，没法确定齐南雁有没有戴过它。也许，当她的手肘撑在背后，把头仰到最高点的时候……我越想，越觉得刚才也许隐约听见了齐南雁的咳嗽。

你究竟在跟我，还是在跟谁？

这念头是匍匐在悬崖藤蔓上的老鼠。我反刍着刚才她皮肤上涨起的每一阵潮红，她喉头失控时释放的每一声喘息。我调动所有感官，分析它们究竟来自何处。隐秘的可能性噬咬着我，却也滴下诱人的蜜汁。这念头越是危险，我就越不愿意离开。

12

我把熟睡的齐南雁的拇指，轻轻按在她自己的手机上，用指纹解锁。

齐南雁在聊天记录里呼唤着一个陌生人。我觉得那是男人的名字。在最近三天的记录里，只有南雁越来越焦躁的呼唤，没有回话。再往前翻，我在两周以前的记录里找到那人埋下的伏笔。"如果有一天我不辞而别，"他说，"你可以定制另一个我。我们聊了那么久，素材应该够用了。"

真低级，我恨恨地想，居然用失踪来刷存在感。但是，我得承认，齐南雁是吃这一套的。女人都吃这一套。如此推算，我发现的手环应该是这两天刚刚到的新货。

半夜正是吴匀工作效率最高的时候，因此我发过去的问题很快都有了明确回复。跟齐南雁在聊天软件里邂逅的那个ID，是齐北雁注册的。"你扔掉手环之后，我就把她留下的所有数字足迹都封存了，随时可以销毁。"吴匀小心翼翼地说。

"她为什么要装成男人？"

"谈不上装吧……电子人本来就可男可女可中性。虚构的应该也不只是身份。你再往前翻，我敢打赌那个所谓的男人也发了所谓的自拍照，多半是齐北雁将你的照片变形之后合成的。她最容易获得的真实数据，一定是你的。"

果然有照片。别说齐南雁认不出，我也只能在放大很多倍之后，才在眉骨上找到一颗属于我的黑痣。我的面孔只需要改变几个参数之后，就变成了一个让齐南雁产生某种特殊亲切感的陌生人。

"这不奇怪，百分之七十以上的人，一辈子反复爱上的，其实是同一个人。同质异构体而已。"

我听不懂这古怪的逻辑，但我可以断定，在吴匀的设计中，齐北雁的形象，也只是齐南雁的同质异构体而已。

"那么齐北雁到底为什么要费这么大的周折接近齐南雁呢？"

"这就是我们先前一直没有想透的问题。齐北雁在定制她的宠物时——抱歉，我只能说宠物了——为什么能提供如此详尽的数据，为什么能把她的模样再现得如此逼真，逼真到让你暴跳如雷呢？因为她们有互相了解的欲望——也许你们俩这三年里讲过的话都不如她们一个月里讲得多。据我所知，新一代的聊天软件，最时髦的功能不是促成线下的约会，而是采集现实数据，用来改善自己的虚拟空间，给自己的电子宠物增加一点鲜活的气息……"

"鲜活的气息……明摆着有鲜活的人在眼前，为什么宁愿只要——气息？"

"问题是你能给活人装上开关吗？在现实中，你能让哪个活人，至少在你需要她的时候，只为你而存在？你们在朗诵诗歌、谈论爱情、自己把自己感动得不行的时候，心里真正想要的，也就是这样简陋的便携装置吧。"

我觉得有哪里不太对，但我不想反驳他。在天亮之前，我宁愿用更多的时间，研究我那既不简陋也无法便携的女人。齐南雁的鲜活的气息，在她和齐北雁的聊天记录里游荡。齐北雁乐于倾听她，就好像乐于倾听我。面对齐北雁，齐南雁似乎愿意把自己描述成那种更轻快、更夸张、更明亮的女人。那种挣脱了重力的女人。那种永远都不会心痛也永远不会让人心痛的女人。那种会毫无必要地从一丛乱糟糟的黄水仙里钻出来的女人。

窗帘缝里透进一点微光。我竖起枕头靠在床头板上。我等着齐南雁醒来，等着在她还没醒透的时候说，来，我给你讲一个古时候的故事。

13

399 页。

阳羡的最后一抹夕阳即将在天边隐去。

多年以后，许彦追忆这段往事时，将会觉得自己陷进了一个时间的黑洞。他和那女人吐出的男人，以及这男人吐出的女人，仿佛喝酒喝了一辈子，聊天又聊了一辈子。直到第三辈子开始，才听到屏风那边有响声。

男人说："把我吐出来的女人，和把她吐出来的书生，快要醒过来了。"话音刚落，他便一口将自己的女人吞回口中。书生的女人随即从屏风那头赶过来，将男人吞回去。如是，等书生过来时，眼前所见就正好接上他醉倒之前的景象：他的女人，安安静静、心如止水地坐在许彦对面。

　　书生说:"看我只顾着自己酣睡,撇下你一个人独坐,想来必是冷清了一下午。时候不早,触目皆是枯藤老树昏鸦,就此别过吧。"说话间,却见那女子和满桌的杯盘狼藉,连同明亮的铜匣子和明丽的屏风,全都收回书生口中。只有一只两尺多的大铜盘故意留在外面。书生端起来递给许彦说:"留给你,当个念想。"

　　后来许彦当上兰台令史,那大铜盘就做了个人情转送给侍中张散。张散看到盘子上有一行铭文,标着出产年代:东汉永平三年。

那时我的胸口
和她的面孔之间
就像夹着一块黄油，
由硬到软，
最后化成
黏糊糊的液体。

我们的血肉溶解在其中。

from《笼》

图书在版编目（CIP）数据

鲤·时间胶囊 / 张悦然主编 . -- 北京 : 九州出版
社，2018.10
ISBN 978-7-5108-7568-7

Ⅰ．①鲤… Ⅱ．①张… Ⅲ．①小说评论－世界 Ⅳ.
① I106.4

中国版本图书馆 CIP 数据核字（2018）第 252086 号

鲤·时间胶囊

作　　者：张悦然 主编
出版发行：九州出版社
地　　址：北京市西城区阜外大街甲 35 号（100037）
发行电话：（010）68992190/3/5/6
网　　址：www.jiuzhoupress.com
电子信箱：jiuzhou@jiuzhoupress.com
印　　刷：山东临沂新华印刷物流集团有限责任公司
开　　本：720 毫米 ×1020 毫米　　　1/16
印　　张：18
字　　数：207 千字
版　　次：2018 年 11 月第 1 版
印　　次：2018 年 11 月第 1 次印刷
书　　号：ISBN 978-7-5108-7568-7
定　　价：56.00 元
